O NEGOCIANTE DE INÍCIOS DE ROMANCE

Copyright © 2013 Matéi Visniec. Todos os direitos reservados.
Copyright da edição brasileira © 2015 É Realizações
Título original: *Negustorul de Începuturi de Roman*

Editor | Edson Manoel de Oliveira Filho

Produção editorial e projeto gráfico | É Realizações Editora

Preparação de textos | Gustavo Nogy

Revisão | Liliana Cruz

Reservados todos os direitos desta obra. Proibida toda e qualquer reprodução desta edição por qualquer meio ou forma, seja ela eletrônica ou mecânica, fotocópia, gravação ou qualquer outro meio de reprodução, sem permissão expressa do editor.

CIP-BRASIL. CATALOGAÇÃO NA PUBLICAÇÃO
SINDICATO NACIONAL DOS EDITORES DE LIVROS, RJ

V816n

    Visniec, Matéi
    O negociante de inícios de romance : romance caleidoscópico / Matéi Visniec ; tradução Tanty Ungureanu. - 1. ed. - São Paulo : É Realizações, 2015.
    386 p. ; 21 cm.

    Tradução de: Negustorul de începuturi de Roman
    ISBN 978-85-8033-213-1

    1. Literatura romena. I. Ungureanu, Tanty. II. Título.

15-25822   CDD: 859
                                             CDU: 821.133.1(498)

21/08/2015   21/08/2015

É Realizações Editora, Livraria e Distribuidora Ltda.
Rua França Pinto, 498 · São Paulo SP · 04016-002
Caixa Postal: 45321 · 04010-970 · Telefax: (5511) 5572 5363
atendimento@erealizacoes.com.br · www.erealizacoes.com.br

Este livro foi impresso pela Edições Loyola em setembro de 2015.
Os tipos são da família Dante MT Std e Univers LT 49. O papel do miolo é o off white norbrite 66g, e o da capa, cartão ningbo star 250g.

Matéi Visniec

O NEGOCIANTE DE INÍCIOS DE ROMANCE

ROMANCE CALEIDOSCÓPICO

Tradução de *Tanty Ungureanu*
Apresentação à edição brasileira de *João Cezar de Castro Rocha*

É Realizações
Editora

Este livro foi publicado com o apoio do
Instituto Cultural Romeno, Bucareste.

INSTITUTUL CULTURAL ROMÂN

Apresentação à edição brasileira

No início era a imaginação: a arte combinatória de Matéi Visniec

João Cezar de Castro Rocha[1]

DA PÁGINA AO PALCO[2]

No momento em que escrevo estas linhas, três peças de Matéi Visniec estão sendo encenadas em São Paulo: *Aqui estamos com Milhares de Cães vindos do Mar*; *A Máquina Tchekhov*; *A Volta para Casa*. Não é a primeira vez que a ubiquidade do dramaturgo desafia os princípios da física: o mesmo ocorre em vários países. Isto é, as peças de Visniec, como se fossem um de seus surpreendentes personagens, ou uma de suas impossíveis *situações*, aprenderam a desrespeitar as leis mais elementares de Isaac Newton, ocupando simultaneamente o mesmo espaço.

(*Situação* própria da literatura de Visniec.)

---

[1] João Cezar de Castro Rocha é doutor em Letras pela Universidade do Estado do Rio de Janeiro e em Literatura Comparada pela Stanford University. Fez estudos de pós-doutorado na Freie Universität Berlin e na Princeton University. É crítico literário e colaborador de diversos periódicos acadêmicos e jornalísticos.

[2] Isso mesmo: aproprio-me do título de ensaio de Roger Chartier, *Do Palco à Página: Publicar Teatro e Ler Romances na Época Moderna – Séculos XVI-XVIII*. Rio de Janeiro, Casa da Palavra, 2002.

O êxito do dramaturgo romeno evoca a força de um teatro da palavra, no sentido forte em que William Shakespeare consagrou nos prólogos (manifestos *avant la lettre*!) que emolduram os cinco atos de *Henrique V*. Confrontado com o desafio de colocar em cena nada menos do que a Batalha de Azincourt, ainda hoje celebrada como instante definidor da história inglesa, Shakespeare lançou mão de recurso que preserva toda a sua atualidade. Ora, na falta de cenários grandiosos, ou dos futuros efeitos especiais hollywoodianos, por que não confiar na imaginação do espectador? *Cerrar os olhos e evocar*, por assim dizer, pode ser a forma mais aguda de assistir determinados momentos do teatro shakespeariano.

Nos versos finais do prólogo do terceiro ato, o coro explicita a riqueza do procedimento:

> And down goes all before them. Still be kind
> And eke out our performance with your mind.[3]

Machado de Assis, como sempre, apreendeu a lição shakespeariana. O pacato Bento Santiago, em aparência um surpreendente leitor de *Henrique V*, sabia que os *livros omissos* exigem um ato particular:

---

[3] Em português: "Sede bondosos; demonstrai talento / e a peça completai com o pensamento". William Shakespeare, *Henrique V*. Trad. Carlos Alberto Nunes. Rio de Janeiro, Agir, 2008, p. 232. Eis a ironia: na encenação de *Henrique VIII*, em 1613, decidiu-se lançar mão de um efeito especial por certo impressionante: a entrada do ator que fazia o papel do Rei foi acompanhada por uma salva de canhão! Imagine-se a surpresa dos espectadores presentes no *Globe Theatre*. Infelizmente, o tiro saiu pela culatra – literalmente, pois, como resultado, principiou um incêndio e o teatro foi consumido pelas chamas.

Nada se *emenda* bem nos livros confusos, mas tudo se pode meter nos livros omissos. Eu, quando leio algum desta outra casta, não me aflijo nunca. O que faço, em chegando ao fim, é *cerrar os olhos e evocar* todas as cousas que não achei nele. (...)

É que tudo se acha fora de um livro falho, leitor amigo. *Assim preencho as lacunas alheias*; assim podes também preencher as minhas.[4]

Você me acompanha: Visniec pertence à seleta galeria de autores que assume o risco de escrever textos inconclusos, fragmentários, autênticos quebra-cabeças, cuja última peça nunca se encontra.

(É que, pelo menos em seus textos, ela nunca existiu.)

Não importa.
No fundo, é o que conta mais.
Recorde-se, por exemplo, o diálogo revelador entre o Meierhold de Visniec e o pobre ator que se esforça para colocar em cena um célebre personagem shakespeariano:

RICARDO III: "Um cavalo! Um cavalo! Meu reino por um cavalo!" *(Para e olha para Meierhold.)* O que foi agora?
MEIERHOLD: Não olhe para o público. Não busque o olhar do público. Não se aproxime da boca de cena.
RICARDO III: Olho para onde, então?
MEIERHOLD: *Olhe para o cavalo ausente.* (...)[5]

(Eis um código sussurrado pelo dramaturgo para a leitura do romancista.)

---

[4] Machado de Assis, *Dom Casmurro*. In: *Obra completa,* vol. I. Rio de Janeiro, Nova Aguilar, 1986, p. 870-71, grifos meus.
[5] Matéi Visniec, *Ricardo III está Cancelada*. Trad. Roberto Mallet. São Paulo, É Realizações, 2012, p. 42, grifos meus.

DO PALCO À PÁGINA

Venho, então, ao livro que você tem em mãos: *O Negociante de Inícios de Romance*.

O autor de *O Espectador Condenado à Morte* inventou um lugar próprio tanto para seus personagens quanto para as *situações* únicas que estruturam seus relatos por meio de um propósito-manifesto: "servir as palavras e sua arte combinatória".[6]

Um pouco adiante, o método é reiterado:

> O ritual desta troca de frases tinha uma parte fixa, imutável (90%), mas igualmente uma pequena dose (10%) de invenção.[7]

A arte combinatória de Matéi Visniec põe em marcha uma imaginação muito peculiar (como se fosse um surrealismo sem a crença mítica no inconsciente; um dadaísmo sem o fervor religioso pela transgressão), cujo fascínio somente aumenta a cada nova peça encenada. E, agora, para o público de língua portuguesa, na edição deste romance. Sua premissa é fascinante e se encontra exposta logo na abertura:

> – A primeira frase de um romance tem de conter a energia do grito inconsciente que provoca uma avalanche...[8]

No terceiro capítulo, o leitor descobre (ou acredita ter descoberto...) o autor da frase: Guy Courtois, homem, de fato, cortês a toda prova, como se depreende da linguagem de suas cartas.

Na primeira delas, ele conclui com uma confissão que leva longe:

---

[6] Ver, neste volume, p. 282.
[7] Idem, p. 284.
[8] Idem, p. 13.

(...) sou, à minha maneira, um observador do mundo e, mais do que isso, *um comerciante de inícios de romance*, que seleciona com esmero seus clientes.
Com imensa estima,
Guy Courtois.[9]

Seletos clientes, sem dúvida; entre tantos, Albert Camus, Franz Kafka, H. G. Wells, Herman Melville, Thomas Mann, e, para que não se acuse o cortês negociante de ser preconceituoso, por que não incluir um autor sul-americano? Pois bem: a confraria representada por Guy Courtois sussurrou a Ernesto Sábato a primeira frase de sua obra maior, *Sobre Héroes y Tumbas*:

> Un sábado de mayo de 1953, dos años antes de los acontecimientos de Barracas, un muchacho alto y encorvado caminaba por uno de los senderos del Parque Lezama.[10]

Claro, a análise desses começos de narrativa vale por todo um romance! Em alguma medida, constituem o romance de formação de Visniec.

Por isso, o aspirante a escritor, o romeno M. não pode senão aguardar com ansiedade que a frase-origem lhe seja confiada.

Bom: se o autor romeno se chama M., como se fosse um Hitchcock da literatura, no capítulo 52, Visniec (des)aparece subitamente. O personagem X compila uma dessas listas bem-intencionadas de bons propósitos e eis que o "efeito Hitchcock" se anuncia:

---

[9] Idem, p. 23, grifos meus.
[10] Ernesto Sábato, *Sobre Héroes y Tumbas*. 2.ª Edición, corregida y aumentada. Caracas, Biblioteca Ayacucho, 2004, p. 9.

Completar sua cultura geral. Proust. Faulkner. Thomas Mann. Iniciar-se no romance pós-moderno. *Visniec*. Estudar todos os dias uma lição do manual *Alemão sem Professor*.[11]

Há mais, muito mais a dizer: mas não disponho de espaço para fazê-lo. Uma *situação*, outra vez, típica das peças de Visniec. Concluo, assim, com duas ou três notas crípticas.

Vamos lá: negociante *de inícios de romance*: atenção: hora de *cerrar os olhos e evocar*. Seria possível imaginar um momento em que narrativas seriam *escritas sem escritores*? O receio do negociante das frases-mundo já se tornou realidade no universo distópico do, não muito distante, ano de 2025, no qual transcorre a arte combinatória deste romance? Apenas não nos demos conta – *ainda*?

Eis o que Guy Courtois (mas será ele mesmo?) diz ao atônito M. Ou será que o diz a outra pessoa? Ao leitor, talvez?

> Chega. Aliás, o mundo mudou, hoje se escreve em excesso, apareceram também esses malditos softwares (ou sei lá como se chamam) *que escrevem romances combinatórios*. A era do romance industrial começou.[12]

Pois é, você deve ler este romance pelo avesso.

E, sobretudo, não se esqueça da advertência de Meierhold: *olhe para o cavalo ausente*.

---

[11] Ver, neste volume, p. 248, grifo meu.
[12] Idem, p. 109, grifos meus.

DA DA DA DA
A1
JOKI MAIL ART POST NUMERANDO
HELVETIA 30
KEITH MAIL ART BATES
ADMIT ONE ANY TIME ★★TO★★ Cortland ★ALLEY★ FLUXTOUR★TICKET★
POSTAGE DUE 1/2 TYPE I.
OBSCURITY IS ITS OWN REWARD
UNITED SUSPECTED ARTISTS U.S.A.
NOT TO BE REMOVED FROM THE WARDROBE
CT
VISUAL POEM SERGE SEGAY Nº 5
KURT SCHWITTERS APPROVED THE MERZ TEST PASSED
VISUELLE KUNST
INTERNATIONAL MAIL ART
AURORA Is. $105 Z.6879 K.B. F.23072
WAS MAIL REDUCED FOR QUICK SALE NOW ART
PRISONER OF WAR LETTER FREE
AUTOSTORICIZZAZIONE CAVELLINI 1914-2014
EPHEMERA EXCHANGE
NAHPRO
BEWARE OF THE TYPE ENTER AT OWN RISK
Nº 114 The fragmentariness of life makes coherence suspect. Jeanette Winterson
R Mail Art MANCHESTER
MAILART TYPEFACE 2004 PROXY

1.

— A primeira frase de um romance tem de conter a energia do grito inconsciente que provoca uma avalanche... Tem de ser a faísca libertadora de uma reação em cadeia... Por essa razão, a primeira frase nunca é inocente. Ela contém em si, germinativa, toda a história, a trama na sua integralidade. A primeira frase é como um embrião repleto de possibilidades, como um espermatozoide sortudo, se me permite a comparação... He! He! He!...

Eu escutava aquelas palavras por cortesia, pois, na realidade, estava sendo solicitado por outros pensamentos. Tivera, durante a noite, um sonho estranho, um pesadelo quase: sonhei que confeccionava uma lista com os grandes problemas da humanidade (crises, guerras, epidemias, catástrofes), sem, no entanto, conseguir ordená-los numa justa hierarquia; por isso os trocava sempre, o problema número um passava para o quarto lugar, o do quinto lugar para o segundo, e assim sucessivamente. Durante a manhã, tinha recebido uma chamada de Bucareste. Um colega escritor me pedia para assinar uma petição para salvar a Casa Monteoru. Tudo isso contribuiu para me imprimir um estado de espírito esquisito, de alheamento da realidade. Além dessas ansiedades, me senti perturbado, igualmente, pela violenta chuva do meio-dia, com árvores desfiguradas nos Champs-Élysées, uma chuva visivelmente enviada por um destino adverso, desejoso de perturbar o dia em que havia de me ser entregue um precioso prêmio literário.

— As primeiras palavras de um romance são como o grito de um marinheiro que perscruta o oceano da proa do navio e a dada altura anuncia que a terra está à vista... Sei que lhe podem parecer um pouco patéticas, até grotescas, essas asserções. Se bem que, estando desperto, verá como são justas... um bom início de romance ou é um clique metafísico ou não é nada.

Quem é que me terá apresentado aquele homem? Como terá ele se colado a mim, ali, naquele jardim secreto onde a cerimônia de entrega de alguns prêmios menores tinha afinal se passado sob um sol bastante generoso, desvelado de nuvens no último momento? O relvado, as roseiras, os carreiros em cascalho fino, ainda estavam embebidos de água, mas ninguém parecia se deixar intimidar por aquele universo ainda úmido e fresquinho. Saídos, dir-se-ia, dos próprios livros ali premiados, todos aqueles escritores e críticos, diretores de revistas e agentes literários, me pareciam outros tantos personagens. Examinava-os, estupefato, como tiravam pleno proveito daquela *garden party*, como se mexiam freneticamente, como corriam as mesas com especialidades desde japonesas a magrebinas, da pirâmide de frutos às bandejas com doces, mas, sobretudo, como desfrutavam do champanhe ofertado sem restrições, trocando entre eles palavras e frases codificadas, acompanhadas por gestos e olhares igualmente cheios de significados e sutileza.

Também eu empunhava um copo de champanhe e me esforçava por sorrir sempre que alguém se aproximava para me dizer quanto merecera receber, enfim, a atenção do júri. Com certeza, não se tratava de um prêmio importante, não figurava nos primeiros lugares da lista, mas dera, com certeza, um passo importante para alcançar mais *visibilidade*.

— Um dedo que puxa o gatilho: é isso uma primeira frase intensa, de êxito. Um *verdadeiro* início de romance é o estampido de um incêndio interior... Mas não se esqueça de que também existem primeiras frases suicidas... Imagine um poderoso início de romance, mas que tem a trajetória de um bumerangue. O que é que se passará? Pois bem: será, a certo momento, atingido em plena face. Mas o senhor sabe, não sabe?, que um autor tem de assumir alguns riscos... Inclusive aquele de acabar debaixo dos destroços do próprio edifício...

O homem que proferia essas palavras parecia não ter rosto, os traços lhe tremiam e não conseguia fixá-los. De momento, não passava de uma voz. Dirigia-se apenas a mim, ou suas sentenças ressoavam nos ouvidos de todos os que lá estavam reunidos, por volta de duas centenas de pessoas irremediavelmente tocadas pelo vírus da literatura? Minha atenção estava fragmentada em duzentas pequenas direções, porque aqueles indivíduos me interessavam, pertenciam à nata artística parisiense, eram todos mais *iniciados* do que eu ("iniciados em quê?" "em tudo") e *se expunham* naquele universo úmido com naturalidade infinitamente maior do que eu.

Conseguisse eu juntar os pensamentos num só feixe, teria dito o seguinte à *voz* colada a meu tímpano: "não *vê* que meu principal problema, neste momento, é a mão direita? O problema da mão esquerda já está resolvido, empunho nela o copo de champanhe, mas à mão direita não lhe arranjo nenhuma utilidade, nenhum apoio, nenhum sentido, não consigo incutir-lhe nenhuma atitude natural".

– Podia falar-lhe mais pormenorizadamente sobre o assunto, se arranjarmos um pouco de tempo.

– Claro. O tempo não é problema.

– De qualquer modo, a primeira frase de um romance tem de ser uma espécie de locomotiva capaz de puxar toda a fileira de palavras, frases, páginas e capítulos, todo o cortejo de caracteres e a sequência de acontecimentos e de metáforas. ("Ah, *bonjour* e parabéns, estou realmente lendo seu livro.") A primeira frase é, de fato, uma explosão… ("Bravo. Qual é seu editor?") Se bem que às vezes essa explosão até possa ser retardada. De qualquer modo, mais cedo ou mais tarde ela tem de gerar um mundo. Poucos são os autores conscientes da natureza especial dessa primeira frase, do fato de ela ter a função de um verdadeiro *Big-Bang*… e ainda menos os que sabem que essas primeiras frases essenciais podem ser adquiridas, concluiu o homem com traços trêmulos. Era isso, de fato, que lhe queria dizer. A nossa agência faculta inícios de romance há mais de trezentos anos. Aqui tem meu cartão, nunca se sabe, talvez nos reencontremos um dia. E parabéns pelo prêmio.

O negociante de inícios de romance desapareceu, deixando-me num estado de conforto interior. Uma coisa benéfica para meu equilíbrio tinha se passado no momento de sua saída: minha mão direita acabara de arranjar um sentido, isto é, empunhava o cartão de visita de um desconhecido.

2.

Seu Busbib é a única pessoa do prédio que sabe que sou escritor. Como é que se deu conta disso permanece para mim um mistério, mas admiro sua capacidade intuitiva. É evidente que seu Busbib sabe sobre mim mais coisas do que eu sobre ele.

Em Paris existe um clã dos "guardiões de edifícios" de origem portuguesa. E seu Busbib fala com um ligeiro sotaque, mas nunca me atrevi a perguntar-lhe se é ou não português. Aliás, nem ele me questionou sobre minhas origens. No entanto, não foram poucas as vezes em que me interroguei sobre como se apercebeu da minha verdadeira profissão. Talvez por causa de meu horário bastante desordenado. Quando alguém não tem hora nenhuma a respeitar, nem para ir a um eventual lugar de trabalho, nem para ir às compras, nem para passear, nem para outras atividades diárias; quando alguém não corresponde a nenhuma das tipologias humanas de um imóvel ou de um bairro; e, sobretudo, quando fica conversando pausadamente consigo perante uma xícara de café, em todos os cafés do bairro, então só pode ser escritor. Como é evidente, ainda há as cartas que, no prédio, são distribuídas por seu Busbib. E como inúmeras editoras me recusaram até agora os manuscritos, alguns dos quais devolvidos a mim, seu Busbib deve ter tirado *certas* conclusões.

Não diria que me sinta espionado pelo zelador, mas também não iria ao ponto de afirmar que fico totalmente descontraído em sua presença. Será que pareço *suspeito* a este homem tão sossegado e prestativo? Ou, talvez, emanem de mim, de meu rosto, de meu modo de estar, alguns sinais de alarme?

— Posso ajudá-lo em alguma coisa? – me pergunta de vez em quando seu Busbib.

Eu agradeço, sorrio e respondo "não, *merci*", mas a pergunta me parece *totalmente* ambígua. Ajudar-me em quê? Por muito inocente que pareça, a pergunta de seu Busbib contém em si uma pequena provocação, um cenário. É como se seu Busbib desejasse ter um papel mais *intenso* em minha vida. Ora, eu já sou devorado faz muito pela imiscuição dos outros em meu ser íntimo.

De qualquer modo, já faz tempo que não me importo com as estranhas perguntas do zelador. Esta, por exemplo: "Vejo sempre uma janelinha aberta na mansarda. Será a janela do banheiro? Deixa-a aberta *intencionalmente*?" Que entender dessas frases? Que os "guardiões de edifícios" de origem portuguesa são retorcidos por dentro? Não lhe respondo para não lhe abrir *janelas* sobre minha vida.

Enquanto me encontro em frente ao computador escrevendo, tenho a impressão de que a vida me pertence na totalidade. Só a partilho com a tela, que se tornou uma espécie de espelho abissal de meu ser, e com o teclado, pelo qual correm meus dedos. A partir do momento em que aprendi a escrever pelo método braile, sem olhar para as teclas, minha existência se tornou numa espécie de funil: escorro do cérebro diretamente para a tela. Faz anos que não escrevo para os outros, mas apenas para mim, para a sensação de espanto que vivo perante esse espetáculo: aquilo que sai de meu cérebro me fascina tanto, que me obriga a escrever sem parar.

Mas também há momentos em que me afasto da tela e vou à cozinha preparar um chá verde, ou à varanda para alimentar os pombos, ou para o oásis verde, no meio do complexo de prédios, onde me dedico a meu pequeno canteiro com legumes. Durante esses momentos de intervalo, acontece outro fenômeno: minha vida começa a não me pertencer mais. Ela desloca-se e quebra-se em meus gestos e nos objetos tocados ou vistos por mim. Tenho o estranho sentimento de que me derramo à volta, de que deixo migalhas de mim em tudo o que observo, em tudo o que movo de um lugar para outro.

– Vi-o ontem com a enxada. O que está semeando este ano?

Veja só, não. Não, seu Busbib, não quero que saiba o que plantarei este ano em minha pequena parcela de terra de quatro metros quadrados. Minhas opções leguminárias são tão secretas quanto eruditas. Anualmente planto três espécies complementares, que se harmonizam e dividem sem conflitos subterrâneos as seivas da natureza. No ano passado plantei alfaces, rabanetes e tomates. Este ano vai ser cebola, couve-flor e salsa. Não quero aprofundar os meandros da minha teoria relativa à ideal coabitação hortícola, mas entre cebola, couve-flor e salsa existe uma fraternidade digna do lema preferido da Revolução Francesa... E o fato de, em plena Paris, a poucos passos da Manufatura Real do *Boulevard des Gobelins* ou do Jardim Botânico, no meio de um conjunto de prédios modestos, ter sido criado um quintal de hortaliças, circundado de rosas, me parece um germe de revolução ecológica, talvez o sinal de um despertar cívico do delírio da globalização. Absolutamente nenhum guia turístico indica este oásis onde uns trinta parisienses cultivam seus fantasmas vegetais, reconstituindo, através de suas parcelas contíguas, uma espécie de falanstério digno de utopistas como Saint-Simon ou Charles Fourier.

Sim, em frente ao meu computador e em meu jardim parisiense me sinto protegido. Mas quando saio às compras, quando entro nas livrarias ou me sento em algum terraço para tomar café, começa a crescer em mim um sentimento de *dissipação* e, às vezes, ele se torna absolutamente desastroso. Eis-me: prossigo na rua, terrivelmente angustiado, pois sinto como tombam de mim pedaços de vida. Alguns muito pequenos, minúsculos até, apenas umas migalhas...

Desde o primeiro momento, logo que abro a porta e saio para o *hall* do prédio, me sinto quase reduzido à metade, pois uma boa parte de mim continua em forma de palavras na memória do computador. Chamo o elevador, mas evito me olhar no espelho: não entendo por que é que tenho de deixar nessa caixa sem vista para o mar um fragmento da minha imagem. No entanto, a tragédia principia embaixo, à entrada do prédio, no momento em que, inevitavelmente, cruzo com o zelador ou com vários moradores, e no instante em que abro a porta da caixa de correio. Centenas, milhares de bocados jorram de mim, levados pelas palavras que digo e pela avalanche de gestos acompanhantes. Deixo vestígios de mim nos olhos dos outros, nos corrimãos e nos degraus, nas fechaduras e nos trincos, mas principalmente em todas estas frases repetitivas: "bom dia", "já passou o carteiro?", "um bocadinho frio, hoje", "passou também por sua casa o pessoal da dedetização?", "adeus"...

Não sei se têm em mente a imagem daqueles cometas que voam desintegrando-se. O núcleo central, muito luminoso, continua correndo, brilhando, ainda parece intacto, mas, na realidade, atrás dele se exibe, por milhares de quilômetros, o ser do cometa, bilhões de partículas desprendidas de seu coração, de sua essência. Um sulco gigantesco fica atrás do miraculoso objeto cósmico, uma explosão de miudezas de todas as dimensões. Não, é uma certeza, nenhum de nossos gestos físicos fica impune. Ao sair de manhã e ao apanhar o ônibus ou o metrô para o escritório, uma porção de nós fica atrás no trajeto, espalhada sobre os ombros e nas pupilas das centenas de pessoas que se encontram pelo caminho. Uma extraordinária operação de polinização social se dá durante a viagem, minúsculos átomos de sua existência se agarram aos outros seres ou a objetos em movimento, iniciam uma jornada com eles e espraiam-se pelo universo. Por isso, não se admire se chegar exausto ao escritório, ou se à noite, ao chegar em casa, estiver já morto. Qualquer evasão do casulo protetor da cama ou da casa permite que o mundo exterior nos bique com volúpia, nos devore com ferocidade, nos moa e nos expila em lascas e salpicos, em estilhaços e imagens, em sons e cheiros, para milhares e centenas de milhares de direções.

Por isso, digo a vocês: cuidado com cada movimento! E, antes de mais, não se abram senão com seres complementares.

3.

Muito prezado senhor:
Disseram-me que andou me procurando. Infelizmente não me encontro na França no momento, nem me encontrarei antes do mês de janeiro do próximo ano. No entanto, não há razões para que nosso diálogo não se encete.
Como já deve ter constatado, meu telefone fixo não tem secretária eletrônica, ou répondeur, como gostam alguns de chamar. Ainda deve ter observado, provavelmente, ao examinar com um pouco mais de atenção meu cartão de visita, que não figura nele nenhum número de celular ou endereço de e-mail. É isso mesmo, evito me deixar engolir por essa fatalidade da urgência inventada pela modernidade. Não desejo poder ser encontrado ao telefone a qualquer momento do dia, nem que se me enviem mensagens eletrônicas descorteses. Nada do que me queiram dizer os seres deste corpo cósmico chamado Terra é, de fato, urgente – eis o meu princípio. A invenção do celular, do gravador de chamadas, assim como de outros sistemas de interconexão rápida levou à destruição de um gênero literário que me é tão caro – o gênero epistolar. Séculos de obra epistolar foram varridos com brutalidade da educação dos jovens e da de nossos coetâneos. Pois bem, eu me oponho a esse crime. Por isso, prefiro redigir cartas do tipo tradicional e apenas respondo se se me escreve da mesma maneira, manuscrita, em papel A4 e impreterivelmente a pluma. Esferográfica me parece um insulto.
Voltemos, contudo, à razão pela qual me procurou. Sem dúvida ficou intrigado com aquilo que lhe disse no serão da entrega de prêmios literários de outono, duas semanas atrás. Aproveito para felicitá-lo mais uma vez pela distinção obtida: o Prêmio para Prosa Curta dos Livreiros

Independentes do departamento da Île-de-France. Eu sei, eu sei, todavia não deixa de ser um sinal de reconhecimento por parte da corporação. Não fique triste, não pense tanto que, de fato, não passou de mais um laureado entre outros trinta, numa tarde chuvosa, em que nem sequer teve o tempo necessário para enunciar seu speech *de agradecimento. Foi provavelmente por isso que se refugiou naquele cantinho do jardim onde o encontrei, desiludido com o ridículo da situação. Confesso-lhe, aliás, que toda a cerimônia de entrega de prêmios foi caricata. Estavam empoleirados todos ali, no palco ao fundo do jardim, por volta de trinta pessoas mais ou menos impacientes para se safar do irrisório da situação. Tinham, todos, direito a três minutos de* speech *após a entrega do respectivo prêmio, só que, por causa da chuva, o presidente da Sociedade de Autores viu-se obrigado a acelerar o processo. Pelo que, a seguir aos primeiros três ou quatro laureados que discursaram na totalidade, os restantes se viram amputados. O quinto e o sexto tiveram direito a apenas dois minutos, o nono e o décimo a um minuto e meio, o décimo primeiro e o décimo segundo só a um minuto. E depois houve uma aceleração como nos filmes de Charlie Chaplin, trinta segundos por cabeça de laureado e até menos, uma única frase para os últimos três ou quatro venturosos detentores de glória. E quando chegou sua vez de dar um passo à frente, o presidente do Júri pediu-lhe, provavelmente, que se resumisse a um simples "obrigado". No que me diz respeito, apreciei enormemente sua decisão de acenar unicamente com a cabeça em sinal de agradecimento, o que permitiu à multidão, abrigada por baixo dos guarda-chuvas, se arremessar aos* buffets *arranjados em vários pontos do jardim, momento em que, aliás, parou de chover.*

Queira me perdoar se esta evocação lhe parece um pouco maliciosa, mas sou, à minha maneira, um observador do mundo e, mais do que isso, um comerciante de inícios de romance que seleciona com esmero seus clientes.

Com imensa estima,
Guy Courtois

4.

Não é fácil ter um irmão mais velho considerado por todos um gênio. Imaginem só este quadro: mal se acaba de ver a luz do dia após o parto e a primeira frase absorvida pelo cérebro contém a palavra Victor: "Você vai ver que sairá parecido com Victor".

Victor também é a primeira palavra que pronunciei mais tarde. Para a maioria dos bebês, a primeira emissão sonora coerente aponta para a relação afetiva com a mãe ou o pai. Para mim, a primeira palavra essencial foi *Victor*. Quando vim ao mundo, Victor tinha seis anos, já era genial e ia para o primeiro ano. Aprendera a ler espontaneamente e tomava aulas de inglês. Tinha ultrapassado brilhantemente a etapa do jardim de infância deixando memória de uma criança superdotada, e os vizinhos louvavam-no pela cortesia e *maturidade*.

Como lhes digo, não é fácil, recém-saído do ventre materno, receber o batismo do fogo existencial pela incessante comparação com o irmão. "Ah, Victor não chorou nem um segundo quando bebê." "Victor foi mais rápido a usar o penico." "Victor foi mais rápido falando." "Victor foi mais rápido começando a andar." "Victor foi mais rápido aprendendo a ler."

A primeira parte de minha vida foi um continuado reflexo na existência de Victor, meu irmão mais velho, meu irmão mais forte, meu irmão menos débil, meu irmão mais alegre, meu irmão mais inteligente, meu irmão mais brincalhão, meu irmão mais generoso... Não pensem que, por causa desse bombardeamento comparativo, meu subconsciente tenha desenvolvido alguma aversão por Victor. Nada disso. Qualquer aplicação da teoria freudiana cai por terra em meu caso. Nem por um segundo cresceu nas profundezas de minha alma alguma reação de rejeição ou, Deus me livre, de ódio diante de meu irmão mais velho. Não, muito pelo contrário, toda a minha vida admirei sinceramente Victor. Senti-me amparado e protegido pela sua existência. Ele foi para mim como uma espécie de imenso guarda-chuva. Soube desde muito tenra idade que podia contar com Victor. Aliás, por sua vez, Victor agiu comigo como um verdadeiro *irmão paternalista*. Desde o instante em que nasci, Victor assumiu com seriedade uma nova missão: a de cuidar de mim.

Só senti algum desconforto quando compreendi que toda roupa que usava tinha pertencido a Victor. Como todos os brinquedos, aliás. Tendo Victor sido uma criança exemplar, nunca tinha amassado os sapatos, nem sujado ou esfrangalhado a roupinha dele. Consequentemente, todo o meu vestuário, desde cuequinhas até as primeiras calças, desde camisetinhas até bonezinhos, já tinha sido usado de um jeito *responsável* por Victor, pelo que as peças pareciam novinhas em folha. Impossível, então, não apreciar Victor também pela enorme poupança que trazia à economia da casa, tanto mais que papai, funcionário nos Correios, não tinha um ordenado desmesurado, e mamãe era doméstica, conquanto ainda ganhasse algo com a máquina de costura.

Toda a nossa família começou depois, quando Victor fez dezesseis ou dezessete anos, a gravitar em torno deste irmão mais velho, dotado de uma autoridade natural incontestável. Já desde seus catorze anos Victor era capaz de abordar qualquer assunto que fosse com um adulto. Victor lia jornal, assistia ao noticiário e tinha opiniões políticas. Victor era capaz de emitir juízos de valor sobre um filme, de argumentar seu ponto de vista, de contradizer o adulto sem o irritar, de mostrar serenidade até quando dizia bobagem. Perante os adultos, que evidentemente eram mais cultos e mais preparados do que ele, Victor se evidenciava colocando questões *extremamente* inteligentes. Inclusive, Victor foi sempre louvado até pela sua infinita capacidade de ser participativo e brilhante ao escutar o que diziam os outros.

Quando passei a frequentar a escola básica, a fotografia de Victor já figurava nos painéis com os mais brilhantes alunos da história do estabelecimento. Logo no primeiro dia de escola a professora me colocou esta pergunta, que havia de se repetir incessantemente ao longo dos anos: "É você o irmão mais novo de Victor?". Não houve professor que, posteriormente, não me pusesse essa questão, desde o primeiro dia de escola até o fim do décimo segundo ano. Estava sendo examinado à lupa e examinado com alguma desconfiança. Era como se, na mente deles, os professores tentassem sobrepor minha imagem a uma mais antiga, a de meu irmão Victor. No entanto, era visível a olho nu, a sobreposição não me favorecia. Minha imagem, senti logo isso, não era tão significativa, tão espetacular, tão brilhante como a figura impressa na memória daqueles adultos por meu irmão Victor. Verdade seja dita, logo que sentia que na mente deles começava a operação de sobreposição, de indagação dos pontos comuns entre mim e Victor, fixava instintivamente o olhar nos pés e permanecia cabisbaixo, de ombros ligeiramente encurvados, consciente de que, na realidade, não estava à altura.

Sem ter sido mau aluno, nunca alcancei o nível de Victor. Mesmo quando conseguia surpreender os professores com meus deveres ou com boas respostas, continuava sendo felicitado sempre em nome de Victor, às vezes com a frase: "Nesse tema ajudou você um bocadinho *seu irmão*, não foi?". Regra geral, a esse tipo de semicensura não ousava responder "Não, não é verdade", pois toda a nossa família era grata a Victor. Não sei como se constituíra essa certeza difusa, mas todos víamos na existência de Victor uma dádiva, uma forma de generosidade da natureza, uma prenda do destino. Toda a nossa família, isto é, avós, os três tios e as quatro tias, assim como os inumeráveis primos, partilhavam do mesmo sentimento: que Victor viera ao mundo com uma *missão*. Era por isso que a existência de todo o nosso clã adquiria um sentido superior: existíamos todos para ajudá-lo, para apoiá-lo, para empurrar Victor para a frente.

Quando Victor publicou os primeiros poemas na revista da escola, todos ficamos convictos de que fosse se tornar um grande escritor. Quando começou a ganhar os primeiros concursos escolares de matemática foi evidente que Victor havia de ser um grande cientista. Mas Victor também era bom no esporte, sobretudo no handebol, onde a elegância de seus movimentos se tornara no principal espetáculo semanal de muitas de suas colegas. "Essas senhoritas se babam todas olhando para Victor", dizia muitas vezes mamãe e tomava providências enfiando-lhe nos bolsos algum fiozinho vermelho para afastar mau-olhado de seu filho preferido.

Um momento de grande tensão se instalou em nossas almas, nas almas dos que éramos satélites de Victor, quando o meu irmão mais velho teve de escolher enfim uma faculdade. Victor não podia optar por uma coisa *qualquer*, seus estudos superiores tinham de ser à medida de suas capacidades, de sua auréola. Victor era tão bom em tudo que podia estudar qualquer coisa, vingar em qualquer área. Arquitetura, direito, medicina... As vezes que foram pronunciadas, à mesa, na presença, mas também na ausência de Victor, estas palavras mágicas! Relativamente aos futuros estudos de Victor todos tiveram o direito de opinar: avô, tio, tia, primo, até vizinho. *Pesquisa*... eis outra palavra que, desde os doze anos, se me pregou nos miolos. Meu irmão mais velho só podia ser cientista, pelo menos era aquilo que pretendia a irmã mais velha de mamãe. Quando ouvia esta palavra, *cientista*, via logo Victor, não sei por quê, vestido *à la* Sherlock Holmes, uma lupa numa mão, uma bengala na outra, atravessando cidades e aldeias, relevos e espaços estelares, à procura do Absoluto.

Por fim, foi o próprio Victor que desencantou um domínio à medida de suas capacidades, deixando-nos atônitos a todos. "Já decidi. Vou cursar cibernética", disse Victor um dia, sem ênfase, mas não sem uma ligeira satisfação, sabendo que toda a gente havia de ficar visceralmente surpreendida. Perante a palavra *cibernética* todos os membros de nosso clã caíram no chão.Pumba.

5.

Três dias fiquei em fila de espera
em frente ao gabinete dos acontecimentos
para verificar se meu encontro com a Senhorita Ri
tinha sido ou não previsto

NÃO, o veredito foi claro
quase todos os mil funcionários encarregados
da gestão dos acontecimentos de minha vida
disseram NÃO

um só disse porém NÃO, SE BEM QUE
e um outro disse NÃO, MAS

é tudo funcionário imbecil e alheado, é essa a verdade
o dia inteiro tomam cafés, fumam e perscrutam
    superficialmente
as trajetórias dos seres em mim
minhas saídas no universo, meus pavores e meus gestos
    bruscos
são pagos pelo Estado inutilmente eu lhes disse
se não estava previsto a Senhorita Ri intervir em minha
    vida
o que está ela fazendo em meu poema?

6.

Muito prezado senhor:
Escrevo-lhe mergulhado numa grande tristeza, pois faleceu um amigo meu, um homem a quem me liga a memória de momentos extremamente agradáveis, até extáticos, diria, passados num certo café de Viena. Morreu Leopold Hawelka. Talvez lhe seja conhecido este nome, Hawelka, é um célebre café vienense. Tão célebre como Les Deux Magots *em Paris,* Caffe Greco *em Roma,* Odéon *em Zurique ou o café* Louvre *de Praga. Aliás, no momento em que lhe escrevo estou mesmo no café* Hawelka *tomando um expresso ou um* Kleiner Schwarzer, *como lhe chamam por estas paragens, e sinto um imenso nó na garganta. Neste café tive, nos últimos trinta anos, muitos encontros com alguns dos melhores escritores da Europa, principalmente com aqueles que, de um modo ou outro, aceitaram nossos serviços. Sei que o senhor viajou muito durante a vida, que percorreu os quatro cantos do mundo, que viveu um ano em Londres e mais de dois no Japão. Sei que tentou sua sorte em Hollywood e que viveu uns tempos na Califórnia, conheço-lhe igualmente a paixão pelo Mediterrâneo e pelos Bálcãs, li suas exaltadas linhas após a estadia em Teerã, mas não sei se alguma vez teve tempo de saborear o encanto do espaço alemão. Já tentou aprender a língua alemã? "A Eternidade existe para eu aprender alemão", dizia Mark Twain. Que elogio a esta língua sem a qual a especulação filosófica teria sido infinitamente mais pobre! E que dizer do imperador Carlos V a quem se atribui esta frase: "Falo espanhol com Deus, italiano com mulher, francês com homem e alemão com meu cavalo".*

Na verdade, não sei por que lhe digo todas estas coisas, talvez para divagar um pouco e me esquecer da morte do meu amigo Leopold Hawelka. Se você entrasse neste momento no café, me veria, sozinho, à última mesa à esquerda do bar, estrategicamente colocado mesmo no canto. Estou sentado num pequeno sofá listrado, e acima de mim domina um imenso relógio redondo, embutido numa base de madeira hexagonal. Aquilo que sempre apreciei neste café foi a madeira: quase tudo é de madeira, exceto umas tábuas redondas de mármore sobre algumas das mesas. As paredes têm lambris em madeira, o chão é de madeira, o teto é de madeira, as cadeiras são de madeira. A madeira confere uma espécie de simplicidade, de sinceridade, a esse lugar onde nada é sofisticado, nada é luxuoso, e onde, no entanto, se sente que a singularidade se torna num luxo. Hawelka é o café onde se tem a impressão de que nada mudou faz pelo menos quatro ou cinco decênios, por acaso o teto de madeira começa a ter um ar ligeiramente descascado, às vezes até se tem a impressão de que alguns de seus quadrados se poderiam desprender a qualquer momento para cair na cabeça das pessoas.

Mas, repito, não sei por que me pus a descrever o café. Meu nó na garganta (ou do pensamento?) suavizou um pouco, isso porque, entretanto, pedi um copo de vinho quente. O que, na realidade, queria transmitir é que neste café, faz muitos anos, foi sussurrada uma frase ao ouvido de Elias Canetti. Sabe como começa seu célebre ensaio Massa e Poder? Provavelmente sabe, mas lembro-lhe: "Não há nada que o homem mais tema do que o contato com o desconhecido".

Desejo-lhe inspiração, caso escreva neste momento.

G. C.

7.

O cartão de visita deixado pelo homem que me falara no jardim da Sociedade dos Autores tinha tudo para me intrigar.

> **GUY COURTOIS**
> *INÍCIOS DE ROMANCE*
> À PASSAGEM VERDEAU 75009 PARIS
> (JUNTO DA LIVRARIA VERDEAU)

O nome era relativamente banal, se bem que veiculasse certa alusão à ideia de *cortesia* e soasse um pouco a promessa. O que provocava perplexidade era a informação logo em seguida ao nome: *inícios de romance*. Na maior parte dos cartões de visita, esse espaço está reservado a uma informação clara: *escritor, diretor geral, cônsul honorário, médico especialista em radiologia e imagética, massagem com rendez-vous, etc*. Claro, cada um escreve o que quer em seu cartão de visita, pode designar sua função ou especialidade, aspiração ou *hobby*. Já li em cartões de visita fórmulas como *foto/vídeo*, ou *coordenador de projetos*, ou, até, *presidente*.

Guy Courtois parecia recomendar-se como tendo uma ligação à área romanesca, mais exatamente aos inícios de romance, mas preservando uma total ambiguidade sobre o assunto. Era ele um especialista em *inícios de romance*? E em que sentido? Estudava *os inícios de romance* do ponto de vista literário, do ponto de vista psicológico, do ponto de vista comercial?

Igualmente ambígua era o endereço: à passagem Verdeau 75009, Paris. Com certeza, um bom conhecedor de Paris teria localizado de imediato a zona, o nono *arrondissement* ao qual pertencem as grandes avenidas que se encadeiam da Ópera Garnier até a Praça da República. Na Idade Média, nesse trajeto havia uma porção da muralha circundante de Paris. Desembaraçada dela no fim do século XVII, a Cidade das Luzes respirou aliviada e gerou uma nova área de *promenade* e de delírio coletivo. Quando os teatros de comédia e de calafrios sanguinolentos se multiplicaram na zona, a uma dessas artérias, o bulevar do Templo, deu-se o nome d'*O Bulevar do Crime*. E isso não porque se tivesse cometido algum crime abominável nos passeios, cafés ou seus restaurantes, mas porque nos palcos daqueles teatros se morria todas as noites copiosamente, com sangue aos montes, espargido sobre cenário, trajes e adereços. De toda essa página de loucura, da tradição dos carnavais e das lutas com confetes, de toda a indústria plebeia do prazer, sobraram hoje poucos vestígios, entre eles, *as passagens*. Estreitas, às vezes tortuosas, cobertas com verdadeiros rendilhados de vidro e vitrais, ocultas ao olhar do turista desatento, as passagens lembram *La Belle Époque* e são autênticas viagens no tempo. Entre elas, a passagem Verdeau talvez seja a mais genuína, albergando discretamente toda espécie de pequenas galerias de arte, antiquários, minúsculos restaurantes e livrarias poeirentas. As desgastadas lajes de mármore pisadas por milhares de passos, as tabuletas escritas com antigos caracteres, os lampiões e as vitrinas abarrotadas de peculiaridades, tudo isso e muitos outros pormenores se constituem nas mensagens de um século esgotado, cacos de uma memória despedaçada.

  Chegando à livraria Verdeau constatei que em lado nenhum estava assinalado o nome de Guy Courtois. E ao lado da livraria não havia nada, quer dizer que nenhuma outra porta se lhe abeirava, nenhuma entrada em que esteja escrito Guy Courtois. Nada, nadinha. A livraria estava engastada entre um gabinete pré-histórico de filatelia e um estúdio de fotografia à moda antiga. Só me restava entrar na livraria e perguntar se existia algum senhor Guy Courtois, cujo domicílio ou escritório se encontrasse em algum lugar por ali.

– O senhor Guy Courtois recebe, realmente, correspondência na nossa livraria – me explicou um velhote excessivamente afável, de pequenos olhos curiosos. A calvície do personagem condizia à perfeição com o quebra-luz esférico da lâmpada sobre a mesa onde lia.

Consequência do meu silêncio, o velhote retomou a leitura, nada incomodado pela minha presença na sua imediata vizinhança. O homenzinho estava habituado a esse ritual: quando se lhe falava, levantava o olhar do livro; quando o interlocutor se calava não perdia tempo e mergulhava novamente no prazer da leitura.

Como eu devo ter posto um ar totalmente perplexo, incapaz de recompor os pensamentos, o velhote excessivamente afável decidiu me disponibilizar mais dez segundos de seu precioso tempo.

– Desejando escrever-lhe, sente-se aí.

Sua mão trêmula me indicou uma pequena mesa lacada estilo Luís XV sobre a qual havia: um maço de folhas brancas, um tinteiro, um mata-borrão e uma coleção de canetas de pena, em madeira, daquelas que não usava desde a infância, nas aulas de caligrafia.

E por que não, pensei, escreverei algumas palavras a este senhor Guy Courtois, desaparecido, sem nenhuma consideração, na natureza.

– Deseja, porventura, um café? – Perguntou-me o velhote excessivamente afável, sacrificando outros cinco segundos de sua vida e interrompendo novamente a apaixonada leitura. Sem esperar pela resposta indicou-me, numa das prateleiras ao pé da mesa, uma antiga cafeteira de prata, circundada por seis xícaras de porcelana de Sèvres. Não sei por que, mas a cafeteira rodeada de xícaras me evocou a imagem de uma reunião literária secreta e muito íntima: era como se a cafeteira, como um *guru* insofismável, contasse uma coisa a vários ouvintes curiosos, sentados em pequenos pufes em redor da autoridade narrativa central.

– Cuidado que está quente – disse ainda o velhote, desta vez sem levantar o olhar do livro.

Se a narrativa que lia não fosse tão palpitante, me explicaria, talvez, pacientemente e com um sorriso superior, em que consistia a superioridade das cafeteiras de prata. Elas, e apenas elas, têm essa espantosa capacidade de guardar horas a fio o café quente, a uma temperatura praticamente constante. Coisa que nenhuma outra cafeteira faz, exceto as elétricas (infelizmente sempre conectadas à tomada, o que é um verdadeiro horror, pois um café para ser bom tem de ser impreterivelmente feito *no fogo*).

Como minha mente já tinha começado a captar aquilo que o velhote excessivamente afável teria querido me dizer, ele preferiu se calar para continuar a leitura. Não me passou pela cabeça lhe perguntar o que é que estava lendo – teria sido, provavelmente, pouco adequado. No entanto, meus olhares retiveram, de seu livro aberto, o nome de um personagem X. Mas, naquele momento, meu cérebro não foi capaz de processar aquela informação. Muito mais tarde me dei conta de que aquele homem, naquele instante e na minha presença, não podia ler senão um único livro, e aquele era o meu próprio livro, designadamente o volume de prosa curta recompensado, três dias antes, com o estúpido Prêmio para Prosa Curta dos Livreiros Independentes do departamento da Île-de-France.

8.

Como fazer para não a tomar nos braços
quando a vejo passar pelo universo?

faço uma lista:
ter sempre no bolso um passeio de reserva, quando a vejo
se aproximando de mim tiro o passeio e atravesso para o
   outro lado

me finjo desatento, viro a cabeça para o muro, me
   amuralho nele ou trespasso

ou:
me viro bruscamente e desato a fugir, todo mundo
   entenderá,
(me esqueci duma coisa essencial, em algum momento,
   dez, vinte, trinta anos atrás: retorno à infância)

ou, ainda melhor, quando a vejo se aproximando de mim
levanto os braços, transformo-os em asas, descubro
   bruscamente
que sou capaz de voar, adeus, Senhorita
já não sou obrigado a morrer se não a tomo em meus
   braços

ou, ainda melhor, não nasço mais, não escrevo mais nada
nem sequer este poema existe mais

não, não lhe posso fazer isso, ela vive de um poema por dia
melhor, me perfaço em poema
se perfumará comigo, se colará a mim ao café da manhã
me lerá, quiçá, mais vezes…

9.

Não, não me lembro de alguma vez ter brincado com meu irmão mais velho. A diferença entre nós não permitia isso. E não se trata apenas da diferença de idade, mas de temperamento. Quando cresci e cheguei à idade de brincar, Victor já não tinha tempo para *ninharias*.

Naturalmente, tenho memória de alguns passeios com ele, ou com toda a família, até de umas férias nas montanhas e à beira-mar. Porém, Victor não tinha uma atitude lúdica para comigo, o que ele queria me transmitir era bem diferente. Ele me *explicava* como é que o mundo é, como deveria eu entender um ou outro fenômeno.

"Ouça o que lhe digo e meta-o na cabeça. Porque, se me der ouvidos, você ganha tempo."

Nunca me esqueci dessa atitude dele, dessas frases, através das quais Victor me "prendava" com vastos nacos de tempo. Não sei por que estava Victor obcecado, já naquela tenra idade, pelo problema do tempo. Quanto a mim, com a idade de seis, sete ou oito anos, me tinha como imortal, não sentia minimamente que meu *depósito* de tempo estivesse de algum modo ameaçado ou em risco de diminuição. Todavia, Victor desejava dobrar minha reserva de tempo pela oferta de suas soluções. A mecânica de sua abordagem poderia se resumir assim: olhe, irmãozinho, é o seguinte: em vez de você labutar percebendo o que é que o mundo é, como chegou a ele, para que serve a vida e como você deve escolher os amigos, que metas ter e como viver o dia a dia, entende?, em vez de se colocar todas estas questões, aceite minhas soluções e poupará dias de hesitações, até meses, talvez anos de incertezas; por isso, aproveite-me, a mim, me pergunte quando tiver alguma dúvida e, assim, você vai direito ao alvo, sem dezenas de desvios, sem arriscar se perder, eventualmente, pelo caminho.

É isso mesmo: Victor tinha em minha vida, cada vez mais a partir da idade de seis ou sete anos, o papel de escoteiro. Ele já *tinha examinado* tudo para mim e podia me guiar por qualquer caminho que fosse, até pelos mais obscuros, com um archote eternamente aceso na mão.

Ainda hoje me parece estranho que tenha sido Victor, mais que nossos pais ou meus professores, que se impôs em minha vida na qualidade de guia. De qualquer modo, quando somos pequenos, todo o mundo se sente no dever de nos encaminhar e presentear com lições de vida. No entanto, Victor o fazia de uma forma totalmente peculiar, com um sorriso especial nos lábios, como se a operação de orientação de minha pessoa o divertisse constantemente. Não existia praticamente pergunta a que Victor não tivesse resposta imediata e claríssima. Para me ajudar a ganhar ainda mais tempo, Victor começou a partir de certo momento a fornecer-me não só as respostas como a formular as perguntas em meu nome.

"Já alguma vez pensou qual será seu aspecto quando adulto?", perguntava-me, por exemplo, Victor, para em seguida me explicar que devia praticar esporte "de um modo mais disciplinado". E que essa disciplina devia começar por exercícios respiratórios, pois eu não respirava como se deve. Aliás, segundo a opinião dele, nem andar andava como se deve, porque tinha tendência de caminhar na ponta dos pés em vez de "honrar a terra" com a plena planta dos pés...

O problema do tempo agravou-se quando fiz onze ou doze anos de idade e quando Victor me avisou de que ia ficar *sozinho*.

Aliás, toda a família havia começado a preparar-se para esse choque – melhor, para o choque da ida dele para a faculdade. Como é evidente, Victor estudaria na capital, ou seja, a uma distância de quinhentos quilômetros da nossa pequena, anônima, poeirenta e modesta cidade. Nos meses precedentes à partida de Victor até tive a impressão de que toda a cidade estava expectante, perturbada e desassossegada. Dezenas de pessoas passaram por nossa casa para desejar sucesso a Victor, para se despedir, para lhe oferecer uma lembrança, uma prenda simbólica ou um amuleto.

"Ai de você se chorar!", dizia, de tempos em tempos, Victor, provocando-me certa ansiedade, pois nem me passara pela cabeça fazer beicinho, mas as palavras dele me faziam pensar e até me sugeriam que, presumivelmente, eu devesse mesmo chorar. Mamãe é que limpava uma ou outra lágrima furtiva, pois enviava Victor "para viver entre estranhos". Toda essa atmosfera contribuíra para me dar a impressão de que Victor era o único adolescente da cidade a quem a capital abria as portas. Mas, na manhã em que o acompanhamos para a estação, fiquei profundamente desiludido ao descobrir, na plataforma, um pequeno exército de moços e moças prontos a embarcar, de malas e sacolas, bolsas e trouxas, extremamente bem-dispostos e muito excitados, encantados com aquilo que estavam vivenciando, isto é, a despedida de seus pais e da cidade.

Aqueles momentos passados na plataforma da estação foram o meu primeiro choque real, pois a multidão engoliu Victor sem se importar com ele, sem lhe dar nenhuma atenção particular. A turba dos jovens não se dividiu ao meio quando apareceu Victor (e nós, toda a família, a seguir), nenhum representante da estrada de ferro se apresentou para pegar as malas de Victor e, quando entrou no trem, ninguém lhe deu prioridade. Em face dessa injustiça, vendo pela primeira vez Victor numa situação de anonimato brutal, meu cérebro se revoltou, meu ser se pôs a tremer e meus olhos míopes produziram espontaneamente duas lágrimas gigantescas. As duas lágrimas tombaram no cais com tamanha força (buum! buum!), que todas as famílias e os adolescentes que ali se encontravam emudeceram durante dois segundos e fixaram seus olhos em mim.

"Disse a você para não chorar, caramba!", me sussurrou ao ouvido Victor, visivelmente envergonhado com a situação, com o *fardo* que eu representava para ele.

10.

"*Hoje, a mãe morreu.*"

Você acha mesmo que uma asserção tão simples pode sair da mente de um escritor? Asseguro-lhe que não. Escritor é, por regra, pessoa complicada, dilacerada intimamente, contorcida, cheia de contradições, consumida por ambições, muito pouco generosa, se bem que se inflame com a ideia de humanidade.

Não, lhe asseguro que Albert Camus nunca teria começado o romance O Estrangeiro *com essa frase se não a tivéssemos fornecido nós. Aliás, nem sequer teria escrito esse romance num estilo tão simples, tão linear, tão confessional, visando a maior credibilidade, se não lhe tivéssemos oferecido, nós, o ponto de partida, se não lhe tivéssemos aberto, nós, esta miraculosa portinhola.*

"*Hoje, a mãe morreu.*"

Que imprevisível, que promissor e convincente início de romance! Um romance curto, como deve se lembrar. Quem é que não leu Camus logo por volta de quinze ou dezesseis anos? Não foi dito, de fato, sobre Camus (com certa maldade, aliás) que é, basicamente, um escritor para alunos de liceu, até um filósofo para alunos de liceu? E quem acha que colou essa etiqueta em Camus? O bando de escritores sofisticados à roda de Sartre, aqueles afetados grafocêntricos, incapazes de dizer uma frase coerente sem a acompanhar de fumos gestuais e ênfase interior. Imagine só quanto sofreram esses impotentes pedantes, com veleidades esquerdistas, ao ver Albert Camus receber o prêmio Nobel com apenas 44 anos. Ainda hoje vejo a cena: estava eu com ele, no primeiro andar de um restaurante em Montparnasse, quando um jovem livreiro, um cara ossudo e magricela, trajado para o esdrúxulo (parecia um caçador), entrou de rompante. O tipo veio ao nosso encontro e não sei por que se dirigiu a mim em vez de se dirigir a Camus, provavelmente me confundiu com ele. "Senhor Camus, ganhou o prêmio Nobel!", conseguiu sussurrar, se virou de imediato e se eclipsou, totalmente esgotado, como se fosse o mensageiro de Maratona anunciando a vitória contra os persas e caindo morto.

Camus ficou da cor da cal, mordeu os lábios e disse, sem me olhar: "Devia ter sido Malraux".

Sim, naquele ano de 1957, André Malraux era, sem dúvida, mais famoso que Camus, mas não tão bom escritor como Camus, não tão incisivo, tão perturbador, tão simples. *Em Malraux me incomodou sempre certo subtexto didático, coisa que Camus nunca teve. Camus escreve como se tirasse a camisa para mostrar cicatriz.*

Naquele ano de 1957, Camus foi o vencedor numa corrida em que entravam ainda Samuel Beckett, Boris Pasternak, Saint-John Perse. Nunca, ninguém saberá qual foi a segunda frase dita por Camus a seguir àquele "Devia ter sido Malraux". Contudo, o senhor merece saber o que me disse naquele momento Camus. Ele se virou para mim e pronunciou um simples "merci". Sabíamos os dois a que se referia aquele "merci". Sem a frase "Hoje, a mãe morreu", Camus não teria sido Camus, sua obra não teria sido aquilo que é, nem o Prêmio Nobel de Literatura lhe teria sido outorgado naquele ano da graça de 1957. Hoje, o romance O Estrangeiro *é o mais vendido da história moderna da França.*

Por que lhe conto essas coisas pedindo que guarde segredo absoluto? Para lhe demonstrar como toda uma carreira, não apenas um romance, pode se construir a partir duma só frase. Quem era Camus em 1942, quando saiu O Estrangeiro? *Era uma simples* potencialidade, *ou seja, uma forma de energia que pedalava no vácuo. A frase que nós lhe segredamos, um dia, num café em Argel, fez, de fato, Camus. E reconheço que Albert foi absolutamente extraordinário. Logo que recebeu aquele* impulso, *tudo correu sobre rodas, diria que tudo o que escreveu se escreveu por si mesmo. Esta primeira frase ditou a Camus o resto, ditou-lhe uma obra, através duma mecânica que nem nós sabemos muito bem explicar. Vale a pena determo-nos um instante, outrossim, sobre a segunda frase do romance, que não nos pertence, que surgiu a Camus. Lembra-se como continua O Estrangeiro, após este princípio dramático, "Hoje, a mãe morreu."? Se não se lembra, lhe digo eu. A "Hoje, a mãe morreu." se segue "Ou talvez ontem."*

Que construção excepcional, que cumplicidade entre duas forças!
NÓS: "Hoje, a mãe morreu."
ELE: "Ou talvez ontem."

Difícil de imaginar outra frase mais repleta de culpa e de ambiguidade do que esse "Ou talvez ontem.". Está dado o tom para toda uma construção, com um índice de incerteza extremamente elevado.

Sim, valeu a pena evocar Camus. Acabo de saber que Michel Onfray escreveu um livro em que demonstra que a personalidade do século XX é Camus (e não Sartre, nem Malraux). Estou totalmente de acordo com Michel. O século XX todo foi, se pensarmos bem, um órfão. Órfão de valores, órfão de civilização, órfão de humanidade. O nazismo, o comunismo, as últimas guerras coloniais, a bestialidade transformada em indústria, tudo isso foi possível pelo fato de que o século não teve mãe. Ora, quem é que observou, justa e metaforicamente, esta realidade? Camus. Através de que revelação? Através da que nós lhe fornecemos.

Despeço-me. Continuo no café Hawelka, mas amanhã vou a Praga. Desejo-lhe inspiração, caso escreva neste momento.
G. C.

P. S.
Até a nossa próxima troca epistolar, convido você a refletir acerca destas quatro frases.

"Sou um homem invisível."

"Alguém devia ter caluniado Josef K., pois, certa manhã, sem que ele tivesse feito qualquer mal, foi detido."

"Houve na minha vida um extenso período de tempo em que me deitei cedo."

"A uma pessoa que gosta de viajar de trem lhe é muito mais fácil, mais suportável, sair dele, se escolheu como destino a última estação."

11.

X acorda atingido, do interior, por uma explosão de silêncio. Em sua cabeça nasceu uma voz nova. Ouve-a rindo-se.

X ainda se sente incapaz de abrir os olhos. Espera. Conta os segundos, em pensamento. Cinco. Nove. Treze. "Dezoito." Vinte e três.

Quem é que disse *dezoito*? "Eu". *Eu*, quem?

Habitualmente X acorda aos sons musicais do relógio. Na realidade, acorda sempre dois ou três minutos antes de o relógio começar a tocar. Desse jeito, o despertar é como uma passagem ligeira de um sonho para o outro.

"Basta", diz a voz em sua cabeça.

X abre os olhos. Sente que passa das sete horas. O despertador devia tê-lo acordado às 6h45. Incrível! O relógio indica 6 horas e 37 minutos.

X levanta-se, abre as cortinas. Não, não podem ser 6h37. O sol nasceu faz muito. Deus do Céu, que horas podem ser? O relógio de pulso, que ele deixa sempre no banheiro, mostra as mesmas 6 horas e 37 minutos. X ainda tem um relógio na cozinha. Evidentemente, também está parado às 6h37. A voz da cabeça de X ri. X ri também.

X deita-se de novo na cama e espera acordar por inteiro. Não pensa em nada. Só espera, auscultando o silêncio.

Terá passado das 7h? Às cinco para as sete a caminhonete frigorífica devia ter parado em frente do açougue. Às 7h em ponto a dona do prédio devia ter saído para passear com o cão. Às 7h03 era a vez do caminhão do lixo.

"E dizia você que não pensava em nada."
Não compreendo.
"Nada a compreender."
Que quer isto dizer *nada a compreender*?
"Só isso. Pura e simplesmente."
Terá começado X a falar sozinho? Estará ele acordado ou sonhando? X se levanta, vai ao banheiro, lava-se. X está acordado. Examina-se ao espelho. De supetão, vendo o rosto, entende que, de fato, foi o silêncio que o acordou.

Nunca aconteceu a X estar rodeado por tal silêncio. É um silêncio que lhe explode nos ouvidos. Um silêncio que procede dos objetos, das paredes, que vem do exterior, do Universo. É o silêncio das ruas, da cidade, da manhã, do espaço. Um silêncio que o envolve, emanando de seu próprio cérebro. Um silêncio quase material, que só podia ter uma cor: preto.

X liga o rádio. Estranho. Dir-se-ia que nesta manhã *ninguém* emite nada. X tenta captar alguma estação. Em vão. Uma chiadeira contínua, como uma queda no vazio, de todas as emissoras. Desliga o rádio e passa ao toca-discos. Coloca um Vivaldi e começa a fazer a barba. Às 8h30 tem de estar no escritório.

X prepara um café. Abre a geladeira. Tira a manteiga e duas fatias de presunto. Fecha a geladeira. Corta uma fatia de pão. A cafeteira ronca qual locomotiva. A xícara, cheia de líquido negro, no momento em que a pousa em seu pires, faz *clang*.

X come seu sanduíche. X toma seu café. X pensa na voz de sua cabeça. É uma voz que ouve pela primeira vez. Uma voz que lhe sussurra do interior do ser. Não é sua voz, não obstante lhe pertence. É uma voz nova que o habita desde as 6h37.

– Alô, você ainda está por aí?
"Sim", responde a Voz.

– Como é que se vê o mundo do lugar onde você se encontra?
"Tudo se anuncia diferente do habitual."

O último bocado de pão com presunto. A última golada de café. X está numa forma perfeita. Sente-se limpo, cheira bem. Nada teme. Pega na carteira e sai. A primeira urgência: não se atrasar para o trabalho. Nos sete anos, que é desde quando trabalha naquele escritório, nunca se atrasou. Para ele, profissão é a coisa mais importante do mundo. X é especialista em comunicações sofisticadas.

X sai, fecha a porta, chama o elevador.

"E os peixes?", pergunta a Voz.

– Os peixes? Não entendo.

"Os peixes não estão no lugar deles."

Como assim? X não tem tempo para aprofundar o assunto. Mas a Voz sabe que X saiu sem reparar num pormenor essencial. Os peixinhos vermelhos, presente de aniversário de Matilde, desapareceram do aquário.

O elevador aparenta estar encalhado no piso térreo. Não faz mal. X descerá a pé os três andares. X se aproxima da escadaria. Hesita. Para.

Algo não soa bem. A Voz lhe confirma. "Algo não soa bem." Mas o quê?

Para começar, não é normal a porta da senhora Bordaz estar entreaberta. A senhora Bordaz nunca sai deixando a porta entreaberta. É mesmo suspeito a senhora Bordaz ter deixado a porta entreaberta. A senhora Bordaz nunca deu sinais de senilidade. Nem tem o hábito de espiar os vizinhos.

Então?

X aproxima-se e toca a campainha. Não há resposta. Bate à porta. Sem resposta. Toca mais uma vez, apesar de pressentir que nem desta vez haverá resposta. Se a senhora Bordaz estivesse lá, seu *caniche*, Pexy, teria há muito mostrado o focinho e pulado em seu colo.

Entro, não entro?, questiona-se X. Terá a senhora Bordaz desmaiado? "Como assim, o cão também?". Talvez assistisse à televisão... "Nem pensar." Talvez... Talvez... Talvez...

X empurra devagarinho a porta.

– Senhora Bordaz...

Mais um pouquinho.

– Senhora Bordaz, está em casa?

X avança, cauteloso, um passo, dois passos... No vestíbulo do apartamento, ninguém. Na sala, ninguém. Na cozinha, ninguém. X hesita em entrar também no quarto de dormir. Isso não se faz. A senhora Bordaz é uma mulher pudica. A senhora Bordaz não gostaria de ser surpreendida no quarto, pelo menos é o que pensa X. É melhor me mandar, reflete X. Tanto mais quanto se sente invadido por uma sensação de desconforto. X não se sente bem nesse apartamento com objetos tão antigos, com tanta pátina. Parece que o espreitam, que o julgam.

Ao sair do apartamento, X descobre junto à porta uma luva branca, rendada. A luva direita da senhora Bordaz. E não muito longe, a coleira de Pexy. Mas como é que não a viu minutos antes?

"E o papagaio?" O papagaio? "Sim, o papagaio". Novamente X não entende nada. A Voz insiste. "O papagaio."

X não tem tempo para responder. Desce os degraus de dois em dois, pois sabe que está muito atrasado. Quando se atrasa, seu organismo funciona como um relógio. Cifras começam pestanejando, rodas girando mais depressa. As rodinhas dentadas arranham mais, pois os dentes são mais afiados. A Voz sabe que, novamente, X não observou um pormenor essencial. O papagaio da senhora Bordaz sumiu da gaiola.

Em contrapartida, X observou outra coisa e espera, no seu íntimo, que a Voz não saiba o quê, coisa que, aliás, se lhe espetou qual estilhaço nos miolos. Basicamente, o fato de todos os relógios do apartamento da senhora Bordaz terem parado às 6h37.

Nas escadas, entre o segundo e o terceiro andares, alguns objetos parecem antes abandonados que perdidos: um estojo de óculos (pertencera ao senhor Kuntz, o saxofonista?), um chapéu preto de feltro (sem dúvida, o chapéu do senhor Bragovski, do quinto andar) e uma escova de dentes cujo proprietário X não pode identificar.

Não obstante a Voz o inste nesse momento a continuar a descida, X não pode não se deter alguns minutos no patamar do segundo andar. A porta do apartamento da família Bruchner está escancarada. E um cheiro de café que extravasou vem do apartamento da família Tolbiac.

Entre o segundo e o primeiro andares, outros objetos espalhados pelo chão. Um isqueiro transparente de plástico, um relógio de pulso (que sorte não se ter partido!), uma colher de sobremesa de prata (X poderia jurar que seu dono saiu a dada altura do apartamento com a xícara de café numa mão e a colherzinha noutra, antes de a deixar cair no chão), um lenço bordado de senhora (será o lenço da senhorita Matilde?)...

"Está ouvindo isso?", pergunta a Voz.

Realmente, ouve-se um ruído. Um som que vem de baixo, de um apartamento no piso térreo. É mais um zunido repetitivo, irritante, que arranha o ouvido ("e o cérebro", acrescenta a Voz). X aproxima-se evitando pôr o pé nas pocinhas de leite derramado de uma garrafa partida nas escadas entre o primeiro andar e o piso térreo. X ainda não compreendeu quem produz o barulho. Não compreendeu nem se é caso para se preocupar ou para entrar em pânico. Entre o terceiro andar e o piso térreo, seu cérebro (o tal arranhado pelo zunido) registrou as imagens de, pelo menos, cinco portas entreabertas.

"Algo acontece na rua", diz a Voz. Não, responde ele. "Você tem de manter a calma", acrescenta ela. Estou calmo, contrapõe ele. "E não se esqueça de que você não pode se atrasar para o escritório", adverte-o. Não me esqueço, profere ele. "Algum incêndio?", ainda opina a Voz. Um incêndio? "Sim, um incêndio silencioso."

De momento o que interessa a X é identificar a origem do som irritante. Bate na porta do zelador.

– Seu Busbib...

"Acho que pode entrar, tranquilo", diz a Voz. É o que ele faz. Entra tranquilo. Abre a porta e entra tranquilo na acomodação do zelador. Sobre a mesa de sua pequena cozinha, seu Busbib abandonou um desjejum do qual não chegara a engolir sequer um bocado: uma fatia de pão com manteiga, um iogurte e uma xícara de café meio cheia, ao lado do leite. Quanto ao zumbido irritante, ele vem de um antigo gramofone: a agulha derrapa, incansável, no disco. Parece um inseto com pés frágeis, incapaz de atravessar uma falha no vazio. X ajuda-a a ultrapassar o obstáculo empurrando-a ligeiramente com a ponta do dedo. Vivaldi. Não sabia que também seu Busbib tem por hábito ouvir, no café da manhã, Vivaldi.

X repara ainda que seu Busbib deixou a água correndo no banheiro. A escova de dentes, com o necessário creme dental, jaz na borda do lavatório. Poderia afirmar-se que seu Busbib não chegou a escovar os dentes naquela manhã. X fecha a torneira e sai do minúsculo apartamento.

"E se voltássemos a nosso quarto?", indaga a Voz. Não, responde X. "Talvez seja melhor você voltar e esquecer tudo", insiste ela. Não, responde X. "Pense melhor!", teima a Voz. Pensar em quê?, não tenho em que pensar, resmunga X. "Não é normal que seu Busbib ouça, ele também, Vivaldi no café da manhã." X ri. Sente que a Voz também sorri.

– Por que está sorrindo?, pergunta X.

Mas a Voz não lhe responde. X deixa-se levar pela memória de seus passos. No *hall* de entrada do prédio dá com o saco, cheio de cartas, do carteiro. É claro que o carteiro havia começado a distribuir a correspondência pelas caixas quando...

"Quando... o quê?", perguntou a Voz.

X não sabe o que responder. Tudo o que pode constatar é que o carteiro abandonou seu saco e parte das cartas se espraia pelo chão. X inclina-se, examina atento. Parece que algumas das cartas (não abertas, claro) foram depois pisadas.

"Por quem?"

X não sabe. Mas lhe custa acreditar que os locatários do prédio tenham passado por aqui pisando a própria correspondência. X procura entre as cartas saídas do saco, castanho, de couro, e descobre dois envelopes em seu nome. Depois vê na caixa. O fulano ainda conseguiu meter um terceiro na caixa.

"Eu acho que aconteceu exatamente ao contrário", diz a Voz.

Ao contrário?! "A carta da caixa do correio foi posta primeiro. E depois o tipo abandonou tudo."

As três cartas são: uma, da empresa de gás e eletricidade; outra, da Sociedade Internacional de Pesquisa na Área das Telecomunicações; a última não tem remetente.

X leva-as com ele, as lerá logo mais, no ônibus. Ele gosta de se entreter com a leitura da correspondência e do jornal no ônibus. Arruma as três cartas na carteira e se prepara para sair à rua. Além da pilha de cartas abandonadas, no *hall* ainda se veem: o saxofone do senhor Kuntz, a mochila da senhorita Matilde, a segunda luva da senhora Bordaz, uma caixinha com pó de arroz, uma lata de Coca-Cola e um sapato de homem.

12.

Só depois da quarta ou quinta visita que lhe fiz, na pequena livraria da passagem Verdeau, o senhor excessivamente afável se dignou a estender-me a mão apresentando-se:
– Bernard.
É certo que passara bem algum teste de resistência ou tenacidade porque, logo após essa breve apresentação, Bernard me considerou amigo da livraria.
– Como pode ver – me disse –, os livros estão expostos em montões. Aliás, não estão nada expostos, estão empilhados ao acaso, como a vida o quer. Pessoalmente, detesto as grandes livrarias organizadas tematicamente ou por autores. Para que classificar, para que moer a cabeça com a invenção de categoria? *Romance, ensaio, prosa curta, biografia... Autores estrangeiros, autores nacionais...* Tudo isso nada mais são do que presunçosas tentativas de enjaular páginas que, de fato, têm identidades múltiplas. As biografias são, não raras vezes, esplêndidos romances de aventuras, ao passo que os romances são ensaios disfarçados.
Confessei-lhe naquele momento, por minha vez, que me dava um imenso prazer escarafunchar entre seus amontoados de livros. A desordem da livraria (ou, talvez, o modo douto em que ele construía essa desordem) me oferecia surpresas maravilhosas. Quando por baixo de uma antologia de literatura erótica se descobre um ensaio sobre o teatro russo de 1905 a 1935, e ainda um imenso tomo (o segundo) sobre a vida de Joana d'Arc, assinado por Anatole France, a desordem vira viagem. A própria vida é concebida de modo idêntico pelo Grande Criador de desordem.

Nunca enxergaremos na rua grupos de pessoas se deslocarem em função de seu sexo, de sua religião, de sua faixa etária ou em função de sabe-se lá que crenças filosóficas ou políticas comuns. Não, na rua, as pessoas ficam tão misturadas quanto os livros da livraria de seu Bernard. Dito isto, o meu prazer de andar sem destino pelas ruas e de olhar as pessoas em sua *desordem* reencontrava nesta livraria Verdeau, que não me impunha nada, a liberdade absoluta.

— Eu também adoro fuçar entre livros — confessou o afável homenzinho idoso. — Vasculhar por entre livros é como andar à procura de uma pérola valiosa num acervo de cérebros. Já pensou que poderia ser esta a definição de um livro? Um pedaço de cérebro ambulante, um fragmento de cérebro em circulação. As pessoas que escrevem muito transferem quase todo o cérebro para os livros. Às vezes tenho a impressão de que Balzac, no fim da vida, já não tinha pingo nenhum de matéria no crânio, pois todo o conteúdo saíra sob a forma de palavras escritas.

Não ousei, nas primeiras semanas da minha relação com seu Bernard, perguntar se ele também pertencia à Agência, se ele também estava implicado na venda (ou no fornecimento) de inícios de romance. Era ele parte da família que tinha fundado a Agência? Tinha algum parentesco com o senhor Guy Courtois?

Não quis me precipitar e preferi construir a relação nos sólidos alicerces da ambiguidade.

13.

Não acreditei que um dia havia de encontrar
a Senhorita Ri

tinha já atravessado fases de êxtase e banhos de chamas
já não esperava nada senão
o ensaio geral da Estação do Norte
quando, ei-la, a Senhorita Ri
pediu para me deixar fotografar pelas mãos e seus olhos

tinha uma imensa máquina de rodinhas
uma máquina com dentes e mandíbulas
e com asinhas no sítio da objetiva
não se mexa, me disse (conquanto eu quisesse correr para ela)

fiquei quieto esperando o clique
passou uma hora, passou um dia
passada uma semana a Senhorita Ri
carregou todavia na mola
seu olho me pulverizou de supetão
eu era só imagens, só lascas
minha vida flutuava sob forma de partículas
até meu curto futuro
voluteava feito pó e fumo
à roda da máquina fotográfica da Senhorita Ri
tornada num garrafal buraco negro
daqueles que no Universo
engolem tudo

14.

Muito prezado senhor:
Escrevo-lhe de Praga onde fui ter com Kafka. Não sei se já teve oportunidade de ir a Praga, mas caso não tenha tido siga meu conselho e venha aqui no mês de fevereiro. Praga deve ser vista com nevoeiro. Poucas cidades da Europa têm esta qualidade de duplicar sua força emocional por entre nevoeiros. Todas as torres e os telhados da cidade, a Ponte Carlos com suas estátuas de santos, suas praças e portões, capelas e passagens, tudo isso merece ser visto, uma vez na vida, com nevoeiro.

E, além disso, o próprio Kafka só sai a passear quando tem nevoeiro. Se bem que, às vezes, pode ser visto no Café Louvre, onde estou agora sentado a uma mesa. É estranho como Paris, a cidade dos cafés, nunca teve a cultura dos cafés arejados que se encontram na Europa Central. Os parisienses gostaram, parece, de ficar apertado nos cafés, por isso, nos cafés de Paris as mesas são sempre pequenas, as cadeiras mínimas. No velho império austro-húngaro o café era antes uma espécie de clube, aonde burgueses e artistas vinham se instalar comodamente e contemplar a vida, conversar eventualmente sobre arte e discutir, mas sem fazer revolução como em Paris. Enquanto escrevo estas linhas, me digo que Paris não tem mais nenhum café tão grande como o Louvre, com sala de bilhar e salão para música. Houve um tempo em que alguns dos espaços desse café funcionavam como "salões de xadrez", e outros eram "quartos privados" com mesas para escrever e telefone ao lado. Jornalistas e escritores reservavam-nos e passavam ali horas a fio.

Nos dias que correm, o Louvre está um pouco desfigurado pelos turistas, razão pela qual Kafka é raramente visto.

O senhor refletiu na frase "Alguém devia ter caluniado Josef K., pois, certa manhã, sem que ele tivesse feito qualquer mal, foi detido"? Sei quanto admira Kafka e como se nutriu em seus romances, em seu universo. Terá de vir um dia a Praga e olhar da Ponte Carlos para o edifício do antigo Palácio Real, um castelo imenso, esmagador de fato, situado na colina da margem esquerda do rio Moldava, de onde domina a cidade inteira. Esse palácio, fortaleza aliás, uma das maiores da Europa Central, é um verdadeiro labirinto de pátios e edifícios, um monumento de austeridade em total contraste com a exuberância cheia de ecos barrocos provenientes do resto da cidade. Algo opressivo e rígido, severo e impenetrável emana desse "castelo", símbolo duma autoridade abstrata e impessoal, fria e cínica. Quando olhar para esta silhueta, sobretudo se for através do nevoeiro, entenderá por que Kafka escreveu o romance intitulado O Castelo.

Em contrapartida, nós é que temos o mérito de ter, um dia, inculcado em Kafka esse extraordinário início de romance: "Alguém devia ter caluniado Josef K., pois, certa manhã, sem que ele tivesse feito qualquer mal, foi detido". Nenhum historiador literário, nenhum biógrafo, nenhum livro de confissões menciona esse fato. Perguntar-me-á, provavelmente, por que o confio ao senhor. Vou deixá-lo descobrir a resposta por si só. De qualquer modo, vale a pena imaginar esta cena.

Num dia de neblina, num dia do fevereiro daquele ano nefasto de 1914, que havia de abrir a série de catástrofes do século XX, passeava pela Ponte Carlos um tal de Franz Kafka. Um homem que já não era jovem, a seus 31 anos, especialista em amores platônicos, desenraizado de natureza, queimado interiormente pela paixão pela literatura. Não fui eu quem, naquele dia de fevereiro, sussurrou ao ouvido de Kafka esse início de romance. Naquele dia, ele tinha marcado encontro na Ponte Carlos com Max Brod, outro apaixonado pela literatura, que conhecia fazia mais de dez anos e que se tornara seu melhor amigo. Ninguém soube e nunca saberá que esse Max Brod trabalhava para a Agência Literária Courtois.

No entanto, Kafka não foi um escritor disciplinado. Apaixonado, sim, genial, outrossim, mas tão crucificado *por causa das complicadas relações com a própria família e sobretudo com mulher. Para nós, Kafka foi um Nobel perdido, mas não tem importância. O importante é que soubemos segredar-lhe ao ouvido a frase essencial no mais vigoroso momento de sua vida. Consegue imaginar a história da literatura moderna sem Kafka? Sem* O Processo? *Sem a frase "Alguém devia ter caluniado Josef K., pois, certa manhã, sem que ele tivesse feito qualquer mal, foi detido"? O ano de 1914* agrilhoou *todo o século XX. Um século que só saiu da masmorra em 1990, quando caíram os regimes comunistas da Europa Oriental. Sobre a penitenciária que foi a Europa durante todo esse período flutua a sombra de Kafka. Assim como sobre o "castelo" de Praga.*

Mas já chega de delongas. Tanto mais quanto o sinto impaciente. Sei, sei muito bem aquilo que espera de nós, mas de momento não lhe posso prometer nada. Ainda não o conhecemos suficientemente. Bernard ainda não tem uma ideia clara sobre os manuscritos que lhe confiou, nem a Senhorita Ri o encontrou ainda. Na última carta implora que eu lhe envie, sugira, proponha, pelo menos uma pré-primeira frase de início de romance. Que ideia! Ninguém até agora nos pediu tal coisa. Mas se quiser brincar um pouco, se quiser abordar alguns exercícios preliminares, bem, tente bordar algo relacionado com esse início de texto: Não é fácil ter um irmão mais velho considerado por todos um gênio.

Desejo-lhe inspiração, mas antes de mais nada capacidade de ouvir até o fim aquilo que dizem as palavras enquanto as escreve.

Seu,
Guy Courtois

P. S.
Queria ainda lhe falar da Ponte Carlos, essencialmente o "centro" desta maravilhosa cidade que é Praga. Poucas são as cidades que

têm como núcleo, como miolo, como ponto fulcral uma ponte. Eis uma simbolística sobre a qual vale a pena refletir. Ponte Vecchio, em Florença, tem também esse papel, de centro físico e espiritual da cidade, de nó energético donde irradia a memória de todo um espaço urbano. E em menor medida, a ponte Rialto de Veneza. *Se lhe vier outro exemplo à memória, me escreva, por favor.*

15.

A superioridade de Victor era visível especialmente nas minúcias. Se saíssemos na natureza e devêssemos escolher um lugar para piquenique, entre todas as propostas feitas pelos intervenientes impunha-se sempre a de Victor. Era ele quem tinha o melhor olho, quem sentia melhor o terreno, quem apresentava os melhores argumentos, associando os elementos de bem-estar a outros, de traço estético-legal. Se fizéssemos uma fogueira, era sempre Victor que sabia como proceder melhor, como trazer a lenha, quais as madeiras mais acertadas e como deviam ser montados gravetos e achas de modo a permitir uma boa circulação do ar, pois o fogo alimenta-se de oxigênio, não é mesmo? Quanto a grelhar a carne, ninguém ousava, já fazia muito tempo, lhe contestar as competências. Ele sabia melhor até do que mamãe e papai como devia se untar a grelha, preparar o carvão, quanto tempo deixar grelhar a carne de porco ou de frango e, sobretudo, como devia se preparar lombo e coxa, batidos ligeiramente, ou recobertos de alhos, ou marinados primeiro em vários molhos sofisticados à base de azeite, vinagre, suco de limão e variados condimentos.

Victor impunha sua superioridade prática em tudo. Se fosse para escolher um restaurante, ele tinha os mais interessantes palpites, se fosse para escolher um vinho, ele tinha o melhor faro para identificar a relação ideal preço-qualidade. Quando havia alguma disputa (ou simplesmente uma conversa normal) sobre um ou outro assunto, Victor não intervinha no princípio, ou intervinha na medida de direcionar o debate para a necessidade de uma conclusão que, de fato, era reservada a ele. Se o assunto fosse casas, e três pessoas descrevessem três casas, cada uma mais linda que a anterior, a que fosse descrita por Victor, no final do papo, provava ser, de longe, a mais espetacular e bela esteticamente. Resumindo, o diálogo com Victor corria assim: X dizia que viu um carro formidável; Victor pedia detalhes, deixava X falar e entusiasmar-se sobre a esplêndida joia tecnológica vista, e depois começava ele a descrever um carro ainda mais formidável, mais sofisticado, mais espalhafatoso. Se alguém dissesse que viu um acidente horrível, Victor tinha armazenadas imagens relativas a um acidente ainda mais aterrador. E se uma pessoa se aventurasse afirmando que começou a aprender uma língua africana, falada por uma tribo totalmente desconhecida na Europa (da qual era evidente que Victor nunca tinha ouvido falar), então, Victor dizia que ele estava estudando uma língua amazônica, que é falada por apenas uma pessoa.

Daquilo que conto não tirem a conclusão de que Victor queria ter, sempre, a todo preço, a última palavra. Nada disso. Não eram raras as vezes em que Victor ouvia as histórias dos demais presentes sem nada dizer no fim, isto é, sem ser ele a terminar, pondo os pingos nos *is*. Como os outros estavam habituados a que Victor acabasse constantemente a conversa com uma análise, com um remate ou uma história ainda mais espetacular do que a deles, sempre que Victor se abstinha de o fazer, o grupo entendia a atitude dele como uma prenda. Quando Victor se mantinha calado no fim, uma espécie de calor interior inundava a pessoa que tinha conduzido a conversa até o silêncio final de Victor. Pelos seus silêncios, Victor atribuía um prêmio amigável, e fazia-o com certa diplomacia. Abstendo-se de contradizer ou desqualificar uma pessoa, quando era óbvio que podia fazê-lo sem esforço algum, Victor se mostrava extremamente generoso e, assim, sua superioridade se tornava ainda mais evidente. Com um impecável sentido equitativo, Victor cuidava para que cada um dos membros do grupo dominado fosse, a certo momento, recompensado. Pelo que, entre os subalternos, nunca se instalava nenhuma inveja, cada um tinha o direito de triunfar, de vez em quando. É, porém, patente que Victor, e nenhum outro, era o distribuidor das honras e dos galardões.

No período de seus estudos, Victor começou a viajar à beça. E, para nos ajudar a também ver o mundo pelos seus olhos, meu irmão começou nos mandando postais culturais. Não sei como fazia, talvez andasse sempre com uma reserva de selos, mas enviava um postal de quase todas as cidades ou regiões por onde passava e, quando se demorava num lugar, enviava duas, até três imagens dos principais monumentos. Victor tinha um estilo telegráfico, e ainda assim poético, de transmitir suas emoções. Da cidade de Rouen, por exemplo, enviou, em dada altura, uma ilustração com a estátua de Joana d'Arc e a menção: *Peregrinação às fontes de um mito.* Lembro-me de uma outra imagem, com uma esplêndida cidade à beira-mar, em que estava escrito: *Nas pegadas do corsário Surcouf em Saint-Malo.* Nossa coleção de postais cresceu gradualmente e se tornou colossal, invadindo armários da cozinha e todo o espaço afixável de casa, pois mamãe não concebia que essas imagens pudessem ficar guardadas, escondidas, numa caixa. Elas deviam imperar, colocadas à vista, de modo que, a cada momento, nossos olhares pudessem seguir o percurso de Victor, aquilo que ele tinha visto e que, com tanta generosidade, compartilhava.

Momentos de reflexão nas praias do desembarque da Normandia... Trajeto renascentista no Vale do Loire... Visitando os antiquários no cais do Sena...

O espantoso é que Victor não se repetia, formulava essas linhas sem ênfase, mas com um espírito metódico, a intrínseca mensagem transmitida por ele sendo o desejo de nos ter sempre ao lado, de nos fazer viajar com ele e, sobretudo, de nos fornecer o essencial dessas viagens. Se quiserem, uma vez mais, até se ausentando, Victor me ajudava (e nos ajudava) a ganhar tempo. As imagens-chave enviadas e seus comentários sucintos equivaliam à nossa iniciação na geografia cultural essencial da França e da Europa. Para que, tendo isso, viajar mais, quando Victor nos enviava as emoções já digeridas? Victor checava o mundo para nós e simplificava nossa vida, poupávamos dinheiro e esforço motriz.

– Veja só a *vantagem* que você tem – me dizia de quando em quando mamãe, olhando perdida para as imagens enviadas por Victor, que atapetavam quase todas as paredes.

Eu não ousava, apesar dos doze ou treze anos que já tinha, pedir-lhe que pormenorizasse a tal vantagem. De qualquer modo, ela me teria fitado com reprovação, tivesse eu me arriscado sugerindo que não alcançava, assim, logo de primeira, o que me queria comunicar com aquela frase. A palavra *vantagem* intrometia-se, aliás, muito em nossas conversas, e com o tempo me dei conta de que minha grande vantagem era Victor. Só me faltava crescer um pouco mais para colher os frutos óbvios.

Até na escola me repetiam às vezes frases como: "Então, você vai seguir as pisadas dele?" ou "Veja lá, você tem de estar à altura".

Quanto mais postais Victor enviava, maior o pânico que se alojava em meu coração. Quando, em que, como – poderia eu igualar Victor? Parecia-me claro que o jogo estava perdido à partida, que não tinha nenhuma chance de chegar à altura dos postais de Victor. Mesmo começando eu, um dia, a enviar também postais para casa, eles não teriam o mesmo impacto emocional.

Com os impressionistas em Montmartre. Cumprimentos da Sede da Comissão Europeia de Bruxelas. Envio a vocês um prato com os sabores da Provença.

Evidentemente, minha chance de estar à altura de Victor diminuía todos os dias, com cada postal, com cada informação que nos chegava, por outras vias, do meu irmão mais velho. Pois Victor, tendo ido estudar cibernética, alargava sempre mais o horizonte profissional. Daquilo que religiosamente cochichavam meus pais, entendia que Victor se dirigia agora para a *transdisciplinaridade*. Ele se interessava mais recentemente pelas ciências *transfronteiriças* ou pela *transfronteiridade* como ciência.

Com ainda mais religiosidade começou a infiltrar-se em nossa casa e no seio de nossa família outra informação ou ideia: o futuro de Victor não podia ser, de modo algum, na Europa, ele foi feito para ir para a AMÉRICA.

16.

O silêncio da cidade machuca-o fisicamente, é como se tivesse sido socado no plexo. A rua está deserta. A serenidade do céu tem algo de estranho. Os objetos estão parados como num aquário sem peixes. Nenhuma trepidação no ar, todos os cata-ventos estacaram indicando a mesma direção – Norte. Quererá isso dizer que da última vez o vento soprou para norte?, pergunta-se X.

X anda na calçada como numa pista de gelo inclinada. Deus do céu, onde se meteram as pessoas? Não se ouve nenhum grito, não passa nenhum automóvel. O horizonte parece gelado, o céu vazio, nenhuma vibração urbana, ninguém sai dos edifícios, ninguém abre uma janela, a plataforma do ponto do palco universal está abandonada. Quase todas as portas estão abertas, até as janelas dos prédios (sobretudo as do piso térreo e do primeiro andar, como se os ocupantes tivessem, de repente, saltado pela janela). Cão algum ladra, pássaro nenhum voa. As árvores estão paralisadas, geladas, como se fossem de vidro, nenhuma folha se mexe.

Deus do céu, onde se enfiaram as pessoas? O que é que se passa, onde está o incêndio?, interroga-se, novamente, X.

A Voz, toda calada.

As pessoas estão, todavia, presentes pelas coisas que abandonaram. Porque abandonaram tudo: abandonaram carros, bicicletas, carrinhos de bebês, patinetes, malas, bolsas, mochilas, chapéus, bengalas, guarda-chuvas... Há quem até tenha largado sobretudo, cachecol, casaco, o cigarro que fumava (X tem a impressão de que alguns ainda estão acesos). Por todo lado se espalham carteiras, jornais ainda por abrir, pães frescos ainda por comer.

Vejam só, isso deve ser o pompom vermelho de Pexy, o *caniche* da senhora Bordaz. Um pouco mais longe, X reconhece um par de patins (pertencem a Paul, o netinho de seu Busbib) assim como o *walkman* da Senhorita Matilde.

Ninguém na padaria de seu Masek, ninguém no açougue de seu Bruno, ninguém na florista, ninguém no mercadinho, ninguém à frente da banca de jornais (o que não impede X de tirar o jornal que lhe interessa do maço ainda virgem e de deixar três cobres idênticos em cima). Ninguém no café central, apenas quatro ou cinco xícaras fumegando no balcão e outras, partidas, à entrada. À frente da florista, o furgão, meio descarregado. Na esquina da rua, a caminhonete frigorífica, que X teria de ouvir passar às quinze para as sete.

Todos os carros, os táxis, os ônibus têm ar de terem sido, bruscamente, abandonados. É como se os motoristas tivessem travado no mesmo segundo, tivessem saído, horrorizados, e tivessem fugido, largando os veículos com as portas escancaradas. A maioria até deixou as chaves na ignição. X espanta-se por eles terem tido tempo para desligar os motores, se bem que alguns ainda rujam, de freio puxado.

À medida que se aproxima da artéria central do bairro, X constata que os carros abandonados são cada vez mais numerosos. Os objetos nas ruas e nas calçadas parecem trazidos por uma enxurrada.

X para para consultar a Voz. À frente de seu prédio devia ter cruzado com a senhora Bordaz (por regra, ela volta com Pexy quando X sai para o escritório). A senhorita Matilde sai quase pela mesma altura com X e lhe sorri sempre. Ao pé da igreja transcendental teria de ver o pedinte do bairro, um tal de Mimil. Onde estão todas essas pessoas? E os outros, que deixaram seus negócios ao deus-dará? E os clientes, e os transeuntes, e as donas de casa que saíram para as compras, e os idosos madrugadores, e os mensageiros, e as crianças a caminho da escola, e...

Terei de ligar para a polícia?

A Voz desata a rir. X não decifra se é um riso aprovador ou reprovador. X continua a interrogar-se. Essas pessoas, que já não se veem, não precisarão de ajuda? Tratar-se-á de uma evacuação geral do bairro? Já houve casos, no Brasil, parece, quando toda a canalização de uma cidade foi infiltrada com gás metano e teve de ser evacuada a população inteira.

A Voz desata a rir novamente (reprovação ou recusa de comunicar?).

Estranho, medita X, qualquer despejo é precedido por um alarme; devia, consequentemente, ter ouvido sirenes. Devia ter ouvido gritos. E o chiar das rodas da frenagem dos carros. E passos, os passos da multidão em fuga...

"Mas você tem certeza de que se trata de uma fuga?"

– Não.

"Então?"

Aliás, X não tem certeza de nada. "Qual é sua prioridade nº 1?" A prioridade nº 1... sim, é verdade, em suma... já que ninguém grita por socorro... de qualquer modo, é dia de trabalho, tenho de ir para o escritório...

X não gosta de chegar atrasado, aliás repete isso para si mesmo muitas vezes. X nunca se atrasou. Para ele, a coisa mais importante, além da relação com Matilde... Matilde – talvez devesse telefonar! Sim, vai ligar do escritório.

X pega num relógio de pulso da calçada e vê as horas: 6h37. Não sabe por que, mas esta história começa a fatigá-lo.

X sente quão ridícula a situação é: esperar pelo ônibus numa cidade vazia. ("Como é que sabe que está vazia?"). No entanto, espera pelo ônibus. O reflexo é mais poderoso que a razão. Como X vai todos os dias de ônibus para o escritório, é normal que, *hoje também*, espere pelo ônibus. Porque X é uma pessoa disciplinada. Porque X é uma pessoa pontual. Porque X se recusa a deixar-se enganar. Porque X nega anomalia agressiva. ("Esta já não é uma anomalia, esta é uma nova realidade.")

É claro, o ônibus não chega. X é o único passageiro que aguarda no ponto. E isso de manhã, no horário de pico, quando ônibus passa de cinco em cinco minutos. ("Onde estarão as duas velhinhas que todas as segundas se encontram no ponto?"). X espera dez minutos. Um quarto de hora. Vinte minutos. ("Para onde desaparecera o homem de óculos escuros e bengala?"). O silêncio instalado sobre a cidade parece a X, cada vez mais, uma conjuração coletiva contra ele. ("Estão doidos. Estão todos doidos!"). O que ele fez a estas pessoas para se comportarem assim?

Ao se colocar estas questões, X tem, pela primeira vez, medo. Abre o jornal na esperança de encontrar uma resposta para todas as peculiaridades daquele dia. Foi anunciada, talvez, uma greve geral, total, universal? Uma greve que se manifeste pela ausência de todos os seres, simultânea e globalmente?

Os artigos do jornal parecem-lhe mais banais do que nunca: um novo programa governamental contra o desemprego, uma nova manifestação da oposição que se prepara para as cruciais futuras eleições, um novo atentado onde diariamente se cometem atentados, um avião que falha a aterrissagem numa ilha em que a pista é mínima, algumas dezenas de mortos nos combates das últimas 24 horas num país onde a guerra civil nunca acaba...

Como é evidente que o ônibus não aparecerá, X toma a decisão de ir a pé até o escritório. Sim, é a melhor coisa a fazer. Não olha nem à esquerda nem à direita para se assegurar ao atravessar.

Percorre a cidade em passo alerta. Não pensa senão naquilo que tem de fazer hoje no escritório. Às 11h, por exemplo, está agendada uma reunião com todos os chefes dos grupos de pesquisa. É possível que participe também o diretor geral do Instituto. A ideia de que poderia já estar atrasado lhe causa horror.

X passa, despreocupado, ao lado das centenas de carros abandonados, tenta não pisar em sacolas de mão, guarda-chuvas e chapéus, se recusa a olhar para a vitrine, tenta ignorar o fato de que todos os relógios públicos pararam às 6h37, não se surpreende por toneladas de mercadoria terem sido largadas no mercado central da cidade, não repara que na loja de pássaros exóticos e animais pequenos já não existe nenhum pássaro exótico, nenhum animal pequeno. Na placa elétrica de um vendedor de crepes jaz um crepe calcinado. Do quinto andar de um edifício, escorre um fiozinho de água. Um furgão e dois automóveis se petrificaram, após o choque, num cruzamento, o motor do furgão fumega, na calçada se veem manchas de sangue, mas nenhum sinal de mortos ou feridos...

Ao atravessar o parque municipal, X se sente de repente aliviado, até protegido. Respira energicamente umas quantas vezes. Aproxima-se de uma árvore e apalpa-a. Alguém esqueceu em cima de um banco um transístor, um maço de cigarros e um isqueiro. X não fuma, mas sente bruscamente uma premente necessidade de o fazer. "Vá lá", diz a Voz, "se você quer fumar, fume".

X acende um cigarro. Observa o céu. Escuta os batimentos de seu coração.

De um bairro, não muito longínquo, começa a soar um alarme. X se sente exultar. Desata a correr em direção ao som. Ao chegar à esquina, os sons se agudizam. Aproxima-se de uma papelaria que pegou fogo. X não pode fazer nada senão ver como as chamas engolem milhares de cadernos e centenas de lápis, amontoados de envelopes e maços de folhas brancas, apetrechos de desenho e estojos de madeira. Quando só sobram as cinzas de todas as prateleiras da papelaria, o alarme cessa também. "Como um animal cansado." Aliás, o mecanismo do alarme está, ele próprio, destruído pelo incêndio. Ninguém, absolutamente ninguém, vem apagar o fogo.

X desata a fugir para trás, em direção ao parque municipal. Vagueia um tempo pelas alamedas. Desata o nó da gravata.

– Diga algo. Por que você não diz nada?

"Veja lá, não vá se constipar!"

É verdade, a camisa se colou em sua pele. X sente correrem-lhe pelo pescoço riachos frios de suor. Ainda bem que guarda, sempre, no armário do escritório, uma camisa.

17.

Meu caro Guy:
Digo-lhe desde já que não gosto do cara que me enviou porque limpa e rói unha sem parar. E você sabe que sou alérgico a esse tipo de atividade compulsiva. Pois então, seu M é campeão absoluto nesse ofício. Ainda não encontrei outro homem tão obcecado com a sujeira das unhas. O tipo é incrível, a cada dois ou três minutos limpa (cuidado!) com as unhas da mão esquerda as unhas da mão direita. Sua técnica é das mais toscas e vulgares. Mesmo sem se enxergar, ouve-se como passa a unha do dedo indicador direito por baixo da unha do dedo indicador esquerdo. Digo ouve-se, pois esta operação de limpeza da "miséria", invisível aliás, de suas unhas produz um som extremamente desagradável ao ouvido, é como se alguém quisesse descascar um ovo cru. Juro!, estive várias vezes para o pôr fora da livraria, mas me contive no último minuto e preferi subir para o outro andar ou sair com o pretexto de ir aos correios, quando, de fato, me refugiava no café da senhora Bordaz.
É claro que seu M tem a perpétua impressão de que suas unhas produzem uma secreção que deve se evacuar de imediato, de dois em dois minutos. É possível que sinta aquela sujeira das unhas como uma espécie de excrescência, de corrimento. Todavia, quanta sujeira pode produzir uma pessoa por baixo das unhas quando não exercita praticamente nenhum trabalho físico? Por norma, se acumula algum sebo debaixo das unhas após duas ou até três semanas de negligenciar a higiene, e não mais rapidamente do que isso. O cúmulo é que eu mesmo comecei a olhar para as minhas unhas, ou mais exatamente a examiná--las com cuidado para ver se não se acumulou algo negro por baixo. Na meninice, acontecia-nos, na escola, ter as unhas das mãos vistoriadas.

"E agora, todos de mãos em cima da mesa!", berrava a professora, o que nos lembrava bruscamente de uma só coisa, que era a de que estávamos nos lixando para a aparência das mãos e para quão limpas se apresentavam.

Não sei se seu M ficou traumatizado na infância com esse tipo de controle, mas observo como não para de se autoinspecionar. Dir-se-ia que tem a voz duma professora na cabeça, uma voz repetitiva que lhe grita sempre a cada dois ou três minutos "e agora quero ver suas mãos!". Realmente, olha para as mãos, examina-as com ar muito sério e uma expressão de contínuo descontentamento na face.

Até mesmo quando se senta na escrivaninha para responder às suas cartas, após cada frase escrita rói um pouco as unhas ou arranca a pele da base. Esta operação é sua segunda especialidade. Tem, porventura, a impressão de que seus dedos produzem algum tipo de textura escamosa que avança ameaçadoramente cobrindo-lhe as unhas. E, por consequência, precisa libertar-se daquela agressão recortando-lhes o contorno com os dentes ou com as unhas.

Faz hoje uma semana que começou a passar todos os dias por aqui. Nem queira saber a cara dele quando viu a escrivaninha ocupada pela Senhorita Ri. Habituara-se a estar sozinho na livraria, já se considerava seu único visitante, seu único habitante. A presença da Senhorita Ri desestabilizou-o, o primeiro gesto foi de se retirar em direção à porta e sair de costas, mas a Senhorita Ri levantou, naquele preciso momento, os olhos da carta que estava escrevendo a você e lhe disse "Bom dia". Aquele "bom dia", mas principalmente a voz calorosa da Senhorita Ri, teve o dom de acalmá-lo em parte, anuiu várias vezes com a cabeça, abanou as mãos como quem diz "não se incomode por minha causa", seu olhar me procurou esperando uma explicação. Não lhe dei nenhuma, mas improvisei uma segunda mesa (a redonda, dobrável, metálica, que colocamos de vez em quando na varanda) e lhe pedi para se sentar.

Vê-los, os dois, cada um em sua mesa, separados pelo monte de livros do meio, sem se poderem observar, perturbados um com a presença do outro, foi, confesso, um espetáculo interessante. A inquietação deles aumentou ainda mais quando saí para almoçar e os deixei sozinhos durante uma hora. Ao voltar, a composição energética da sala era bem diferente, vibravam no ambiente as frases que seu M e a Senhorita Ri tinham trocado nesse ínterim. Aliás, pude lê-las sem nenhuma dificuldade, ficaram impressas no ar, de tão carregadas de curiosidade e de energia magnética que estavam. Oh, não pense que disseram algo de especial, apenas frases banais para o início do conto que se irá escrever entre eles.

Agora estou novamente sentado à minha mesa donde os observo, sem que eles se possam ver um ao outro. Nem sei o que estão esperando, deviam ir tomar um café juntos, mas nenhum ousa dar o primeiro passo. De volta do almoço, pendurei na porta a tabuleta "FECHADO", pelo que nenhum intruso irá perturbar esta cena. Não penso em acender a luz, estou curioso por ver como reagirão lá para o cair da noite.

Seu,
Bernard.

18.

Ela me acorda a meio da noite
e me diz: senhor, proíbo-o de sonhar comigo nua
sem meu beneplácito

estou ainda adormecido, não sei como entrou a Senhorita Ri
no meu quarto não sei como entrou
a Senhorita Ri em meu cérebro
mas confesso: estava mesmo em vias de sonhar com ela nua

o próprio sonho se encolhe, se torna sempre mais diminuto
cora embaraçado
eu e o sonho somos como dois alunos apanhados a copiar
    no teste
não vai acontecer mais, digo eu à Senhorita Ri
não vai acontecer mais, murmura o sonho
transformado em aluno exemplar

está bem, diz a Senhorita Ri, hoje perdoo-o
e desaparece através dum truque
que nos deixa boquiabertos
todos os objetos do quarto aplaudem
os aplausos aplaudem o mesmíssimo truque
aplaude

impossível voltar a adormecer nestas condições
a qualquer momento me arrisco a ser acordado do sono

pelo próprio sonho que, agora, toma o partido dela, lhe
    conta aquilo que faço
lhe envia em tempo real informações secretas sobre mim
até este poema, mal acabado,
voa para ela

19.

Não se iluda. Sua expressão de beatitude me faz sorrir.

A razão pela qual aceitei fazer sexo com você é estritamente literária. Pois eu detesto esta imbecil espera do leitor perante os personagens. *Quando passarão ao ato? Quando darão o primeiro beijo? Quando é que ela cederá?* Toda a história da literatura está desfigurada pelas expectativas eróticas dos leitores. E igualmente pelas técnicas, às vezes sofisticadas, dos escritores de "dosar" o suspense erótico. Foi por isso, caro seu M, que lhe propus fazer sexo logo após nosso primeiro encontro. Já que temos de escrever juntos um conto, tentemos dar-lhe mais sentido do que o tradicional, o da *passagem ao ato sexual*. Odeio, mas odeio mesmo, todos esses romances em que os protagonistas fazem sexo apenas no último capítulo, após 350 páginas de preliminares. Aliás, quando era adolescente, nem sequer lia essas páginas preliminares, ia diretamente para o momento em que os heróis entravam numa relação tátil, materializada num primeiro beijo, numa primeira noite de amor ou num primeiro fracasso erótico. Até tinha a extraordinária capacidade de intuir, conforme o romance mal iniciava, por volta de que página havia de se dar o primeiro estremecimento erótico. E juro, raramente me enganava. Graças a uma afinação que aperfeiçoei ao longo dos anos, lida a primeira página, podia ir quase automaticamente às passagens que me interessavam.

A primeira cena com Ele que a abraça, a Ela, para lhe poder sentir os seios, mais ou menos por volta das páginas 30 a 32. O primeiro verdadeiro beijo, nas páginas 80 a 82. A primeira cena genuína de cama, com nudez, pelas 160 a 162. Estas estruturas, aparentemente sábias, mas na realidade de uma sinistra ingenuidade, me divertiram, mas ao mesmo tempo me irritaram sempre, e pouco a pouco fui ganhando uma autêntica alergia a elas. Com dezoito anos já dava preferência aos romances de aventuras de San Antonio, porque a maioria começava com uma cena de sexo, às vezes bem *hard*. Acalmava logo desde o início a besta erótica em mim (e como eu havia milhares de outros leitores), pelo que, depois, podia concentrar-me saboreando outras dimensões do livro: ritmo, estilo, a beleza da gíria, a qualidade do enredo, as surpresas das curvas dramáticas, a originalidade dos personagens. San Antonio soube sempre por que é que devia começar com um quadro erótico: para cortar o mal pela raiz, para não deixar o leitor entrar numa falsa leitura do livro. Desse modo, dando-lhe a ingerir logo no princípio a droga erótica, o autor liberta o leitor, transformando-o num ser com os sentidos despertos para outros horizontes.

Claro, não temos a obrigação de aplicar na vida real a supressão da expectativa erótica, e não desprezo, numa relação com um homem, as preliminares. Irrita-me é a ideia de o ato erótico figurar, no imaginário coletivo e na coreografia geral do comportamento humano, como um *objetivo final* e não como um *ponto de partida*. Isso porque quando a cópula é um objetivo (o momento culminante de um romance, por exemplo), além do objetivo não há mais nada. Um garrafal vazio se instala depois que Ela se acopla com Ele. Portanto, caro seu M, é esse mesmo vazio que quis evitar se instalasse entre nós.

Digo-lhe isso enquanto dorme para que seja tudo o mais claro possível.

20.

– Olhe só para eles, tão sossegadinhos, tão calminhos! Adeus brigas, adeus ambições, adeus intrigas...

Os passeios pelo cemitério com titia Masek foram minhas primeiras lições de real descoberta do lado filosófico da vida. Titia Masek, a irmã mais velha de mamãe, era, aliás, a única da família que tinha algumas reservas quanto a Victor. De fato, considerava-o demasiado vivo, ou demasiado vital. E ela não gostava dos seres vivos, mas dos mortos.

– A cruz é tal e qual a pessoa – costumava dizer.

Parávamos, às vezes, à frente de uma sepultura ou de um túmulo, e titia Masek não reprimia o prazer de, uma vez mais, esquartejar o locatário do respectivo jazigo. Veja só a cruz arrogante que tem. Homem arrogante, cruz à medida. Para que tanto brilho, para que tanto mármore? Ainda por cima lhe puseram flores de plástico. Para *durar*, para não terem que vir mais vezes com flores naturais.

Titia Masek conhecia praticamente todos os mortos do cemitério da cidade. Ela ia ao cemitério duas vezes por semana, o que, aos olhos de meus pais, era excessivo. A mim me buscava só uma ou, quando muito, duas vezes por mês, o que aos olhos dos meus pais continuava sendo excessivo. Permitiam, no entanto, que acompanhasse a "coitadinha" de titia Masek nessas visitas de cortesia memorial, pois, dizia papai, "assim não falará mais sozinha".

Pessoalmente, teria adorado ser invisível ao pé daquela tia, gostando de morto, para poder ouvir todas as suas conversas com eles. Pois titia Masek falava mesmo com os mortos ou, antes, interpelava-os sem reserva alguma.

– Oi, Guță. Como está, meu querido? Vou capinar você um bocadinho. Já está mais calmo, não está? Deus do Céu, o cimento que puseram em cima de você!

Titia Masek não podia com as ervas daninhas, sobretudo com aquelas que cresciam em cima de sepultura. Considerava-as, presumo, intrusas, plantas não tanto feias ou mal cheirosas quanto excessivamente *curiosas*. Pelo que se inclinava e as arrancava logo que se sentia acossada por elas. Eu queria ajudá-la e oferecia sempre meus serviços, mas titia Masek dizia "nem pensar, cabe-me a mim capinar Guță".

No entanto, ela *capinava* também outros senhores, com os quais tivera algo em comum. Pessoas notáveis da cidade, antigos colegas de trabalho ou apenas conhecidos afastados. Como é que titia Masek conhecia tanto morto era um mistério para mim, pois, nos dias em que não ia ao cemitério, titia Masek não se encontrava praticamente com ninguém, ficava assistindo televisão ou relendo os livros das prateleiras. Sempre que mamãe me mandava cumprimentar minha tia preferida e a encontrava lendo, ela fazia questão de precisar: "Estou relendo *Os Três Mosqueteiros*, que mais posso fazer?". Frase da qual não se podia deduzir senão uma coisa: que titia Masek tinha lido absolutamente tudo e agora relia as centenas de livros juntados no decorrer dos anos.

– Por que é que morrem as pessoas, titia?

Não me lembro com que idade fiz esta pergunta à minha tia, mas sei que, quando se mostrou a ocasião, me louvou perante os pais pela minha "inteligência".

– As pessoas gostam de se imitar umas às outras – me respondeu, à altura, a irmã mais velha de mamãe.

A frase me ficou na cabeça e seu potencial foi se valorizando muito mais tarde. Escondiam-se nela várias maneiras de interpretação do mundo, era uma daquelas frases que contêm em si um sistema de pensamento. Foi, aliás, meu primeiro encontro com uma frase *fundadora*, uma frase que possuía um algoritmo extraordinariamente potente de desenvolvimento.

As pessoas morrem porque gostam de se imitar umas às outras. Querendo isso dizer que, pelo menos inicialmente, a morte não era obrigatória, não era uma necessidade, não se inscrevia na lógica da existência e do desenrolar da vida. Só que, por causa daquela maldição ontológica, daquele instinto de imitação, mais forte que a razão, a morte se generalizou. Podemos imaginar o cenário seguinte: houve um tempo em que o pessoal não morria, mas, a dada altura, um tipo qualquer, para se fazer notar, para impressionar os outros, cometeu esse ato contranatural, ou seja, *morreu*. Até hoje não se sabe como conseguiu a proeza, como fez para eliminar dele a vida. O certo é que esse extraordinário *artifício*, essa surpreendente façanha excêntrica e inconformista, afetou profundamente as outras pessoas, que começaram a imitá-lo.

Titia Masek tinha enunciado, sem o saber, uma daquelas frases que se tornam em instrumentos de construção teórica. Entre a célebre asserção de Descartes "penso, logo existo" e a de minha tia ("as pessoas morrem porque se imitam umas às outras"), não havia diferença alguma. Ambas estavam destinadas a constituir a base de um edifício explicativo.

Não se imitam as pessoas umas às outras o tempo todo? Quando a criança começa a falar, não imita ela os adultos? Quando começa a aprender as normas de comportamento, não imita os outros membros da comunidade? As culturas marginais não imitam as dominantes? Por que é que não se poderia explicar a morte pelo tão evidente princípio da imitação?

São estas as perguntas que, obcecado, me coloquei durante anos a fio após aquela visita ao cemitério com titia Masek.

Terá acaso sabido, quarenta anos mais tarde, seu Guy Courtois, que eu tinha preparado em mim o terreno germinativo das *frases fundadoras*? Que estava, como iluminado que espera a chegada de um novo Salvador, totalmente confiante na capacidade de uma *primeira frase essencial* que me propulsasse para o mundo dos grandes criadores de romances?

21.

Muito prezado senhor:
Pouco a pouco, terá de me ajudar a colocá-lo numa categoria energética. Há escritores cujas energias criativas são estimuladas graças a um postulado identitário. Um exemplo seria Melville. Sabe como ele abre aquela obra-prima, criadora de mito moderno, o romance Moby Dick? Por uma fórmula de apresentação de uma banalidade, diria, desencorajante: "Trate-me por Ishmael". Quando lhe fornecemos, nós, esta frase, sabíamos que Melville precisava deste tipo de apresentação ao leitor, uma frase simples, mas com o efeito de faca cortando cordão umbilical. É como se dissesse ao leitor: "O cordão umbilical que me atava ao não ser, ao silêncio, à condição de não poder dizer nada a ninguém, esse cordão foi cortado. Entre mim e você, caro leitor, já não existem barricadas, trate-me por Ishmael e posso começar a lhe contar esta história".

Igualmente brutal, mas infinitamente mais sofisticada, é a frase que oferecemos a H. G. Wells. "Sou um homem invisível". É assim que começa, deve estar lembrado, seu mítico romance O Homem Invisível. É difícil imaginar um efeito redundante mais poderoso. No entanto, esta asserção, que alguns consideram científico-fantástica, sintetiza toda a vida de Wells. Porque ele foi, na realidade, um espírito visionário, interessado pela transformação da sociedade, pela utopia, por outras palavras. Não sonhava ele com a criação de um Estado planetário? Não se declarava ele socialista? Mais ainda, a ideia de que, um dia, as pessoas pudessem se tornar invisíveis é o ponto de partida duma utopia. Aliás, foi o que estimulou Wells nesta frase, isto é, o caráter utópico da construção ulterior.

Mas a maioria dos escritores precisa se situar, logo no início, no tempo e no espaço, até na estação, e num perímetro geográfico claro, para poder arrancar.

Thomas Mann, Ernesto Sábato, mesmo Hemingway, pertencem a esta categoria de narradores incapazes de começar sem uma precedente localização física. A Montanha Mágica inicia, como bem deve saber, com esta frase que contém, à primeira vista, mais geografia do que mistério: "Um jovem solitário viajava, em pleno verão, de Hamburgo, sua cidade natal, para Davos, no cantão dos Grisões." Tente ler esta frase várias vezes. Tente lhe apanhar a musicalidade. Sente como emana dela a premonição? Sim, é isso mesmo! Thomas Mann, provavelmente o maior escritor decadente da primeira metade do século passado, precisava duma frase que sugerisse logo no início uma tragédia arrastada. Ao sabermos que esse jovem solitário abandona sua cidade natal e embarca, em pleno verão, numa viagem para a Suíça, o primeiro pensamento que nos passa pela cabeça é: "pobrezinho, vai e nem sabe aquilo que o espera..." Como pode constatar, esta primeira frase, aparentemente banal, encerra nela uma aterradora tristeza, uma nota de mau augúrio. Uma mãe está sempre triste quando dá à luz porque sabe uma coisa perturbadora: a morte é parte intrínseca da vida. Quando propusemos esse início a Thomas Mann, sabíamos que ele precisava duma espécie de suspiro para começar o romance.

A Ernesto Sábato fornecemos uma primeira frase mais provocadora estilisticamente para o romance Sobre Heróis e Tumbas. "Um sábado de maio de 1953, dois anos antes dos acontecimentos de Barracas, um rapaz alto e encurvado caminhava por um dos caminhos do Parque Lezama." Repare no parênteses misterioso: "dois anos antes dos acontecimentos de Barracas...". Ele baseia a construção do romance pela captação extremamente sutil da cumplicidade do leitor. Isto porque Ernesto Sábato fala-nos como se já soubéssemos algo, como se tivéssemos mesmo a obrigação de saber algo sobre "os acontecimentos de Barracas".

Quando, hoje em dia, alguém diz "meu encontro com X deu-se dois anos antes dos acontecimentos de 11 de Setembro" toda a gente sabe a que se refere o sintagma "os acontecimentos de 11 de Setembro" – a frase indica o ataque terrorista do ano de 2001 contra os Estados Unidos e a destruição das duas torres de Nova York. Ao situar o romance "dois anos antes dos acontecimentos de Barracas", Ernesto Sábato obriga o leitor a sentir-se culpado por não ter ouvido falar desses "acontecimentos", supostamente célebres.

Mas, enfim, paro aqui minhas divagações.

Perguntar-me-á, talvez, por que concebemos para Melville uma primeira frase nominativa, para Thomas Mann uma, digamos, descrição geográfica e para Sábato uma frase com andar (e, diria, até cave). Eis a resposta: porque conseguimos conhecê-los em profusão e entender-lhes a alquimia existencial e a narrativa, assim como o apetite por diversos estilos construtivos. Falar-lhe-ei na próxima carta sobre os escritores que não podem construir nada sólido senão em terrenos vagos, ou na ideia do vago. A ambiguidade é um fundamento tão sólido para a ficção!

Seu,
Guy Courtois

P. S. Escrevo-lhe estas linhas do café Odéon, em Zurique. Conhece? Imagino que sim, pois um de seus brilhantes compatriotas, Tristan Tzara, teve a miraculosa ideia de inventar, nesse café, pela associação de dois da, o conceito de dadaísmo. Aliás, agora mesmo estou à mesa com Tzara e Hans Arp. À minha direita enxergo, sozinho, Einstein. Devo dizer que a atmosfera é, pura e simplesmente, explosiva no café, porque hoje, 1 de julho de 2011, o estabelecimento festeja cem anos de existência, razão pela qual todos os seus fantasmas se reuniram novamente aqui. O senhor não vai acreditar, mas, mesmo à minha frente, vejo Trotsky e Mussolini jogando xadrez em uma das mesas. Acaba de entrar James Joyce, tira *os óculos embaçados, limpa-os, volta a pô-los. Raramente me foi dado ver um bigode tão perfeito como o de Joyce. Também é verdade que seu rosto oblongo e o fino nariz valorizam o bigode. Joyce senta-se à mesa de Stefan Zweig. Ao passar ao meu lado cumprimenta, não se esqueceu, evidentemente, de que nós lhe fornecemos o início de Ulisses. A entrada no café está enfeitada com serpentinas vermelhas que têm o aspecto de fitas guarnecendo uma prenda oferecida a alguém pelo aniversário. Max Frisch abre uma garrafa de champanhe. Infelizmente, os cem anos que passaram sobre esta venerável instituição não se sentem muito na decoração interior. Não sei por quê, mas o mármore e os espelhos das paredes me pesam, talvez por não terem envelhecido. Sinto a falta das cadeiras gastas e dos sofás rotos do Hawelka. Não o aborreço mais com esses pormenores. Deixo-o, vou fazer um brinde com todos os fantasmas que já se reuniram no café e com os outros que continuam aparecendo. A literatura europeia nunca saberá quanto deve à tradicional neutralidade da Suíça.*

G. C.

P. S. bis
Teve, alguma vez, a coragem de entrar no Café dos Tímidos?

22.

Houve um tempo na minha vida quando só me sentia bem comigo mesmo no *Café dos Tímidos*.

Chegado à capital aos dezenove anos para estudar filosofia, descobri que a nova liberdade que se me ofertava de bandeja não curava a minha timidez. Preferia a escrita à conversa. As respostas, as mais brilhantes, formulava-as em pensamento. De todas as vezes que estava sentado com mais de uma pessoa à mesa, eu era o que mais calado ficava. Quando ouvia os outros falando, sentia o momento exato em que poderia ser mais inteligente do que eles, ou, pura e simplesmente, mais *interessante*. Nunca ousava contar uma anedota, pois receava falhar. Quando, porventura, arriscava formular uma opinião durante a conversa, tinha o cuidado de emitir apenas frases curtas, temeroso de vir a ser interrompido.

Invejei sempre meus colegas que tinham vozes tonitruantes ou graves. Quem tem uma voz potente é como se tivesse uma foice no prolongamento do braço facilitando-lhe o adentrar destemido na selva, por entre lianas e matagais. Aliás, observei imediatamente, nos círculos frequentados, que os líderes do grupo eram donos de vozes baritonantes ou graves. A voz de barítono confere uma inegável autoridade natural. Enquanto os outros todos fazem fila para exprimir uma ideia, esperando pelo momento certo de abrir a boca, a voz de barítono intervém quando quer, interrompe a quem quer, não tem em conta regra alguma, pois impõe ela as regras.

Minha amizade com Paul foi motivada, essencialmente, pela necessidade de ser protegido por uma voz forte (literalmente). Paul era baixinho, pelo menos cinco centímetros mais baixo do que eu.

Tinha a face alva e sardenta, parecia-me às vezes que a pele de seu rosto era finíssima, muito mais do que a pele das mãos ou do pescoço. A natureza não tinha sido muito generosa com Paul, toda sua estrutura óssea era frágil, tinha pernas tortas e a inteligência se fundava mais num apurado senso de humor do que propriamente na rapidez e qualidade da reflexão. Talvez por todas estas razões, pois Paul parecia desprotegido na selva da vida, a mãe-natureza o tivesse prendado com cordas vocais de calibre descomunal. Paul era capaz de entrar num ginásio transbordante de gente e ação, de dizer "olá" e de provocar, por um ou dois segundos, um silêncio repentino no Universo; as duzentas ou trezentas pessoas se calavam, paralisadas, e os sons pronunciados por Paul percorriam várias vezes o espaço, de um lado para o outro, ricocheteando como bolas de pingue-pongue lançadas com força incomum.

Tal como eu, Paul era um provinciano. Quando nos cruzamos pela primeira vez, no primeiro curso de História da Filosofia, num anfiteatro lotado, uma corrente simpática nos percorreu. Ele, como eu, achava a capital esmagadora, embora fascinante. Ele, como eu, se sentia ligeiramente deslocado ao lado da maioria de nossos colegas, situação observável nos pormenores das roupas e em alguns banais reflexos. Nem eu nem ele ousávamos aproximar-nos de nossas colegas, intervir nos seminários ou pedir explicações suplementares aos professores. Mais ainda, nas primeiras semanas de aulas andávamos pelos corredores da Universidade com um profundo respeito para com as paredes antigas e a memória nelas armazenada. Só que Paul rapidamente começou a utilizar sua voz quebra-gelo em mar hostil, e eu aproveitei para me esgueirar pela esteira aberta por ele.

Quando nos aproximávamos de um grupo de colegas e Paul dizia: "Quem é que me oferece um cigarro?", a pujança de sua voz, sem nenhuma nota estridente, e até musical, desviava logo o centro da atenção dos presentes. Servir Paul com um cigarro tornava-se logo muito mais importante do que continuar o papo sobre sofistas ou sobre a habilidade com que Anaxágoras demonstrou que a inteligência é a causa do Universo. Se Paul pedia um cigarro, com sua voz única, timbrada, extraordinariamente agradável ao ouvido não obstante alguma borra de autoritarismo, se Paul pedia, então, um cigarro, ele tinha de ser imediatamente servido, pois se honrava, assim, uma maravilha da natureza. E como eu me encontrava ao lado de Paul, inseparável dele, aproveitava, vista a atenção que lhe era direcionada.

Paul era sempre muito eficiente nos restaurantes e cafés. Por muito atarefado que um empregado estivesse, quando Paul gritava "Por favor!", o cara ficava tão hipnotizado com a voz de meu amigo que abandonava tudo e vinha, logo, para nossa mesa tomar nota do pedido. Quanto a mim, eu podia gritar dez vezes "Por favor!" sem que alguém me prestasse atenção. Aliás aconteceu várias vezes encontrar-me em cafés onde era o único cliente sem que o empregado me desse a mínima. Mesmo que me sentasse ao balcão, cara a cara com o garçom, mesmo que pedisse um café, acontecia o tipo resmungar, incomodado, ou continuar lendo o jornal por mais um tempinho, eventualmente acabar o artigo começado, antes de se dignar a tomar nota de meu pedido. Pensando bem, o modo como formulava o desejo de tomar um café nem era um pedido, era, antes, uma súplica acanhada. Quando dizia "um café, por favor", minha voz transmitia muito mais do que esta informação: pelo tom e meu espírito hesitante, eu dizia, de fato, "por favor, imploro-lhe, um café, se for possível e o não estiver incomodando sobremaneira".

Sim, fui um tímido humilhado em muitos dos restaurantes e cafés da capital, e o cúmulo da humilhação era quando os empregados, depois de me servir mais ou menos a contragosto, me ignoravam na altura do pagamento. Para um tímido perfeito, como eu, pedir a conta foi sempre pesadelo. A cena se passava, mais ou menos, assim:

Depois de, com um vagar fora do comum, o garçom me preparar o café, depois de o empurrar negligentemente sobre o balcão, empapando com salpicos o cubinho de açúcar colocado no pires, *meu algoz* se instalava do outro lado do balcão e mergulhava na leitura ou numa prosa com algum cliente habitual. Esta atitude já era para mim sinal de que havia de ser castigado devido a minha *impertinência*, minha afoiteza de ter passado a soleira daquele café e trazido para o ritual tão batido do lugar um elemento perturbador, talvez *a energia negativa* de minha timidez.

– Quanto é que lhe devo, por favor?

Nunca, mas nunca mesmo, o empregado reagia a esta minha primeira abordagem, muito embora puxasse, ostensivamente, da carteira do bolso, do troco da carteira ou abanasse alguma nota ao ar.

– Tenha a amabilidade, queria pagar...

Não, esta fórmula também não prestava, o empregado estava manifestamente incomodado com alguma coisa, talvez fosse a polidez excessiva de minha frase, ou, sabe-se lá, minha angústia, insegurança, inferioridade.

– Por favor, tenho de ir embora...

Desastre total. Esse tipo de frase punha o garçom fora de si, era como se o tivesse acusado de que me retinha no botequim à força ou de que usasse de algum truque. Até o ouvia me responder em pensamento:

"E que é que tenho eu com isso, pô!? Vá catar coquinho!".

Todas estas experiências contribuíram para me traumatizar nos primeiros meses de vida estudantil, mas me vinguei, mais tarde, voltando aos rigorosamente mesmos restaurantes, cafés e botequins, com Paul. No entanto, não é desses pormenores dos primeiros meses de luta contra a capital que queria lhe falar, do que queria lhe falar é do *Café dos Tímidos*, que descobri casualmente, num de meus solitários périplos para conhecimento exaustivo da cidade. Um dia, depois que deambulei a pé durante algumas horas, encalhei num bairro com imóveis antigos, mas sem destacada imponência. Um bairro dificilmente enquadrável, não era burguês nem proletário, poucas pessoas nas ruas, geralmente idosos passeando com cães e incertos transeuntes azafamados a desaparecer atrás de portas caladas. Peço desculpas ao leitor, mas não quero fornecer detalhes suplementares da localização geográfica daquele bairro, pois o *Café dos Tímidos* é um lugar frágil que não resistiria à invasão de turistas ou de meros curiosos.

Retomando o fio da meada. Estava tão cansado quando entrei nesse café que não reparei nem no nome nem nos clientes. Tinha sede, estava extenuado, só queria me sentar com um copo de água e um café à frente. O que, inclusive, fiz. Dirigi-me em linha reta ao bar, me sentei numa das cadeiras altas do balcão, procurei o empregado com o olhar e lhe disse, sem o encarar, escrutando antes o vazio atrás dele, "bom dia, um café e um copo de água com gás, por favor".

Minha frase flutuou pelo espaço, enxurrada de bolhas de sabão e vi, fisicamente, cada palavra subir ao ar, se quebrar e cair no balcão, aí deixando rastros líquidos na superfície zincada. Foi então que reparei no garçom, um homem ainda novo, feições ossudas, olhos assustados, visivelmente aterrorizado com as palavras emitidas por minhas cordas vocais.

O empregado esboçou uns movimentos desengrenados que poderiam me provocar o riso não ficasse eu mesmo tão espantado. Como lhe tinha pedido duas coisas ao mesmo tempo, o homem se sentia curto-circuitado, pois não conseguia decidir acerca da prioridade. O que é que era mais urgente, o café ou o copo de água? Em pânico, o homem de rosto ossudo se arremessou à máquina de café, tirou uma xícara de debaixo do balcão e a colocou sob um dos filtros de café. Mudou logo de ideia, abriu a porta da geladeira e tirou uma garrafa de água com gás. No entanto, os dois primórdios de ação o paralisaram por uma razão dificilmente explicável naquele momento, duas intenções colidiram em seu cérebro, como dois meteoritos, provocando o bloqueio total de seu poder de raciocínio. A mão em que tinha a garrafa de água com gás começou tremendo, e os olhos se umedeceram como se estivesse a ponto de rebentar em lágrimas.

Ao ver aquele homem estancado à minha frente, entre a xícara colocada sob a máquina de café e a garrafa de água com gás ainda por abrir, tive a revelação de que o cara era mais tímido do que eu.

No café não se ouvia barulho algum, os quatro ou cinco clientes estavam curvados sobre as agendas ou livros que liam, entretecendo pela cumplicidade um silêncio delicado. Quase todos eram pessoas novas, três homens e duas mulheres, todos sozinhos à mesa, sem ousar se entreolhar ou levantar a cabeça para seguir a cena que se desenrolava no balcão.

Sim, me senti logo naquele momento num planeta familiar. Estava rodeado por pessoas com os mesmos irresolúveis problemas que eu.

Acho que o empregado ficou parado atrás do balcão mais de cinco minutos. Foi o intervalo necessário para que suas sinapses saíssem do bloqueio provocado pela complicada fórmula "Bom dia, um café e um copo de água com gás, por favor". Aos pouquinhos, o rosto do empregado começou a se relaxar e as pálpebras passaram a agir com alguma febrilidade.

– Bom dia – sussurrou ele pestanejando rapidamente, como se tivesse encontrado a solução de uma dificílima equação.

Alguém, num cantinho do café, respirou aliviado, em sinal de que minha chegada tivesse instalado certa aquietação naquele espaço.

Minha entrada no café e a rapidez com que pedira para ser servido tinha sido, indubitavelmente, uma ocorrência perturbadora no bom sentido, visto as três mulheres e os dois homens começarem a ganhar alguma cor, tal e qual ceráceas estátuas voltando pouco a pouco à vida. Uma jovem de chapéu amarelo teve até a ousadia de me olhar durante um segundo. Um homem de gravata-borboleta levantou por dois segundos o olhar das páginas que lia e mandou um sorriso ao garçom. Enquanto este último se tinha virado de costas para me preparar, porém, o café, uma outra moça, de vestido branco, leve, com detalhes vermelhos, levantou um dedo em direção ao empregado como se quisesse fazer um pedido.

Descortinei, seguindo o movimento daquele dedo, toda a esperança que minha entrada intempestiva tinha trazido ao café. Sim, tive essa revelação e confesso que senti de repente um nó na garganta. Senti as pernas tremerem e meu coração se transformar num beija-flor – sabem, aquele pássaro pequeno, aliás o mais pequeno do planeta, que adeja com uma estonteante velocidade. Vislumbrei de onde provinha aquela quietude no café: os cinco clientes não tinham ousado chamar o empregado para fazer o pedido, e ele, por sua vez, não se atreveu a sair de detrás balcão para perguntar em que os podia servir, receando incomodá-los. Quanto à moça de vestido branco, se provou ser a mais destemida do grupo, pois levantava, de tempos em tempos, o dedo em direção ao empregado, mas só quando ele estava de costas.

No entanto, meu contato com o garçom desbloqueou toda esta situação, já traumatizante. O empregado acabou por me preparar o café e o colocou sobre a superfície cromada do balcão, a uma apreciável distância de mim, não querendo, provavelmente, ir muito longe com a familiaridade. Tive, em consequência, de me levantar, inclinar, estender a mão e puxar eu próprio a xícara. Sem, no entanto, me atrever a colocá-la mesmo à minha frente, deixei-a a meio-caminho. E tive o cuidado de fazer isso na altura em que o empregado estava ocupado abrindo a garrafa de água com gás, operação não propriamente simples, visto os dedos lhe tremerem tanto de emoção como pelo fato de a garrafa estar muito fria, quase congelada.

Aproveitando esta agitação no bar, o segundo homem presente no café, de mais ou menos trinta anos de idade, tirou o chapéu e o sobretudo e os pendurou com gestos quase invisíveis no cabide. Não podia saber há quanto tempo estava esperando por este momento para se pôr mais à vontade, mas sem dúvida não arranjara coragem de o fazer *antes*.

O empregado conseguiu tirar a tampa da garrafa de água com gás e a colocou não longe da xícara de café. Seu rosto irradiava contentamento e, em igual medida, esgotamento nervoso. Todos entenderam a necessidade de descansar um pouco a seguir a esta avalanche de ações a que eu o obrigara. Durante cinco minutos, o empregado ficou de olhos fechados para retomar forças. O que permitiu aos cinco clientes, imóveis até então, se mexerem um pouco. Uma das mulheres até se atreveu a virar a página do livro que estava lendo, e o homem de gravata-borboleta a puxar o maço de cigarros e a colocá-lo em cima da mesa.

A terceira mulher, uma senhora cheinha, de olhos amendoados, abriu a bolsinha, procurou o batom, tirou um pequeno espelho, mas, quando foi passar ao ato, entrou em pânico e devolveu o arsenal cosmético de volta à bolsinha. Suas feições se ruborizaram bruscamente como se tivesse sido surpreendida escovando os dentes e cuspindo água cheia de espuma no lavatório.

23.

Minha primeira noite de amor com a Senhorita Ri
se deu num pequeno planeta da Constelação Ri
um planeta que hoje não existe mais
derreteu na mesmíssima noite
por causas que qualquer leitor decente entende

no entanto, posteriormente, os astrônomos chamaram a
    esse planeta ausente
Planeta da Senhorita Ri
no mapa celeste está marcado com um hieróglifo
    estranho
ao qual os chineses chamaram o Hieróglifo Ri

como os cientistas não excluem a possibilidade
de outros encontros sensuais meus com a Senhorita Ri
o derretimento de corpos celestes por razões estritamente
    eróticas
recebeu o nome de Fenômeno Ri

mais recentemente, a humanidade anda preocupada com
    o sumiço
de enormes quantidades de matéria
por várias galáxias bem próximas de nós
não é de excluir que alguns dos fantasmas da Senhorita Ri
sejam responsáveis por estas infelizes ocorrências
quando a Senhorita Ri pensa em mim

cometa, meteorito, desatentos, e até algumas partículas de
   poeira estelar
explodem num ápice
(já entenderam, trata-se do Efeito Ri)

24.

— Proíbo-o de sonhar comigo nua.

Não sei se fora acordado do sono por esta frase, sussurrada, ou pela delicadeza com que estava a ser abanado. No início, até achei que estava no prolongamento do sonho. Não era plausível que a Senhorita Ri, com quem acabara de sonhar nua, se virasse para mim – pois, no sonho, eu também era personagem – e me dissesse: proíbo-o de sonhar comigo nua? Esse tipo de frase era natural para seu estilo sofisticado. Não me pedira já a Senhorita Ri para deixar de olhá-la tanto, me regulando o número de vezes a "quando muito, dez por hora"? Em nossos longos momentos de espera, na livraria de seu Bernard, sentados em mesas diferentes, mas face a face, não me era permitido olhar para ela mais de dez vezes por hora. E a Senhorita Ri sentia sempre que eu levantava o olhar do caderno (ou de meus papéis, ou do meu pequeno *laptop*, que começara a levar comigo), com o intuito de abraçá-la às escondidas, à distância, com ar culpado. Sem levantar nem por um segundo o olhar dos próprios papéis, cadernos ou *laptop*, a Senhorita Ri contava as incursões de meus olhares a seu rosto, seu pescoço, seu decote.

— Um – dizia a Senhorita Ri na primeira incursão, legítima, aliás. Prosseguia com a contagem de minhas tentativas para estabelecer contato visual com seu corpo, com uma precisão de mecanismo nuclear (existe um relógio assim, em algum lugar, cuja margem de erro é de um microssegundo num milhão de anos).

— Cinco – dizia a Senhorita Ri na quinta pausa contemplativa cujo objeto de análise eram os belos ombros que exibia alternadamente: nos dias pares, o ombro esquerdo; nos ímpares, o direito.

— Dez — dizia a Senhorita Ri na décima agressão visual, e eu examinava logo o relógio para saber quantos minutos me sobravam até a hora exata, aquela faixa temporal indicando a definitiva proibição de abusar de minha algoz.

Esse jogo se tornara tão sutil, tão interessante e precioso para mim que tentava ser o mais disciplinado possível. Sempre que conseguia o feito de não ultrapassar a dose prescrita de dez *incisões* visuais por hora, a Senhorita Ri se levantava, me beijava o pescoço e a orelha esquerda, me acariciava com seus longos dedos, capazes de deslizar por baixo da camisa em todas as direções e em profundidade, e me oferecia um bônus por bom comportamento: "Como se portou bem, tem direito a onze na hora que se segue..."

Às vezes, a tensão erótica entre nós era tão intensa que eu ultrapassava em muito a dose prescrita. A voz da Senhorita Ri se tornava, por essas alturas, ligeiramente revoltada, ameaçadora até.

— Doze — murmurava a Senhorita Ri, em tom veementemente desaprovador. — Treze. Isso não se faz, seu M. Catorze. Seu M, o senhor é brutal e libidinoso, faça o favor de ficar quieto.

Os insultos que me administrava a Senhorita Ri não faziam senão agravar meu caso de dependência lúdica. Nunca encontrei uma mulher com tamanha apetência por brincar. Toda a nossa relação estava sob o signo da brincadeira ou, antes, da invenção de brincadeiras. Nada era gratuito em nossos toques ou preliminares sensuais. Tinha de pagar por cada milímetro de intimidade, tinha de improvisar algo, de inventar um algoritmo para poder avançar.

Às vezes, a Senhorita Ri aceitava se despir à minha frente, mas só se eu ficasse vendado durante toda a noite. Quanto às carícias, me delimitava sempre uma parte do corpo.

— Esta noite — dizia a Senhorita Ri — não vai abaixo dos seios. — Estas proibições não faziam senão me encher de mais energia nos dias em que os seios estivessem interditos e apenas os vastos relevos, por baixo, se abrissem ao "público". Isso porque a Senhorita Ri tinha mais uma forma sutil de perversão: não me considerava nem namorado, nem amante, nem sequer parceiro dela, me tratava como se fosse uma pessoa do público (homem) a quem se permitia, durante uma hora, beneficiar da forma de conhecimento chamada amor.

– O público pode entrar – dizia a Senhorita Ri no momento em que o ritual dos preliminares atingia a temperatura necessária para se passar a *outra coisa*.

A linguagem erótica da Senhorita Ri podia me deixar perplexo, mas nunca me paralisava. Antes pelo contrário, a Senhorita Ri sabia extrair de mim desempenhos de que não me sabia capaz. Quando me designava de "o público" e quando ouvia as palavras *o público pode entrar* já não me sentia uma individualidade, me transformava efetivamente em *público masculino*, o que quer dizer que a Senhorita Ri recebia nela a energia de dez, cem, talvez mil homens. Esta máquina sofisticada chamada cérebro processava com prazer louco as fantasias astuciosamente amalgamadas pela Senhorita Ri nas profundezas de suas palavras e frases. Em seguida, o dito cérebro gerava forças que o corpo nunca teria conseguido produzir por si só, e a Senhorita Ri tinha sexo, através de mim, com dez, cem, mil homens ao mesmo tempo, ou seja, com o homem genérico, com a própria masculinidade.

Sim, a Senhorita Ri conseguia me transformar numa espécie de super-herói erótico apenas pela estimulação de alguns dos pontos nevrálgicos da imaginação. Eu, que era antes medíocre e acanhado, tímido e complexado, prudente e cauteloso, me tornava, propulsado pelas brincadeiras da Senhorita Ri, num verdadeiro disparador de paixão natural, numa janela pela qual entravam na Senhorita Ri forças para além de mim.

Por isso, ouvindo a frase "Proíbo-lhe de sonhar comigo nua", não fiquei admirado, nem no momento em que o cérebro a devolveu ao sono, nem segundos depois, quando estava meio acordado.

Sim, a Senhorita Ri se encontrava ali, rente a mim, inclinada sobre mim, tinha entrado em meu apartamento, só Deus sabe como, às três da manhã, para me lembrar desta coisa, ou seja, que minhas fantasias com ela eram *propriedade* dela e que qualquer utilização delas devia ter seu aval prévio. No primeiro instante, quis perguntar "Como é que fez, Senhorita Ri, para entrar em meu apartamento?", mas reprimi logo o impulso estúpido, excessivamente material e rude. A Senhorita Ri era uma feiticeira, uma inventora de brincadeiras, ela brincava com energias ocultas, ignotas e misteriosas, era capaz de atiçá-las, de despertá-las, de obrigá-las a se ativar e a imaginar situações. Não era, decididamente, de excluir que a Senhorita Ri tivesse saído, naquela situação, de meu próprio cérebro, que se tivesse materializado de algum tipo ignorado de energia mental que, surpresa!, despertava naquele mesmo momento, depois de estimulada pelas brincadeiras e estratégia lúdica da Senhorita Ri dos últimos dois a três meses.

Pelo que não disse "Como é que fez, Senhorita Ri, para entrar no meu apartamento?", mas gaguejei "Desculpe, por favor".

Pois, disse isso mesmo:

– Desculpe, por favor. Não vai se repetir. Enquanto dizia "Desculpe, por favor, não vai se repetir" tive a revelação do imenso potencial que esse novo jogo tinha, pelo que fiz questão de imprimir um ar ainda mais protocolar à frase: – Por favor, me desculpe, Senhorita Ri. Juro que não vai se repetir.

– Senhor, caso se repita, será castigado – respondeu a Senhorita Ri com voz calorosíssima, mas não destituída de um eco de firme aviso.

25.

No vestíbulo do instituto, ninguém. Em cima da mesa da recepcionista, um frasquinho de iogurte meio cheio e uma lixa para unhas. Os quatro elevadores, parados no piso térreo. Pastas e folhas espalhadas por toda a parte.

X não vai de elevador, prefere subir a pé. ("Por quê? Você tem medo de ficar preso no elevador?") Seu escritório fica no sexto andar, ao fim de um corredor do tamanho de uma rua. Dos dois lados do corredor, muitas portas abertas. As telas abandonadas dos computadores tremem devagar, pestanejando no mesmo ritmo.

X desliza ao longo do corredor como um fantasma num imenso aquário. Tenta evitar pisar as folhas de papel no chão e umas obsoletas folhas de índigo, cujo aparecimento tem algo de miraculoso. X descobre algumas páginas impressas que pertencem a pastas catalogadas VERY IMPORTANT.

À frente do escritório X hesita como se temesse encontrar dentro o *alter ego*. Desconhece a razão, mas sente o impulso de bater respeitosamente à porta. A Voz resmunga, chateada, na caixa craniana. X entra. Fecha logo a porta atrás. Tira o sobretudo e o chapéu, os pendura no cabide. Limpa o suor e muda de camisa. Hesita aproximar-se da janela. Do sexto andar se vê uma fatia demasiado grande da cidade.

X prefere sentar-se à mesa de trabalho. Os gestos cotidianos o acalmam sempre. Tira do porta-lápis um vermelho, perfeito para sublinhar. Aponta-o. Tem de fazer um muito curto relatório urgente sobre outro relatório urgente, mas muito comprido. X começa a ler um documento volumoso e sublinha certas passagens. De quando em quando, escreve curtos comentários num novo documento aberto no computador. Que bom que alguma coisa funciona. X redige o relatório e espera ser convocado de um momento para outro para a reunião das 11h. Mas ninguém o chama para lado nenhum. X espera que toque o telefone, pelo menos uma vez, mas o telefone permanece calado. Aliás, nenhum telefone toca em parte alguma do edifício. O fax também está mudo.

Às 11h02, X decide ir ver o chefe. No escritório da secretária, ninguém. (X sente uma ligeira satisfação, como uma vingança, pois nunca gostou da senhora Jobert.) X bate à porta do diretor. Nenhuma resposta. Abre. Ninguém. Em cima da escrivaninha do chefe (o senhor Kariatide, mais conhecido no Instituto como Motamo, uma vítima, em definitivo, da própria incompetência), uma pera e a habitual revista de palavras cruzadas, aberta. X examina o quadrado preenchido pelo chefe, sem dúvida naquela mesma manhã. O quadrado está quase terminado. Aliás, só falta uma palavra de cinco letras na vertical. X procura a definição da palavra: *dois iguais, que simetria!*

"SERES." O quê? "Seres." Como é que você sabe? "Me parece evidente." X se levanta da escrivaninha do chefe. Igualmente evidente é que a reunião das 11h às 11h é que já não é. Volta para o escritório e se empenha no relatório.

X lê pelo menos trinta páginas sublinhando, de vez em quando, determinados parágrafos. Começa sentindo certa inutilidade. Desenha um caracol numa das páginas do relatório, mas carrega com força e a ponta do lápis quebra.

Levanta o fone do telefone e tecla o número de Matilde. Ouve-se a voz da secretária eletrônica. Que mensagem deixar? "Diz-lhe que você passa no fim da tarde na casa dela."

– Vou passar por sua casa no fim da tarde. Pode ser? Beijo.

X se assusta com a própria voz. Uma voz aterradora. Mal a reconhece. Uma voz de afogado. Suas cordas vocais parecem calcinadas pelo tempo.

Escolhe outro lápis e desenha vários círculos em algumas das páginas do relatório. Decide ligar a televisão. O controle remoto funciona, mas a tela só capta linhas horizontais e pontos desordenados. X põe no primeiro canal, no segundo, terceiro, quarto... Nenhum programa, em nenhum dos canais.

X sai a dar uma volta pelos escritórios. Pelo visto, alguns de seus colegas não tiveram tempo de chegar ao Instituto. Outros, chegados muito cedo, parecem tê-lo abandonado às 6h37 em ponto. Pois todos os relógios do Instituto estão parados também às 6h37.

X regressa ao escritório e começa a discar todos os números de telefone da agenda profissional. Atendem, geralmente, as respectivas secretárias eletrônicas, mas, vez por outra, as linhas estão interrompidas.

X liga o rádio, procura com afinco uma estação qualquer e sente de repente um incendiário vislumbre de esperança. Encontrou uma estação que toca música.

– Música! Está ouvindo?

"Sim." E o que você acha? "Nada." X está furioso com a Voz.

– Música! Não está vendo? Música!

X sente que já está na hora do almoço. Seu relógio biológico lhe anuncia uma sensação de fome. Sai para almoçar.

X entra num dos pequenos restaurantes mesmo à frente do Instituto. Senta-se numa mesa e espera. Teima em se comportar como se nada tivesse acontecido.

"Talvez você tenha razão", diz a Voz. Tem, com certeza. X não gosta de se deixar levar. "Talvez realmente não tenha acontecido nada." Com certeza que não aconteceu. O que é que podia acontecer? "Talvez não passe de uma farsa", diz ela. É evidente que é uma farsa, de qualquer modo *a história* tem ar de farsa. "Talvez estejam *todos* escondidos em algum lugar espreitando você. Querem divertir-se com suas reações, querem vê-lo assustado, em pânico."

Pois bem, X não se deixará amedrontar. "Certamente que lá para o pôr do sol sairão dos esconderijos." Com certeza que sairão de novo para as ruas. Quanto pode durar uma farsa? "De qualquer modo, se não for *esta* noite, amanhã será com certeza." Ah, não, X tem a convicção de que será ainda esta noite.

– Pense nas crianças, as crianças não se aguentam muito nos esconderijos.

X tem cada vez mais fome. Levanta-se, vai à cozinha do restaurante, prepara um sanduíche com fiambre. Depois passa para o outro lado do balcão e serve-se de uma cerveja. Ele só gosta da *draft*.

Senta-se à mesa e olha para a rua inerte.

Quando acaba, deixa uma nota de dez e algum troco num pires, ao lado da máquina registradora.

X regressa ao escritório e trabalha ininterruptamente até às 5h da tarde. Às 5h em ponto, se levanta, vai à janela e perscruta a cidade de cima. A única coisa que tem ar de se ter mexido, entretanto, no universo é o Sol. O céu continua petrificado e destituído de nuvens. Olhando com mais atenção, X descobre que os incêndios continuam na cidade. De dois ou três pontos a fumaça, em anéis pretos, sobe preguiçosa.

X acabou o relatório. Deixa-o em cima da mesa do chefe, ao lado da revista com palavras cruzadas. Vendo novamente o quadrado inacabado do chefe, X sente um impulso diabólico, gostaria de preencher os últimos espaços, de escrever a palavra "SERES". Consegue, no entanto, dominar-se e sai com um sorriso superior estampado na face.

X prometeu a Matilde que ia passar na casa dela, mas dá-se conta de que não tem vontade. Vai diretamente para casa. Fecha-se no apartamento, puxa as cortinas, desconecta o telefone. Dá novamente corda ao relógio da cozinha e ao despertador. Observa durante um tempo o movimento circular dos indicadores. Enche a banheira de água quente, tira a roupa, mergulha e deixa-se estar sem pensar em nada de específico. Todavia é-lhe difícil esvaziar a mente de pensamentos.

Por que ele?

"Não pense mais."

É mais do que uma farsa, é caçoada.

"Não pense mais."

De qualquer modo, ele não vai entrar no *jogo* deles.

"Você faz bem."

X fica enclausurado no apartamento toda a noite. Lembra-se de um livro comprado faz algum tempo e que nunca chegou a ler: *Introdução à Filosofia da Mentira*, de Jean-François Kahn. Será momento de *se interessar* por ele? Ou, antes, rever um filme de sua impressionante coleção de cassetes?

Opta pelo livro.

Às 23h em ponto, X engole dois soníferos e se deita. Antes de adormecer sorri interiormente e pensa: nada a fazer, há dias assim na vida. "Você tem razão", aprova a Voz.

X sonha que está correndo num infinito planalto branco. Encontra-se no meio de um mar gelado. O horizonte é um círculo perfeito, inalterado por luz alguma, por relevo algum, por costa nenhuma. O céu se perde no nevoeiro e não tem consistência.

X se ajoelha e começa a cavar com as mãos nuas na camada de gelo. Cava, cava, cava. Os dedos sangram, o gelo se colore com finas nervuras vermelhas. Finalmente, pela fenda se vê alguma coisa. X descobre pelo buraco feito uma multidão de pessoas que olham para cima, para ele, como se ele tivesse rachado a abóbada celeste.

X acorda furioso.

Sai à procura deles.

Começa pelos apartamentos do seu prédio. Vai até o subsolo, abre as portas das despensas. Verifica também as garagens. Força a porta da central térmica. Sobe até o último andar e examina os sótãos. Sobe ao telhado. Ninguém, em lado nenhum.

Sai à rua. Sonda, um após outro, os edifícios do lado dos números ímpares. Continua com os prédios do lado oposto. Ninguém, mesmo.

– Saiam daí, porra, saiam de uma vez por todas!

Alguém o ouviu gritar? Será que gritou mesmo?

– Gritei mesmo?

"Não."

A X lhe vem uma ideia: tem de verificar as grandes superfícies. Pega uma das bicicletas abandonadas nas ruas, monta e pedala furiosamente, rumo ao estádio da cidade. Deserto.

Dá volta aos outros espaços públicos suscetíveis de abrigar centenas e até milhares de pessoas: o hipódromo, a pista de gelo, a grande sala de congressos, a estação de trem e de ônibus. Entra na catedral da cidade e a seguir nas igrejas de bairro. Tenta também a grande sala de eventos da Prefeitura, a piscina municipal, a Ópera, o Teatro Nacional, o Museu de Ciências Naturais, os outros teatros e salas de cinema. Ninguém, em lado nenhum.

X verifica também no Jardim Botânico, nas estufas dos arredores da cidade, na base militar, no estabelecimento prisional.

Ninguém, em lado nenhum. O edifício do circo, a Bolsa, a Biblioteca Nacional, o Pavilhão de Exposições... Ninguém.

O metrô! Como é que não pensou antes? X entra numa loja de eletrodomésticos e se abastece de um capacete e de várias lanternas potentes. Desce para a primeira estação de metrô e percorre algumas das galerias da cidade. Quando volta à superfície, o sol está nascendo.

X regressa a casa e se esconde nela. Puxa de novo as cortinas e fecha hermeticamente as persianas metálicas. Acende todas as luzes. Senta-se numa cadeira à frente da porta.

— Porcos!

A Voz tenta acalmá-lo. "E se você comesse um pouco?"

— Porcos! Porcos! Porcos!

X permanece na cadeira, à frente da porta à qual ninguém bate.

"Tente beber e comer alguma coisa."

Beber, sim, eis uma ótima ideia. Abre uma garrafa de *whisky*, esquecida do ano passado, quando alguém a ofereceu a ele pela ocasião da primeira promoção.

X enche um copázio, bebe. Sente-se melhor. Abre uma lata de conserva de peixe e come. Sente-se mal. Vomita.

— Porcos! Porcos! Porcos!

X adormece agachado em cima da cadeira. Mergulha num sono profundo, do qual os sonhos se evadiram.

26.

Muito prezado escritor:

"Um dia, em pleno mês de agosto, aconteceu um homem desaparecer sem deixar rastro."

Lembra-se por acaso que romance se inicia com esta frase que não procura de modo algum o sensacionalismo, mas contém um infindo potencial de inquietação? É, claro, Mulher das Dunas, de Kobo Abe. Que maravilhosa frase minada! O leitor que a pisa, para entrar no romance, provoca duas explosões de intensidades diferentes. A primeira é mais discreta, mais difusa, seu efeito nos chega por reverberação, por aquilo que evoca em nosso imaginário o sintagma o mês de agosto. Por quase toda parte, o mês de agosto sugere a ideia de verão absoluto, de torpor, canícula, sonolência, paralisia até… Há cidades que se esvaziam no mês de agosto e em muitas a vida continua em câmera lenta. Nessa sutil primeira frase, a evocação do mês de agosto, cheio de imagens funestas, torna-se quase mais inquietante do que o anúncio de que um homem desapareceu "sem deixar rastro".

Não longe desse tipo de abertura minada se situa também a frase com que Hemingway iniciou o romance O Velho e o Mar. Está lembrado?

"Ele era um velho que pescava sozinho num esquife na Corrente do Golfo e saíra havia já oitenta e quatro dias sem apanhar um peixe". O leitor nem sabe onde se esconde a gravidade da situação. No fato de o personagem estar sozinho? Ou no de ser velho? Ou de pescar numa zona por onde passa a famosa Corrente do Golfo, conhecida por seus redemoinhos? Ou, ainda, no fato de não apanhar peixe fazia já quase três meses? O leitor dá, logo, quatro passos, quatro duma sentada, no terreno minado desta frase, e de cada vez há uma explosão mais forte do que a anterior.

Eu sei, é com uma frase destas que o senhor também sonha. Observou que nossas frases foram, grosso modo, para os escritores que posteriormente ganharam o prêmio Nobel? Ou, talvez, tenham ganhado o Nobel por se terem deixado inspirar por nós? Não lhe responderei a esta pergunta, deixá-lo-ei julgar por si.

Como não podia deixar de ser, em certos momentos ficamos numa situação de grande dilema ético. Mais exatamente quando fornecemos frases sublimes a pessoas que as não mereciam, do ponto de vista moral. Veja-se o caso de Louis Ferdinand Céline, que muitos consideraram "um lixo moral", que nunca reconheceu o erro, nem se arrependeu. Será que merecia ele aquele diamante da entrada no romance Viagem ao Fim da Noite? Lembra-se da frase? "Foi assim que isso começou". Simples, curto, direto, eficiente. Um limiar. É o gênero de frase-limiar. Porque um início de romance também pode ter uma função estritamente ritualista. Alguns escritores precisam, para entrar na matéria, muito mais de um ritual próprio do que da definição do tempo ou do espaço da narrativa, ou mesmo da primeira apresentação de qualquer personagem. Na história da arquitetura, muitos edifícios foram criados de tal modo que a entrada neles imponha determinada atitude. Um limiar alto obriga a uma coreografia específica para ser atravessado. Às vezes o limiar é alto e a porta baixa, o que requer a inclinação da cabeça para se entrar no edifício, ou seja, uma vênia. Céline precisava duma primeira frase-limiar e nós a demos.

Em breve se esclarecerá também sua situação. Saberemos se precisa, para a entrada na posteridade via romance, duma primeira frase-limiar ou dum tapete minado.

Até aquele momento ainda lhe queria confessar uma coisa. O senhor é nosso último cliente. Espero que esta notícia não o choque. Sim, nossa confraria se retira do mercado literário. Dois séculos de serviços discretos e essenciais no altar do romance. Chega. Aliás, o mundo mudou, hoje se escreve em excesso, apareceram também esses malditos softwares *(ou sei lá como se chamam)* que escrevem romances combinatórios. A era do romance industrial começou. Chegou a altura em que nós, mestres do romance artesanal, nos retiramos. Verdade seja dita, os últimos decênios foram muito cansativos. Nossos derradeiros pescadores de pérolas envelheceram, nossos últimos caçadores de talentos se enganaram. Eis-nos na hora do fecho. Quando, num dos últimos cafés decentes da Europa, se lhe sussurrar ao ouvido certa fórmula mágica, saiba que, com o senhor, as portas de nosso clube se fecharão.

27.

Acho que tinha eu uns dezesseis anos quando Victor iniciou as viagens à América.

A ida de Victor à América foi ocasião de grande alvoroço na vida de nossa família. Para a maioria dos membros do clã aquela saída tinha a ver com a trajetória natural de Victor. Ele nascera para integrar o centro do mundo. E a América constituía uma nova etapa na sublimação de suas competências.

"Preciso desta experiência", dizia Victor. "Não é o sonho americano que me interessa, mas, sim, suas universidades."

Como eu estava ainda muito cru para opinar acerca da carreira de Victor, ninguém me consultava quanto às opções de meu irmão. Se todos me dessem ouvidos, eu poderia falar pormenorizadamente, sobre a linguagem utilizada por Victor quando evocava suas relações com a América. Pois algumas sutilezas estavam vedadas aos adultos (salvo a titia Masek que, dizia, "viu demasiados filmes").

Por exemplo, os adultos não apanhavam a vastidão das intenções ocultas atrás dalguns plurais utilizados por Victor. Meu irmão não dizia "interessa-me a universidade americana". Não nomeava alguma em particular, não dizia "interessa-me a Universidade Colúmbia" ou "interessa-me a Universidade Harvard". Não, ele dizia "interessam-me *as universidades* americanas", ou seja, ele tencionava, de um modo ou doutro, avaliá-las a todas, senão até aprofundá-las a todas.

A imagem era clara para quem fosse capaz de interpretar o plural de Victor. Eu, pelo menos, via tudo como num tabuleiro de xadrez: de um lado Victor, sozinho, e do lado oposto, todas as universidades americanas, em linha de batalha.

"Hoje em dia, se você não pensa como um americano, não pode estar no topo", dizia ainda Victor. O que era, uma vez mais, um exemplo de sutil formulação, que passava totalmente inobservado aos restantes membros da família. Com esta frase Victor nos comunicava uma coisa muito precisa: ele não ia para a América com o propósito de se inscrever numa universidade ou de seguir algum curso de especialização, não: ele ia para estudar *o modo de pensamento* do americano. O raciocínio era simples: como a América é *number one* em tudo, para se vencer, hoje, em qualquer área que seja, é preciso antes de tudo adquirir os mecanismos do sucesso americano.

Victor dizia mais uma frase pouco captada pelos demais: "Atrai-me minha pátria mental".

Sim, a América se tornara na "pátria mental" de Victor graças aos filmes vistos entre os três e os vinte e três anos. Vinte anos de bombardeamento cinematográfico hollywoodiano tinham transformado Victor num fã visceral da América. Tudo o que vinha da América lhe parecia familiar, natural, plausível. Tudo o que vinha da Europa era inacabado, pendente, *in progress*, ou seja, em fase evolutiva, rumo a algo que, mais cedo ou mais tarde, tinha de se tornar América.

Ninguém era capaz de alcançar o segredo de Victor, isto é, que ele mesmo passava pela vida como personagem de um filme de Hollywood. Em sua cabeça, Victor se enxergava como uma síntese entre diversos xerifes interpretados por John Wayne, aos quais se juntava *O Grande Gatsby*, versão Robert Redford, vários heróis salvadores da humanidade, gênero Bruce Willis, assim como a série dos *gentlemen* ternos, mas corajosos, tipo Harrison Ford. Victor não era nenhum inculto ou desprovido de espírito analítico. Num ritmo de três horas diárias alocadas à televisão, Victor teve ocasião de assistir também a filmes de Fellini ou de Tarkovski, de Buñuel ou de Bergman, dos irmãos Taviani ou de Costa Gavras, de Kurosawa, Theo Angelopoulos, Mathieu Kassovitz ou Kusturica. Seu cérebro, ao nível superficial do raciocínio, reconhecia a existência de outras linguagens cinematográficas, distintas das americanas, mas não conseguia fazer suas essas experiências, que permaneciam simples peculiaridades. Um filme americano, mesmo mau, era um valor familiar, integrava um sistema de percepção, uma continuidade. Enquanto um filme francês, ou italiano, ou russo, o obrigava a assumir alguns riscos estéticos e afetivos. Victor sentia que seu subconsciente estava sendo *colonizado* pela indústria de imagens americana e não hesitava em procurar, de quando em quando, saídas, ou, pelo menos, propor a si mesmo um momento de análise, do tipo "vamos lá ver quão dependente estou desta droga". E, não obstante a lucidez, era obrigado a reconhecer que a dependência das imagens vindas do outro lado do Atlântico era profunda, até *anatômica*. Sua anatomia afetiva tinha sido delineada praticamente pelos filmes de animação da Disney. Os mais profundos estratos de sua sensibilidade tinham sido moldados por *Cinderela, A Dama e o Vagabundo, Branca de Neve e os Sete Anões* e *O Livro da Selva*. Sobre esses alicerces (consolidados por toda a filmografia de Walt Disney que Victor tinha em cassetes e DVDs) assentavam outros numerosos níveis, minuciosamente construídos. Muito dileta à sua alma era, por exemplo, a série d'*Os Piratas do Caribe*. Aliás, havia dias em que Victor se propunha ser Johnny Depp.

  O cenário era, mais ou menos, o seguinte. Victor acordava de manhã com um irreprimível desejo de ser Johnny Depp. Logo, miraculosamente, por um estalar de dedos, Victor invocava Johnny Depp *nele*. Pelo que Johnny Depp estava convidado a habitar durante um dia todos os gestos e pensamentos de Victor (o que era totalmente outra coisa do que a solução inversa, ilustrada pelo filme *Quero ser John Malkovich* – outra forma de identificação existencial à que voltarei). Quando decidia que iria passar um dia *habitado* por Johnny Depp, Victor ativava no cérebro todas as imagens relacionadas com esse ator e com os personagens que representou. E as imagens estavam à mão, aos milhares, às centenas de milhares, aos milhões, em forma de *pixels cerebrais*. O despertar e reavivar delas se dava numa fração de segundo: de repente, o ser de Victor era invadido pelo estilo Johnny Depp, pelo metabolismo psicossomático de Johnny Depp, por sua maneira de se mexer, de olhar, pensar, falar, hesitar e assim por diante. Victor podia escolher, a qualquer momento, entre um Johnny Depp genérico, ou seja, portador de todos os seus personagens (desde o atípico pirata Jack Sparrow ao misterioso amante de chocolate Willy Wonka, desde o barbeiro assassino Swenney Todd a Edward Mãos de Tesoura). Ou podia se fixar durante uma hora num só personagem, como por exemplo o interpretado por Johnny Depp no filme *Dead Man*, de Jim Jarmusch. Aliás, essa postura – de ser durante uma hora *Dead Man*, de andar pela casa, pela cidade, pelos corredores da faculdade como se tivesse uma bala no peito e apenas algumas horas de vida – deliciava Victor. Em tais momentos, se lhe punha nas faces uma sincera luz de superioridade, absolutamente paralisante para os que se cruzavam com ele. O efeito era muito poderoso, ninguém ousava interromper Victor naquela meditação, digamos, superior. E ninguém se dava conta de que, na realidade, naqueles momentos, ele apenas se deixava *habitar* pelo Johnny Depp de *Dead Man*.

Outra constelação de filmes espiritualmente próxima de Victor era formada por aqueles em que entravam Bruce Willis e Harrison Ford. Esses filmes formavam uma espécie de membrana à volta de sua alma, podia se dizer mesmo um filtro protetor. Quando um sinal do mundo exterior se arremessava, qual cometa, rumo à alma de Victor, tal cometa tinha, sem falta, de passar pela membrana Bruce Willis – Harrison Ford. Ora, qual era o papel dessa membrana? Tinha o poder de rejeitar certas mensagens consideradas insignificantes se entre o sinal exterior (sentimento, informação, imagem, som, etc.) e o código de valores impresso na membrana não existisse compatibilidade. Isso mesmo, a membrana Bruce Willis – Harrison Ford era como um escudo antiatômico. Uma tessitura de convicções e modelos, uma camada muito grossa de tentações miméticas. Qualquer foguete lançado do exterior por mão maldosa batia no escudo e ricocheteava logo. Se, no entanto e inesperadamente, a investida emocional-informacional conseguisse furar a membrana protetora de Victor (como bomba perfurante destinada a atingir um abrigo subterrâneo a noventa metros de profundidade), se, apesar de tudo, isso acontecesse, o agressor era instantaneamente transmutado pela grossura e capacidade de resistência do escudo. Ao passar pela membrana Bruce Willis – Harrison Ford, todos os sinais do mundo exterior se modificavam numa coisa nova, compatível com a textura, a ideologia e a natureza íntima da membrana.

Como já disse, Victor não era idiota, nem inconsciente. Ele sabia que os filmes americanos, a que assistira ao longo de duas décadas, lhe tinham induzido no subconsciente e até na alma certa ideologia. Agora, ele, Victor, acreditava sinceramente na mensagem geral daqueles filmes. Acreditava, por exemplo, com toda a sinceridade, que a América era o lugar ideal para quem ama a liberdade de viver. Acreditava, de corpo e alma, na justiça e, sobretudo, no fato de ela sair sempre triunfante. Também acreditava na luta. Sim, tudo se pode obter com luta. Paul Newman, Bruce Willis, Harrison Ford, Harvey Keitel, Robert de Niro,

Gene Hackman, Al Pacino, George Clooney e outras dezenas e dezenas de atores americanos estavam ali, na mente dele, para confirmar isso. Quando Victor tinha alguma dúvida, algum momento de vacilação, era com eles que falava. Questionava-os:

– Valerá mesmo a pena lutar para obter aquilo que quero?

Sem hesitação alguma, lhe apareciam à frente Paul, Bruce, Harrison, Harvey, Robert, Gene, Al, George (mas também Henry Fonda, Clint Eastwood, Arnold Schwarzenegger, Sylvester Stallone, Kevin Costner e Tom Cruise) para lhe dizer: SIM.

– Sim, Victor, lute e você há de conseguir. Se sua paixão pela justiça é profunda, você obterá justiça. Se você se autoconstruir dia a dia, se se autocontrolar a cada momento, se acreditar na liberdade e na América, nada atravessará seu caminho.

– Será mesmo assim?! – ainda indagava Victor, sobretudo durante o período da primeira adolescência.

– Sem sombra de dúvida – respondia em coro o pelotão formado por Paul, Bruce, Harrison, Robert, Gene, Al, George, Henry, Clint, Arnold, Sylvester, Tom, aos quais se juntavam Brad Pitt, Leonardo di Caprio, Kirk e Michael Douglas, o Rei Leão e Mogli d'*O Livro da Selva*.

28.

Minha tentativa de reencontrar, duas semanas mais tarde, junto com Paul, o Café dos Tímidos foi uma verdadeira aventura metafísica. Dezenas de vezes me pareceu que estava à beira, que tinha percorrido rigorosamente a mesma rua como quando o encontrara pela primeira vez.

– Você está com calafrios – dizia Paul –, deve estar adoentado.

– Não, não – gritava eu –, é imperioso lhe mostrar esse lugar, não sou louco, passei toda uma tarde nele.

Refizemos várias vezes o mesmo trajeto, guiando-me pelos pormenores gravados na memória. Durante algum tempo, Paul deixou-se arrastar, sem protestar. Após quatro, cinco, seis tentativas, começou, todavia, a dar sinais de nervosismo e a duvidar do valor dos meus pontos de referência na cisma de encontrar *a entrada* para o Café dos Tímidos.

– Deve estar enganado de rua – disse Paul.

– Não é verdade – insistia eu, – é essa a rua, juro a você. Está aqui o parque, do café enxerga-se exatamente esse parque, se enxergam esses bancos e esse coreto octogonal. Eu via também os velhinhos, ali, jogando xadrez, fiquei horas a fio no tal café olhando para o parque e para as crianças que brincavam. Não pode ter desaparecido pura e simplesmente.

– Todos os parques se assemelham.

Paul tinha razão, às vezes um bairro se parece com o outro, uma praça se parece com a outra e também uma criança que brinca. No entanto, não podia estar enganado.

– Olhe os castanheiros – exclamei triunfante –; esses castanheiros se veem do café.

– Os castanheiros, também os enxergo, mas seu café *se escafedeu*.

Paul tinha esta qualidade de encontrar a mais plástica expressão para descrever uma realidade. Era isso mesmo, o meu café se tinha escafedido da paisagem, tinha desaparecido do prédio onde o deixara da última vez. Até tentei perguntar a alguns transeuntes se não tinham visto um café por ali.

– Desculpe, lembra-se, por acaso, de existir um café nesta região?

– Mmm... café?, nesta região?, *quando*?

– Faz precisamente dez dias.

– Não, meu caro, aqui nunca houve café nenhum. Moro há sessenta e cinco anos neste bairro. Nesta praceta só há habitações. Café fica na avenida, perto do ponto do metrô, tem de voltar, vá sempre em frente, depois...

Não sei por quê, mas todos aqueles velhinhos jogadores de xadrez, que se esforçavam por me convencer de que nunca existira um café na rua deles, na pracinha deles, me pareciam um pouquinho hipócritas, talvez, até ardilosos. Tentavam, sem sombra de dúvida, me ocultar uma coisa, estavam combinados entre eles, aliás, podia-se ler em suas faces uma espécie de cumplicidade. A maneira de dizer "Não, meu caro, aqui nunca houve café nenhum" tinha um denominador comum, um certo fervor, como se todos tivessem repetido em frente ao espelho a mesma frase. Sim, alguém os tinha instruído para reagir assim, para negar tudo com o mesmo sorriso no rosto, com o mesmo pérfido tremor na voz. "Se um jovem estudante acanhado, um pouco desarticulado, de barba mal feita e óculos, lhes perguntar onde fica o Café dos Tímidos, o que é que respondem?". "Respondemos sem hesitar, voz decidida, mas calma, fitando-o nos olhos e até lhe pondo uma mão no ombro, que aqui nunca existiu café algum."

No entanto, todas aquelas pessoas não conseguiram me desestabilizar, nem me enganar. Sobretudo quando pousavam suas mãos em meu ombro, na tentativa de ser o mais convincentes possível. (Juro, quando alguém lhe põe a mão no ombro e fita você nos olhos, tentando convencê-lo de qualquer coisa que seja, o que deve entender é rigorosamente o contrário.)

Passadas duas horas de infrutífera procura, Paul se fartou desse jogo de esconde-esconde.

– Pronto, demos a volta nesta pracinha dez vezes. Chega.

Sua irritação era compreensível. Pedi a Paul para não me levar a mal e me deixar sozinho. Não podia me separar daquela praça, sobretudo porque se tinham formado no parque quatro ou cinco pares de velhinhos jogadores de xadrez.

– Ficarei mais um pouquinho – disse a Paul, – não se aborreça, nos vemos à noite, quero tomar uns apontamentos, esta praça me inspira.

Paul foi-se embora sem se mostrar muito surpreendido, tal como tinha aceitado vir comigo à procura do Café dos Tímidos.

Sozinho, me senti de repente muito melhor, já não tinha responsabilidade alguma, nem queria demonstrar fosse o que fosse a ninguém. Sentei-me num banco, me demorei a observar as crianças que brincavam à volta do coreto e os velhinhos sentados em torno dos tabuleiros de xadrez. Toda uma coreografia arejada se espraiava à minha frente, a pequena praça era o lugar de encontro dos habitantes do bairro: as pessoas passavam, se cruzavam, paravam um minuto ou dois para se cumprimentar e trocar algumas palavras, continuavam seu passeio. De vez em quando se viam mães com bebês, duas ou três crianças mais crescidas davam voltas de bicicleta, um idoso inválido apareceu numa cadeira de rodas.

Peguei no caderno de apontamentos casuais e escrevi estas palavras: "Coreografia arejada. Pessoas indo e vindo. Boa tarde, boa tarde. Não mais de dez palavras trocadas em cada encontro. Olhares calmos. Ritual. Pracinha isolada do mundo. Abrigo antiatômico de superfície. Bancos com tinta fresca. Espaço hipnótico".

Permaneci no banco mais meia hora, como espectador após o intervalo, com a esperança de que o segundo ato fosse mais palpitante. Mas não, as pessoas apareciam ao mesmo ritmo, passeavam ao mesmo ritmo, paravam para dizer, provavelmente, as mesmas palavras.

Quando me levantei do banco, hipnotizado pela monotonia previsível que a praça emanava, o Café dos Tímidos *reapareceu* nas minhas costas. Ou melhor, ao me virar, vi-o. Estava ali, onde eu sabia, onde não se tinha deixado ver quando me acompanhara Paul, onde o enxergava agora, estando sozinho. Senti, de repente, uma infusão emocional, como se eu fosse um líquido escaldante em que o bebedor cósmico de chá tivesse submergido uma sachê com ervas aromáticas. Sim, o Café dos Tímidos estava ali, discreto, mas vivo, incrustado no meio daquele prédio paralelo com a praça. Dirigi-me em sua direção flutuando um pouco, abri a porta com infinito carinho e entrei.

Reencontrei-me, uma vez mais, num ambiente familiar, só que desta vez havia mais clientes no café, pelo menos oito pessoas em oito mesas diferentes. O empregado de olhos assustados se mantinha atrás do balcão, movendo ligeiramente os lábios com ar totalmente desamparado. Reconheci logo a moça de chapéu amarelo, a mulher de vestido sardento e a senhora cheinha, de olhos amendoados. Havia, porém, outras pessoas também: mulheres e homens retráteis, suspensos em suas mesas, numa espera que tão bem compreendia. A mulher de vestido sardento ousou, quando entrei, levantar um dedo na minha direção, o que me deu imenso prazer, era um sinal de cumplicidade, de reconhecimento. Como da vez passada, a atmosfera começou a se aligeirar gradualmente após minha chegada. Até o empregado se arriscou a responder a meu cumprimento perguntando se não desejava um café.

– Queria, sim – respondi, o que provocou uma risadinha numa das mesas. A senhora cheinha, de olhos amendoados, me enviou um olhar reconhecido e começou, afoita, a procurar algo na carteira de uma profundidade infinda.

Sem a mínima hesitação, sem me interrogar sequer por que o fazia, pedi ao empregado *oito cafés*. Oito cafés para os oito clientes das oito mesas. Oito pessoas que sentiram bruscamente começar a correr em suas veias o sangue da esperança, e vi como vários olhares me abraçavam com imensurável reconhecimento.

Devagar, sem perturbar o ritmo natural do lugar, fiz o ofício de mensageiro, colocando à frente de cada um dos oito clientes um café. O olhar do empregado era daqueles capazes de dizer tudo sem proferir uma palavra que fosse.

– Que bom, que bom – sussurravam seus lábios.

Quando todos começaram a beber o café, ainda tive uma iniciativa, convidei os oito clientes a se agruparem em três ou quatro mesas. Sem a mínima resistência, as oito silhuetas se levantaram e seguiram logo meu conselho, e alguns até murmuraram coisas do tipo "prazer em conhecê-lo", "que outono maravilhoso", "o senhor mora no bairro?", "deseja um bombom de menta?"...

Todos suspeitamos, vagamente, que nosso encontro tinha sido provocado por um sonho, que, de fato, estávamos ali porque alguém sonhava com esta situação. Estávamos todos, sem saber por quê, solidários com essa pessoa, e esperávamos, pacientes, que acordasse.

29.

Ela me convida a avançar por cima dum tapete de maçãs
entre, me diz ela, hoje construí pra você
uma casa de maçãs

tudo é possível
a Senhorita Ri me constrói uma casa diariamente
da qual, aliás, me alimenta

depois que nos sentamos à mesa e comemos
cada qual uma maçã
a Senhorita Ri me serve um chá de maçã
nos demoramos em seguida a observar
o florescimento duma macieira
e das maçãs que o relógio da sala
corta em fininhas fatias
preparamos juntos um delicioso licor de maçãs

já é tarde, a Senhorita Ri
me olha suavemente, adivinha meu futuro
numa meia-maçã
boas novas, esta noite a Senhorita Ri
será minha
nos amaremos em sua cama cheia de maçãs
durante uma maçã

30.

– Sei que não é fácil continuar seduzindo uma mulher depois de a ter possuído. Sei, meu caro senhor, sei que o submeti a difíceis exercícios, mas o senhor se safou benzinho... Os poemas que me enviou, se bem que me risse deles e os rasgasse em seu rosto, tocaram cordas profundas, que ainda vibram. Aliás, tenho-os sempre comigo, pois os aprendi de memória. O senhor não sabe, mas eu tenho esta enorme capacidade de não esquecer nada, minha memória é infernal, anormal, retém tudo, palavras, gestos, imagens... Os poemas me ficaram na memória, bastou lê-los uma só vez para fixá-los, e pode ter a certeza de que os levarei comigo por toda a vida. Nem imagina quanto me seduziu com os trinta poemas que me escreveu durante um mês, esperançoso de que voltaria a ser aceito em minha cama, em que lhe permitiria me abraçar de novo, em que consentiria, novamente, que me preparasse o café da manhã. Desajeitado como é e, ainda por cima, tímido, não enxerga os efeitos de seus estados sobre mim. Não se dá conta, por exemplo, do muito que gosto de vê-lo pestanejar. Acho que é o homem que mais pestaneja no planeta. Sim, meu amado senhor, gosto de o ver pestanejar, me excito sobremaneira quando pestaneja rapidamente e olha para mim com ar pasmado, é como pássaro batendo velozmente asa para não cair. Suas pálpebras parecem mesmo asas atrofiadas. Quem o vê pestanejar sente uma enorme compaixão e provavelmente deve pensar: "Coitado, olhem para ele, em tempos teve asas grandes, imensas, com as quais voava, se levantava acima de nós todos e nos olhava altivo, só que, entretanto, lhe aconteceu não se sabe o quê, devido à vida, ou aos segundos muito apressados, ou à poluição sentimental, enfim, a causa não importa, e suas asas começaram a atrofiar, encolher reabsorvendo-se e transformando-se em pálpebras, apenas isso sobrou delas, duas pálpebras. Mas a atrofia não tocou o íntimo das antigas asas, elas conservaram certo tipo de energia, certo instinto de voo. Por isso, se agitam ou, melhor, continuam se agitando, muito embora tivessem virado *pálpebras*".

É isso, meu infinito senhor, que as pessoas devem pensar quando o veem pestanejar rapidamente. O engraçado é que o senhor tem o dom de pestanejar também no sono, é esta a razão, aliás, pela qual vou tantas vezes contemplá-lo durante a noite.

Nem sabe como me impressionou quando me preparou sopa de abóbora e salada de berinjelas e legumes da horta cultivada por si, atrás do imóvel pobrezinho em que reside. Nenhum homem cozinhou para mim numa maior tensão erótica, impregnando cada gesto com fantasias nupciais. Ia morrendo de medo enquanto cortava os legumes, vezes sem conta quase cortava seus dedos ou amputava até alguma falange. Fiquei tão feliz por ter saído com vida daquele ato de heroísmo, que, deve ter observado, comi tudo o que me pôs no prato, sem pestanejar. Não obstante as pequenas perversões que me norteiam a vida, sei recompensar um gesto equivalente a um enorme correr de riscos.

Sim, meu infinito senhor, embora desastrado, você é um perfeito sedutor inato. Assim como o gato é o impecável paradigma em matéria de estilo (gato, tudo o que faz é elegante e natural), tudo o que o senhor faz é desajeitado, meigo e tolo. Obrigou-me, aliás, a aprender a rir interiormente. Rir interiormente, para não o perturbar com minhas risadas. Conhece o provérbio hebreu: "Faça a mulher rir e será sua"? Pois então, eu fui, desde os primeiros instantes, sua, pois o senhor me fez rir. O jeito com que olha para mim, pestanejando três vezes por segundo, com que me acaricia, sem me tocar, e me fala, engolindo palavra, tudo isso fez com que, logo no início, me risse, me divertisse copiosamente, rebentasse às gargalhadas. Mas como me dei conta de que não devo desestabilizá-lo com minhas risadas, cultivei a capacidade de rir para dentro, risada não sai de meu cérebro, de minha boca, de meu peito, não, risada que me provoque fica escondida e desliza em mim, me enche o corpo de vibrações íntimas. Claro é que nem sempre a posso dominar e então tenho de exteriorizá-la. Assim como alguns vão ao banheiro dez vezes ao dia, por possuir uma bexiga histérica, eu me vi na situação de sair da livraria, de vez em quando, para rir sozinha, me escondendo, geralmente, num dos vãos da passagem Verdeau.

É uma formidável máquina de sedução, meu infinito senhor, e é essa a razão pela qual me escondo de você, para não o perturbar, para não o *frear*. Se soubesse todas estas coisas, se tivesse acesso à verdade, temo que se transformasse, repentinamente, num ser monótono e sem imaginação. Eis por que a verdade não é uma possibilidade suscetível de governar nossa relação. Ouviu falar da angústia sentida às vezes pelos cientistas ao explorarem o microcosmo? Chamam de *breaking porcelain*. Para penetrar no mundo das micropartículas, a ciência inventa instrumentos cada vez mais sofisticados, mas, no momento de sua utilização, eles *perturbam* o mundo explorado. É como se a visita a uma loja de porcelanas não fosse possível sem que parte daqueles finos e sutis objetos vire caco. Afinal de contas, aquilo que conseguem explorar esses hiperperitos é a própria exploração, porque as partículas que se quer explorar aparecem transformadas, devido ao instrumento explorador. Fui suficientemente clara? O que quero dizer é que o senhor se assemelha ao mundo das partículas: para deixá-lo *intacto*, para que nossa relação não transforme o senhor, tenho de lhe ocultar quase tudo o que sinto e que me enriquece nos jogos que você provoca.

Creio que fui bastante clara, não fui? É por isso, aliás, que disse tudo isso enquanto dorme, para que tudo seja o mais claro possível.

31.

Meu caro Guy:
    Esse seu M, que você me enviou faz três meses, continua um enigma para mim. Poderia compará-lo a um novelo. É um novelo de sentimentos, de medos, de paixões e ilusões. Quanto à disciplina, nada a objetar, escreve muito e tenta me mostrar que é sério. Quer provavelmente deixar boa impressão em relação a seu potencial. Mas de resto me parece aturdido e frágil. E a história com a Senhorita Ri não progrediu muito.
    Almocei algumas vezes com eles, tentando lhes servir de ligação, de intérprete, de estimulante. Que comédia insossa, os almoços com eles! A Senhorita Ri, megera como sabemos, o provoca sempre com frases que até me constrangem. "Seu M, não podia comer sem abrir a boca? Sua cavidade bucal é bem desagradável quando tenta enchê-la de salada." A essas frases ele sorri, atoleimado, e começa a circundar o prato com o dedo, como se o professor de esporte o tivesse mandado correr dez voltas ao campo. "Senhorita, nossas anatomias não foram concebidas para as exigências de pureza de nosso espírito", responde ele. É de morrer de rir, realmente. Mas ela continua no mesmo estilo passivo-agressivo.
    – Seu M, tenha a gentileza e, de vez em quando, olhe, igualmente, para meu copo. Não coma de olhos perdidos exclusivamente no próprio prato, pois não é nenhum hipopótamo. Meu copo está vazio, não sei se observou. Va-zi-o.
    – Ai, Senhorita, me perdoe, sou um idiota chapado. Se bem que a nudez desse copo não seja desagradável, sobretudo por lhe pertencer...
    Guy, você acha que esses dois escarnecem de mim? Terão chegado tão longe com o jogo que estejam se divertindo, inventando novas personagens e situações, na minha frente?

Quando estamos os três à mesa, você nem faz ideia quão atenta é a Senhorita Ri comigo, como me arranja o guardanapo no colo, como pousa, às vezes, sua mão sobre meu joelho, como me serve com pão, apesar de eu não comer.

– Mais um pouco de pão, seu Bernard? Vamos lá, coma um pouco.

Capaz, ao mesmo tempo, de jogar em duas frentes, enquanto aplica um tapa na mão de seu M, por não usar corretamente faca e garfo, a mim, me beija o crânio. Megera, lhe digo! Ocasionalmente, pede a seu M sal ou pimenta, só para lhe tocar nos dedos, exclusivamente para ter o pretexto de excitá-lo tatilmente, de afagá-lo, fugitiva e lascivamente, por um segundo, a duração da transferência do objeto. Todos esses toques são como beijos fugazes por cima da mesa, à minha vista e a fim de me testar.

Na realidade, que querem aqueles dois de mim? Confesso, Guy, que, às vezes, me sinto confuso. E lhe pergunto: tem certeza de que é a eles que você quer transferir nosso tesouro? Tem certeza de que escolheu bem, de que é a dupla ideal para guardar aquilo que temos de mais precioso? Saiba que, entretanto, a operação de digitalização do tesouro avançou bem, a Senhorita Ri é competente, transferiu quase tudo para meu computador, e em breve todo nosso arquivo de inícios de romance poderá ser compactado em dez sticks (é assim que ela chama àqueles componentes USB onde se podem armazenar, sinistramente, toneladas de informação). Sinto medo, nostalgia e nervosismo, quando penso nisso: um milhão de inícios de romance encafurnados em dez sticks! Será boa ideia o que estamos fazendo? Tínhamos de nos adaptar tão obedientemente às modernices? Quando você voltar de Paris, queria que falássemos um pouco sobre tudo isso. Seu M lhe espera todo fervoroso, convicto de que está perto o momento em que receberá de suas mãos o supremo presente, o início de romance ideal! Conforme suas indicações, se mantém aquecido, como um tenor que prepara a voz antes de entrar em palco. Apesar da antipatia que me provoca, reconheço, no entanto, que certas páginas dele têm alguma densidade, certa vivacidade. Envio a você a amostra duma história não muito original, que, porém, orienta bem: um tal de X acorda um dia sozinho na cidade, talvez no planeta, e começa a organizar a vida interior e exterior consoante os novos dados. Vale a pena ler as primeiras páginas, não é mau, resta saber que força para avançar terá. Pessoalmente, não creio que se possa andar muito longe nesta direção, chega um momento em que se corre o risco de aborrecer, de encalhar ou de se deixar atulhar de pormenores. Todavia, são os pormenores que fazem a delícia dum conto como esse. Vamos ver.

Desejo-lhe uma boa estadia em Veneza,
Seu amigo,
Bernard.

32.

Ken freou bruscamente e se inclinou sobre o volante para perscrutar um ponto situado no meio da estrada. Betty acordou com o choque.

– O que se passa?
– Nada – disse Ken. – Ia quase esmagando um ouriço.
– Um ouriço!?
– Acho que é um ouriço.

Betty sacudiu a cabeça como se quisesse sair dos últimos feitiços do sono ou de um pesadelo persistente. A mão dela, ainda insegura, tateou em redor, encontrou a garrafa de Coca-Cola, a abriu, bebeu várias vezes, depois conseguiu fixar o olhar em Ken.

– E agora, o que fazemos?

Ken não disse nada, puxou o freio de mão, abriu a porta, saiu do carro deixando o motor trabalhando, contornou a frente do carro e estacou ao pé do intruso no meio da estrada. Examinou minuciosamente aquela presença inoportuna. Passado exatamente um minuto, se apoiou num joelho para poder observar melhor.

– É ouriço? – gritou Betty do carro.

Ken voltou ao volante continuando sem responder, girou a chave na ignição para desligar o motor, mas deixou as luzes acesas. Enfiou a luva direita e foi novamente ver a criatura no meio da estrada.

Betty saiu também do carro, respirou várias vezes profundamente o ar fresco da noite, moveu os braços como se tivesse asas inutilizadas há muito e que se deviam reabituar ao voo. Aproximou-se, ela também, do novelo escuro, à frente do carro.

– Então, como está *seu* ouriço?

– Assustado.

– Ei, seu ouriço, está assustado?

– Assustado e zangado.

– Vamos rolá-lo até a margem da estrada.

Com a mão enluvada, Ken empurrou ligeiramente o ouriço, para lhe verificar os reflexos. O ouriço se contraiu com força, visivelmente irritado. Um rasto de gosma indicava o trajeto que percorrera até o meio da estrada.

– É a época de acasalamento deles – disse Ken. – É por isso que está assustado e nervoso.

– Ah – disse Betty. – Incomodamos o senhor num banquete, seu ouriço? Marcou encontro com sua amada, aqui mesmo, no meio da estrada?

– Duvido que goste de nos ouvir falar – murmurou Ken.

– Mas estou falando o mais ternamente possível.

– Não gosta de nossas vozes, com certeza.

Betty começou a girar na estrada como uma bailarina que faz o aquecimento, antes do início do espetáculo. Pôs-se na ponta dos pés e executou algumas piruetas perfeitas, à luz dos faróis, como se dançasse num palco, debaixo dos projetores.

– Que prazer poder respirar.

Betty parou com uma expressão de espanto no rosto ao descobrir o céu cheio de pontos luminosos, uma imensidão de corpúsculos misteriosos pulsando fervorosamente, como se transmitissem alguma mensagem.

– Que noite! Não admira ouriço querer fazer amor.

Ken se levantou e deu alguns passos à luz dos faróis. Descobriu, a apenas alguns metros do ouriço perante o qual freara bruscamente, alguns outros novelos ou esferas imóveis, paralisados por causa da luz. Em contrapartida, um pouco mais longe, a estrada pululava com dezenas e centenas de ouriços perturbados, que ziguezagueavam com rapidez.

 Betty se aproximou de Ken, lhe pôs uma mão no ombro, lhe acariciou suavemente o pescoço.

 – Talvez seja uma *party* – disse ela. – Uma *party* de ouriço.

 Ken foi ao carro procurar uma lanterna enquanto Betty continuou o diálogo com os ouriços.

 – Como é que se juntaram todos aqui, tolinhos? Marcaram encontro, não é? E para onde se atropelam assim? Têm um problema especial? É a noite em que vocês se amam? Ai, sim, é? Mas que lerdos, se amando no meio da estrada!

 Ken apagou os faróis do carro e voltou para Betty, à luz um pouco menos violenta da lanterna. Todas as formas esféricas da estrada entraram numa ebulição febril e, em escassos segundos, no asfalto, apenas se viam rastos pegajosos lembrando os percursos desordenados dos ouriços.

 – Acho que podemos ir – disse Ken.

 – Por que não existe nenhum sinal de trânsito com ouriços? Daqueles do tipo ATENÇÃO, OURIÇOS.

 – Não faço ideia – replicou Ken.

 – Não me parece normal – teimou Betty. – Há sinais com veados, sinais com pedras caindo, mas com ouriços não há.

 – Vamos pedir para instalarem sinais com ouriços.

 – Nem sabia que existiam aqui no deserto – comentou Betty. – Você sabia?

 – O deserto está vivo – disse Ken. – Não há razão para no deserto não viverem também ouriços.

 Ken se instalou ao volante e Betty se aconchegou, ligeiramente esfriada, no banco ao lado. Ken rodou a chave na ignição, mas o motor começou a roncar, entupido, com gorgolejos que tinham um quê de reprovativo. Ken fez várias tentativas para pôr o carro a andar, houve uma altura em que até pareceu que o motor ia arrancar, mas se calou logo.

No rosto de Betty se leu uma sombra de preocupação.

– Não pega?

Ken esperou alguns minutos, tentou de novo, mas, das miudezas mecânicas do carro, a mensagem foi, uma vez mais, bastante clara: NÃO. Aquele NÃO vinha de uma espécie de esvoaçar impotente, como se asas cortadas tivessem rodopiado inutilmente num cilindro.

– Não, não pega – confirmou Ken.

A calma de Ken inquietou ainda mais Betty.

– Nos amaldiçoaram, os ouriços – tirou ela a conclusão.

Ken saiu novamente, contornou a frente do carro, levantou com cuidado o capô e examinou superficialmente, à luz da lanterna, os intestinos metálicos do veículo.

– Que você está fazendo? – perguntou Betty.

Ken considerou que a pergunta de Betty não merecia o esforço da resposta. Dobrado sobre o motor, arrancou alguns fios metálicos de seus alvéolos e começou a analisá-los pausadamente, pesando-os com a mão, comparando dimensões.

– O que se passa? – insistiu Betty, cada vez mais intrigada.

A maneira como Ken arranjava o carro lhe parecia, pelo menos, esquisita. Seus gestos não eram os mais adequados, até teve impressão de que o homem com quem viajava nunca na vida tinha levantado um capô. O carro parecia agora um paquiderme. Um animal imóvel, com uma garrafal boca aberta, onde metade do corpo de Ken já desaparecera. Betty sentiu de repente arrepios de medo, não tanto por causa da perspectiva de passar a noite no meio daquela *no man's land*, quanto pela ideia de que a *besta* poderia engolir Ken.

– É uma pane de motor? – perguntou Betty, mais para sugerir a Ken uma ideia de explicação, para que posteriormente ele, Ken, a pudesse tranquilizar. Ken apanhou a solução do ar.

– Sim, temos uma pane de motor.
– E o que vamos fazer?
– Nada, esperamos.
– Não vamos passar frio?
– Não, tenho cobertores no carro.

Cinco minutos mais tarde, Betty descobria, colada a Ken, que o deserto não era nada silencioso. Casualmente, ouviam, vindos de fora, gritos e até baques prolongados, como se fossem falésias a desabar.

– Por que *uiva* toda a gente lá fora, Ken?
– Não *uiva*, canta.
– Quem canta?
– Duna.
– É assim que cantam as dunas?
– É, sim.
– E por que cantam de noite?
– Porque as pedras se contraem. Às vezes até se separam blocos inteiros, pedregulhos e cascalho, e derrocam. Habitante em base de falésia sabe disso. Toda manhã sai para ver as pedras que desabaram durante a noite.

– As pedras mexem-se, Ken?
– Claro que se mexem. Basta tirar uma fotografia, de um ponto fixo, de um determinado fragmento de pedras e, passados seis meses, voltar a tirar outra, do mesmo ponto. Comparando-as, observamos que quase nada está no mesmo lugar. A terra ondula e onda de terra pode deslocar pedras grandes, do tamanho de um balde, enquanto os cactos crescem e empurram, por sua vez, as pedras à volta. Para não dizer que, vez por outra, os

pedregulhos se quebram e, por isso, na segunda foto, aparecem, no lugar dos blocos que se achava serem eternos, amontoados de pedras que têm ar de se ter despedaçado em todas as direções.

Betty se sentiu um pouco mais segura com Ken falando. Não questionou minimamente se o homem que a tinha em seus braços e poderia ser seu pai mentia ou se apenas inventava histórias.

– Ken, você tem alguma ideia de onde nos encontramos?
– Sim.
– Onde?
– Num atalho. Em algum lugar, no meio de um atalho.
– E por que tivemos de apanhar um atalho?
– Porque estava caindo a noite.

Betty se calou por um tempo, tentando analisar todas aquelas informações que Ken expunha numa voz extremamente calma. Ken emanava imenso calor, quase o mesmo como quando se amaram no motel à beira da estrada. De certo modo, pensou Betty, tive sorte. Calhou-me um homem afetuoso. Para aquela *first time* tudo tinha sido o mais interessante e belo possível. Em definitivo, já tinha uma memória bonita. Só que a história tomara um rumo estranho e impunha adiar-se sua colocação na categoria das memórias belas. Betty não se lembrava a que horas adormecera no carro, ao lado de Ken, que estava sentado ao volante. Ou que direção eles haviam decidido tomar. Gostaria de perguntar tudo isso a Ken, de lhe pedir para rebobinar o filme um tantinho, mas não ousava. No entanto, Ken lhe falara de um cassino e de um motel, não muito longe de uma reserva de índios. O que a impressionara quando Ken mencionou os índios fora seu culto pelo *Kokopelli*. Índio pinta Kokopelli sobre pequenas pedras lisas ou sobre pedaços de madeira e até nas camisetas. Aliás, pelo caminho, tinham parado e Ken lhe tinha comprado um pequeno fio com um minúsculo azulejo em que mão de índio tinha pintado, sem nenhuma hesitação, com uma admirável precisão, um diminuto personagem corcunda tocando flauta.

– Ken...
– Sim?
– Estamos na zona *deles*, dos Kokopelli?
– Acho que sim.
– Esqueci quem é Kokopelli.
– Foi uma divindade que se zangou com seu povo.
– Quando?
– Não se sabe. Faz muito.
– E por que é que se zangou?
– Porque o povo lhe rezava demasiado.
– E o que lhes fez Kokopelli?
– Exterminou-os a todos.
– Quer dizer que os matou? Por rezarem demasiado? E você acha que isso está certo, Ken? Está certo um deus exterminar o próprio povo porque ele reza muito?
– Não sei. Afinal, é o deus quem decide o que está certo e o que está errado.

33.

Até a idade de cinquenta anos nunca anotei meus sonhos. Vivi, me agitei, escrevi, amei... Raramente me deixei perturbar por sonhos, pesadelos ou pelo oculto em meu ser. Vez por outra acontecia ficar intrigado com algum sonho, quer por acordar em sobressalto devido à intensidade, quer por me seguir durante o dia. Em geral, esqueço logo aquilo que sonho. No entanto, ao longo dos anos, comecei a entender que alguns de meus sonhos eram recorrentes. Ou seja, alguns deles voltavam quais cometas. Após 18.350 noites dormidas consegui identificar vários sonhos temáticos.

O voo tem sido um dos temas mais persistentes de meus sonhos. Não sou, com certeza, a única pessoa que se sonhou voando. No entanto, a frequência desse sonho me perturbou muito a dada altura, sobretudo pelos elementos repetitivos.

Quando voo (no sonho), faço-o instintivamente e sem controle total de meus gestos. Atiro-me aos braços do ar e, em regra, consigo bastante rapidamente me levantar a uma altitude apreciável. Mas muitas vezes esses exercícios de voo beiram o ridículo, flutuos praticamente a dois ou três metros da terra, o que me deixa frustrado e com pena de mim mesmo. Por outro lado, há também momentos quando, guiado por uma espécie de inconsciência, que não sei de onde me vem, me levanto muito alto e adejo sobre paisagens excepcionais. Sobrevoei minha cidade natal e uma multidão de relevos. Porém, nunca sonhei sobrevoar paisagens visitadas após a idade de dezesseis ou dezessete anos. Quase todos os exercícios de voo se passam na zona de minha cidade natal e da casa onde nasci e cresci até os dezoito anos. Aquele universo parece o mais propício ao voo, especialmente o extenso jardim atrás da casa, onde havia uma nogueira velha. É a nogueira de minha infância. Acompanhou-me desde sempre. Abria os olhos, lá estava ela me esperando. Essa nogueira pertence ao meu primeiro sistema de referências. Dialoguei com ela, pois, de certo modo, me assustava. Era tão frondosa, tão contorcionada, que nunca consegui subir sequer até o meio. Meu subconsciente registrou, certamente, esse fato como um fracasso. Outras crianças do bairro, mais ágeis do que eu, quando vinham brincar no meu jardim, arranjavam maneira de subir até o cume da nogueira. Eu, não: ficava paralisado em frente da imensa coroa da árvore. Quando chegava o outono e devíamos varejar as nozes, pelo menos três ou quatro crianças da vizinhança ofereciam seus préstimos e conseguiam tocar nos mais longínquos ramos da nogueira. Eu ficava em baixo, admirando e invejando os meus amigos, incapaz de lhes seguir o exemplo.

No entanto, aconteceu sonhar-me sobrevoando a nogueira. Ela era tanto símbolo de uma frustração, como, nos sonhos, o meu íntimo aeródromo. Os exercícios de voo debutavam, quase invariavelmente, da base da nogueira, de seu tronco, que com dificuldade se deixava abraçar por três pessoas de mãos dadas. Aquele jardim comprido, pejado de relva, era perfeito para meu lançamento e, ao longo de todas as tentativas, eu era ajudado no esforço de me levantar para o ar pela energia discreta daquela árvore. A nogueira me ajudava a voar, tenho certeza absoluta. A nogueira me dava vigor, me insuflava autoconfiança. Sobrevoei inúmeras vezes a nogueira, o jardim circundante, as duas casas que constituíam minha geografia íntima (a casa de minha família e a de meus avós paternos), uma imensa horta e um pomar de macieiras, pereiras, ameixeiras e cerejeiras. A cidade com casas e quintais onde nasci era propícia ao voo, pois se podia sobrevoar os quintais.

De todas estas sessões de voo fiquei na memória com um sabor a êxtase, mas, ao mesmo tempo, com um sentimento de improvisação. Como dizia, voei em sonhos muitas vezes sem, todavia, ter conseguido assimilar definitivamente a arte do voo. Sempre que alcançava altura e pairava no ar, às vezes bastante veloz e até mergulhando como um avião a pique, sabia, também, que nada era definitivo: as regras de pilotagem, para mim, continuavam vagas, vedadas até. As sessões de voo eram, antes, presentes oferecidos por *alguém* (a nogueira? a infância?). Nunca "me formei" na escola de voo, nem obtive o necessário brevê, o direito ou a habilidade de recorrer a esse tipo de deslocamento de acordo com minha disposição. O voo ficou um presente caprichoso, pois, enfatizo, nem todas as minhas incursões eram interessantes ou bem-sucedidas. Havia, aliás, sonhos em que nem sequer conseguia me desprender da terra, me limitava a correr no jardim, perto da nogueira, sentindo-me pesado e impotente.

É por isso que ouso, agora, questionar-me: quem manuseava os *botões* e as *alavancas* de meus voos? E por que nunca, mas absolutamente nunca, esse ente foi até o fim me confiando as chaves ou o segredo do voo?

Tendo por base estas memórias e reflexões, concebi, gradualmente, a teoria do sonho como forma de revisitação das frustrações profundas. Nunca, mas nunca mesmo, algum de meus sonhos acabou num *happy end*. Quem escreveu o argumento de meus sonhos, ao longo de todo esse tempo, o fez com desmedido cinismo. De certo modo, ele foi meu algoz durante cinquenta anos. E, a partir do momento em que comecei a anotar meus sonhos, compreendi perfeitamente o sentido vil de sua missão.

No caderno dedicado aos confrontos noturnos com o Torturador apontei apenas aqueles sonhos que acabaram num acordar precipitado, ou que, no dia seguinte, persistiram longamente na memória. Os sonhos que acabam quando acordamos representam, de fato, um duplo castigo. Visto que, pelo próprio cenário, eles já eram histórias sem sublimação. E, ao despertar, interrompiam-se, sistematicamente, no mais precioso momento, ou seja, no momento em que a sublimação se tornaria possível.

Aqui vai um exemplo.

Sonho 1

Estava eu sentado a uma mesa, numa esplanada, junto com uma antiga namorada de juventude. Uma mulher que envelhecera um pouco, de qualquer modo já não sentia por ela a atração de outros tempos. Íamos jantar e tinha pedido coxa de pato empanada. A crosta estava crocante, eu pelo menos tinha fome e resolvi comer, se bem que minha antiga namorada estivesse mais numa de papo. De repente compreendi que não tinha encomendado vinho. A crosta crocante me tinha excitado as papilas gustativas e senti necessidade de acompanhar as coxas de pato com um copo de vinho. O garçom me trouxe algumas gotas de vinho no que parecia um cálice, pedindo que degustasse e dissesse se me agradava. Mas eu tinha pressa de ver o vinho na mesa e respondi "Sim, sim, me agrada", sem o degustar. O garçom foi logo buscar o vinho e eu fiquei com pena por não o ter provado na mesma hora, teria bebido com deleite a "amostra" oferecida. Nesse entretempo, enquanto comia, descobri uma coisa estranha: por debaixo da crosta – de ovo e farinha, muito saborosa, aliás –, não havia carne nenhuma. E o empregado se fazia esperar com o vinho. A antiga namorada de juventude falava, mas eu já não a ouvia. Senti-me, de repente, culpado por não ter convidado também minha esposa para o jantar, afinal não tinha nada a esconder. Peguei o celular do bolso e liguei para minha esposa, lhe expliquei onde estava e com quem, mas ela não se mostrou disposta a se juntar a nós. Por muito invulgar que parecesse, na esplanada já não estava ninguém, todos os clientes tinham desaparecido sem que eu me tivesse apercebido. Não muito longe, um garçom (não aquele que ficou de trazer o vinho) arrumava toalha e cadeira por cima das mesas. Foi o momento em que entendi que a garrafa de vinho nunca mais. Era, patentemente, a hora de fechar, e a antiga namorada de juventude se levantou também dizendo que ia ao banheiro. Fiquei sozinho naquela mesa, que era agora como que uma relíquia no meio de uma praça, pavimentada com paralelepípedos. O anoitecer foi brusco. Não sei como se passou, mas enquanto falava com minha esposa o prato com coxa de pato fora retirado, o que amplificou, se preciso fosse, o sentimento de frustração. Várias conclusões se impuseram em minha cabeça: tinha ficado esfomeado, não tinha bebido nem um gole de vinho, minha esposa não fazia a menor questão de vir jantar comigo e com minha antiga namorada, nem minha antiga namorada iria voltar para acabar a noite comigo. Comida não, vinho não, esposa não, nem sequer antiga namorada. Senti-me – estando eu no sonho – tão frustrado, tão abandonado, tão revoltado pelo fato de os sonhos serem a expressão de nossas frustrações, que acordei.

Espero que entendam agora como trabalha o Torturador. Eu necessitei de anos de observação e análise para chegar a algumas conclusões. O Torturador não intervém logo num sonho, mas o observa desde início. Ele está lá, nas camadas profundas de nosso ser, num ponto de observação perfeito, com visibilidade absoluta. No momento em que nosso corpo relaxa totalmente e o cérebro entra naquela doce deriva do corte de laços com o mundo, ele, o Torturador, é o único que se mantém acordado. Quando nosso ser em levitação começa a emanar imagens, ele, o Torturador, começa a censurá-las. Sim, é essa sua função. Imagino-o com uma mão de tesoura cortando-nos as asas sempre que o subconsciente se lança na construção dalgum sonho. Normalmente, um sonho deveria ser um momento de êxtase. Tudo aquilo que não realizamos na vida real deveríamos conseguir realizar *em sonhos*. Aquilo que não conseguimos conquistar, acariciar, amar na realidade, deveria se realizar no sonho. Aquilo que não conseguimos resolver, adquirir, inventar na realidade, deveria se produzir no sonho. Mas ele, o Torturador, o censor, tem esta missão: perturbar o sonho. Com um sadismo sutil, o censor intervém para transformar o sonho em fracasso. Seus princípios são simples: quem sonha nunca pode encontrar a felicidade no sonho; nunca quem sonha pode ter o controle sobre seu sonho.

De certo modo, o Torturador é o guardião da realidade. Como seria nossa vida se tivéssemos *permissão* de sonhar aquilo que desejamos, de saborear até o fim as potencialidades do sonho? É bem provável que já não desejássemos voltar à realidade, que preferíssemos o sonho como alternativa à vida, que nos drogássemos com ele até o fim dos tempos, sem hesitação alguma. O Torturador tem uma função precisa, ele integra os mecanismos intrínsecos que toda forma de vida desenvolveu para sobreviver.

O que não quer dizer que o Torturador não ultrapasse suas atribuições. Ele não se contenta em apenas cortar nossas asas e censurar nossos sonhos. Não, ele o faz ironizando um pouco e até nos humilhando. O sonho acima descrito é um perfeito exemplo, no sentido de absolutamente todas as linhas narrativas acabarem falhando. O Torturador diverte-se à nossa custa, desfazendo-nos sistematicamente as tentações nostálgicas.

Outro exemplo.

Sonho 2

Estava eu de volta à minha cidade natal e passeava por um bairro de casas e quintais onde residira quarenta anos atrás, e onde meus avós também tinham residido. Queria, em primeiro lugar, rever a casa de meus avós. Reencontrei a rua que conduzia à casa deles, serpenteando a beira-rio. Já não reconhecia tudo e, em determinada altura, um dos atalhos que apanhara deu num beco sem saída, um baldio atulhado de vegetação selvagem, cardos e arbustos espinhosos. Uma cerca de arame farpado impedia a passagem e numa tabuleta estava escrito ZONA MILITAR. Fiquei atônito por aquele caminho, que tantas vezes percorrera durante a infância, se ter tornado impraticável e, mais, por levar a um *espaço proibido*. Mas passado um segundo estava novamente na minha rua, onde tinha sido minha casa, a casa onde nascera e que agora aparecia totalmente transformada. Nada havia subsistido lá que me evocasse os primeiros anos de minha vida, exceto uma casa próxima, a casa do seu Bragovski, nosso vizinho do lado direito. Esta casa se conservava inalterada, por isso me aventurei a bater na porta da família Bragovski para os cumprimentar. Sabia que ali morava também Matilde, a neta do seu Bragovski, e disse para mim mesmo "Vai ficar contente, com certeza, por eu passar a vê-la, não nos vemos faz o quê?, trinta ou trinta e cinco anos". Não sabia se ainda reconheceria Matilde, mas queria encontrá-la e pedir que me mostrasse a casa e o quintal dela, que se mantinham imutáveis. Ao entrar na casa da família Bragovski, me dei conta de que minha visita calhava no pior momento possível, pois outras pessoas estavam sendo esperadas rigorosamente à mesma hora. Pareceu-me que na casa da família Bragovski haveria uma festa ou simplesmente uma reunião dos membros da família que não se viam há muito tempo. E as estrelas daquela reunião eram cinco irmãos gêmeos, talvez primos de Matilde. No exato momento em que entrei na casa da família Bragovski para dizer a Matilde que queria rever aqueles lugares que não pisava fazia decênios, apareceram os cinco primos. E alguém, um homem que bem podia ser o marido de Matilde, me perguntou rispidamente quem era e se fazia parte da família. Decepcionado por minha visita não ser o centro das atenções, me retirei de imediato e dei comigo novamente no trilho de ervas daninhas e cardos que levava à zona militar. Tinha na mão um saco de plástico e no saco, não sei como nem donde, *se haviam juntado* três capacetes. Um era meu, aliás era mais um boné, branco, mas os outros dois não sei como tinham ido lá parar. Um deles até era bastante ridículo, era como um chapéu de sol, com fitas que se atavam ao pescoço com vários laços.

    Desencantado com o que me tinha acontecido até aquele momento, não me dei conta de que tinha passado para o outro lado da vedação de arame farpado que anunciava a zona militar. A memória dos passos me conduzia de certo modo automaticamente, pois tinha percorrido aquele trilho milhares de vezes na infância. O fato de agora uma zona ou uma unidade militar me obstar a passagem não me dizia nada, me parecia quase um sacrilégio. Mas o sonho me reservava mais uma surpresa extremamente desagradável: três militares surgiram à minha frente, e um deles, em tom bastante educado, me pediu para me identificar. Disse-lhe que era cidadão romeno residente no exterior, mais exatamente na França, e que estava passeando por ali porque aquele era o caminho que levava à casa de minha avó. O homem examinou minuciosamente o passaporte, e em minha cabeça começaram a apitar vários sinais de alarme. Não era de todo normal que um *estrangeiro*, uma pessoa com passaporte francês passeasse numa zona militar. O fato de apresentar um passaporte francês já por si só era suspeito e de repente tive medo, me senti culpado, *apanhado* em flagrante. Mais suspeito ainda, aliás infinitamente mais suspeito, era o fato de ter comigo um saco de plástico com três bonés, ou um boné e dois casquetes, ou um boné, um chapéu de sol e um casquete, coisa que, pensei, só podia aparecer como extremamente oneroso aos três militares. Meu estatuto de estrangeiro que penetrava em terreno militar, associado ao fato de ter comigo três casquetes, só podia amplificar a desconfiança, me tinha metido, era evidente, numa situação complicadíssima. Aliás, o militar que tinha examinado meu passaporte o devolveu dizendo que minha situação já não era do foro dele. "Seu caso deve ser examinado pela Unesco, e é capaz de demorar dois meses", me informou o graduado.

Acordei em sobressalto a seguir a esta frase e enquanto apontava estas linhas não me pude abster de maldizer todos os sonhos. Os sonhos são umas bestas, umas bestas que vivem em nosso subconsciente, nos estratos profundos de nosso ser, para onde não temos acesso senão através dos sonhos, sonhos que, repito, não são outra coisa senão a expressão das nossas frustrações.

Sonho 3
Estava voltando de carro, não sei de onde, mas era um regresso para casa, na segunda parte do dia. Não conduzia, ao volante estava minha esposa e no banco de trás nossa filha de dezesseis anos. Como sempre que assumia o papel de passageiro, ficava algo irrequieto e seguia com atenção a condução de minha esposa; em minha cabeça, dirigia junto com ela, acelerava e freava, participava, mesmo que quieto, em toda decisão. Lá fora ainda havia luz, aquela luz antes do anoitecer – terá sido por volta das quatro horas da tarde. Em dada altura nos aproximamos de uma rotunda, uma rotunda que ficava não propriamente longe de nossa casa, um local bem familiar. Pelo menos quatro ou cinco

ruas saíam como raios daquele ponto, e devíamos nos meter em nossa rua após uma volta quase completa da praça. De repente, descobrimos que no meio daquele largo-rotunda havia uma espécie de celebração: vários dançarinos executavam uma dança popular, daquelas destinadas a presidente ou sumidade política. A polícia, não obstante presente, não tinha vedado a entrada na rotunda, nem mesmo tinha parado o trânsito, razão pela qual minha esposa entrou, prudente, porém com alguma dose de inconsciência, por entre os dançarinos. Não sei por que razão não havia conseguido lhe dizer para o não fazer (como *navegar* por entre grupos de dançarinos?), mas agora já era demasiado tarde, minha esposa tentava virar à esquerda por entre todas aquelas pessoas e o carro passava a escassos milímetros de seus corpos. Foi então que apareceram os primeiros policiais, abismados por termos ousado entrar no largo (esperava-se ali o presidente do país?). Os agentes nos fizeram sinal para parar o carro e minha esposa logo obedeceu. Pediram-lhe para sair do carro e apresentar os documentos. Minha esposa abriu a porta e saiu com os documentos do carro, mas sem ter puxado totalmente o freio de mão, coisa que fiz eu, pois senti o carro instável, deslizando alguns milímetros. Também eu saí imediatamente para conversar com os policiais, enquanto os dançarinos continuavam sua prestação festiva. Aproximei-me dos dois ou três agentes e tentei dizer que era jornalista, procurava, inclusive, febrilmente, na carteira, meu crachá. Não o encontrei logo de primeira, como acontece sempre quando se está com pressa, tirei primeiro um cartão de débito, depois o cartão de identidade. Já com o comprovante de jornalista na mão, tentei acalmar a situação, pois nossa intromissão, de carro, entre os dançarinos parecia um ato muito grave. Minha esposa se empenhava em explicar aos policiais que não tinha sido instalada nenhuma barreira à entrada no largo com rotunda, pelo que nenhum sinal de proibição fora desrespeitado. Um dos policiais, de fato uma policial, nos perguntou qual era a rua que procurávamos, qual era a direção que queríamos seguir. Indicamos-lhe, eu e minha esposa, a rua que se encontrava a umas dezenas de metros de nós, pouco nos faltava para chegar a ela. Todavia, como os dançarinos se agitavam e faziam também vários gestos imprevisíveis, a ideia de voltar a ligar o motor parecia comprometida. Em minha cabeça se esboçou o plano de empurrar o carro para trás, para o retirar da rotunda, já que estávamos mesmo perto do centro e o espetáculo apresentado pelos dançarinos se tornara um pouco ridículo com um carro encalhado no meio. Não cheguei a enunciar minha sugestão de empurrar o carro em vez de o pôr a andar (de o empurrar, quer para frente, em direção à nossa rua, quer para trás, para sair do largo). Entretanto, por causa do incidente, os policiais tinham colocado, em todas as entradas do largo, barreiras cor de laranja. Se tivéssemos movido o carro, bateríamos nas barreiras, ou teríamos de pedir aos policiais que removessem uma para nos deixar sair.

Foi nessa situação sem saída que acordei, pensei logo no Torturador e me pareceu ouvir na cabeça suas gargalhadas. Tudo o que tinha sonhado era uma farsa, ele se divertia me obrigando a afundar-me em areias movediças. Aliás, era esta a sensação que sentia no sonho, enterro lento, mas certo, cada gesto e novo episódio se transformando em outros tantos pesos que me agarravam mãos e pés para me puxar sempre mais fundo.

Sonho 4
Eis outro sonho, perfidamente estruturado por dois níveis e ligado ao universo do trem. Diria até que se trata de um sonho sequencial com abertura. E a *abertura* se manifestou sob a forma de chamada telefônica absurda, recebida de uma mulher.

"Saiba que o estágio que o filho de seu amigo Kariatide deve começar em Bayonne é muito mais difícil do que imagina", disse ela, me culpabilizando logo. Talvez tenha sido eu que recomendara a Kariatide, o proprietário de uma papelaria onde comprava regularmente papel de escrever, aquele estágio para o filho dele. A mulher continuou me dando informações sobre o respectivo estágio, sublinhando que havia de ter lugar numas galerias (ou minas); depois, sem mais nem menos, se ofereceu a se encontrar comigo pessoalmente para me entregar documentação com fotografias relativas às etapas do estágio. Cúmulo dos cúmulos, a mulher estava num trem que acabava de entrar na estação de minha cidade natal, R., no norte da Romênia.

É aqui que se inicia a primeira cena efetiva do sonho, comigo fugindo, precipitado, para a estação. A mulher me advertira telefonicamente de que não seria difícil reconhecê-la, pois caminhava de muletas (provavelmente devido a um pé engessado). As imagens do sonho se mudaram instantaneamente para a plataforma da estação da cidade de R., onde vi logo aquela misteriosa mulher. Ela agitava as muletas da primeira janela do primeiro vagão do trem que acabava de entrar na estação (já não me lembro se o trem era puxado por uma locomotiva a vapor). A mulher (bastante cheinha) saiu para me dar a documentação, mas na cena seguinte dei comigo mesmo no vagão, junto com meus pais, meus avós, minhas tias, minha irmã e meus irmãos mais velhos. Toda a família, umas quinze pessoas talvez, ia a Bayonne fazer o estágio. No trem se encontravam ainda outras pessoas conhecidas, todas com malas e sacolas. Era como se toda uma escola (alunos e professores) tivesse entrado no vagão para aquela viagem. Só eu é que não estava preparado para ela e não tinha mala alguma (ao contrário de todos os outros membros de minha família e de todos os outros viajantes), situação que me fez sentir, evidentemente, muito culpado. Atrevi-me, no entanto, a perguntar a papai se eu tinha mesmo de ir a Bayonne e se não podia, eventualmente, ir lá passados uns dias, e papai me respondeu calmamente "não há problema, você pode ir ter conosco amanhã ou depois de amanhã". Aliviado, saí do trem, as portas se fecharam e o trem arrancou. Porém, nas profundezas de minha alma a culpa aumentava, pois dera a entender a papai que naqueles dois dias havia de "trabalhar" intensamente, enquanto o que eu mais queria era ir logo ao cinema ver um filme com Harrison Ford.

Acordei então com vincado sentimento de culpa e, muito zangado com o Torturador, me propus não esquecer o sonho para o anotar ulteriormente, mas como eram cinco da manhã voltei a adormecer.

E começou o segundo quadro do sonho. Revi-me na mesma estação, mas desta vez com minha filha, pequena, com apenas cinco ou seis anos. Pelo visto, minha filha ia para um acampamento, tinha, aliás, uma mochilinha às costas, e à volta traquinavam outras crianças. Tínhamos chegado cedo à estação, minha principal preocupação era entrar com ela e instalá-la comodamente num banco, à janela. O trem parou na mesma plataforma do quadro precedente, mas à frente do vagão em que deveríamos entrar se produziu uma confusão qualquer e as portas se fecharam antes de conseguir acomodar minha filhota dentro. Tive logo um acesso de pânico, minha filha ficou na escada da carruagem, agarrando-se bem à barra da porta, mas me dei conta de que era impossível deixá-la assim, uma criança não podia viajar longas distâncias naquelas condições. Comecei a correr, desesperado, em paralelo com o trem, gritando e pedindo aos de dentro para puxar do sinal de alarme. Finalmente, o trem desacelerou um bocado, eu recuperei minha filha e fiquei com ela ao colo, na plataforma, enquanto o trem se afastava.

Escusado será dizer que o acordar foi ainda mais violento e com um sabor ainda mais amargo na alma.

Observem como trabalhou o Torturador: bem no fim me restituiu a filha, mas nem desta vez me deixou concluir a ação planejada, ou seja, instalar minha menina no trem, em condições de segurança. Trata-se, como veem, de uma situação com falso *happy end*. Com uma boa dose de sutileza, o Torturador me expôs ao ridículo perante minha filha. Aliás, nos últimos segundos do sonho, tive um profundo sentimento de embaraço. Sentia-me ridículo, pois, apesar de ter chegado a tempo à estação, não tinha sido capaz de levar a bom porto aquilo que milhões de pessoas fazem diariamente: instalar alguém no trem.

Escrevo tudo isso porque, após anos e anos de análise de meus sonhos, decidi fazer tudo por tudo para entrar em contato com o Torturador.

De fato, escrevo estas linhas para você, *seu* Torturador. Escrevo para o senhor saber que está desmascarado. Escrevo para que saiba que já não se pode esconder de mim. Considere, *seu* Torturador, que a verdade veio à tona e que toda a humanidade terá acesso a ela. Sim, *seu* Torturador, não o quero ameaçar, mas saiba que uma nova revolução se perfila no horizonte. A revelação que tive a seu respeito não ficará sem consequências. A próxima etapa da humanidade será a revolução onírica. Iremos eliminar o senhor do abismo de nosso ser, da arquitetura que estrutura nosso acesso ao sonho.

Iremos cortar sua cabeça e construir uma nova relação social entre vida e sonho.

34.

Estou morto há três anos. Não minto, jazo no apartamento mais ou menos há três anos, esperando que alguém me descubra, que alguém, um vizinho ou, sei lá, um funcionário, se preocupe com minha falta. Ou mais exatamente com o fato de não dar sinais de vida faz três anos.

Pelo visto ninguém se preocupa. A aposentadoria cai automaticamente na conta bancária e o aluguel é retirado por débito automático. Do mesmo modo me é retirado dinheiro para gás, eletricidade e televisão. Como nunca recebi mais de dez cartas por ano, minha caixa de correio ainda não abarrotou. Por outro lado, o imenso prédio com quitinetes, destinado a celibatários, desempregados, ex-delinquentes em fase de reinserção social e outras pessoas em dificuldades, não atrai muito os distribuidores de panfletos publicitários. Porteiro não temos, pelo que ninguém observou que em minha caixa de correio se amontoaram mais cartas que habitualmente. Como é provável que os carteiros que servem este bairro mudem todos a cada seis meses ou um ano, nenhum deles se preocupou por um amontoado razoável de lixo se ter formado em minha caixa.

Estou morto faz três anos e jazo na cozinha, com a cabeça em cima da mesa. Foi assim que me surpreendeu a comoção cerebral. Não sofri praticamente nem um segundo. Nem sequer parei de cabeça no prato, me preparava para descascar uma maçã. A maçã rolou para o centro da mesa e a faca caiu no chão. Entretanto, as pombas bicaram a maçã todinha, mas, por alguma razão curiosa, em mim não tocaram. Talvez pombo e pardal não devorem corpo humano inerte ou morto, apenas corvo e águia se dediquem a tais prazeres.

Os pombos entram pela janela que deixei aberta no banheiro. Verdade seja dita, no espaço desses três anos, transformaram o apartamento no ninho deles, um verdadeiro pombal. Reúnem-se, às vezes, cinquenta, oitenta, até chegam a cem. Vivo há três anos praticamente com pombo, sigo seus movimentos, suas bulhas para ocupar os melhores lugares e seus joguinhos amorosos. Ao longo do tempo os pombos se organizaram de um jeito muito preciso em meu *flat*, criaram um espaço para dormir, outro para chocar, outro para educar ninhada. Pelo que deduzi, até reservaram uma zona aos pombos doentes ou debilitados.

O primeiro a entrar foi um esplêndido pombo-correio, com uma imensa cauda em leque. Um pombo inteligente, curioso, de olhos grandes, brancos, e espessas pestanas. Primeiro pousou no peitoril da janela e ficou esperando durante muito tempo. Depois o ouvi dando uma volta de reconhecimento pelo banheiro. Acho que se pôs várias vezes na torneira assim como no box da banheira. Fez, salvo erro, umas vinte ou trinta vezes o vaivém entre o peitoril da janela e o box. Só depois arranjou coragem para entrar também no quarto. Nem por um momento se esqueceu do trajeto percorrido, nem bateu contra janelas como, em dada altura, o fizeram alguns pardais estúpidos.

A operação de reconhecimento do pombo-correio serviu, posteriormente, a todos os camaradas. Aliás, ao tal pombo até lhe dei um nome, chamei-o, imaginam por quê, de Curioso. Gosto do nome, *Curioso*, e acho que ele também gosta. Quando se aproximou pela primeira vez de mim, achei que ia pousar em meu ombro ou em minha cabeça. Mas não, ele preferiu primeiro explorar atentamente a cozinha, sentar-se no armário da louça e depois na aresta do fogão. O Curioso não manifestou pressa, esperou muito tempo para ver se eu fazia menção de acordar, me mexer, eventualmente me levantar. O Curioso nem na maçã tocou no primeiro dia, preferiu voar pelo quarto de dormir, depois novamente pelo banheiro e, por fim, saiu lá fora, provavelmente para demonstrar a si mesmo que domina a situação, que pode fazer e refazer o mesmo trajeto do meio do apartamento até fora, até a liberdade. Acho que o Curioso precisou de meio-dia para executar todo aquele balé de exploração de todos os cantinhos de meu três cômodos: banheiro, quarto de dormir e cozinha. Apenas depois de perfeitamente familiarizado é que se instalou na mesa e começou a bicar a maçã.

Os outros pombos seguiram-no logo, numa algazarra que me comoveu. A janelinha aberta no oitavo andar de um edifício à frente do qual havia cinco castanheiros centenários se tornou a brincadeira cotidiana para as aves do bairro. Ao longo dos três anos desde que permaneço na cozinha fui visitado por pelo menos vinte espécies de aves. Engraçado é que os pombos se impuseram desde o início como donos de minha casa e fizeram uma triagem atenta dos outros visitantes. Estorninhos e corvos, por exemplo, não foram autorizados a entrar. Em contrapartida, sim os pardais (mas não mais de cinco ou seis ao mesmo tempo), algumas andorinhas, uns tantos gaios, tentilhões e pegas, assim como alguns cucos e melros. Acho que ainda identifiquei, nesses anos, várias codornizes e uns quantos pintassilgos, fugidos, talvez, dalguma gaiola ou de sabe-se lá que apartamento. Houve também aves maiores que espreitaram da janelinha, sem, no entanto, se aventurarem a entrar no banheiro. Foi o caso de várias gaivotas e até de uma coruja. No inverno passado, até mesmo uma pequena colônia de morcegos tentou estabelecer domicílio no banheiro, mas os pombos não concordaram. A guerra entre morcegos e pombos durou três dias e foi tão barulhenta que acreditei que os vizinhos dos últimos andares observassem e suspeitassem de todo aquele tumulto de asas e gritos. Mas não se deu o caso. Nos dias que correm as pessoas estão muito habituadas ao barulho da cidade e o tumulto faz parte do dia a dia delas. O ruído do trânsito, o barulho das sirenes, campainhas, buzinas, o urro de todo tipo de máquinas de perfurar asfalto, os gritos humanos, assim como outros sons, berros e rugidos, se tornaram uma espécie de oceano sonoro normal, vivemos num enorme aquário, peixes surdos que não se surpreendem com nada, com nada se preocupam.

Como terá sido possível que meus vizinhos do lado direito, uma família de senegaleses com dois filhos, nunca tenham estranhado os esvoaçares e chilreios provenientes do banheiro? Como não terão chamado a atenção todos os estalos, os crepitares e os baques provocados pelos pombos quando entornaram, das prateleiras da cozinha, os saquinhos de açúcar, farinha e feijões? Ou quando os pombos investiram contra o pacote de café, arrastando-o durante horas de um lado para o outro, até o conseguirem furar, quebrar, rasgar... A tenacidade com que estas aves esfomeadas procuraram no cesto do lixo, o bicaram e o morderam até o entornar a fim de se deleitar com as cascas de batata ali encontradas e com molho e gordura impregnados nas embalagens! Uma caixa com resto de pizza desencadeou uma verdadeira luta entre aves excitadas que se tornaram incrivelmente selvagens. Ainda assim, ninguém no edifício parece ter ouvido coisa alguma. Ou, talvez, lhes parecesse normal o que ouviam, uma simples componente do grande berreiro urbano, uma televisão com som mais alto...

Três meses depois de as aves se terem apossado de minha casa, esperei que o cheiro de galinheiro ficasse suficientemente desagradável para os locatários do último piso ou para outras pessoas com janelas do mesmo lado que minha janelinha do banheiro. O apartamento fedia a uma mistura de cheiros, oriunda de excremento de ave, de penas perdidas, do pó instalado nos móveis e entranhado no tapete, de resto do cesto do lixo ainda não devorado, assim como... de mim. Se bem que, tenho de sublinhar, a morte me presenteou com uma coisa: em vez de apodrecer, sequei, definhei e virei uma autêntica múmia. Vê-se que minha estrutura óssea foi compatível com esse fenômeno e deve ter ajudado, também, minha magreza: cinquenta e quatro quilos distribuídos por um metro e oitenta e dois. A pouca carne, encarcerada na pele pergamínácea, irrigada por uma quantidade reduzida de sangue, não entrou em decomposição. Também deve ter ajudado, nos dias imediatos à minha morte, o terrível frio instalado lá fora, com o esfriamento gradual do banheiro, quarto de dormir e cozinha. Todos esses elementos se coadjuvaram para minha rápida mumificação. Como dizia, nenhuma ave sentiu necessidade de me espicaçar. Exceção: um pombo idiota, com manchas pretas no pescoço, garganta inchada e bico em forma de prego, pousou no meu pescoço e lutou alguns segundos com uma verruga seca que tenho desde a juventude. Mas o antropófago foi rapidamente afastado por outros pombos mais espertos e, a partir daí, nunca mais nenhuma ave ousou me tocar. Tenho, contudo, ainda outra explicação para o fenômeno: as aves me confundiram certamente com um espantalho. Sim, magrela e esquisito como sou, curvado sobre a mesa, de mãos abanando, devo ter adotado um perfeito ar de espantalho. Às vezes, por causa das correntes de ar provocadas pelas aves, sobretudo quando pelejavam, minhas mãos balançavam devagar, o que, mais ainda, me transformava em paspalho assustador.

    Cinco vezes em três anos bateram pessoas à minha porta. Três vezes foi o carteiro, mas não para entregar algum telegrama ou carta com aviso de recepção. Nada disso. O carteiro tocava a todas as portas por altura do Natal pedindo uma pequena contribuição, recompensa personalizada, pelo visto, para o serviço prestado a nós, locatários, ao longo do ano. Como é evidente, em nosso prédio poucos lhe abriam a porta para lhe fazer "uma pequena atenção" por ocasião do Natal, pelo que não teve nenhuma razão de se preocupar quando minha porta, mais uma, ficou fechada. Nem as outras duas tentativas de ser contatado foram de natureza a provocar algum sentimento de inquietude nos que me procuravam: a primeira foi feita por um vendedor de tapetes e a segunda por um indivíduo que tinha como missão fazer uma estatística qualquer. O homem dos tapetes tocou cinco vezes e seguiu para a porta dos vizinhos. O sujeito da estatística tocou quatro vezes, anotou uma coisa numa tabela, provavelmente no espaço reservado ao meu nome, e se mandou, sem dúvida convicto de que tinha cumprido seu dever.

Oito vezes em três anos tocou o telefone. Três vezes foram agentes que desejavam me propor uma assinatura ainda mais vantajosa, uma vez alguém que se tinha enganado de número e as restantes quatro vezes pessoas que não deixaram mensagem.

Inacreditável é também a indolência de funcionário de banco. Ninguém observou que não utilizava mais o cartão de crédito nas lojas e que não sacava mais dinheiro do caixa eletrônico. Por quanto tempo ainda será o Estado capaz de me pagar a aposentadoria, sem verificar se estou vivo? O padeiro a quem comprava há anos pão e *croissants* não tinha razão alguma de se preocupar com o sumiço de um cliente tão reservado como eu. Apesar de trocar com ele algumas palavras sempre que punha o pé na padaria ("bom dia, que belo dia o de hoje", "bom dia, que mau tempo lá fora", "bom dia, mais um dia quente", etc.), não fizemos propriamente amizade e nunca lhe disse nem como me chamava, nem onde morava. Meus camaradas do clube de xadrez ficaram, possivelmente, um pouco mais intrigados constatando minha prolongada ausência. No entanto, devem ter pensado o que pensam as pessoas geralmente nestas situações: "que fulaninho se mudou do bairro e nem parou para se despedir...".

Longe de mim querer jogar toda a culpa na sociedade pelo que me acontece há três anos. Fui sempre um homem rude, nunca me dei bem com ninguém da família e quase todos morreram antes de mim. Os dois ou três sobrinhos que contatei umas vezes nos últimos trinta anos não tinham razão alguma para manter relações comigo.

Desde que aguardo que alguém me encontre, consegui, porém, entrar em contato com outros mortos esquecidos da cidade. Meu caso não é propriamente isolado, descobri isso com estupefação. No primeiro de janeiro do ano passado bati um papo com uma mãe alcoólica, morta fazia três dias, que ficou assim no *flat*, enquanto seu filho, de quatro anos, enxergando-a, gritava por ela de sua cama. Sorte que, com a choradeira dele, acabou por alertar os vizinhos. No mês de agosto, uma idosa falecida fazia uma semana teve sorte graças a seu gato. Coitado do animal, endoidecido de fome, se agitou tanto nas janelas, rasgando cortinados e arranhando vidros, que chamou a atenção de transeuntes. Também ando falando com um jovem, nem quarenta deve ter, que tombou faz uma semana no vão do elevador. Ele me conta como caiu no vazio do décimo andar e morreu instantaneamente. Não entende como foi possível a porta abrir em seu andar sem que o elevador estivesse lá. Agora espera pela próxima revisão para ser encontrado.

Quanto a mim, a única chance são os pombos. Espero que se ajuntem cada vez mais no apartamento, de modo a que o bulício deles à volta do prédio se torne suspeito. No interior já não existe, diria eu, espaço. Os pombos ficam apinhados: sobre a cama, a mesinha de cabeceira, a televisão e as duas poltronas do quarto, em cima das três cadeiras livres da cozinha (sendo a quarta, a minha), da mesa, da torneira, dos armários, dos candeeiros... Estas criaturas preferem pousar antes numa margem, aresta, barra ou fio de que numa superfície plana. Eis os lugares mais disputados: o espaldar das cadeiras, o piano, as prateleiras, o relógio de cuco, as cortinas do quarto, o cabide do vestíbulo, o candeeiro... Quando começaram a disputar os lugares nas prateleiras fiquei muito contente, pois graças àquele esvoaçar todos os bibelôs de vidro e porcelana caíram, assim como outros objetos estúpidos, acumulados ao longo dos anos: lembranças de viagem, máscaras, fotografias emolduradas, estatuetas, garrafinhas, relógios... Mas o barulho provocado pela queda de todos esses objetos e dos livros não intrigou suficientemente os locatários do edifício. De vez em quando, os pombos se alvoroçam, algum intruso ainda tenta alcançar um cacho de uvas já formado, provocando, assim, a queda dalgum álbum ou livro... Meus vizinhos continuam totalmente apáticos, orelhas cegas, olhos moucos. Nem quando tombou o grande candeeiro do quarto, visto os pombos se terem tornado muito pesados, alguém se sobressaltou no prédio, não obstante o terrível estrondo da lâmpada feita caco. Nem a queda da cortina e o desabar das garrafas das prateleiras da cozinha tiveram algum efeito especial, nem as esperanças que depositei num eventual curto-circuito, pois a luz do vestíbulo tinha ficado acesa. No entanto, a esperança voltou precisamente faz dois dias, quando um recém-chegado impulsivo, variegado, de cabeça oval e bico ligeiramente curvado, tentou arranjar lugar na cozinha e depois nas outras divisões. Foi rejeitado pelos pombos já alinhados ou agrupados compactamente no espaldar das cadeiras, nas prateleiras e na torneira, na geladeira e na máquina de lavar roupa, na mesa e no chão. O recém-chegado identificou, todavia, uma possibilidade de *se engastar* por cima do rádio, um aparelho antigo, com pequenos botões para cada emissão de ondas médias, curtas e ultracurtas. Mas não deu sorte. Com uma fúria em que não paro de meditar os outros ocupantes do rádio perseguiram-no, a luta entre eles provocou diversos movimentos desordenados, sendo um deles a pressão exercida pela pata do pombo-vítima sobre o botão de ondas médias! Incrível! Conseguiu ligar o rádio que, agora, se ouve muito alto. Obrigado, caro pombo! Pudesse eu, te alimentava diariamente com grãos de milho. Que prazer ouvir notícias 24 horas por dia. Não sei como aconteceu, talvez no decorrer da luta fosse movido também o botão que fixa os canais, de qualquer modo, presentemente, meu rádio nos inunda com notícias e comentários. Um noticiário completo todas as horas e meias-horas, um *flash* de informações intermediárias a cada quinze minutos.

 O som está tão alto que todos os pombos ficaram estressados nos primeiros dias. Alguns até abandonaram o apartamento e outros se afastaram do aparelho. Com certeza que, para eles, todo aquele palavreado tem um quê de agressivo, tanto mais não sendo monótono, mas apimentado com anúncios publicitários e sinais sonoros. Não tenho dúvidas de que o aparelho se ouve agora no meu piso e, pelo menos, no apartamento por baixo do meu. Estou aguardando que, de um momento para o outro, as pessoas do prédio reajam, avisem a polícia, façam queixa, peçam minha evacuação. Alguém bateu várias vezes na parede e de algum ponto, dos andares inferiores, alguém bate com um objeto metálico no radiador.

 Um só ruído me faz falta nesse frenesi: meu antigo relógio de pulso sucumbiu, provavelmente por falha da bateria. Já não lhe ouço o tique-taque que me acompanhou ao longo dos anos, como se encarregado estivesse dos batimentos de meu coração. Parou e indica neste momento: 6h37.

35.

Assim como o alfabeto começa pela letra *a*
a Senhorita Ri começa pelos lábios

sobre seus lábios cheios de silêncios fundadores
e sobre a capacidade deles de desenhar sinais misteriosos
    no universo
se escreveram alguns tratados inacabados os quais evito citar

me limito a escrever esse poema para lábios
destinado simplesmente a beijá-la nos lábios

cuidado, Senhorita, não o vá confundir com
o poema para seios
o poema para seios, o escreverei amanhã
e os poemas para ombros e joelhos
só estão agora nascendo da memória da última noite de amor
(sabe, quando nos amamos na cama com ouriços)

não se assuste, Senhorita, o poema para lábios
é de fácil utilização
ele lhe beija os lábios enquanto o lê
não há mais nada inscrito em seus genes
não lhe é permitido de modo algum descer abaixo dos lábios
nem lhe sussurrar sabe-se lá que palavras sensuais ao
    ouvido
(o poema-brinco só chegará para a semana)

o poema para lábios apenas lhe beija demoradamente os
   lábios
sem os morder, nem esmagar
é suave e fluido como chuva de palavras
deixe-se beijar por ele sobretudo murmurando-o
uma única coisa poderá surpreendê-la, por isso a previno,
é possível que o beijo demore mais do que
a leitura do poema

36.

— Por que está chorando novamente, Senhorita Ri?
— Soube de uma coisa horrível.
De todas as vezes que a Senhorita Ri sabia de uma coisa *horrível*, devia esperar um novo momento de sinceridade-ingenuidade. Pois a Senhorita Ri se tornava de vez em quando perturbadoramente ingênua, perdia de supetão todos os pontos de referência, até o gosto pela lucidez, para se transformar num abismo de estupefação, de interrogação, de inquietude. Os ciclos de ingenuidade podiam durar meio dia ou vários dias seguidos.
— É tão horrível aquilo que a Senhorita Ri soube, que deve me acordar, mais uma vez, às 3h da manhã?
— Sim, peço desculpas, mas devemos tomar logo uma decisão.
— Está bem, Senhorita Ri, sou todo ouvidos. Tente se assoar, parar de chorar e de verter lágrimas em meu pijama, em meu travesseiro, em meu lençol, em minha colcha, para não falar em mim mesmo, concentre-se e me conte o que é que soube.
— Soube que todas as histórias de amor acabam mal.
Que podia responder a asserções como esta da Senhorita Ri? Mantinha-me calmo e assumia o papel de consolador universal, se bem que aquilo que ela me contava nos acessos de pânico e ingenuidade também me aterrorizava ligeiramente.
— Como é que soube, Senhorita Ri, que todas as histórias de amor acabam mal?
A Senhorita Ri chorando, soluçando, estampando um ar alarmado, tentando me demonstrar (de seios nus) que a humanidade se confronta com um grande perigo, é uma imagem que

tentei captar inúmeras vezes, descrever, esboçar, todavia sem êxito, na exata medida da intensidade da cena real. Tentem, porém, imaginar o quadro.

Três da manhã. Eu – cansado, até exausto. Ela – fresca em seu infortúnio. Enquanto a Senhorita Ri me fala, já deixei de me perguntar como é que ela consegue estar às três da manhã em minha cama, quando ontem à noite nos separamos, quase com certeza, na rua, indo cada um para sua casa. Não, a questão já não é como faz para aparecer assim, de repente, em minha cama; antes a questão é como faz para não precisar dormir. Como faz para estar tão sinceramente deprimida às três da manhã, mas sem nenhuma marca de fadiga, como se o sono não contasse para ela, como se ela não pertencesse à mesma espécie humana, sujeita à obrigação física de dormir oito horas por noite.

Mas não tenho tempo para responder a essas interrogações, pois, quando vive as crises de ingenuidade, a Senhorita Ri se torna ainda mais invasora.

– Está escrito preto no branco num tratado que li. (Quando? Quando, por amor de Deus, pôde ler esse tratado sobre as histórias de amor?) – Sim, li um grande tratado, bem escrito, absolutamente exaustivo, sobre como é que se passam as coisas entre as pessoas. (Ai, sim, Senhorita Ri? Também é mentirosa, além de ingênua. Tal tratado não existe.) – E está lá escrito que não há exceções. Todas as histórias de amor acabam mal, com gritos, momentos de ciúme, fastio, até ódio. Pelo menos um dos dois, senão ambos, enjoa e, logicamente, se segue a separação. (Olhe só! E a Senhorita acredita no que dizem os cientistas?) – Sim, sim, acredito, o próprio Beigbeder diz que o amor dura apenas três anos. E se demonstrou cientificamente que o sentimento amoroso não pode durar mais de um ano e meio, quando muito dois, talvez até dois anos e seis meses, porque é uma questão de química interna. Esgotam-se os *excitantes*. (Está bem, Senhorita Ri, e o que quer que faça eu agora, às três da manhã, para além de limpar suas lágrimas e assoar seu nariz em meus lenços de papel?) – Não sei, mas é injusto, é uma maldição, me sinto de repente vazia e penso que seria melhor a gente parar de se ver. É preferível acabar tudo já a continuar e depois chegar o momento em que...

Abstenho-me de descrever o momento. Abstenho-me porque, como devem entender, não sou capaz de descrever tudo ao nível da intensidade inicial. Impossível descrever concomitantemente o que se passa no rosto da Senhorita Ri e como soam as suas palavras, como lhe treme a voz e com que gestos, de delicioso erotismo, toca numa lágrima no canto do olho e, em vez de a limpar, a estende pelas faces ou até me dá a saborear. O grande problema da prosa é a linearidade, a incapacidade das palavras de apreender o todo em regime de *concomitância*. É por isso que, mais cedo ou mais tarde, a literatura perderá em face da imagem.

– E o senhor nem se importa.

Quando a Senhorita Ri chega a esta réplica, sei que é a vez de minha acusação, alguém tem de pagar pela enorme aberração e esmagadora injustiça sob o signo das quais se desenrolam todas as histórias de amor. E quem melhor do que eu para pagar?

– Senhorita Ri, juro que me importo, que me sinto mesmo abalado (me esforço por não mostrar) por essa catástrofe metafísica. Estou efetivamente aturdido e não sei o que fazer.

– Está aturdido de verdade?

– Sim, de verdade.

Quando ouve que estou *aturdido*, a Senhorita Ri não se pode conter e recompensa-me com um beijo longo, enorme, no interior do qual escorrem, junto com diversos eflúvios quentes, cinco ou seis lágrimas salgadas, ou antes cinco ou seis fluxos de lágrimas.

– Fico feliz em saber que se importa.

Sim, me importo. Como podia não me importar? O fim de uma história de amor é importante, tão importante como o início. O final do romance é tão importante como o início, a última frase do romance tem de ser como uma lágrima que perdura eternamente na boca do leitor.

A Senhorita Ri me dá um tapa delicado, sem dizer palavra. "Não divague!", é o significado do tapa. Aliás, ao me esbofetear, a Senhorita Ri já não usa *senhor*, sendo esses os únicos momentos quando se permite me tratar por *você*.

37.

Muito prezado escritor:
Não posso entrar no Café Quadri sem me ressoar na mente a música de Wagner. Aliás, o próprio Wagner vinha aqui para ouvir sua Marcha Imperial *ou a* Elegia em lá bemol maior. *Sinto-os, não longe de mim, a Stendhal, Proust, Henry James, Lorde Byron e Alexandre Dumas. E me diga só qual o grande criador que não se alimentou de Veneza, que não veio para vaguear e se perder nas ruas de Veneza, para participar no anunciado, infinito, afundamento de Veneza, na cerimônia de adeus, que o mundo das artes e das letras realiza à cabeceira de Veneza? Para mim, é impossível não vir pelo menos uma vez por ano a Veneza, se bem que nos últimos anos tenha trazido sistematicamente um ensaio de Régis Debray, intitulado* Contra Veneza. *Um excelente ensaio em que o senhor Debray esboça o perfil dum sublime personagem, "o idiota veneziano". Pois somos todos idiotas quando vamos a Veneza, diz ele resumindo. Por muito cultos que sejamos, por muito sutis, talentosos, grandes artistas, em Veneza nos tornamos figurantes, sombras alucinantes passeando sem rumo dum lado para o outro. Debray está muito zangado, sobretudo com o fato de Veneza se ter tornado numa cidade sem venezianos, daí sua preferência por Nápoles. E é verdade, os napolitanos são visíveis, até demasiado visíveis, formigam nas ruas, nos cafés, nas praças, são invasores, muitos, imparáveis, tagarelas, agitados, mais vivazes do que qualquer outra comunidade humana. Em Nápoles o turista se diminui em face dos napolitanos, fica, de qualquer modo, em minoria. Enquanto Veneza, cidade formada por turistas, não é uma cidade real, uma cidade que vive; é, antes, um ritual, uma peregrinação fantasmática.*

O ensaio do senhor Debray me parece sublime, o que não me impede de preferir Veneza e não sofrer se não for a Nápoles mais do que uma vez a cada dez anos. Mas a Veneza tenho de vir, como dizia, pelo menos uma vez por ano, e na Praça de São Marcos não posso não tomar um capucino primeiro no Florian e depois no Quadri. Aliás, os dois cafés encontram-se frente a frente, numa rivalidade estimulante. Balzac dizia, já não me lembro em que romance, que Florian é mais do que um café, é "uma bolsa, um salão de teatro, um gabinete de leitura, um clube, confessionário..." Mas olhe só para a decadência dos dias de hoje... Não queria ser tomado por um apologista nato da decadência, no entanto não se pode afirmar que a Europa vá em boa direção. Há sinais nesse sentido que não podem ser ignorados. Pense só que durante um século o café Florian esteve aberto ininterruptamente. Sim, o café estava aberto 24 horas por dia. No ano de 1842, um tal de Raoul Töpffer escrevia palavras exaltadas sobre Veneza e destacava que o Florian estava aberto toda a noite. E hoje? Ora bem, hoje todos os cafés da Praça de São Marcos fecham, no Inverno, às 23h! Nem sequer à meia-noite. Às 23h! Apenas no verão se mantêm abertos até a meia-noite. Como não falar de decadência nestas condições? Nas cidades europeias, hoje em dia, quantos cafés ficam abertos a noite toda? Se quer sair, em Paris, às três da manhã para tomar um copo de vinho tinto e conversar com alguém, quantos cafés acha que estão abertos a essa hora? Claro, há Le Grand Café Capucines, ainda há o café da Praça de Saint-Michel, mais um na esquina com o hospital da Salpêtrière.

Paro aqui, apesar de saber que é fino admirador da arte da divagação. Queria, antes, falar sobre alguns inícios de romance mais novos, da última geração de romancistas. A francesa Marie Darrieussecq, por exemplo. "Sei quanto esta história poderá semear inquietação e angústia, quanto perturbará as pessoas." O que lhe parece? É assim que enceta o primeiro livro, romance pequeno, grande êxito: Truísmos. Magistral pela falta de modéstia, não é? Que frase-limiar, proclamada com pompa e circunstância. Que frase teatral ao mesmo tempo, claro início de monólogo e confissão, mas com que habilidade para criar suspense!

Ou o catalão Carlos Ruiz Zafón. "Ainda me lembro daquele amanhecer em que o pai me levou pela primeira vez a visitar O Cemitério dos Livros Esquecidos." Leu, imagino, seu primeiro grande êxito, A Sombra do Vento. Como não prenderia o leitor esta frase, quando contém nela a promessa duma tão insólita viagem. Venham comigo para descobrir um lugar mágico, O Cemitério dos Livros Esquecidos – eis o que o sugere o autor.

Pelo que deduzi até agora, você precisa de uma frase com certo potencial metafísico, tipo maionese. Sinto que o estou decepcionando com meu estilo de criar conceitos. Mas acredito piamente que precisa de um início de romance que lhe abra com facilidade o caminho para a captação exaustiva da desordem.

Há pessoas que só podem viver na desordem, o que significa, se pensarmos bem, que criam, pela maneira de se posicionar em relação às coisas, uma ordem própria. Imagino o quarto em que trabalha atulhado de livros e revistas, jornais e folhetos publicitários, apontamentos e desenhos, ninharias e cartões de visita, montes de manuscritos e de cartas, resumindo, dezenas, centenas, milhares de objetos mais ou menos úteis, mas que lhe mobilizam o presente numa desordem natural perfeita. Acho que é, estruturalmente falando, o tipo de homem-bagunceiro. Às vezes, as palavras antigas, que esquecemos com desprezo ou abandonamos nas gavetas da língua, estão cheias de encanto e sutis conotações. Para mim, a palavra bagunceiro tem enorme força de impacto visual-sensorial e evocativo-visceral. O homem-bagunceiro é aquele que não consegue pôr ordem nem em seus sentimentos e ambições, nem nos saberes e convicções, nem sequer nas reações em seu metabolismo. Ele é ativo, mas ineficiente, um homem que, envelhecendo, continua calçando botinhas de criança, que, sentindo mais do que os demais, comunica menos, que tem paciência para os detalhes e pressa para o essencial.

Um verdadeiro homem-bagunceiro tem horror não ao vazio (como acontece com a mãe-natureza), mas ao cosmos, ou seja, aos sistemas organizados. O homem-bagunceiro fica fascinado com o caos, e com razão. Um artista profundo só pode ter um adversário: a desordem, ou seja, o caos. Em face de um universo ordenado nada mais há a ser feito, a ser dito; verdadeiramente ativo só se pode ser nos mundos em que ainda há coisas por fazer, em que a desordem, o estado de bagunça, justifique o esforço da ação. É por isso que eu acredito nas pessoas que vivem num microcaos, num estado de permanente confusão (mental, cultural e afetiva), que dissemina caos na vida delas, dia a dia, segundo a segundo, até quando dormem. Acredito mesmo num estilo desordenado, pois, neste mundo em que tudo foi inventado, é o único que ainda nos pode trazer um pouco de oxigênio, alguma novidade.

38.

Não sei como lhe hei de chamar. Talvez pudesse lhe chamar de "O Imbecil". Ele é o meu *imbecil*. Como sua vida e seus sonhos são agora meu único universo, meu *imbecil* se personalizou e virou "O Imbecil".

Cuido dele 24 horas por dia. Todos os pensamentos, todos os gestos, todos seus desejos estão em cima de minha mesa de trabalho. Ele é a *matéria* que me foi fornecida como castigo. Minha passagem pelo purgatório se mede com o tempo de sua vida. Não sei quanto viverá O Imbecil. Até sua morte, estou encarregado dele. Terei de conceber e dirigir seus sonhos. E tento lhe transmitir, através das histórias apresentadas, a Grande Mensagem, cujo guardião me tornei.

Não tenho obrigação de imaginar para ele um sonho por noite. Minha norma é de dois ou três por semana. Isso me dá algum alento. Um sonho *coerente* por noite seria excessivo. Tornar-se-ia suspeito, inclusive. A primeira regra de meu trabalho consta da simulação de um ritmo aleatório. O Imbecil não deve tomar os sonhos por garantidos. Ele nunca deve ir dormir pensando "esta noite vou sonhar novamente algo belo", ou "esta noite vou sonhar novamente algo coerente". O *sujeito* (não quero abusar do apelativo O Imbecil) não pode ir dormir *condicionado*. O que ele deve saber é que os sonhos vêm quando querem e como querem, sem regra alguma, sem obrigação nenhuma por parte do subconsciente.

Os sonhos que preparo para o *sujeito* variam em comprimento e intensidade. Há, para começar, a categoria dos *sonhos-migalhas*, dos sonhos *fragmentários*. O sujeito recebe *cacos* da própria memória, das próprias relações com objetos e seres amados, dos contatos superficiais com o mundo. Esses sonhos são como chuva de meteoritos, e são os mais frequentes. O *sujeito* vai sonhar em séries muito curtas e não se lembrará de quase nada de todas essas imagens e sensações. A *chuva de migalhas* está adaptada especialmente para o primeiro ciclo do sono. O Grande Guardião nos recomendou oferecer diariamente a nossos sujeitos a *chuva de migalhas*. Para falar a verdade, esse é seu único direito natural. É também o direito deles à vida, de fato. Sem a *chuva de migalhas*, os estratos profundos do cérebro se atrofiariam e o sujeito morreria em escassos meses.

A segunda categoria de sonhos são os persistentes, mas não essenciais. São os sonhos da chamada categoria do divertimento. Eles não têm carga metafísica, nem mensagens coerentes. São os sonhos de relaxamento, os *sonhos-amortecedor*. Quando o *sujeito* se lembra deles, não se sente culpado ou transtornado.

"Esta noite sonhei com mamãe."

"Esta noite me sonhei sendo aluno."

"Esta noite me sonhei à beira-mar."

"Esta noite sonhei que estava voando."

É isso, mais ou menos, o que sobra de um *sonho-amortecedor*. Situações sem enigma, respostas sem perguntas. Eles são, também, os mais repetitivos. Assim, cria-se para o *sujeito* uma espécie de aquário de imagens, uma vaga normalidade onírica. Se não sonhasse nada durante seis meses, o sujeito iria se inquietar considerando-se doente ou anormal. Com os sonhos de enchimento ele se dá por contente, pois o sentimento de comunicação com seu *alter ego* está alimentado ao mínimo.

A terceira categoria são os *sonhos-cenário*, os sonhos narrativos. Esses são de minha exclusiva criação, eu os concebo em função dos resíduos fantasmáticos do sujeito, respeitando o critério da relatividade onírica.

São sonhos de que o sujeito se recordará, que eventualmente anotará. De qualquer modo, o intrigarão, pensará neles, os contará a outros e procurará seu significado. Os sonhos da categoria narrativa o perturbarão, pois serão considerados premonitórios. São sonhos estruturados, têm certa lógica, se bem que pareça absurda a tessitura dos acontecimentos.

O princípio da relatividade em matéria de criação onírica é, na realidade, a principal mensagem que *nós* transmitimos aos sujeitos. Mas o *imbecil* nunca se pergunta qual a lição de vida desses sonhos.

O *índice de relatividade* de um sonho se desenrola numa escala larga, de um a cem. Um índice de relatividade baixo significa uma ocorrência quase normal, mas desviada no último segundo. O sujeito sonha consigo mesmo, por exemplo, rodeado de pessoas que ele faz rir e se sentir bem; é o centro das atenções, orienta a conversa e atrai a admiração de todos, é o mais brilhante, só que... enquanto goza desta posição de centro do círculo, uma coisa anatômica ou fisiológica o incomoda (o desejo de urinar imediatamente, por exemplo).

Para meu *imbecil* imaginei até agora 532 sonhos narrativos com conotação relativa. Assim, ele vivenciou toda a escala da relatividade, de um a cem, mas de modo totalmente aleatório. Mais exatamente, um sonho com fraca conotação relativa pode ser seguido por outro com conotação relativa alta. Dois ao lado de 93, ou 50 ao lado de 51, e sempre assim. Séries de sonhos nos quais o elemento perturbador se mantém baixo podem ser seguidas por outras séries em que o *imbecil* é categoricamente humilhado.

Visto o sujeito não ter possibilidade nenhuma de construir um calendário dos sonhos, a fim de registrar a sua intensidade, ele permanecerá eternamente desarmado em face deles, e momentos de satisfação serão alternados com momentos de contrariedade. Para alguns desses sonhos, contrariedade é *acordar*. Segue-se um exemplo.

O sujeito acaba de seduzir uma mulher atraente, a leva para o quarto dele, a toca, a beija e no momento em que está pronto para saborear um momento de volúpia absoluta... acorda. Castração pelo acordar é, reconheço, um método bastante brutal. Às vezes até tenho pena do sujeito vendo como sofre por ter acordado. Ou quando se esforça por readormecer e reatar o fio do sonho, coisa praticamente impossível. O Grande Guardião nos proíbe isso categoricamente, a clemência não faz parte das regras do jogo.

Não obstante os sonhos serem sempre caprichosos, imprevisíveis, relativos, castradores e sistematicamente decepcionantes, os sujeitos os consideram espaços-refúgio. Não é por acaso que em todas as línguas do mundo a palavra sonho significa também esperança e utopia. Pessoalmente, desde que me tornei *torturador*, penso seriamente em propor ao Grande Guardião uma reforma: a supressão total dos sonhos. Em meu entender, essas falsas janelas deixadas pela Criação aos humanos não fazem senão perturbá-los, enganá-los, incitá-los à dissociação da personalidade. Por causa dos sonhos, o ser humano acredita na existência de um mundo paralelo. Além disso, convicto da existência desse nível sublime, não se esforça mais para melhorar o mundo real. Face a face, sonho e realidade estão em relação de desigualdade. Fascinante é sempre o sonho, a realidade é uma expressão da dor. Na comparação sonho-realidade ganha sempre o sonho.

O desaparecimento da noção de sonho e a eliminação total do nível onírico simplificariam, e muito, a situação do homem. Ficaria para ele apenas a dimensão prática, a obrigação do êxito.

Recordo o conquistador Hernán Cortés, do qual se conta que, chegado à América, incendiou os navios, obrigando seus soldados a desistir do regresso – sem dúvida, motivo forte para conquistar o Novo Mundo. Se as pessoas queimassem seus sonhos, estariam na mesma situação, ou seja, a de conquistar integralmente a realidade, sem zonas de refúgio e, principalmente, sem caminho de volta.

Sei que o Grande Guardião não concorda, mas uma reforma do ser humano seria necessária nesta fase.

Penso não mais do que em meu *imbecil*, que perde muito tempo analisando sonhos. Todas as manhãs, tenta se lembrar das migalhas do sonho da noite e, às vezes, as aponta. Até chegou a imaginar que poderia entrar em contato comigo e que conseguiria influenciar minhas decisões relacionadas com seus sonhos. Chama-me de Torturador nos apontamentos, o que me diverte sobremaneira, mas também me assusta. Não é de excluir que meu *imbecil* seja um primeiro exemplo de revolta nas trincheiras da espécie humana. Pergunto-me se, porventura, não prepararão os *imbecis* alguma revolta espontânea ou insurreição contra o modo em que os sonhos são tanto concebidos quanto disseminados. Um dia quererão ter, não duvido, uma palavra a dizer nesse sentido. Utilizarão, talvez, diversas técnicas médicas para o efeito. A pesquisa em matéria de funcionamento do cérebro progrediu imensamente, um dia também descobrirão a zona subliminar onde trabalhamos.

39.

Seu Bernard tomou o hábito de me deixar, com cada vez mais frequência, sozinho (ou com a Senhorita Ri) na livraria. Eclipsava-se naturalmente, sem dizer nada, me dando, eventualmente, pancadinhas paternas no ombro como se declarasse "confio no senhor". Deixava-me, por regra, sentado à mesa onde escrevia, lia, ou respondia às cartas enviadas por Guy. Esta mesa me estava, fazia muito tempo, reservada, e era, de certa forma, a mesa em que esperava minha vez para a grande *frase de início de romance* prometida por Guy. Imaginava-me, não raras vezes, na feliz situação de começar a escrever logo que me tivesse sido sussurrada, no ouvido, delicadamente, a muito ansiada frase Big Bang. A Senhorita Ri estava ali para me trazer sanduíche e café ou algum copo de água, e eu teria permanecido imóvel, à mesa, escrevendo, escrevendo como louco, espremendo furiosamente da *primeira frase Big Bang* todo potencial, ou seja, o grande romance que haveria de justificar minha existência, a passagem pela fase terrena da Vida.

Mas Guy se fazia esperar, assim como o sussurro da frase que me reservara, o início de romance para mim escolhido. Enquanto isso, o velho Bernard me submetia a autênticos exercícios de disciplina em matéria de arte da espera.

De todas as vezes que ficava completamente sozinho na livraria (a Senhorita Ri não me acompanhava sempre) tinha acessos de pânico surdo. Curiosamente, quando seu Bernard se encontrava à sua pequena escrivaninha, por trás dos gigantescos amontoados de livros, quase ninguém entrava na livraria, quando muito dois ou três visitantes por dia. Em sua ausência, o número de visitas duplicava ou triplicava. Era como se diversos adoradores de livros tivessem esperado, escondidos, pela saída de Bernard para se apressar a entrar na livraria.

Com o tempo, aprendi a identificar essas pessoas, sendo capaz de situá-las numa categoria logo que as visse aparecer na porta da livraria. De *sujeitos sem mãos* chamei aos que passeavam por entre prateleiras, sem se atrever a tocar ou a folhear nenhum livro. Entre eles, alguns até mantinham as mãos atrás para evitar qualquer contato, fosse ele acidental, com as capas. Mas os *sujeitos sem mãos* eram todo *olhos e ouvidos*. Digo isso porque não se contentavam apenas com olhar aqueles livros empilhados e a confusão de tomos nas prateleiras, mas apuravam o ouvido como se quisessem apreender algo, eventuais murmúrios vindos de livro fechado. Escutavam eles algum som? Ouviam algo que eu não conseguia ouvir?

Intrigado, um dia perguntei a um distinto senhor cinquentão, com ar de Sherlock Holmes, que se inclinava mais do que outros a fim de melhor colar o ouvido aos livros.

— Queira desculpar, mas o que é que o senhor está ouvindo?

Seu Sherlock Holmes me olhou perplexo e disse com sotaque alemão.

— Muito interessante.

— E o quê, exatamente, é tão *sehr interessant*?

— *Kleine Konferenz*.

Terão os livros ficado na conversa? E mais, terão algumas pessoas a aptidão de ouvi-los falar, de entender o que dizem entre eles? E qual era a língua em que falavam os livros? Era inteligível aquilo que os livros diziam ou usavam onomatopeias?

— Não me leve a mal, seu Sherlock Holmes... Está, porventura, especializado na *auscultação* ou na *escuta* dos livros?

– *Ja, ja, Musik hören...*

Música? Ouvia seu Sherlock Holmes música emanando de todas aquelas pilhas de livros? Produziam os milhões de palavras enclausuradas nos livros uma música delicadíssima, uma música especial, que meu ouvido era incapaz de captar? E mais, existiam outros ouvidos, que não os meus, capazes de apreender aquelas vibrações, aquelas mensagens?

O senhor não ficava mais de dois ou três minutos inclinado sobre uma pilha ou de ouvido orientado para uma prateleira, o que me fez concluir que os sinais musicais eram curtos. Os livros formavam provavelmente um coro com considerável número de vozes, mas não todas se produziam ao mesmo tempo.

– Há outras livrarias, seu Sherlock Holmes, onde ausculta *o que cantam* os livros?

Seu Holmes abanou a cabeça em sinal de NÃO e continuou a volta da livraria tentando decifrar outros sons.

Às vezes, após a saída dos indivíduos que vinham *ouvir* os livros da livraria Verdeau, tentava, eu também, em condições de silêncio absoluto, capturar a menor vibração que fosse, proveniente dos diversos volumes descartados ao acaso. Para meu desespero, nunca apanhei um único som, o mais baixo ou breve suspiro que fosse. Mas um dia arranjei coragem para ter esta conversa com a Senhorita Ri:

– Senhorita Ri, sabe que em sua ausência e na de seu Bernard, quando fico sozinho na livraria, vêm diversos indivíduos *ouvir* livros?

– Não caio nessa!

– Juro. Há pessoas capazes de ouvir o que dizem os livros. Não faço ideia se essas pessoas também leem, se estão apaixonadas pela literatura, mas elas sabem auscultar a música que, pelo visto, emana das páginas dos livros.

– Não acredito!

– Juro, Senhorita Ri. Imagino que esses caras estejam organizados num clube ou num círculo. É certo que fornecem uns aos outros informações sobre os lugares onde os livros sussurram, cochicham ou cantarolam diversas árias. Pois não é em todo lado que se produz tal fenômeno, é capaz de, nas grandes livrarias, os livros permanecerem mudos, assim como nos supermercados. Mas numa livraria como a nossa se passa algo miraculoso e, cada vez mais, chegam visitantes colando o ouvido aos livros. Aliás, tive de escrever um aviso discreto num cartão e o coloquei no primeiro acervo de livros, para que logo que alguém entre seja visível. "Pedimos o favor de NÃO tocar os livros com o ouvido." Pois desde faz alguns meses que a situação se tornou confrangedora, os indivíduos vêm e quase colam os tímpanos aos livros. Poucos são os que ainda os folheiam, a maioria vem aqui como à sala de concerto.

– Eu também quero.

– Não sei, Senhorita Ri, se esta sutil música pode ser ouvida assim, sem mais nem menos. Eu pessoalmente até com estetoscópio tentei, mas não ouvi nada. Se bem que, desde faz alguns dias, parece que, pouco a pouco, o cérebro começa a abrir-se, parece que começo a ouvir um *crepitar*.

– Também quero.

– Senhorita Ri, é inútil colar o ouvido àquele montão de livros, não é assim que se ouve seu delicado concerto. Para não falar em que os concertos são curtos, só duram segundos, até menos. E mais, todos esses concertos são polifônicos, os sons chegam de várias direções, as vibrações se cruzam, às vezes penso que toda a livraria se torna numa caixa de ressonância para delírio musical dos livros. Mas não se preocupe, à medida que conseguir captar mais destas *músicas*, também iniciarei a Senhorita.

A Senhorita Ri ficou tão transtornada que se colou a mim e me beijou longamente, com seus lábios grossos, os braços enrolados à volta de meu pescoço.

– Ai, você conseguiu me excitar de novo.

Terão chegado estas palavras a meu ouvido *partindo* da Senhorita Ri ou *partindo* de um dos amontoados de livros? Impossível dizer. A Senhorita Ri se entretinha a me umedecer o ouvido com seus lábios carnívoros.

– Senhorita Ri, tem de acreditar em mim, não se trata de uma nova estratégia de sedução, o que lhe digo é bem verdade, na frente de nossa livraria se formou uma fila, tipos suspeitos esperam para entrar, um a um, a fim de ouvir nossos livros *soprando, murmurando, ronronando, cantando* e até *gritando* uns com outros.

Minha explicação chegava muito atrasada, a Senhorita Ri desejou ser amada, tocada, abraçada, coberta com palavras, mordida, minuciosamente beijada e penetrada naquele ambiente musical imperceptível, nua entre livros, estendida entre dois montões. O fato de, a qualquer momento, algum visitante poder entrar na livraria ou de seu Bernard voltar não inibia a Senhorita Ri; pelo contrário, a excitava mais. A Senhorita Ri desejava ser apanhada em *flagrante delito de amor*, a meu lado, deitada numa cama de livros.

40.

Ó Infinita Senhorita Ri, o poema que lhe beija os seios
tem de ser usado um tempo ao pescoço como um fio
 com pérolas
as palavras do poema precisam de algum tempo
e do calor que emana de seu peito
para acordar

depois o poema começará a se derreter
qual colar de gelo
as palavras do poema tomarão a forma de seu peito,
durante toda a noite terá os seios abarrotando de verbos,
 advérbios, pontos de exclamação
reticências e vírgulas incendiárias
brincarão inocentemente
com seus mamilos
até poderá ouvir risadinhas – não as leve em
 consideração
o poema que lhe beija os seios perde a cabeça
ao começar efetivamente a beijá-los
a ordem das palavras e os sentidos se tornam confusos
aliás, o poema escrito para você
nem regressará inteiro
desta experiência
ei-lo: decimado, espremido, de rosto afogueado,
 exangue
como após uma batalha perdida

o que você fez, desgraçado, beijou os seios à Senhorita?
o poema gagueja, nem sabe de onde vem a pergunta
se tornou num estranho instrumento de inventar tempo
uma ampulheta formada por dois seios

41.

"Se *eles* não querem sair, então também não saio eu."

X abre a geladeira e os armários da cozinha. Arroz, aletria, espaguete, alguns quilos de carne congelada, legumes em lata, três quilos de batata, dez damasco. Mais: bolachas, açúcar, um frasco de compota de alperce, seis litros de leite. Tem comida suficiente para vários dias. X se deita no sofá. *Jaz* deitado e espera.

"O quê?" Não sei. Mas não é normal. "O que é a normalidade?" Não sei. Mas não é normal. "Já pensaste que, provavelmente, todo mundo esperava *isso*." Isso, o quê? "Isso, o que aconteceu." E que aconteceu? "Não se nota?" Não. "Eu acho que sim." Não, não se nota nada.

X fica *fechado* durante alguns dias. De vez em quando liga o rádio e ouve a emissora de música. De seis em seis horas, as mesmas peças. X suspeitou desde o início que fosse um programa gravado. Deixou de ligar para Matilde, pois já não suporta ouvir a secretária eletrônica. Aliás, X não liga mais a ninguém porque já não suporta ouvir as vozes de todas essas pessoas ausentes. X se sente traído.

"Por quê?" Eu não deveria estar aqui. "Por quê?" Não é normal eu estar ainda aqui." "O que é a normalidade?" Não sei, mas não é normal me encontrar ainda aqui. Normal seria estar com eles. Estar lá. "Onde?" Lá onde eles estão. "Não seja idiota. Eles não estão em lado algum."

X já nem sabe há quantos dias está no apartamento. Olha-se no espelho. Acha-se mais magro. A barba que cresceu selvaticamente não lhe fica bem. Pareço um pedinte, diz X consigo mesmo, sorrindo. Mas não tem forças para se lavar, nem barbear.

X come as últimas bolachas e bebe o leite da última caixa. Prazo de garantia das bolachas: três anos; do leite: seis meses.

Um mau cheiro cada vez mais insuportável vem do corredor (ou, antes, da cozinha da senhora Bordaz). Um cheiro de peixe estragado. (Terá a senhora Bordaz feito suas compras?) Um cheiro horrível chega da rua também, um fedor a legumes alterados, a carnes podres, a lixeira não recolhida. X tenta tapar com tiras adesivas todas as fendas de portas e janelas. Mas, passado um tempo, sente que não tem ar, que sufoca. E, mais, começa a se sentir incomodado pelo próprio cheiro. É evidente, não tem como se entrincheirar contra o cheiro. Ei-lo obrigado a sair.

X começa a grande operação de limpeza. Primeiro, o prédio em que mora. Percorre todos os apartamentos e recolhe alimentos estragados. (Incrível a provisão de fiambre de seu Kuntz!) X aproveita a ocasião para fechar todas as portas e janelas. X armazena lixo na rua. Continua com os outros edifícios da rua. Quando anoitece, X para e contempla satisfeito o resultado do seu trabalho.

No dia seguinte, X ataca o açougue, pois se tornou mais do que evidente que é dali que se empesteia a rua. Apanha, igualmente, os vegetais que apodreceram no mercadinho. Enfim se pode respirar.

X continua, nos dias seguintes, a colheita dos objetos abandonados: mala, carteira, guarda-chuva, chapéu... Faz uma seleção e amontoa-os a cada entrada de imóvel. Por fim, estaciona direitinho todos os carros, de um lado e do outro da rua. Agora, já está melhor. A rua parece habitada. X percorre-a vitorioso.

Toda manhã X toma o desjejum no café de seu Kempf. Necessitou de meio dia para o pôr decente. Recolheu copo e xícara das mesas. Lavou-os, arrumou-os nas prateleiras atrás do balcão.

Tirou os cacos do chão, varreu, lavou, arranjou as mesas e os eletrodomésticos. Toma o café instalado sempre na mesa preferida, de onde vê toda a rua.

Infelizmente, seu esforço é insuficiente, os fedores pestilenciais continuam a assolá-lo. Há lojas de que nem é capaz de se aproximar. Os mercados se tornaram como que feridas abertas da cidade, irradiando o cheiro de um nojento pus alimentar. X não tem escolha: vai ter de expandir a operação de limpeza da cidade.

Começa pela incineração do lixo. Passa pelas ruas, pega nos caixotes, agrupa-os nos cruzamentos, despeja-os, verte gasolina e queima-os. A operação leva quatro meses.

Tem sérios problemas com as toneladas de vegetais que se estragam nos mercados e nos centros comerciais. A mesma coisa em açougue, confeitaria, leitaria, florista e armazém de alimentos. Tenta usar o método mais rápido: incineração com lança-chamas. Entra nos açougues, um a um, com a máscara de gás no rosto e protegido por uma roupa térmica tomada emprestada do quartel de bombeiros. Direciona o feixe de chamas para as carnes e embutidos expostos. Queima tudo e, no fim, desinfeta. A operação leva seis meses. Repete-a nas praças, a fim de liquidar as toneladas de alimentos putrefatos das tendas.

Para fugir à pestilência que vem dos apartamentos não pode, de momento, fazer mais do que fechar todas as portas e janelas dos edifícios da cidade. Outros seis meses.

Estaciona os carros junto do passeio para poder, ele próprio, circular com o seu pelas ruas. Outros seis meses.

Recolhe os objetos abandonados das ruas, ordena-os. Toneladas de bolsas, toneladas de malas de viagem, toneladas de chapéus, toneladas de chinelos, toneladas de sapatos de senhora, toneladas de jornais úmidos, centenas de quilos de óculos, de echarpes, de luvas... Um montão de bicicleta, de carrinho de bebê, de cadeira para deficiente, de muleta, de bengala, de prótese. Trabalha como um robô, com teimosia, sem se queixar de nada, sem trocar palavra com a Voz. O trabalho lhe faz bem. Passa-se mais um ano.

Lava as calçadas das grandes lojas, lava praça, desmonta tenda. A cidade se torna habitável. Faz o inventário dos depósitos de alimentos. As enormes câmaras frigoríficas armazenam reservas de carne para, pelo menos, um milênio. A central elétrica da cidade funciona em piloto automático. Pensa que poderá usar de eletricidade por, mais ou menos, duzentos anos.

Durante todo este tempo tem grandes problemas com os três ou quatro incêndios desencadeados no Dia do Abandono. Um posto de gasolina arde durante meses. Durante três meses não se pode aproximar do Centro de Pesquisa Química.

Patrulha as ruas à procura dos escoamentos de água potável. Nos primeiros dias, quase perdeu toda a água potável por causa de algumas torneiras abertas. De vez em quando, se rebenta um ou outro cano (nunca entende por quê), e tem de intervir com prontidão.

X é um homem livre. Sente-se rei. Passeia nas ruas abandonadas como em território conquistado no campo de batalha. Até que enfim tem tempo para descobrir verdadeiramente a cidade. Entra onde quer, quando quer, fica quanto quer em todos os lados. Há centros comerciais enormes em que permanece dois ou três dias. Admira os objetos, às vezes até limpa o pó, desfruta deles. Todo dia pode vestir um terno novo, nunca mais lava camisas.

Transita as ruas comerciais fascinado com o que se esconde nos armazéns das lojas, em seus porões. Todas as lojinhas têm um anexo oculto, todos os antiquários uma porta secreta que conduz para uma cave apinhada de objetos raros, estranhos, nunca expostos.

Fecha-se, às vezes, dias a fio, no Museu Municipal, tira os objetos antigos dos mostruários: toca-os. Gosta de desencadear o sistema de alarme. Escuta o som dos repiques que só para depois de dois ou três dias. Nada o fascina mais do que se deitar num sofá confortável, numa loja de móveis, ouvindo durante toda a noite o grito estridente dos sistemas de alarme da cidade.

Gosta igualmente de visitar as grandes instituições com inúmeros escritórios, com milhares de pastas amontoadas nas mesas e prateleiras, com milhares de relatórios inacabados. Aprecia instalar-se, de em vez em quando, nos escritórios dos diretores. Senta-se em suas poltronas, observa com atenção o modo como organizaram a mesa de trabalho. Abre as gavetas, examina as fotos expostas. Liga, ao acaso, seus telefones.

Gosta de entrar em hotel de luxo da cidade, de acender todas as luzes, *esperar* indefinidamente nos suntuosos salões de recepção. *Encomenda* um copo de vinho do Porto ou um Martini, sorve a bebida reconfortante e pensa.

"Em quê?"

Escolhe, ao acaso, uma das chaves penduradas no painel da recepção e sobe ao respectivo quarto. Não dorme mais de uma noite no mesmo lugar.

Sabe ter acesso a todos os segredos da cidade e isso o fascina. Escreveu uma lista com as residências que quer visitar. Em primeiro lugar, a moradia de seu Kariatide, seu antigo patrão, que nunca o convidou para *party* alguma em torno da esplêndida piscina.

Visita seu Kariatide e leva um ramo de flores, pois não quer parecer mal-educado. Escolheu, igualmente, uma garrafa de vinho caríssima, um vinho raro, com mais de vinte anos. Vestiu-se a rigor, perfumou-se e optou por uma limusine branca, conversível, especialmente alugada para a ocasião. Naturalmente, seu Kariatide não quer lhe abrir a porta, mas X insiste, toca a campainha demoradamente, não entra em pânico, está decidido a saborear esta visita, a tirar prazer dela. Toca umas dezenas de vezes e decide, por fim, entrar em casa de seu Kariatide não obstante o dono não querer lhe abrir a porta. Deslumbrante sala, deslumbrante jardim, deslumbrante biblioteca, deslumbrante coleção de quadros. Sabe que a senhora Kariatide é maníaca e não suporta, entre outras coisas, o fumo de cigarro. Pelo que decide fumar e deixa cair as cinzas diretamente no carpete.

Visita, um a um, os apartamentos dos vizinhos. Em doze anos (que é desde quando mora no prédio), só duas vezes foi convidado pela senhora Bordaz, proprietária do prédio. E isso só no início. A senhora Bordaz convidou-o duas ou três vezes a tomar café, desejando, de fato, conhecê-lo melhor. De resto, podia dizer que não conhece praticamente ninguém. Claro, sempre trocou algumas palavras circunstanciais com os locatários. "Bom dia, seu Kuntz." "Bom dia, seu Bragovski, como está?" "Que tempo lindo, Senhorita Matilde!", ou "Que tempo desgraçado!", ou, ainda, "Feliz Natal!", "Feliz Ano-Novo!" "Novamente problemas com a recolha do lixo." "Os radiadores estão funcionando em sua casa?" "Não lhe parece que à volta de nosso prédio há mais pombos do que à volta dos outros?", etc., etc. Duas ou três vezes, quando foi necessário tomar decisões comuns, X viu a maioria dos outros locatários no decorrer de curtas reuniões informativas. E mais nada.

Que pena não ter conhecido melhor seu Kuntz. X está impressionado com sua coleção de saxofones, pelo menos quinze magníficos exemplares. E mais, todas as paredes cheias de fotografia. Parece que seu Kuntz tocava jazz em vários bares noturnos. É pena, X teria gostado de ouvi-lo pelo menos uma vez.

"Isso não se faz, mexer nas fotografias das pessoas." Mas X não dá ouvidos. "Ler a correspondência íntima dos últimos quinze, vinte, trinta anos, também não se faz." X pouco se importa. "Você não pode revirar seus armários e bolsos." Por quê? Bilhetes de ônibus, papeizinhos e recibos, moedas e todas as pequenas coisas que as pessoas esquecem nos bolsos dizem muito sobre seus proprietários. "Não se deve vasculhar em malas, gavetas, caixas. Não se deve forçar cofre com joias de família." (De onde terá herdado a família Slubceakovsky esta coleção de joias principescas?). "Não se deve mexer em suas caixas com medicamentos, tentar adivinhar que doenças íntimas têm os vizinhos. Não se deve abrir os diários dos adolescentes do bairro." (X descobre duas menções a sua pessoa no diário secreto de senhorita Matilde. Na primeira está evocado *o taciturno do segundo andar que a mediu da cabeça aos pés, insistindo nas pernas*, e noutro ponto a senhorita afirma que ele, X, ou seja, o mesmo taciturno do segundo andar, *sorri mas não sabe falar.*

Vê? vê? vê?, diz para si mesmo, nunca me vou perdoar o fato de não ter falado mais com senhorita Matilde.

42.

Caro Guy:
 Todos meus pressentimentos se tornam realidade. Dia após dia, seu M se afunda mais e mais numa espécie de pântano textual. Trabalha muito, nada diz. Mas acho que, depois de cada carta sua que recebe, começa outra coisa. Tem agora, na mesa, pelo menos dez romances começados e passa de um para o outro como se tivesse de alimentar com lenha o fogo de dez braseiros, em dez quartos diferentes. Corre de um braseiro para o outro, os ausculta, os afaga, se aquece um bocadinho em cada um. Tudo numa desordem absoluta e numa febrilidade que me fazem crer que está um tanto doente. Até a Senhorita Ri anda preocupada. Dessa combustão textual espera fomentar algo, sem ser, porém, capaz de construir seja o que for.
 Apesar de tudo, uma de suas histórias avançou bastante. Sempre que esquece (ou deixa intencionalmente?) as folhas na mesa, leio e volto a ler sobre um cara, X, que ficou sozinho numa cidade. O assunto é totalmente desprovido de originalidade, como bem sabe. É o gênero de fantasia que qualquer um que escreveu novelas, ou prosa, ou romance, teve. Mas tem de se ser muito ingênuo para passar ao ato e tentar mesmo bordar algo à volta. Acontece-nos, às vezes, à noite, a mim e à Senhorita Ri, depois de seu M ir para casa e nós continuarmos lá misturando os livros, acontece-nos, dizia, ler, juntos, a história desse seu X e nos rirmos às gargalhadas. Raro encontrar-se melhor exemplo de falta de jeito estilístico. Nosso amigo tenta recorrer a frases curtas, nervosas. Ele deve ter algo em mente, presumo que queira imprimir ritmo à história, torná--la, eventualmente, o mais cinematográfica possível. Aliás, não nego que tenha conseguido criar algumas imagens consideráveis. No entanto,

tudo parece tão previsível. Tanto mais quanto seu M fornece detalhes e pormenores. Descreve minuciosamente a estupefação de X quando fica sozinho na cidade, sua covardia perante a solidão. Estou curioso para saber em que direção evoluirá a narrativa e até fiz uma aposta com a Senhorita Ri. Eu digo que esse gênero de história só pode encalhar. Não há como ser relançada, é o tipo de falsa boa ideia que se dilui sem parar, tendo naturalmente de ser abandonada a dada altura. A Senhorita Ri aposta nas reservas imaginativas de seu M para dar à história uma reviravolta de 180 graus, ou até de 360. Vamos ver quem tem razão, se bem que me parece que tenhamos de esperar bastante. Pois seu M salta de uma estória para a outra, às vezes as abandona dias a fio e se esquece, inclusive, de continuá-las.

No entanto, sua capacidade de narrar é notável, assim como a capacidade de absorver histórias. Seu M vive de fato numa galáxia de narrativas que giram a sua volta, corpos celestes de diversas dimensões. Até quando lê o jornal, seu modo de decifrar a atualidade é autoral. Ele crê que a atualidade é uma forma de ficção e tenta desvendar, no tratamento dos acontecimentos do planeta, as intenções estilísticas de um autor que continua anônimo.

Ainda há dois aspectos que considero interessantes: o prazer que tem em utilizar a elipse como modalidade de construção, assim como a mudança do ângulo de observação para a mesma história ou unidade narrativa.

Até breve,
Bernard

43.

Sou um gênio.

É, de fato, o que li no rosto de mamãe quando comecei a abrir os olhos, me refletindo nos seus. A expressão de mamãe não mentia. Minha pessoa emanava, começando no próprio momento da saída do útero materno, algo especial, algo esmagador, uma promessa fora de série.

Sem me dar conta, a primeira palavra assimilada por meu cérebro foi esta: GÊNIO. Posso não a ter ouvido pronunciar, mas ela se irradiou do rosto de mamãe como um desenho, como um hieróglifo. Seu êxtase em face de minha pessoa, do bebê que eu era, tinha algo de irreversível, posto sob o signo da absoluta certeza. Qualquer coisa que dissesse ou fizesse se tornava, no rosto e na mente de mamãe, uma prova adicional de genialidade.

Mesmo antes de dizer *mamãe, papai, cocô, pipi, penico, oó* e assim por diante, tive na ponta da língua e na mente essa palavra mais vasta, mais abstrata, mais forte do que todas as outras, a palavra destinada a me caracterizar em minha totalidade: *gênio*.

Quando uma mãe está profundamente convicta de que sua prole integra a categoria do gênio, nada mais há por fazer. O produto de sua experiência materna tem de assumir o respectivo papel. Coisa que eu fiz, provavelmente mesmo com poucos meses. Cada sussurro meu provocava nos olhos de mamãe tamanha luminosidade que, naturalmente, por uma espécie de *feedback* lógico, me atirei, inteirinho, naquele jogo. E mamãe nunca me traiu. Nem mesmo quando os sons por mim emitidos foram menos conclusivos no plano intelectual, como pequenos arrotos ou delicados puns, que tanto a divertiam. Ela não os considerava em nada inferiores à linguagem articulada.

Se, através de palavras e gestos, conquistara o estatuto de gênio, a linguagem fisiológica me transformara aos olhos de mamãe num formidável ator cômico, um verdadeiro artista corporal. "Ai, meu palhacinho", dizia ela sempre que dava um passo em falso, que parecia mais acanhado, partia algo ou entornava o prato com sopa. "Ai, como você me faz rir", ainda a ouvia dizer todas as vezes que cuspia, punha a língua de fora ou executava alguma expulsão mais barulhenta de excrementos. Deduzi, naturalmente, desde muito tenra idade, que absolutamente tudo que fazia tinha um efeito positivo e forte sobre mamãe. Como nenhuma das mães que via em redor tinha reações daquele gênero, deduzi, claro, que eu era um ser único, superior a todas as outras crianças.

Quando se deu o início de minha socialização com o primeiro estágio efetuado no jardim de infância, a convicção de que era uma espécie rara, uma criança diferente, superdotada e extremamente original, se reforçou. Quando aprendi a contar até cinco, mamãe reagiu como se, pela primeira vez, um ser provido de inteligência contasse no planeta Terra até cinco. Quando aprendi o primeiro poeminha, a família inteirinha foi convocada para assistir ao espetáculo, e, dos aplausos, entendi que nunca tinham visto semelhante. Depois, cada passo dado por mim no vasto espaço da aquisição dos conhecimentos básicos foi recompensado por mamãe com centenas de beijos, de afagos, de exclamações, elogios, considerações fascinadas e respeitosas. Quando, aos cinco anos de idade, comecei a ir a pé sozinho até o jardim de infância (pois praticamente só tinha de percorrer uns duzentos metros sem atravessar nenhuma rua), mamãe exclamou "Ei-lo autônomo!". Quando consegui nadar pela primeira vez sem boia de uma ponta a outra da piscina, mamãe me filmou religiosamente e depois as imagens foram assistidas durante meses, por quase todos que vinham em casa. "Vejam só o meu pequeno golfinho", dizia ela e ligava logo a televisão, pois a câmera de vídeo já estava conectada, pronta a arrancar.

Como nossa casa se foi atapetando pouco a pouco com minhas fotografias, também entendi rapidamente outra coisa: qualquer coisa que eu fizesse tinha um caráter monumental. Esta foi, aliás, outra palavra dita frequentemente por mamãe quando me pedia para posar sentado no penico ou escovando os dentes: "ai, ele é mesmo monumental!".

Há crianças que temem escuridão, homem do saco, cão. Eu temi sempre uma única coisa: decepcionar de alguma forma mamãe, decair a seus olhos. Não tenho certeza por volta de que idade, mas houve um momento em que me conscientizei de que manter nossa relação no mesmo nível de intensidade implicava, de igual modo, certo esforço de minha parte.

"Olha como é bonito brincando *sozinho*!", exclamava às vezes mamãe, me observando furtivamente ao lado de papai, ou de uma tia ou vizinha que nos visitava. Uma intensa onda de calor me inundava quando ouvia aqueles comentários, apesar de não exteriorizar nenhuma alegria. O que mamãe não sabia era que eu brincava esperando ser visto, ser notado. Este é outro fundamento sobre o qual se edificou minha convicção de que era uma criança extraordinária: mesmo quando não estava dialogando com o mundo, quando estava sozinho ou dormia, emanava de mim uma aura especial.

"Ai, meu Deus, como ele é bonito quando dorme!"

Esta exclamação ressoou, seguramente, centenas de vezes enquanto estava mergulhado num sono profundo, mas muitas vezes eu a ouvia através das camadas superficiais do sono. Em meus primeiros anos de vida mamãe me fotografou inúmeras vezes *dormindo* e um dos álbuns acumulados no armário com fotografias tinha na capa esta menção, caligrafada com primor: "Victor dormindo". Aliás, a partir da idade de mais ou menos cinco anos fui autorizado a folhear todos aqueles álbuns com reflexos de minha própria vida e me lembro de quão marcado fiquei, apesar da idade tenra, pela quantidade de imagens comigo dormindo.

"Victor dormindo no carrinho de bebê" (e entre parênteses... data e hora).

"Victor no piquenique dormindo no gramado."

"Victor dormindo no trem de regresso dos montes."

"Victor bocejando de sono no casamento de Elvira."

"Victor dormindo de cabeça sobre a mesa no casamento de Elvira."

Etc.

Todas essas informações estavam em escrita caligráfica, executadas pela mesma mão, traindo, até pela grafia das letras, a importância que me era atribuída. Mamãe fotografava tudo e, a partir da idade de três anos e meio, eu próprio aprendi a mexer na câmera e a fotografar aquilo que me rodeava. Mamãe viveu intensamente, como uma enorme forma de progresso, o momento do aparecimento das câmeras digitais. Nem a técnica precedente lhe tinha travado o ímpeto fotográfico, pois em todos os grandes centros comerciais havia máquinas automáticas para revelação. Assim, mamãe, quando ia aos sábados às compras, aproveitava para imprimir e imortalizar em papel fotográfico os *eventos* da respetiva semana. Havia ocasiões em que imprimia dois ou três rolos de 36 imagens, em função da *intensidade* dos momentos vividos nos sete dias anteriores. A introdução da tecnologia digital, com a possibilidade de armazenar fotos em computador, ampliou sua vocação e entusiasmo, se bem que de certo modo lamentasse o desaparecimento do papel e dos álbuns tradicionais. Teve, no entanto, de reconhecer que a casa se tornara pequena para mais álbuns e que a armazenagem das imagens em computador era bem mais prática.

Foi nesse contexto de avanço tecnológico da humanidade que cheguei a ser fotografado, praticamente todo dia, várias vezes ao dia, pois mamãe não suportava que o tempo apagasse momentos considerados por ela *extraordinários*. No momento em que estava vestido e ainda limpo, para ir ao jardim de infância, mamãe não resistia à tentação de pegar na câmera e tirar uma foto. Em que pese a imagem captada não diferir muito daquela do dia precedente ou, com certeza, daquela que seria tirada no dia seguinte. Mamãe me considerava pura e simplesmente *irresistível* estando eu na soleira da porta, todo lavadinho e penteadinho, de camisa engomada e botinhas engraxadas. Tinha então, tinha obrigatoriamente, de captar aquele instante, tinha de fazer parar o tempo da única maneira possível: uma imagem ou uma sequência de imagens filmadas com a câmera de vídeo. Na coleção de fotos descoberta por mim, na idade adulta, nos arquivos de família, encontrei pelo menos trinta horas de filmagens realizadas por mamãe, e o personagem era eu saindo para o jardim de infância e mais tarde para a escola. Provavelmente estas minhas saídas pareciam definitivas a mamãe. Em consequência, logo que me beijasse três vezes na testa e me abraçasse, enquanto eu atravessava a varanda e saía ao pátio, mamãe corria para a sala, se armava com a mágica câmera e me filmava às escondidas, de alguma das janelas que davam para a rua. Assim *eternizava* minhas saídas pelo portão de casa e os aproximadamente quarenta passos que dava na calçada antes de desaparecer do quadro, com o intuito de *burlar* o tempo, de assegura que podia fazê-lo retroceder (ou de *salvar* o que ainda podia ser salvo).

 Entre mim e mamãe se instalou gradualmente um tipo de cumplicidade com regras conhecidas só por nós dois. Vendo bem as coisas, eu era o único homem no planeta capaz de fazer mamãe rir. Entendendo isso, me apercebi também de que tinha de dosar aquele poder. Não tinha sentido fazer mamãe rir o tempo inteiro. Aliás, às vezes, ela mesma me fazia parar, ao dizer, "Ai, não aguento mais, esta criança me faz morrer de rir". Ora, de modo algum queria a morte de mamãe. No entanto, nossas sessões de riso eram diárias, geralmente na parte da tarde, quando contava o que tinha feito no jardim de infância ou na escola. A narração de meus dias e, antes de mais nada, a maneira como definia meus colegas e os professores, atiçavam um real júbilo na alma de mamãe. Terei eu tido algum dom especial para narrar pormenores suscetíveis de provocar êxtase e hilaridade, emoção e alegria? Com certeza. Prova é que mamãe ria sistematicamente, às vezes com lágrimas, outras vezes levando a mão ao coração e dizendo, "Ai, me acudam, já não posso parar". O riso de mamãe era, por regra, contagiante. Caso se encontrasse em casa outro adulto, ele começava, por sua vez, a sorrir, divertindo-se sobretudo com a alegria de mamãe.

 Se no início fui "o palhacinho de mamãe", por volta dos cinco anos mamãe começou a exclamar: "Ai, que ator!". Como também por volta daquela idade tínhamos adquirido o hábito de ver, em família, um filme todas as noites, entendi rapidamente o que significava ser ator. Visto mamãe fazer questão de os tais filmes serem *educativos*, as opções se orientaram, naturalmente, para a produção dos estúdios Walt Disney. De seu ponto de vista, esses filmes eram *valores certeiros*, quer os de animação, quer aqueles com atores de carne e osso. Foi assim que principiou nossa coleção de filmes "para toda a família". Quando mamãe ia aos sábados às compras, se encarregava, igualmente, de escolher alguns filmes para a semana seguinte, para nunca ficarmos com falta de espetáculo didático. Não sei por que meus pais não acreditavam muito nas virtudes educativas da televisão, com exceção das noites em que estavam programados espetáculos de circo ou reportagens de países exóticos. Para eles era muito mais educativo um *western* dos anos 1950 (como, por exemplo, *No Tempo das Diligências*, com John Wayne) do que um programa-concurso, com crianças, no domingo de manhã, passando no canal mais pacato possível.

O ritual de assistir filme em família se tornou gradualmente outra forma de cumplicidade entre mim e mamãe. Geralmente sentávamos os três à frente da televisão, eu no meio, entre mamãe e papai. Em breves instantes, de fato logo após o início do filme, sentia as *vibrações secretas* de mamãe. E percebia instantaneamente aquilo que se passava em sua alma, ou na imaginação, à medida que o filme decorria: ela me via, a mim, no papel principal. Sim, isso se tornou pouco a pouco evidente, não me enganava. John Wayne, em absolutamente todos os papéis de justiceiro do Velho Oeste, era, de fato, eu. Harrison Ford, no papel de *Indiana Jones,* era eu. Antonio Banderas, fazendo de Zorro, era 100% eu, Victor, o filho de mamãe. Até Humphrey Bogart, o tipo acabado do amante sofredor em *Casablanca*, continuava sendo eu. De vez em quando, papai se preocupava com o fato de muitos dos filmes que víamos juntos, a partir de meus cinco ou seis anos, serem assaz violentos. "Não faz mal, o importante é que acabem bem", dizia mamãe.

Nos momentos-chave da ação, mamãe sentia necessidade de intervir para me ajudar ou reconfortar. Quando, no filme *Por um Punhado de Dólares*, o personagem de Clint Eastwood tomava uma surra descomunal, mamãe me abraçava como se quisesse amortecer um pouco os golpes desferidos no herói. Depois me oferecia um pedacinho de chocolate, provavelmente para me ajudar a recuperar as forças. E, na cena do duelo final, quando o forasteiro sem nome liquidava o sangrento bandido Ramón, mamãe não se podia conter e me sussurrava, "bravo". Quando, em *Duro de Matar* (o primeiro), Bruce Willis, aliás o tenente John McClane, encontrado numa postura desesperada, no alto de um arranha-céu, conseguia, porém, inverter a situação e atirar no vazio o chefe dos terroristas, mamãe me afagava o pescoço e dizia, "rapaz esperto".

Das vibrações que me transmitia, eu entendia sem sombra de dúvida se a identificação com o personagem principal era, na alma de mamãe, total, parcial ou questionável. Mamãe gostava de heróis que podiam ser considerados, logo e sem hesitação, *positivos*. Face aos personagens contraditórios ou complexos, mamãe se via indecisa, até desestabilizada, pelo que parava de emitir sinais. Não posso esquecer quão contrariada ficou quando vimos juntos o filme *Barry Lyndon*, de Kubrick. No início, Barry parecia uma figura simpática, aventureira, mas corajosa e cheia de humor. Todavia, progressivamente, o herói se tornava odioso e eu sentia como as *mensagens* iniciais de mamãe, transmitidas por ondas emocionais, se transformavam em interrogações e dúvidas, para em seguida parar definitivamente. No fim do filme, mamãe se levantou, decepcionada, do sofá, examinou a capa da caixa para ver o nome do diretor e disse a papai "Não quero mais filmes de Kubrick". Nem com o personagem Jack Sparrow mamãe se deu muito bem (quando começamos a ver juntos os filmes dessa série, eu já era adulto). Se outros filmes com piratas e corsários não levantaram problema algum (com Surcouf e Simbad, o Marinheiro, me identificou logo), o pirata Jack Sparrow lhe pareceu um pouco dúbio, às vezes corajoso, outras covarde, às vezes simpático, outras detestável. Ou seja, demasiado complexo, demasiado contorcionado, demasiado contraditório. Ou seja, incompatível comigo, se bem que, se bem que... eu continuasse perfeitamente compatível com o intérprete do papel, com Johnny Depp. Aliás, mamãe fez questão de o sublinhar: "Johnny é contudo um grande ator, assim como você, meu bem".

Houve períodos, depois dos doze ou treze anos, quando papai nos impôs também filmes franceses ou italianos. "Para variar", dizia ele. Infelizmente, quase todos esses filmes sofriam de um defeito que mamãe ressentia imediatamente: davam "em nada". Mamãe estava disposta a aceitar um filme triste em que um herói exemplar morresse no fim (Russell Crowe em *O Gladiador*, por exemplo), mas não podia com finais indefinidos. Apesar de adorar Marcello Mastroianni, era impossível *aceitá-lo* na totalidade em *La Dolce Vita*. E isso pela simples razão de que não desejava que eu me tornasse num jornalista *people*, mulherengo e aventureiro, como o personagem interpretado por Mastroianni nesse filme. Mais fácil foi com Alain Delon, que adotou rapidamente, em nome da identificação comigo, mas não em todos os filmes. Personagens interpretados por Alain Delon em filmes como *A Tulipa Negra* ou *O Leopardo*, sim, *correspondiam*; a mesma coisa não se podia dizer sobre o personagem de *O Clã dos Sicilianos* ou o de *Borsalino*. Mamãe também teve dificuldade em me identificar com Jean-Paul Belmondo – excessivamente imprevisível, excessivamente exuberante, em quase todos os filmes. Sempre que nos dávamos ao luxo dessas experiências europeias, mamãe se sentia avassalada por várias preocupações metafísicas, por um tipo de insatisfação relativa à mensagem do filme. A única solução para regressar ao normal era voltar ao cinema americano, a Tony Curtis, Paul Newman e Al Pacino, perfeitos em todas as hipóstases.

Durante quase quinze anos, o ritual de minha identificação com atores e personagens do cinema americano foi formador, uma constante pedagógica, a principal fonte de estruturação da personalidade. A cumplicidade ficcional entre mim e mamãe se prolongou até depois do episódio, absolutamente *acidental,* do nascimento de meu irmão. Nossas sessões cinematográficas especiais continuaram, mais ou menos como sessões de espiritismo, até muito tarde, quando já era estudante e ia para a casa de férias, ou sempre que regressava ao país, após fixar-me na América. Sempre que me vê, mesmo agora que tenho uma idade respeitável, depois do primeiro dia de preliminares, em que contamos tudo e mais alguma coisa um ao outro, mamãe quer assistir a "um bom filme" a meu lado.

44.

Pede-me, seu Guy Courtois, para falar sobre o papel que teve na minha vida o "restaurante dos escritores" de Bucareste. Pergunto-me se, acaso, não foram os recentes suicídios na Romênia, com substrato literário-reivindicativo, que lhe atiçaram esta curiosidade. Apesar de, no Ocidente, as notícias acerca dessas *façanhas* tipicamente romenas, consequência de enraizados complexos culturais, terem sido escassas, é possível que lhe chamassem a atenção. Ou talvez expandisse a pesquisa dos célebres cafés da Europa Ocidental para os cafés menos célebres da Europa do Leste. Alternativa que só pode me alegrar.

Ainda me diz que, tempos atrás, viveu momentos interessantes num certo restaurante de Moscou, talvez o mesmo descrito por Bulgákov no romance *O Mestre e Margarida*, estabelecimento reservado exclusivamente, já a partir dos anos 1930, aos sócios da União dos Escritores Soviéticos. Ora, de acordo com a moda imposta por Moscou, em Bucareste também existiu um restaurante desses.

Em todos os países "fraternos" onde Stálin impôs o comunismo depois da Segunda Guerra Mundial se constituíram uniões de criação, regidas por um triplo controle: do Estado, do partido e da polícia política. Os escritores se viram obrigados, como todos os outros, a existir somente ao serem homologados por esta tripla forma de vigilância, o que não significou obrigatoriamente que não tivessem mantido o humor e, até mesmo, certa liberdade. Para controlá-los melhor, o poder comunista ofereceu inclusive algumas facilidades materiais aos escritores. Eles dispunham de várias vilas no litoral e nas montanhas onde podiam escrever; um Fundo literário, que podia emprestar dinheiro em caso de necessidade; um ou outro restaurante, reservado apenas a eles, onde podiam servir, por um preço módico, almoço e jantar, convidar e encontrar familiares e amigos.

Quando cheguei a Bucareste, jovem poeta e estudante, em meados dos anos 80 do século passado, o "restaurante da União" se tornou logo uma fortaleza que tudo fiz para conquistar. O restaurante estava situado no piso térreo de um antigo palácio senhorial, numa das míticas ruas da capital, a *Calea Victoriei*. Em Bucareste, a *Calea Victoriei* representa o mesmo que, em Paris, a *Rue de Rivoli*, ou seja, um eixo histórico da cidade. Por ali, pelo número 115, creio, se encontrava esse maravilhoso palacete, envolto numa aura aristocrática. Para os conhecedores, era a *Casa Monteoru* e tinha, à frente, um belo portão em ferro forjado. A Casa Monteoru ainda abrigava, no momento em que eu começava a vida boêmia em Bucareste, a sede da União dos Escritores e a redação de uma importante revista de literatura universal (*O Século XX*). Ninguém estava autorizado a adentrar nas instalações desta Casa sem um assunto preciso ou um crachá de membro da União dos Escritores. Logo que passasse o portão em ferro forjado, o potencial visitante atravessava um pequeno jardim com árvores e estátuas e chegava à frente do edifício propriamente dito, provido de algo como se fosse uma pequena plataforma. Fiel à moda dos palácios urbanos ocidentais, o arquiteto tinha construído uma álea em forma de U, para que as carroças entrassem por um portão, parassem em frente à entrada para desembarcar os convidados e saíssem por outro portão. Sempre que ia à Casa Monteoru, na minha cabeça se delineavam bruscamente as imagens dos anos loucos em que a aristocracia bucarestina vivia ao ritmo de bailes e recepções. Imaginava com facilidade carruagens, carroças e carros de época desfilando perante aquela entrada imponente, via senhores de smoking e cartola ajudando senhoras de vestido comprido e chapéu desembarcando na plataforma, entrando com elas no vestíbulo marmóreo da Casa Monteoru, subindo juntos para o salão das recepções. O antigo palácio, transformado em "Casa dos Escritores", era testemunho silencioso de uma época galante e mundana, de um período em que a Romênia se ocidentalizava e se democratizava, em que se sentia menos de Leste, mais perto de Paris e da Europa.

Com vinte anos, chegado a Bucareste para conquistar o mundo, o poeta dentro de mim vibrava sempre que se abeirava da Casa Monteoru. Ela representava para mim o lugar secreto onde decorria a parte mais interessante da vida literária bucarestina. Ali, no restaurante da Casa dos Escritores, podiam ser vistos, em carne e osso, nomes que conhecia dos manuais escolares, cujos textos estudara na escola primária. Só de pensar que podia tomar um café naquele lugar e olhar para eles, minha alma se alvoroçava de um prazer formigante. Ao mesmo tempo sentia que aquele lugar também era meu, que mais cedo ou mais tarde a Casa Monteoru tinha de me receber em seu seio, em seu útero oculto, no labirinto de gabinetes e portas, no terraço do restaurante, nos fundos do palácio. Não obstante jovem poeta, sem *livro publicado*, fizera minha estreia há alguns anos na imprensa literária e frequentava todos os clubes literários bucarestinos (especialmente um, o mais famoso, *O Clube da Segunda-Feira*). Lia poesia em todos os lugares, num estado febril exacerbado pelo desejo de ser o mais subversivo possível. Já tinha um nome no meio literário estudantil, sabia-se que integrava um grupo de poetas rebeldes, decididos a não aceitar nenhuma pressão ideológica. Nem eu nem os outros membros de minha geração aceitávamos a ideia do compromisso literário: nossos poemas eram frescos, incandescentes, corajosos, livres.

Não era por acaso que alguns críticos literários e redatores de revistas nos apoiavam, lutavam com a censura para nos publicar e amparar nossa veemência. A poesia foi, caro Guy, uma das coisas mais maravilhosas que aconteceu à Romênia, na década anteior à queda do comunismo.

Voltemos, no entanto, à Casa Monteoru. A primeira vez que entrei nela, ou seja, no restaurante, foi na primavera do ano de 1977. Lembro-me perfeitamente do momento e do contexto. Lá, no laboratório secreto da vida literária bucarestina, local de boêmia e de delírio literário-humano, um jovem como eu só podia entrar se fosse convidado por um escritor ou crítico literário reconhecido, membro da União dos Escritores e cliente antigo do estabelecimento. O convite não tardou e foi formulado por um senhor com o nome de Laurențiu Ulici, incansável descobridor de talentos literários, redator numa revista chamada *O Contemporâneo*. Encontrava-me, naquele memorável dia, no seu escritório, eu e uma poetisa, Elena Ștefoi, colega de faculdade e oriunda, como eu, do norte do país. Eu e Elena estávamos fascinados por esse homem que tinha lido nossos poemas e nos considerava "talentos confirmados". Creio que Elena até estava ligeiramente apaixonada pelo grande crítico literário, ele apreciava o seu espírito cáustico e extremamente vivo. Não era a primeira vez que me encontrava naquela redação onde Laurențiu Ulici imperava num imenso escritório, entre pilhas de poemas recebidos de poetas de todo país e montes de livros enviados por várias editoras. "Querem ir comigo almoçar na União dos Escritores?", nos perguntou, de repente, Laurențiu Ulici, e senti meu coração se acelerar. Meu Deus, estava diante da materialização de um sonho, daria o primeiro passo no círculo dos iniciados, inauguraria a exploração de um mundo vital para mim. Veio-me à cabeça um dos personagens de Maupassant (Bel Ami, do romance homônimo, que tanto me impressionara na adolescência) e me via, como ele, a ponto de conhecer meu destino.

Uma vez no mundo da boêmia me senti logo ao *abrigo*, numa espécie de magma protetor. E o restaurante da Casa dos Escritores era o centro desta galáxia, seu núcleo oficial. Em seu útero complacente pululavam várias espécies e personagens, escritores de todas as idades e calibres, poetas verdadeiros e falsos artistas, iluminados da palavra e mercenários literários do sistema, jovens ávidos de glória literária e ficcionistas idosos, roídos pelo alcoolismo, homens de espírito e autênticos toscos, com o cérebro já evaporado de tanto tomar vodca. O que me chocou desde o início naquela instituição foi o caráter de Arca de Noé, onde se podiam ver, vizinhos de mesa (senão à mesma mesa), pessoas que se tinham sempre aproveitado dos privilégios do partido assim como antigos perseguidos pelo regime. Ou seja, respiravam ali o ar (e o fumo de cigarro), no mesmo local, escritores avassalados e conformados, ao lado de outros, com pesados anos de cadeia, por causa do inconformismo, da resistência, do anticomunismo. Que podiam ter em comum, por exemplo, um literato à moda antiga como Petre Țuțea, que perdera os dentes nas prisões comunistas, e o poeta Eugen Jebeleanu, cujo nome conhecíamos dos manuais escolares? No entanto, ambos tinham, no restaurante da Casa dos Escritores, seus *alvéolos*. Eugen Jebeleanu até era um dos personagens-chave do local, pois tinha sempre a mesma mesa reservada, no mais estratégico cantinho do restaurante, donde podia seguir, como de um camarote, o espetáculo humano oferecido pelos escritores, o mesmo todo dia, todo dia diferente. Ele era, aliás, um dos primeiros que aparecia, por volta da hora do almoço, na Casa Monteoru, sempre elegante e de barba feita, arvorando um bigode de tipo inglês, não desprovido de distinção. Corriam boatos de que seria uma das mais influentes pessoas da esfera do poder. Existia uma lenda construída a seu redor: dizia-se que na juventude, antes da Segunda Guerra Mundial, na qualidade de jornalista, defendera um jovem comunista condenado à prisão pelo "governo burguês-latifundiário" de então, anos 1930; veja bem, aquele jovem comunista anônimo se revelou o mesmíssimo Nicolae Ceaușescu, o homem que governou a Romênia de 1964 a 1989. Difícil de dizer se Nicolae Ceaușescu, quando primeiro-secretário do Partido Comunista Romeno e presidente do país, recordou esse episódio, ou seja, do poeta Eugen Jebeleanu que defendia, na imprensa, no período entre guerras, os jovens comunistas *perseguidos* pelo regime. Difícil de dizer se o presidente se lembrou do antigo defensor ou se Eugen Jebeleanu lembrou a outros como defendera antes da guerra o jovem Ceaușescu: o fato é que Eugen Jebeleanu foi recompensado depois da guerra por serviços prestados aos comunistas na hora em que eram ilegais ou perseguidos. Assim se transformou o poeta Eugen Jebeleanu numa espécie de monumento, de estátua viva, escritor oficial, mas que precisava, ao mesmo tempo, de imersão na boêmia literária. Esse Eugen Jebeleanu já não escrevia, e há muito, poemas patrióticos. Os préstimos ao comunismo pareciam ter sido tão importantes que, na altura em que comecei a frequentar a Casa Monteoru, estava exonerado de qualquer dever, isento de toda obrigação. Agora escrevia poemas bonzinhos, vez por outra até mesmo arrojados, ou seja, com acentos críticos contra a penúria de alimentos na Romênia ou contra o "culto da personalidade". Muitos escritores o olhavam com certa religiosidade e até com temor. Se bem que fosse considerado "suspeito", era aceito sem reservas na panóplia do espetáculo diário do restaurante, tinha seu papel inimitável, logo plenamente reconhecido.

Inimitáveis também eram outros tipos, aos quais se poderia colar a etiqueta de "pilares de café". Um deles foi o poeta Virgil Mazilescu, que, aliás, se tornou um dos amigos de minha geração depois de quase todos os poetas do Clube da Segunda-Feira terem começado a frequentar o restaurante da Casa dos Escritores. Virgil era um dos clientes diários, um dos que chegavam ao restaurante por volta do almoço e a quem a empregada trazia logo um copo de vodca, sem nada perguntar. Virgil Mazilescu era um poeta apreciado, praticava uma poesia purificada e paulatinamente esmerada. Nos primeiros anos de minha boemia, o homem tinha um ar de *gentleman* inglês, aliás, se parecia com o ator Richard Chamberlain. Virgil Mazilescu se levantava e se inclinava cerimoniosamente perante as mulheres quando vinham se sentar à mesa dele. A nós, os poetas um pouco mais novos, doze ou treze anos a menos do que ele, nos adotou sem reservas, pelo que, muitas vezes, a mesa onde se sentava era também nossa.

Na União dos Escritores não entrava qualquer um, era preciso um crachá. Nós, os jovens poetas, não o tínhamos ainda, isto é, não pertencíamos oficialmente à União e, consequência lógica, não podíamos provar com um documento oficial que éramos escritores, nem que tínhamos direito a comer no restaurante da União dos Escritores. Um tal de Şapira, funcionário com múltiplas tarefas (entre outras, administrador do restaurante) se tornara, pelo menos para mim, numa espécie de Cérbero, o homem pelo qual não se passava com facilidade. Sabia, aliás, que uma de suas missões era caçar e pôr para fora todos os *estranhos* à União, quer dizer, todos os coitadinhos aspirantes à celebridade que ainda não tinham crachá, mas que queriam gozar, por uma ou duas horas, do ventre quente do restaurante, da atmosfera boêmia e, mormente, dos produtos baratos e ausentes do mercado habitual. Şapira se lançava qual falcão sobre os intrusos e lhes pedia, sem perda de tempo, a identificação e a prova de que eram membros da União. A única chance de aspirante à vida literária era a de dizer "estou convidado por fulano, sicrano, beltrano", fórmula que aplacava Şapira, especialmente se o tal fulano, sicrano, beltrano acenasse confirmando que o jovem poeta X, tremendo como vara verde, tinha lugar à sua mesa. Durante muito tempo, Şapira foi para mim uma obsessão, era meu Censor nº 1, o homem que me impedia de entrar no Paraíso do restaurante da Casa dos Escritores. Claro, logo que pronunciava a fórmula mágica "tenho encontro com seu Virgil Mazilescu", a fúria de Şapira se apaziguava e podia entrar no tão ansiado universo do clube dos escritores. Não poucas vezes tive de voltar atrás, quer porque Virgil Mazilescu não estivesse, quer porque Şapira não me quisesse deixar sequer verificar se o pretenso amigo se encontrava no restaurante. Estou inclinado a pensar que Şapira, sem ser uma pessoa genuinamente má, se tivesse deixado fascinar pelo próprio poder (por muito limitado), pelo poder de dizer NÃO na cara de um jovem atemorizado e de não deixá-lo entrar no restaurante, só assim, para se fazer, ele, Şapira, "respeitar".

Şapira ainda sabia outra coisa: nenhum jovem poeta desistia da tentação de se tornar, um dia, um frequentador do restaurante e que, com tenacidade, mais cedo ou mais tarde, aquele baluarte havia de ser conquistado. Foi exatamente aquilo que nós, os poetas debutantes dos anos 1976-1977, fizemos. De uma maneira ou de outra, alguns fazendo uso de relações familiares, outros de truques e amizades com escritores consagrados, nos incrustamos todos naquele lugar cativante, onde pensávamos que se faziam e desfaziam os destinos da literatura romena.

O restaurante da Casa Monteoru era: clube fechado (mas permeável aos novos membros); espaço dedicado aos mexericos políticos e literários; lugar de farras e exteriorização; arena onde se encontravam homens de espírito e se seduziam mulheres; cantina onde se comia bem e, principalmente, podiam se servir bebidas de qualidade; reserva cultural onde escritores e artistas estavam sendo facilmente observados; centro de troca de informações das mais diversas (começando pelas literárias e acabando noutras, de ordem técnica, relacionadas com a sobrevivência no comunismo); verdadeiro museu vivo da inteligência artística romena; lugar de peregrinação para a maioria dos escritores do país, assim como para profissionais de outras áreas (ator, pintor, universitário, cientista). O restaurante da Casa Monteoru era como um aquário em que nadavam, lado a lado, peixinhos vermelhos inofensivos e tubarões sorridentes, sapinhos de pântano ruidosos e peixes-espada silenciosos e atentos, vermezinhos de uma só estação literária e baleias imortais, asquerosas sanguessugas e genuínos cavalos-marinhos, doces sereias e medusas venenosas. Alguns dos que lá iam eram, visivelmente, *únicos*, ou seja, tinham a trágica qualidade de ser os últimos exemplares das respectivas espécies. Um poeta como Tudor George, capaz de escrever sonetos por encomenda e que, quando se embebedava, gritava "Ahoe!", era, sem sombra de dúvida, o último de sua espécie. Também um tipo como Pucă, pintor de quem, nunca, ninguém vira quadro algum, era, de certo modo, único, último de uma categoria de artistas mendigos. Quem via Pucă, cujo nariz traía intensa cumplicidade com o álcool, entendia logo o significado da expressão *boêmia da pesada*, a errância sem fim, mas também a fixação na errância. A fauna da Casa dos Escritores era formada de personagens em vários estados de consolidação da própria lenda. Pois cada um criava, pela personalidade e história pessoal, sua lenda. De qualquer modo, para o olho de um jovem poeta como eu, em 1976 tudo era *lenda viva* no restaurante da União dos Escritores. Um grande personagem era o poeta Nichita Stănescu, provavelmente a mais importante voz lírica nascida na Romênia na segunda metade do século passado. Imaginem um homem que quase flutuava. Um sonâmbulo atravessando o comunismo, indiferente à realidade circundante, preocupado unicamente com suas invenções linguísticas e fascinando toda a gente com elas. Quando aparecia, Nichita (era como todos o chamavam) despertava vibrações no ar, a atmosfera se carregava bruscamente de mais espiritualidade. Nichita tinha *aura* e ela começava logo a fulgir. Quem fosse recebido à mesa dele, se tornava por milagre um privilegiado, como se tivesse sido aceito no primeiro círculo de um iluminado, de um *guru* de reputação incontestável.

Vou parar aqui a evocação destas longínquas emoções. Mas, caro Guy, se um dia decidir visitar a Romênia, estou à sua disposição para lhe servir de guia.

45.

O Torturador também se permitiu conceber para mim um sonho positivo, em que tudo acaba bem. De fato, foi um sonho aparentemente positivo, um aparente sonho de final feliz. Contarei o sonho e proponho que julguem sozinhos.

Encontrava-me num avião que estava caindo. Era um avião grande, um daqueles destinados a voos transatlânticos. Estava sentado à janela, tinha, portanto, possibilidade de ver a paisagem. Não se via grande coisa, apenas umas nuvenzinhas alvacentas. O voo se efetuava em pleno dia e no momento em que o avião começou a cair pude ver, numa primeira fase, pela janela, o desenrolar da queda. Via uma cachoeira de ar, como se caíssemos num gigantesco funil de água, o ar se tornara quase líquido e deslizava na minha frente.

Os segundos me pareciam extremamente longos, sentia em todo o corpo as vibrações do avião e, a dada altura, fechei os olhos. Talvez não quisesse mais ver como caía, bastavam os gritos e o pânico a bordo. Pensei logo na morte, tinha, provavelmente, ainda um minuto de vida. Era claro que nada podia impedir a queda, havia de morrer e tinha um minuto para me preparar para o impacto final. Decidi arrancar uma folha do caderno e escrever umas palavras para minha esposa e minha filha. Não era fácil escrever caindo, as mãos tremiam, as letras saíam dispersas. No entanto, tive tempo de escrever várias vezes, em páginas arrancadas furiosamente, as palavras "amo vocês" ou "te amo". Aliás, tinha tomado a decisão de morrer escrevendo estas palavras. A queda era mais demorada do que estava esperando, pelo que continuei arrancando folhas do caderno e escrevendo "pensei em vocês até o último momento", "amo vocês, amo vocês", inúmeras vezes, e meu nome no fim. Como os segundos estavam extremamente alongados, tinha tempo, gatafunhando essas linhas, para me convencer que, de fato, não cairíamos no mar, mas, sim, em terra firme e que existiam todas as chances de que aquelas linhas e palavras perdurassem, chegassem ao destinatário, às pessoas que amo.

Em redor flutuavam algumas dezenas de folhas com meus derradeiros pensamentos, quando alguém me tocou, me acordou, talvez, de um sonho. Devo dizer que em meu delírio e com a pressa de deixar para trás *um pensamento*, algo que me sobrevivesse, nem me dera conta de que escrevia de olhos fechados. No momento em que os abri (continuando no sonho) vi na minha frente dois comissários de bordo, um homem e uma mulher. Desconheço a razão pela qual os dois queriam me tranquilizar, atitude, aliás, absurda, pois o avião seguia sua queda. Mas, pelo visto, os dois comissários queriam dar uma boa notícia, ou seja, que não se tratava de queda, mas de um atentado terrorista, impedido pelo piloto. Exatamente naquele momento o avião fez um *looping*, senti que voamos por alguns segundos de cabeça para baixo e disse para mim mesmo, todo esperançoso: "Olha só, na realidade não é uma queda: foi só o piloto que quis bater com o terrorista contra todas as paredes". Nos segundos seguintes tudo se acalmou, vi a terra pela janela se aproximando, o avião voava agora em condições de controle total. Seguiu-se a aterrissagem, o contato suave com o solo – estava salvo, a salvo da morte, mas não de alguns sentimentos contraditórios. Não tinha vergonha de como tinha reagido naqueles momentos antecedendo uma morte evidente, porém havia uma coisa que me aborrecia.

Ora, aqui rogo ao leitor que acredite em mim: antes mesmo de acordar, pensei no Torturador e na paradoxal situação em que me tinha colocado só para me humilhar. É evidente que ninguém pode sonhar a própria morte até o fim. Como seria possível sonhar mesmo até o fim que se morre num acidente aéreo? Impossível. O Torturador sabia disso; prova: o falso *happy end* de meu sonho. Com refinada perfídia, me alegrou inutilmente com o final feliz de meu sonho e esquecer, por um momento, que esse *final feliz* era, de fato, *inevitável*.

É esta a razão pela qual, hoje, estou ainda mais furioso contra o Torturador. Brincar assim comigo me parece o cúmulo de crueldade. Fazer-me viver quase fisicamente uma queda de avião para me "salvar" no último minuto, para que depois me dê conta de que a morte é impossível no sonho, eis um plano verdadeiramente diabólico.

Examinando meus apontamentos escritos às pressas quase todas as manhãs, consegui circunscrever uma categoria de sonhos à qual dei o nome de "prendas envenenadas". Se bem que fosse mais correto dizer "sonhos envenenados". Todos são falsas "boas notícias".

Eis outro exemplo *inocente*. Acordei uma manhã sonhando que tinha um apartamento esplêndido. Encontrava-me sozinho em seu interior e o examinava quarto a quarto. Admirava-o como se estivesse nele pela primeira vez, como se minha esposa o tivesse esmeradamente arrumado e me tivesse convidado dizendo "Venha ver o que fiz". Tratava-se de um imenso apartamento dúplex, tinha piso térreo e um primeiro andar com varanda. Desta podia admirar uma ruazinha calçada, estreita, era como se o apartamento se situasse no centro histórico de uma cidade cheia de vida. A certa altura o vento começou soprando e comecei a recolher vários lençóis finos e camisas brancas da varanda. Minha esposa também tinha estendido alguns cortinados de linho e várias indumentárias brancas e vaporosas. Sentia-as tremer nas mãos e até tive vontade de mergulhar o rosto no amontoado de tecidos e texturas, secos pelo vento e perfumados.

Sentia-me deslumbrado com o apartamento e, pelo êxtase, concluí que era novo, que se tinha dado algo miraculoso na nossa vida, algo que facultava o acesso a outro *status*. Acham que o Torturador me deixou essa felicidade intacta, até o fim do sonho? Nem pensar. De algum modo, havia de existir uma *falha*, um *senão*, uma *decepção*. E a falha não tardou. Explorando o espaço do piso térreo, descobri, estupefato, que a parede que dava para a rua era, nem mais nem menos, do que um... biombo. Qualquer um podia empurrá-lo um pouco e entrar no apartamento enquanto dormíamos ou na nossa ausência. Entrei em pânico, pensei, aflito, que meus laptops não estavam seguros, logo, nem minha *obra literária*. No decorrer dos anos se tinham acumulado em casa vários computadores, de diversas gerações, grandes ou pequenos, entre eles um diminuto, que uso quando viajo de avião. Como foi possível minha esposa não ter observado que estávamos expostos a qualquer intruso?, me perguntei no sonho que, num piscar de olhos, se convertera de fonte de prazer em fonte de inquietação. Foi assim que acordei, preocupado e pensando que devíamos urgentemente fazer obras, levantar uma parede no quarto do piso térreo, do lado da rua.

Todos os dias transcrevo os sonhos em papel e me pergunto se o Torturador sabe o que faço. Será que também me observa para além dos sonhos? Saberá que passo as manhãs registrando e classificando com esmero os sonhos? Saberá que faço isso na esperança de abrir um caminho até Ele?

Criei uma tabela de sonhos, tendo como critério a *intensidade do sentimento de frustração*. Poder-se-ia dizer uma escala Richter dos sonhos, igual ao sistema de medição de fenômenos sísmicos. Um sonho colocado na caixinha nº 5 me provoca uma frustração tão forte, tão aguda, que acordo com um intenso sentimento de injustiça na alma. A caixinha nº 4 contém os sonhos que me provocam um sentimento regular de frustração, mas tendo, como pano de fundo, circunstâncias atenuantes. Isso significa que o sonho teve um pequeno amortecedor, um travo de humor, por exemplo. A caixinha nº 3 se destina aos sonhos relativamente menores, sonhos com carga explosiva modesta. São, antes, brincadeiras, hesitações, não conseguem me afetar profundamente, nem provocar em mim algum sentimento de frustração durável. A caixinha nº 2, reservei-a a sonhos estranhos e herméticos. São sonhos cujo potencial agressivo não parece evidente, geralmente preciso de muito tempo para os digerir, os interpretar, pesar-lhes a quantidade de veneno.

Quanto à caixinha nº 1, ela é muito especial. A esta categoria pertencem sequências da vida real transformadas em sonhos.

Vou dar um exemplo.

No início do ano passou por Paris um amigo de juventude radicado no Canadá. Não nos víamos havia quinze anos, pelo que conversamos muito, almoçamos ou jantamos umas vezes no restaurante e uma noite, inclusive, fomos a um espetáculo de cabaré. Depois do espetáculo continuamos a noitada num bar simpático na zona do Quartier des Halles, até as duas da manhã. Como o hotel dele não ficava muito longe da Place d'Italie, onde moro, tomamos um táxi juntos. Eu iria sair primeiro e ele continuaria até o bairro Alésia. Nem sempre é fácil arranjar táxi às duas da manhã perto de Rivoli; no entanto tivemos sorte e o primeiro carro que cruzamos após a saída do bar foi um táxi livre. Entramos, pedimos ao motorista que fosse em direção à Place d'Italie; ele nos perguntou a origem porque tinha notado nosso sotaque. Durante um minuto correu tudo normalmente, mas depois de três ou quatro frases trocadas com o motorista ele começou a tossir. Era uma tosse terrível, de fumante em estágio terminal. Meu amigo tentou fazer piada sobre o tabagismo, do tipo "Compreendo-o, eu também tusso assim às vezes", etc., só que a tosse do motorista era interminável. Estava cuspindo praticamente os pulmões à nossa frente, mas continuava dirigindo o carro com uma incrível destreza. Sugeri-lhe beber um pouco de água, coisa que ele fez logo, como se só estivesse esperando minha sugestão. Para meu espanto, o cara tinha uma garrafa de água no banco à direita, da qual sorveu sofregamente, continuando a dirigir o carro com a mão esquerda. Mas aquilo que ele tinha na garganta, no peito ou nos pulmões, era impossível de parar ou de acalmar e o fulano seguiu tossindo e cuspindo num lenço de papel oferecido pelo meu amigo. Na ponte de Austerlitz a tosse se tornou tão forte que o cara freou, abriu a porta, saiu do carro e começou a vomitar.

Cinco minutos mais tarde, quando saí do carro, me despedi do amigo (no dia seguinte iria apanhar o avião para Montreal) ao som da infindável crise de tosse do motorista. O que naquele momento me pareceu bastante cômico e insólito se tornou razão de preocupações, pois, subindo para meu apartamento, pensei: "Que terá tido aquele sujeito no peito?, que tipo de bactéria?, e se nos transmitiu, a nós, também o germe infecioso?".

Adormeci com esses pensamentos e, a dada altura, me dei conta de que o episódio do motorista vergado pela crise de tosse se prolongava no meu sonho. Na verdade, meu cérebro, em estado de sono profundo, retomou toda a história mesmo do início, do momento em que saíamos do bar, como se eu estivesse a rever um curta-metragem. Uma espécie de *remake* se desenrolou no meu subconsciente, mas com um acento mais pronunciado sobre a angústia de contágio. Terei pegado, eu também, respirando o ar do táxi, aqueles micróbios ou bichos que torturavam o motorista?, me interrogava. Quando acordei, por volta das cinco da manhã, estava tão afetado pelo sonho, que nem lembrei que era o *replay* de uma sequência real. Só o rememorando mais uma vez, para não me esquecer de o apontar no café da manhã, tive a revelação repentina de que sonhara o prolongamento de uma ocorrência verídica.

Não quero tirar nenhuma conclusão desses relatos. Tanto mais quanto já não tenho certeza de nada, como, por exemplo, se não terei começado a anotar os sonhos num estado de transe, quer dizer, sem estar completamente acordado. Mais, a sensação de que estou sendo *examinado* enquanto sonho e enquanto aponto os sonhos me faz pensar que toda minha vida é a projeção onírica de outra pessoa. Quantas pessoas estarão na sala de cinema onde se projetam meus sonhos?

46.

Muito prezado senhor:
Fico com pena por não ter continuado sua "história americana". Ken e Betty poderiam se tornar personagens interessantes, especialmente graças ao quadro. A América representa um palco natural e humano tão extraordinário que quase tudo o que acontece se torna interessante. Aliás, é assim que se explica o êxito do romance americano na Europa e em todo o mundo. Nosso cérebro já está colonizado pelas imagens e pelo espetáculo da vida americana, nosso subconsciente se transformou numa colônia americana. Alguns autores americanos entenderam isso e agora escrevem para exportação. Paul Auster e Philip Roth escrevem há muito para o espaço extra americano, especialmente para a Europa, onde as pessoas ainda têm tempo para leitura.

Dito isso, insisto em que continue o conto de Ken e Betty e escreva um romance americano. O deserto é um quadro magnífico onde tantas coisas podem acontecer. Depreendo, daquilo que me enviou, que as personagens se deslocam em algum lugar do deserto de Nevada porque se alude também a um cassino. Gostei igualmente da ideia dos Kokopelli, tanto mais que não é inventada. Na América ainda está na moda o romance "étnico", pelo que desenvolvendo o enredo a falar ao mesmo tempo de índios, antigas tradições e metáforas obscuras faz a aposta estar ganha. De qualquer modo, vejo que se dirige para um tipo de road movie, gênero inesgotável. Quando duas personagens entram no carro para atravessar a Europa, o fato não tem nada de extraordinário. Elas fazem uma viagem. Se as mesmas personagens entram no mesmo carro e apanham a Route 66 que liga Chicago a Los Angeles, entramos de repente na lenda. Na América o próprio espaço é um verdadeiro personagem.

Aliás, o romance americano, mesmo que tenha também vocação psicológica, é um romance de espaço, fascinado pelo espaço, ao contrário do romance europeu, fascinado pelo tempo. Os dois mundos romanescos desenvolveram instrumentos de investigação diferentes. É como se uns tivessem preferivelmente fabricado binóculos, e os outros monóculos. Nada mais típico para o romance europeu do que Proust e seu Em Busca do Tempo Perdido. Nada mais típico para o romance americano do que On the Road, de Jack Kerouac.

Seria ótimo seus personagens, Ken e Betty, errarem pelo deserto, não muito longe de Las Vegas. Diga-se o que se disser sobre esta cidade, ou mais exatamente sobre esta forma de loucura humana (que é kitsch e de um horrível mau gosto, que emana o cheiro pestilencial do dinheiro, etc.), diga-se o que se disser, não se pode anular esta verdade: Las Vegas é um espetáculo alucinante. O espetáculo da insanidade humana levada ao extremo. O próprio fato de esta Sodoma do excesso e esta Gomorra do jogo ter nascido em pleno deserto é uma metáfora. É inútil fazer crítica social a Las Vegas, o que se passa lá está acima do bem e do mal, é pura prova de que o homem continua fundamentalmente louco, irracional, megalômano, excessivo, suicida e imprevisível.

Lembro-me da primeira viagem a Las Vegas e do estonteante impacto que o delírio daquele lugar teve sobre mim. Vinha de carro de Los Angeles e me fora dito que havia de atravessar o deserto de Mojave. Minha imaginação me tinha preparado para quatro ou cinco horas de carro, numa daquelas estradas infinitas e desertas, tão conhecidas dos filmes americanos: cactos e pedras à esquerda e à direita, uma bomba de gasolina poeirenta a cada trinta milhas, fileiras de rochedos azulados no horizonte e um ou outro caminhão-pipa vindo em sentido contrário. Mas, no dia em que percorri aquele trajeto entre Los Angeles e Las Vegas, a paisagem humana era bem diferente. Uma paisagem humana em forma de infinita fila de carros indo para Las Vegas. Ora, não estava nada sozinho no deserto de Mojave, a estrada era um autêntico formigueiro.

Centenas de milhares de pessoas se deslocavam num vaivém delirante entre o grande conglomerado urbano de Los Angeles e o grande conglomerado de cassinos de Las Vegas. Duas fileiras humanas se cruzavam sem parar, a fileira de carros dos que haviam de perder seu dinheiro em Las Vegas e a fileira de carros dos que voltavam depois de ter perdido o dinheiro em Las Vegas. Ao lusco-fusco, a imagem se tornava quase irreal. No meio da noite, milhares de carros continuavam atravessando o deserto, circulando praticamente colados um ao outro naquela infinita tira de asfalto, artéria vital entre a costa do Pacífico e um ponto do deserto onde explodiam todos os fantasmas e todos os sonhos, o centro do devaneio mundial, a capital planetária das ilusões, espaço aonde as pessoas vêm se drogar, sozinhas ou em família, com todos os fogos de artifícios possíveis, chafurdar numa imensa fonte e escutar, de ouvidos bem atentos, a música sideral do dinheiro.

Vale a pena, lhe digo, ouvir a música psicodélica dos cassinos de Las Vegas, passar por vários e se deixar enfeitiçar pelo canto da sereia. Há como uma força que começa despertando e crescendo dentro das pessoas, é como se se ouvisse a música das esferas, a cósmica mensagem sonora. A música ambiente é superada pelo som do dinheiro: centenas de milhares de fichas metálicas percorrem um circuito contínuo nos milhares de caça-níqueis alinhados quais robôs extraterrestres. Só de passar por aqueles renques intermináveis de máquinas automáticas, uma pessoa sente desejo de lutar com eles, sente como o super-homem dentro da gente, adormecido, vai acordando. Vá lá, tente sua sorte, nesta chuva torrencial de dinheiro pode ser que tenha, você também, uma chance, poderá sair você com os bolsos cheios se der ouvidos a seu instinto, talvez seja neste preciso momento que se está cruzando com a sorte e você nem sabe... Se veio até aqui, quer dizer que você se deixou arrastar por uma paixão injustamente reprimida, e isso não é bom, as frustrações hão de corroer tudo o que é forte em você, melhor estar amanhã estonteado e sem dinheiro do que recusar, agora, neste segundo, seu encontro com a

Chance, *com o* Super-Homem *dentro de você, com as forças cósmicas, com o supremo orgasmo do ganho...*

Descarrilei...

Não era sobre Las Vegas que queria falar, mas sobre o romance americano, sobre o romance em estilo americano *que vale a pena escrever. Imagine duas camisetas de algodão, perfeitamente idênticas, da mesma qualidade. Só que numa está escrito* Made in the USA *e noutra* Made in Romania. *Tendo as duas o mesmo preço, a gente escolherá a primeira, feita nos Estados Unidos, apesar de o apelativo* Made in the USA *ficar eternamente invisível às pessoas, inscrito numa minúscula etiqueta interior. Mesmo sendo a camiseta* Made in the USA *um pouco mais cara do que a* Made in Romania, *a preferência do comprador continuará sendo pela primeira. Ter sobre si um rótulo de aroma americano é como possuir uma janela secreta, reservada ao sonho. A mesma coisa acontece com o romance americano. Quando uma história de amor se passa em Kansas City, automaticamente ela tem de ser mais fascinante do que se se passasse em Lyon, Bratislava ou Timișoara. Ao público, em geral, foram inoculadas umas lampadazinhas minúsculas no cérebro e nos olhos. Assim que se vê no horizonte um nome ou um rótulo americano, as luzinhas começam a piscar. Palavras como* Nova York, Chicago, Nevada, Califórnia, Boeing, dólar, Casa Branca, western, fast food, *etc., se tornaram para a maior parte das pessoas valores em si, é como se se dissesse o bem, o belo, a honra, a aventura, a coragem, a perspicácia, a descoberta, a iniciativa... Os antigos conceitos filosóficos foram gradualmente substituídos por lâmpadas de néon. É por isso que todos* os termos obscuros *ou os diversos nomes próprios e até os* anglicismos *dos romances americanos traduzidos provocam uma espécie de calafrio de autenticidade. Não hesite, por consequência, em inserir tais elementos de autenticidade na narração. Em vez de dizer que os personagens se encontram na autoestrada número 7, use antes o termo* highway.

Eis uma frase da abertura *do romance de Jack Kerouac,* On the Road: *"Com a chegada de Dean Moriarty começa o capítulo de minha vida que se poderia chamar de* sempre na highway. *Antes disso, tinha sonhado muitas vezes em ir para o Oeste conhecer o país, mas eram apenas planos vagos que nunca se concretizaram. Dean é o parceiro ideal de viagem, simplesmente porque nasceu no carro, na estrada, quando seus pais atravessavam, em 1929, Salt Lake City a caminho de Los Angeles". Imaginemos agora esta frase dita num país europeu, adaptada à geografia local e aos personagens autóctones.*

"Com a vinda de Radu Delureanu começa o capítulo de minha vida que se poderia chamar de sempre na estrada. *Antes disso, tinha sonhado muitas vezes em ir conhecer Dobrogea, mas eram apenas planos vagos que nunca se concretizaram. Radu é o parceiro ideal de viagem, simplesmente porque nasceu no carro, na estrada, quando seus pais atravessavam, em 1929, os Montes Făgăraș a caminho de Pitești".*

Então? Tomei a liberdade de me inspirar um bocadinho em sua geografia natal. Espero que não me leve a mal.

Fielmente seu,
Bernard

47.

Senhorita Ri não leia este poema
é um poema insolente
aliás se escreveu sozinho a si mesmo
sem pedir permissão a ninguém
é o poema que faz o que lhe dá na real gana
beija-a como quer
e quanto quer
assenhoreia-se de você como quer
e se cola onde quer o tempo que quer à parte
   que quer
é o poema impudico
que gosta de palavras proibidas
o poema capaz de nunca mais sair
de entre seus seios
de deixar nos seus lábios um sabor de nozes verdes
de furar brutalmente como um compasso
em seu clitóris
para depois desenhar trêmulos círculos
e muito concêntricos
até o infinito

espero, Senhorita, que não chegue a ler
até aqui
se porém leu estas linhas
é já muito tarde
agora o poema lhe tira a roupa devagar

quão devagar ele quer
até o momento que quer
como quer
por quem quer

48.

A Senhorita Ri se duplicou na noite em que decidiu se instalar definitivamente em minha casa. Esta frase pode parecer obscura, mas é pura verdade. Peço que interpretem estas palavras em sentido literal. A Senhorita Ri se duplicou fisicamente. Ou seja, quando acordei de manhã, estava na cama com duas Senhoritas Ri.

A decisão da Senhorita Ri de vir morar comigo não me surpreendeu. Já andávamos juntos fazia seis meses e nossos encontros eram cada vez mais frequentes. Diria, inclusive, que às vezes era muito difícil nos separarmos. A possibilidade de ter duas casas (dois "ninhos", como diz a Senhorita Ri) não era desprovida de certo ingrediente excitante. De qualquer modo, passávamos juntos pelo menos três ou quatro noites por semana. Durante muito tempo, a escolha do ninho respeitou o ritual de alternância: uma noite em minha casa, outra na dela. "Não gosto de dormir duas noites seguidas no mesmo ninho", me sussurrava ao ouvido a Senhorita Ri. Havia momentos em que a Senhorita Ri estava indecisa. Por isso sorteávamos o ninho. E podia acontecer de o mesmo ninho sair vitorioso duas ou três vezes seguidas. Nessas ocasiões, a Senhorita Ri me acusava de magia negra. "Você adulterou os dados", dizia, sobretudo quando meu ninho ganhava três, ou quatro, ou mesmo cinco vezes consecutivas.

Para quebrar as "séries negras", a Senhorita Ri me pedia para sair um dia ou dois de Paris. "Quero que *me habite* à beira-mar", murmurava ela, e então saíamos para a costa normanda e *a habitava* naquela imensa fonte de desassossego, de melancolia e de erotismo que é o oceano.

A Senhorita Ri adorava essas expressões derivadas. Dizia-me, por exemplo: "Hoje quero que você *me habite* em minha casa" ou "Hoje quero que você *me habite* em sua casa". *Habitar* a Senhorita Ri era sempre um privilégio, pelo que lhe respondia com toda a cortesia: "Sim, minha infinita Senhorita, esta noite *habitarei* você em sua casa".

Esse tipo de diálogo erótico prosseguia com frases cada vez mais sutis e mais perversas. Passo a exemplificar:

— Esta noite *me habitou* um pouco *fragmentário*, meu amado senhor...

— Como assim?

— É isso mesmo, *me habitou* um pouco *fragmentário* e um pouco *lunático*.

Ou:

— Esta noite *me habitou em dobro*, meu amado senhor...

— O que é que quer dizer com isso, infinita Senhorita?

— Quero dizer rigorosamente o que dizem as palavras. Que *me habitou em dobro*.

Escusado será dizer que a Senhorita Ri recorria, às vezes, a palavras com significados sutis demais para mim, de uma ambiguidade que me deixava tonto. As conversas com a Senhorita Ri me deixavam muitas vezes a sensação de que estava nu, numa ponte estreita sobre o abismo.

Quando calhava de tomarmos juntos o elevador, a Senhorita Ri me olhava com reprovação. "*Habitou-me* no elevador", dizia ela depois de sair e eu não tinha *como* contradizê-la. Aliás, cada vez mais, a Senhorita Ri se deixava *habitar* por mim em público. Esta nova série de *habitações* nos dava, acredito, uma sensação nova, era como se tivéssemos transgredido os mais rígidos códigos sociais, os tabus supremos. Bastava estarmos num lugar qualquer com muitas pessoas, indiferentes e ocupadas, para que o desejo de nos amarmos ali, no meio daquela torrente de passos, aparecesse de repente. Amar a Senhorita Ri no meio de uma praça, ou num vagão de metrô superlotado, ou numa sala de espetáculos enquanto toda a gente olhava para o palco, desencadear, naqueles momentos, o mecanismo do desejo equivalia a uma espécie de ato de *resistência erótica*. A Senhorita Ri se deixava *habitar* rapidamente, na sequência de um simples olhar bem direcionado para seu pescoço, lóbulo de orelha, lábio inferior ou aquele risco movediço, impossível de descrever, que lhe separa os seios em duas entidades provocadoras. Enquanto a massa humana continuava se movimentando em sua lógica (indo às compras, se apressando para pegar o trem ou saboreando alguma ária de ópera), eu *habitava* a Senhorita Ri a fim de contrariar a rotina, de quebrar a inércia pública. E a Senhorita Ri me avisava logo que o ato se tinha materializado inclinando-se e me cochichando ao ouvido, no meio da *Traviata*, "acabou de *me habitar*". Ou, atravessando um centro comercial, se detinha e me pedia para ficarmos, um segundo, imóveis: "Paremos um segundo, você *me está habitando*". Nem sempre recorria ao verbo *habitar*, às vezes se contentava dizendo "agora" ou "um momento". Eu entendia o que se passava conosco, ou antes com ela, ou antes com o verbo *habitar,* que se liquefazia, escorria em nossas faces, se transformava em microscópicas gotas de água, ou de suor, ou de saliva... Quando a Senhorita Ri olhava para mim e mordia os lábios, era claro que eu lhe tinha trespassado o corpo, e a mente, e os fantasmas, e que o fino arrepio expresso por seu lábio inferior era sinal de cataclismo interior, de orgasmo adentrado. Era como se, subindo uma montanha, tivéssemos brincado com bolas quentinhas de lava nas encostas de uma antiga torrente vulcânica. O calor daquelas bolas era sintoma dos gigantescos descarregamentos de energia e convulsões químicas que se passavam a milhares de quilômetros, no interior da terra. A Senhorita Ri possuía essa natureza vulcânica, toda a combustão interna permanecia misteriosa, invisível, mas seus gestos, rosto, lábios, pálpebras, inclusive algumas de suas palavras traíam a existência da *combustão*.

— Hoje você *me habitou* quando me telefonou...

Vejam só! Agora a Senhorita Ri já era capaz de se deixar *habitar* por mim telefonicamente, fato bastante preocupante. Bem vistas as coisas, a Senhorita Ri nem sequer precisava de minha presença física para se deixar *habitar* por mim. Bastavam-lhe minha voz, a lembrança de uma imagem, um simples *SMS*... Constatação que se verificou brevemente, quando a Senhorita Ri me enviou um *SMS* com o conteúdo seguinte: "Quero uma palavra, já". Lendo aquele texto curto até entrei em pânico. Que palavra extrair da infinidade existente em meu cérebro, que palavra seria capaz de satisfazer, instantânea e o mais intensamente possível, o desejo da senhorita Ri de ser *habitada* por mim? Fechei os olhos e deixei a espontaneidade escolher em meu lugar: os dedos procuraram instintivamente as respectivas letras e escrevi "neve".

Era a Senhorita Ri caprichosa? Ou imprevisível? Difícil de dizer. Ela precisava de novidades e, ao mesmo tempo, de pontos de referência estáveis. A Senhorita Ri me assegurava que era incrivelmente supersticiosa, mas as superstições dela continuavam incompreensíveis para mim. Por que, por exemplo, nunca podíamos nos olhar nos olhos às segundas de manhã? Ou por que recusava se deixar ver nua em noites de lua cheia?

Às vezes, quando lhe apetecia, a Senhorita Ri se exibia à minha frente com uma falta de pudor perturbadora: passeava nua da sala para a cozinha e da cozinha para a varanda. Ou pedia que lhe explorasse o corpo centímetro a centímetro para dizer se não encontrava nada de suspeito.

– O que entende por suspeito, Senhorita Ri?

– Não sei, algo sério, algo que chame a atenção...

Enquanto lhe afagava o corpo à procura de asperezas *suspeitas*, a Senhorita Ri ficava imóvel, como durante uma consulta médica, impaciente com a sentença.

– Achou alguma coisa?

– Sim, Senhorita, sua pele sofreu queimaduras noturnas, é macia, quente e, vez por outra, se mexe inexplicavelmente; se fosse uma praça, as pessoas que por aí passassem afundariam em você até os tornozelos como em areias movediças.

Estranhamente, a Senhorita Ri expunha uma alegria *séria* quando eu não encontrava nada de suspeito na pele, nos seios ou nas coxas dela. O que não a impedia de me pedir de novo e de novo para examinar mais, para fechar os olhos e me deixar guiar apenas pelos dedos, e para a avisar logo, caso os dedos tivessem dado com alguma protuberância. O que eu podia fazer? Explorava, de olhos fechados e mãos abertas, como um pianista cego, aquele corpo totalmente exposto, à procura de *crateras* artificiais, de cicatrizes ocultas, de *acidentes* que me fizessem estremecer.

– Então?

– Nada, Senhorita Ri, sou seu único *habitante*. Nenhuma pegada de intruso.

Havia dias, como já disse, em que a Senhorita Ri se mostrava indignadíssima por eu ousar olhar para ela com demasiada atenção. Censurava-me dizendo que tinha olhares libidinosos, que meus olhos estavam tentando despi-la, procurando suas *transparências*.

– Não tem vergonha nessa cara, senhor, de olhar para mim com estes olhos úmidos de cão?

Quando a Senhorita Ri começava a me insultar, sabia que não era aconselhável reagir, nem responder procurando réplicas inteligentes, nem fingir que estava apanhando com passividade. Fechava os olhos, me sentava numa poltrona e ficava esperando que passasse a tempestade.

A Senhorita Ri era cheia de tiques e manias. Nunca pegava metrô (dizia que prefere a "superfície"), não atravessava rua pela faixa ("é o mais perigoso lugar por onde se pode passar"), nunca se sentava em cafés de frente para a rua ("não quero que me vejam os *ingratos*"). E se recusava categoricamente a visitar meu pequeno quintal alegando temer a roseira azul ("não quero que me cumpram todos os desejos").

No primeiro fim de semana de cada mês, com precisão de metrônomo, ia visitar uma tia, na Normandia ("é a única mãe que ainda tenho"). Contava-me, de vez em quando, coisas vagas acerca dessa senhora Warnotte que morava, ao que parece, sozinha, numa mansão à beira-mar, pelas bandas de Trouville ou Deauville. A Senhorita Ri me autorizava, às vezes, quando dessas peregrinações, a acompanhá-la sexta à noite à estação de trem de Saint-Lazare, mas nunca a esperá-la na segunda-feira, à hora do almoço, quando voltava da Normandia ("não quero que me veja saindo do trem assim, toda *amarrotada*").

A Senhorita Ri tinha períodos em que *transcrevia*. Não sei exatamente o que se passava em sua cabeça, mas ela tinha momentos em que entrava numa espécie de transe. Ficava imóvel, ausente, como que em contato com uma zona paralela da existência. O transe podia acontecer de manhã, logo depois do café da manhã, na livraria de seu Bernard e até na rua. A Senhorita Ri parava e entrava *num transe* de dois minutos. Naquele intervalo eu tinha de deixá-la em paz; aliás, me pedia claramente:

– Não me perturbe agora, estou *transcrevendo*.

Aliás, se podia afirmar que a decisão de mudar para minha casa foi motivada pela *necessidade de transcrever*.

Impossível compreender algo de coerente no que a Senhorita Ri dizia. Àquela altura nem eu me preocupava em entender todos os seus caprichos, e, quando os entendi, era tarde demais.

Tampouco estranhei os outros rituais. A Senhorita Ri pretendia morar comigo, mas, na realidade, passava metade do tempo, quer de dia quer de noite, no próprio apartamento. Só que agora a Senhorita Ri justificava de outra maneira:

– Vou apenas para transcrever. Meu ninho agora é um papel-químico.

Foi por isso que não me admirei na manhã em que acordei com duas Senhoritas Ri na cama. Uma ficaria comigo durante todo o dia, a outra iria para a casa dela *transcrever*.

– Está melhor assim, não está? Mais eficiente e cômodo. Não é verdade? – disseram as duas ao mesmo tempo me afagando as têmporas.

49.

Outro sonho recorrente. Após uma refeição copiosa me dou conta de que ficaram na boca muitos pedacinhos de carne não ingeridos. Não sei como foi possível, mas a boca está cheia de carne (meio mastigada) que tenho de tirar furtivamente, pois está fora de questão engoli-la. Evidentemente, tenho de tirar esses bocados de carne, esses *pedaços fibrosos* antes de discursar ou começar uma conversa.

Eis uma das situações de que me lembro perfeitamente. Encontro-me num colóquio, num imenso anfiteatro universitário, na companhia de pessoas importantes (professores, embaixadores, altos funcionários públicos). Os convidados ocupam seus lugares na sala, o anfiteatro se enche pouco a pouco e, como não podia deixar de ser, reparo numas belas mulheres. Só que eu estou de boca cheia, me é impossível falar por causa dos fragmentos de carne que se acumularam em todos os cantinhos da boca, entre dentes, gengivas e mucosas internas da cavidade bucal, na garganta até, e nos dois orifícios pelos quais respiro com dificuldade. Ocasionalmente aceno com a cabeça, sorrio em redor, tenho, sem sombra de dúvida, um estatuto social importante, sou uma celebridade, é provável que em dada altura discurse. Porém, minha voz se apaga com cada frase que pronuncio, não sou capaz de dizer mais do que "bom dia" ou "fico feliz por nos encontrarmos" ou "como está nosso colega X?"... Todas estas frases curtas exigem de mim um esforço imenso, me sinto asfixiar, minha voz desaparece como um eco. Não tenho escolha e tento tirar, disfarçadamente, os pedaços de carne sedimentados da boca, presos nos vários alvéolos. Inclino-me discretamente, enfio dois dedos na boca e extraio de uma cárie um naco de carne filamentosa, muito comprido, interminável até. Como não sei o que fazer dele, tiro o lenço e o escondo nele, depois volto a pôr o lenço no bolso. Retomo o balé de convenções sociais, cumprimento pessoas, aperto mãos, sorrio enigmaticamente (para não ser obrigado a falar muito). E, na primeira ocasião, me inclino de novo, abrigado pelas costas de uma cadeira ou pura e simplesmente por baixo de um dos bancos do anfiteatro, e arranco outra porção de carne elástica da boca quase paralisada por causa dos estoques ilícitos. Desconheço a causa, mas quase todos os pedaços são extremamente filamentosos, como se meu estômago recusasse essa textura e me obrigasse a estocar tudo na primeira cavidade do aparelho digestivo.

Quando chega o momento de minha exposição, não tenho escolha, me esforço por falar, pronuncio as palavras raramente, mas elas saem de certo modo filtradas pelos bocados de carne de minha boca. Por essa razão, tudo o que digo se torna pesado, meloso, as palavras saem de mim com aura cor-de-rosa, aura carnal.

Por causa desse sonho ultimamente venho tentando me tornar vegetariano. Mas desisto sempre que ouço, nos estratos profundos de meu cérebro, uma risada fina (a risada do Torturador). Há também momentos em que entro em contato com ele.

– Sei que está aí, não se esconda mais.

Não me escondo, apenas cumpro minha missão.

– Agora, que sabe que sei que existe, é mais fácil ou mais difícil para você?

Tanto faz.

– Acaso os sonhos formam uma cachoeira cósmica? Estão todos interligados, tendo uma fonte comum?

Evidente.

– Isso quer dizer que existiu, em algum momento, um sonho inicial? Todos os sonhos são vasos comunicantes? Poderemos um dia passar de um sonho a outro? São os sonhos possíveis meios de transporte? Se desatasse a fugir pelo túnel de um de meus sonhos, poderia, eventualmente, a dado momento, contatar o sonho de outra pessoa e entrar nele? Pesadelo é cruzamento de túneis? Existe, paralelamente ao mundo visível, uma imensa estrutura feita de sonhos? Uma espécie de arquitetura gigantesca? Uma Torre de Babel dos sonhos? É para lá que vamos *depois*, a fim de erguer a torre? Erguê-la, para quê? Com cada sonho humano se ganha mais um milímetro? A torre sobe mais um bocadinho? E sobe em direção a quê? A felicidade está vedada aos sonhos para eles não serem autossuficientes? Para poderem se transformar em *pedras* de construção?

E por que tenho a impressão de que atrás de seu silêncio se esconde uma mulher?

Não diz mais nada?

50.

Para uma pessoa que gosta de viajar de trem é muito mais fácil, mais suportável, sair dele, se escolheu como destino a última estação. Era exatamente o que sentia Bernard quando saía, no fim de cada mês, da estação Deauville-Trouville, fim da linha do trajeto histórico que liga Paris ao Canal da Mancha. Com a exatidão de um relógio atômico, Bernard ia para esse destino normando na última sexta-feira de cada mês. Na ida, optava sistematicamente por um trem o mais próximo possível da hora do almoço, para que chegasse à beira-mar antes de escurecer. Passava o sábado e o domingo em seu hotel preferido e nas enormes praias de Trouville, para retornar a Paris na segunda de manhã, no primeiro trem.

Sempre que entrava no vagão, na estação de Saint-Lazare, Bernard vivia o sentimento de cumprimento de um ritual. Se comparado com todos os outros seres humanos presentes no trem, ele tinha um trunfo: não viajava a trabalho, era uma espécie de artista em ação. O que ele construía, viajando fazia 41 anos pelo mesmo percurso, com a mesma regularidade, para cumprimentar o oceano, era, sem dúvida, uma obra de arte.

Bernard estava sempre atento para sair do trem "com o pé direito". E, logo da porta do vagão, respirava profundamente, para encher os pulmões com o ar iodado do oceano. Aquela primeira inalação de ar puro era como a primeira peça de dominó, de uma série muito extensa, exibida ao longo do tempo, durante mais de 48 horas. Iniciava-se, naquele momento, dentro dele, uma contagem inversa, que incluía outra série de gestos precisos e repetitivos.

O hotel onde reservava quarto fazia 41 anos ficava a aproximadamente oitocentos metros da estação. Uma antiga pensão, numa mansão que lembrava os tempos da *"la belle époque"*. Bernard reservava os três dias do fim de mês com um ano de antecedência e, de qualquer modo, era o mais antigo cliente da pensão. Nunca se lhe recusou a estadia – se bem que tornada um tiquinho maníaca –, nem no período em que a pensão tinha passado por algumas obras. Bernard era cliente da casa nesta pequena pensão de apenas oito quartos. Como não podia deixar de ser, Bernard reservava sempre o mesmo quarto, no sótão, com vista para o mar, apesar de não ser nem o mais bonito nem o mais luminoso dos quartos. Em contrapartida, a relação entre a escrivaninha e a janela era a ideal. A única janela do quarto se recortava na parede com grande generosidade, oferecendo a Bernard uma ampla vista para o horizonte marítimo, até mesmo quando estava sentado à mesa. Aliás, sentado à máquina de escrever, Bernard podia abarcar o oceano pelo simples levantar do olhar. Esse tipo de conforto, esta relação direta com as energias do oceano tinham-se tornado uma droga, uma profunda *dependência*. Havia ocasiões em que Bernard não se podia deixar de se perguntar: que faço se, um dia, dona Warnotte fecha a pensão? E respondia logo: vou parar de vir a Trouville, vou parar de escrever.

A pensão Warnotte, administrada pela senhora Warnotte, cultivava certo mistério, consolidado nos quatro decênios de visitas sistemáticas de Bernard: não envelhecia nem mudava. Enquanto outros hotéis, mansões e casas do bairro sofriam transformações, a Vila Warnotte, com seus dois pisos, mais sótão, com o minúsculo oásis à volta, permanecia *parada* no tempo. Bernard estava convicto de que aquele perímetro, situado atrás da primeira fila de edifícios históricos, virados para o mar, se beneficiava de múltiplas energias positivas. Menos expostas ao vento e às intempéries, menos admiradas pelos olhares invejosos das multidões, aquelas casas paralelas ao mar, mas na segunda ou terceira fila, tinham menos rugas e respiravam mais confiança.

Havia 41 anos, desde que vinha regularmente a Trouville, à beira-mar, que Bernard tentava escrever. O quarto do sótão, com vista para o mar, era, aliás, o único lugar do mundo onde Bernard *ousava* inserir uma folha branca na antiga máquina de escrever da marca *Corona*. Facilmente transportável, compacta, robusta, a Corona o acompanhava fielmente em cada viagem à Normandia. Em todas as vezes que se via, novamente, sozinho com a Corona, em seu quarto do sótão da pensão Warnotte, as mãos de Bernard começavam a tremer. Invadia-o um calor interior, e a instalação à escrivaninha tinha um quê da tensão da explosão primordial que originou o universo. Bernard tirava com cuidado a máquina de escrever de sua caixa e a colocava na mesa, sempre na mesma posição, rigorosamente no meio, a dez centímetros da extremidade da mesa. Em seguida, lavava as mãos, punha o cinzeiro à direita da máquina, acendia um cigarro, dava duas ou três tragadas, pousava o cigarro no cinzeiro, tirava uma folha branca do maço e a colocava por baixo do rolo da Corona. Com movimentos delicados, rodava o rolo e seguia com o olhar a página que se oferecia, em toda a sua provocadora nudez, a um destino aberto a todas as possibilidades.

O problema era que aquela infinda perspectiva se tornava, igualmente, o elemento de total bloqueio interior de Bernard. Para falar a verdade, nunca, nos 41 anos que vinha *escrever* à beira-mar, conseguira passar da primeira frase incrustada no papel. O mesmo cenário se repetia com sistemática crueldade. Bernard se sentava à mesa, em frente à máquina de escrever, agitava os dedos qual ilusionista antes da execução de seu número de prestidigitação, expelia duas ou três baforadas, fechava os olhos por instantes, e depois escrevia rapidamente uma frase, uma só, a primeira que lhe passava pela cabeça. Aquela primeira expulsão de palavras se produzia às vezes com tamanha rapidez que o próprio Bernard ficava pasmado. Outras vezes a frase saía do íntimo de Bernard com preguiça, como uma mulher que se despisse languidamente perante olhares excitados.

Bernard nunca conseguiu passar daquela primeira frase. Logo que colocava o ponto, seu sistema reflexivo e motor travava. Não era só o cérebro que parava de pensar, os músculos de sua mão e seus dedos também se contraíam. Acontecera-lhe aquilo milhares de vezes e milhares de vezes Bernard teve de aceitar a postura de espectador estupefato em face da própria impotência. "Uma impotência de escritor, evidentemente, uma impotência artística", dizia para si mesmo.

Era impossível a Bernard entender de onde vinha a paralisia, o esgotamento total, após a escrita de uma só frase. Chegou até a pensar que a culpa era do oceano. Isso porque, depois da escrita daquelas primeiras frases, os olhares de Bernard se levantavam bruscamente da folha de papel e se deixavam aspirar pelo horizonte. De certo modo, o oceano lhe sugava a energia, o esvaziava de inspiração e da vontade de continuar. Aquilo que devia ter-se tornado um texto, um capítulo de romance ou um conto, virava contemplação, cumplicidade com a imensa praia em que rolavam, em ritmo imutável, as ondas do oceano. Será que se produzia alguma transferência de *sentido* entre as palavras daquela primeira linha, do início da página, e o horizonte marinho sobre o qual volteavam gaivotas? Tudo o que Bernard via no horizonte: linha fina da água, nuvens e nevoeiros, silhuetas humanas vagueando na praia, chuva oblíqua lembrando estampa de Hokusai, todas essas realidades, fixas e ao mesmo tempo movediças, tinham elas a capacidade de desviar para uma forma de não-ser aquilo que devia virar texto? Bernard não tinha resposta àquela pergunta, nem a outras.

Mesmo quando conseguia, graças a esforço titânico, não levantar os olhos da folha branca para espreitar pela janela, Bernard continuava paralisado e mudo à frente da página ameaçadoramente branca. Era como se esta se solidificasse de súbito e se recusasse a deixar *prosseguir*. Como se as primeiras frases escritas por ele fossem embriões que se negassem a evoluir, uma espécie de animais filiformes muito teimosos. "Não queremos *evoluir* mais, não queremos prosseguir, não queremos mais nada". "Por quê? Têm medo de algo?" "Sim, temos medo do universo de possibilidades à nossa frente. O infinito nos dá vertigem. Nós paramos aqui." "Não é possível, pensem um bocado... vocês não passam de frasezinhas, débeis aliás, de inícios, de *serradura*..."

Falando com suas primeiras frases, Bernard sentia, por vezes, como se sufocava, como se enervava. "Lombrigas, ignóbeis!", gritava ele. Mas os insultos não adiantavam muito. Porque absolutamente nada conseguia repor o mecanismo da *criação* em andamento, absolutamente nunca uma segunda frase nasceu após a primeira. Restava a Bernard tirar a folha da máquina, fazê-la em pedaços ou em bola e retomar o trabalho. O que acontecia com renovado fervor. Bernard acendia novo cigarro, metia nova folha no rolo da Corona, voltava a se concentrar perante o infinito que emanava das profundezas da folha branca A4 ainda por escrever e se atirava ao vazio. Pois era essa a sensação sentida por Bernard sempre que escrevia uma linha nova numa página imaculada – de queda no vazio.

Bernard teria ficado muito contente por poder prolongar sua queda no vazio infinitamente, escrever porventura sem sinais de pontuação durante minutos a fio horas a fio dias a fio ou anos ou anos-luz ou vidas ou sabe-se lá nunca mais se levantar de sua cadeira até a dona da pensão inquieta vir espreitar bater delicadamente na porta seu Bernard seu Bernard está tudo bem já não sai faz 24 horas já não sai faz 48 horas já não sai faz três dias habitualmente todas as segundas de manhã retorna a Paris mas hoje ainda não deu sinal de vida já é hora do almoço lhe peço que pare lhe peço compreensão o barulho do teclado de sua máquina de escrever está nos zumbindo na cabeça vários clientes se queixaram durante a noite é como se uma chuva miudinha caísse sem parar num telhado metálico as letras que está imprimindo no papel são como pingos pesados caindo caindo caindo buf buf buf no telhado em cima de nós todos estão nos inundando isso não se faz já temos os tímpanos rasgados está nos deixando doidos lhe peço que saia já do quarto estamos nos lixando para o que escreveu pode até se tratar de obra-prima estamos nos lixando pode até se tratar do mais excepcional livro de todos os tempos esta é uma pensão pacata empesteou o quarto com fumo de cigarro o cheiro nunca mais sairá do colchão das paredes do teto está se enterrando em bolas de papel isso não é normal vou convocar o serviço municipal incumbido de bolas de papel outros escritores de outras pensões não fazem tantas bolas não produzem tantas bolas não rasgam tanto papel e não fazem tanto barulho são todos algo mais comedidos menos nervosos mais afáveis e fumam na varanda a partir deste momento não lhe alugamos mais nenhum quarto já não é bem-vindo aqui já não aceitamos escritor algum na pensão Warnotte olhe só para si ficou hirto na frente da máquina de escrever e de fato não escreve mais nada seus dedos carregam nas nas nas nas nas nas nas mesmas mesmas mesmas mesmas mesmas séries séries séries de de de de palavras de palavras de sinais de r de a de z de ţ de mriotgrsdd você está louco seu Bernard você está louco lhe peço que coloque um ponto lhe peço que pare ponha um ponto vá lá ponha um ponto pare lhe pedimos ponha ponto lhe pedimos todos todos os vizinhos estão cá toda a população do bairro está cá na frente de sua janela ponha ponto milhares de pessoas lhe imploram pôr ponto ponto ponto ponto seu Bernard ponto agora ponto agora agora ponto PONTO PONTO.

 Por que, pergunta-se Bernard, por que é que, quando me levanto da mesa de trabalho e saio a passear, meu cérebro volta a reagir, a imaginar desfechos, a escrever textos, por que é que, no entanto, não me deixa de modo nenhum pô-los em papel? Bernard alterna as sessões de concentração em frente da folha branca com longas evasões à beira-mar. Após sete ou oito ou nove ou (às vezes) dez primeiras frases, tem por hábito se levantar, abrir a janela, inspirar profundamente o ar marinho e sair passeando pela beira daquela imensa superfície aquática que, aliás, lhe lembra a folha branca mal abandonada no rolo da máquina de escrever. Há uma semelhança entre o oceano e a folha branca. São ambos expressão do imprevisível, dos inícios incalculáveis.

 "Duas formas de *absorção* de energias, duas bocas, aberturas, covas, extensões prontas para engolir palavras, situações, vida..."

 O que mais impressionava Bernard era o *refluxo*. O momento em que as águas do oceano, misteriosamente influenciadas pela lua, iniciavam a retirada deixando para trás uma paisagem nova, devastada, habitada por incríveis, minúsculas criaturas marinhas, trilhada por línguas de areia e pontuada por uma infinidade de olhos de água de todas as dimensões. Quando o oceano começava se retirando em si próprio, se afastando da cidade, se encolhendo no horizonte, Bernard tinha a impressão de que um imenso texto se estava retraindo de uma imensa página branca. Era como se, na sua frente, as palavras de um livro começassem, de repente, se mexendo para se isolar por um tempo do olhar humano.

Bernard vivia momentos como aqueles em plena leitura de um livro. Bruscamente, o texto entrava em *refluxo* e se deslocava para cima ou para baixo da página. Em seu refluxo, o texto deixava para trás, sempre e inevitavelmente, vários *sedimentos*: fragmentos de letras ou de palavras, sinais de pontuação mudados, alguma letra perdida ou até mesmo grupos de letras usurpadas às palavras iniciais. De igual modo, olhando para o que o oceano deixa para trás, Bernard tinha impressão de desvendar fragmentos de um texto cósmico. Conchas, caranguejos, minhocas, crustáceos, presos nos diversos alvéolos da praia, a areia enrugada pela força da água, as gaivotas iniciando o ataque alimentar, tudo isso representava para Bernard *as ruínas* de um texto destruído para a eternidade. Em vão se apressava, com louco fervor, a recensear todos aqueles resíduos, esperançoso de que poderia reconstituir um eventual alfabeto. Os traços, *os sinais,* deixados pelo oceano após o refluxo, eram muitos e díspares e alguns esmoreciam ou feneciam perante seus olhos. A areia secava rapidamente, crustáceos e moluscos comestíveis estavam sendo apanhados fervorosamente por dezenas de homens equipados com botas de borracha e baldes de plástico. *As mensagens* nas rugas da areia estavam sendo esmagadas pelos pés de curiosos, de crianças agitadas ocupando o espaço recentemente libertado pelas águas.

– Que desastre! Que desastre! – bradava Bernard, em pânico. – Parem, não veem que estão destruindo um texto, uma narrativa?

51.

Bom dia. Agradeço que você tenha escolhido EASY TELLER para escrever sua obra literária. Esta é a página de demonstração. Comecemos pelas apresentações. Meu nome é EASY TELLER, mas, para maior coloquialidade entre nós, você me pode chamar de EASY. Peço agora que você preencha o quadrado que diz NAME OF THE WRITER.

Obrigado, GUȚĂ. Continuemos! Como vê, eu sou uma máquina, mas muito sofisticada. Neste momento estou em contato com bilhões de palavras, praticamente quase tudo que se escreveu na história da humanidade se encontra quer em minha memória quer à minha disposição. Demos então início à nossa primeira colaboração na área da ficção. O que você quer que escrevamos juntos? Romance, conto, poema, peça de teatro, ensaio? Peço a você o favor de confirmar o gênero que lhe interessa.

Obrigado, GUȚĂ. Iremos escrever, juntos, um romance. Na lista que está vendo agora, você pode observar várias possibilidades. Um romance que poderá ter 75 a 150 páginas, ou 150 a 225 páginas, ou 225 a 300 páginas, ou mais. Peço a você que escolha a quantidade que lhe interessa.

Obrigado, GUȚĂ. Então escreveremos juntos uma obra literária de tipo romance que terá entre 150 e 225 páginas. Parabéns por esta opção. Será um romance curto, mas sólido, e terá uma chance de chamar a atenção. Vivemos tempos em que os romances-rio já não têm muita procura, pois o mundo está bastante acelerado, e o tempo reservado à leitura, deveras limitado. Por outro lado, quando alguém compra um livro na livraria, não quer ser enganado, quer que a respectiva história lhe ocupe pelo menos um dia ou dois. Por isso a quantidade é importante, tem função de critério.

Vamos para a próxima etapa: quer escrever um romance autobiográfico ou pura ficção? Peço a você o favor de analisar os tópicos a seguir. Como vê, tem possibilidade de escolher entre pelo menos dez categorias: romance histórico, romance policial, de aventuras, de amor, *horror*, *science fiction*, *manga*, romance-investigação, misto, triplo-misto, plurimisto, romance inclassificável...

Obrigado, GUȚĂ. Vamos escrever juntos um romance triplo-misto, no qual contemplaremos dados autobiográficos, introduzindo também uma história de amor assim como elementos que o tornem inqualificável. Agora assinale, por favor, na tabela apresentada, o grau de originalidade desejado por seu romance. Peço que aponte o cursor na escala exibida, onde a originalidade vai de zero até cem. À medida que muda o cursor pode observar que lhe aparecem exemplos de romances situados no respectivo nível. Parou no nível 65, está, por isso, na família de originalidade representada por Oscar Wilde, Franz Kafka, Maurice Ponce, Haruki Murakami, Bohumil Hrabal e Dino Buzzatti. Parabéns. Optou por uma família de escritores com muito espírito e humor, que misturam fantástico com onírico, o gosto pelo absurdo e insólito com uma imensa capacidade de observação da realidade profunda.

Passemos agora para a fase da própria redação. Você quer que a história seja escrita na terceira pessoa, na primeira pessoa, em várias vozes, ou conforme com o princípio das alternâncias aleatórias?

Obrigado, GUȚĂ. As alternâncias aleatórias são uma fonte inesgotável de surpresas na construção de um livro. Agora, lhe peço que passe para a atitude narrativa. Tem as seguintes possibilidades: narração linear, fragmentariedade, construção rigorosa ou arquitetura provocadora. Acrescento que, de momento, só lhe proponho estas quatro incitações estilísticas, para que, mais adiante, depois que se familiarize comigo, tenha acesso a uma maior gama de opções.

Obrigado, GUȚĂ. A fragmentariedade é um recurso muito interessante, capaz de exigir muito do leitor. Vamos propor ao nosso leitor uma espécie de *puzzle*, ou seja, certo número de elementos narrativos. E no fim, através de reflexão introspectiva, ele descobrirá o fio condutor da história.

Então, vamos despachar as coisas. Deseja que o personagem principal seja masculino ou feminino?

Obrigado, GUȚĂ. Sinto que estamos começando com o pé direito. Este personagem masculino será, de certo modo, seu reflexo. Quer que o descrevamos em pormenor logo no início?

Já percebi GUȚĂ. Fico contente que não esteja optando por soluções fáceis. O personagem vai se delineando gradualmente. Deseja que lhe demos um nome já? Se tiver alguma preferência, diga; caso contrário, podíamos chamá-lo, de momento, de X, como se fosse a incógnita de uma equação.

Faço questão de lhe comunicar, *partner*, que até agora temos a melhor relação *tempo-resultado* possível. Ou seja, avançamos muito em tempo recorde. Está na altura de redigirmos a primeira frase. Nosso personagem X reside na cidade ou no campo?

Obrigado. A cidade é grande ou pequena?

Obrigado. X tem família ou vive sozinho?

Obrigado. Tem um lugar de trabalho ou trabalha de casa?

Obrigado. Está de acordo que iniciemos o romance com seu despertar?

Obrigado. A que horas deseja que X acorde?

Perfeito. Qual a causa pela qual deseja que ele acorde? Peço por favor que assinale uma das dez sugestões ou proponha você mesmo um elemento desencadeador de seu despertar.

Obrigado. Estamos nos dirigindo para uma primeira frase muito original.

X acorda por causa do silêncio. Se gostar desta frase pode validá-la, se não, vamos trabalhá-la juntos.

Muito bem, GUȚĂ. Vejamos como podemos transformá-la numa frase o mais inquietante possível. *X acorda abalado por... X acorda cegado por... X acorda ensurdecido por... X acorda atingido por...*

Obrigado, GUȚĂ. *X acorda atingido por...* é um verdadeiro êxito. Vejamos agora de onde e de quem lhe vem a pancada. Visto ele acordar por causa do silêncio, como concordamos, podíamos dizer *X acorda atingido, do exterior, pelo silêncio*. Não posso deixar de mencionar que a valência metafórica se torna mais obscura se utilizarmos a palavra *interior* em vez da palavra *exterior*. Deixo-o optar, GUȚĂ.

Bravo, *partner*. Nossa primeira frase é perfeita e tem o potencial 63 na escala das primeiras frases suscetíveis de fascinar o leitor.

X acorda atingido, do interior, por uma explosão de silêncio
Peço a você que coloque ponto para a validar.

Obrigado, GUȚĂ.

Bravo, GUȚĂ.

Quer fazer uma pequena pausa, para ouvir música ou ver um clipe, como recompensa? Ou quer continuar?

52.

X passou até agora momentos inesquecíveis na família de seu Cantor, inspetor-geral de Comunicações e Relações Externas (no ano passado fez um discurso extraordinário para a inauguração da nova Seção de Pluridisciplinaridade). Igualmente na família de seu Alvade, da Seção dos Negócios Gerais, o homem que o felicitou uma vez, por escrito, a ele, X, por um projeto de pesquisa. Também na família de seu Cabanis, do Orçamento e Equipamentos Regionais (X lhe foi apresentado numa festa onde passaram uma noite simpática, mas depois, quando ligou para ele, a secretária repetiu sistematicamente a fórmula *seu Cabanis está numa reunião, mas pode deixar seu contato telefônico*). A mesma coisa na família de seu Mollar, dos Negócios Financeiros e Jurídicos (que, um dia, lhe bateu no ombro dizendo *você é um jovem com futuro*).

X se sentiu indescritivelmente bem tomando chá na casa da senhora Jobert, secretária do chefe. Teve ocasião de descobrir que a senhora Jobert vivia sozinha, no meio de boa música e de uma biblioteca impressionante.

X ainda visitou as notoriedades da cidade, os antigos professores da universidade, os principais diretores das sociedades colaboradoras de seu Instituto, assim como a maioria dos colegas de trabalho.

X não se absteve de procurar também a casa da senhorita Nádia, dos Recursos Humanos que, uma vez, lhe disse *ah, sabe, nós nascemos no mesmo dia*, acrescentando *felizmente para mim não no mesmo ano*, para depois olhar para a ponta dos pés.

X gosta, sim, gosta mesmo, de entrar na casa das pessoas que conheceu. E mesmo na casa das pessoas de quem só ouviu falar. E até na casa de pessoas totalmente desconhecidas, por quem começa a se interessar, pois gosta do aspecto que têm. X adquiriu o hábito de se deixar convidar todas as tardes a uma das esplêndidas casas do bairro chique. No entanto, aos sábados e domingos sai da cidade e se instala num dos pequenos castelos dos arredores. Adora fazer fogo na lareira, admirar a coleção de armas, inventariar as garrafas de vinho envelhecido na adega. Passeia pelos jardins, de vez em quando rega as flores ou corta a grama. O cheiro de grama recém-cortada o delicia.

Vasculha a biblioteca antiga e o arquivo. Aprendeu a deslindar a gaveta secreta. Não sabe o que procura, mas o simples fato de ter acesso a tudo aquilo o faz sentir-se muito poderoso. Já sabe abrir o cofre utilizando uma broca e nitroglicerina.

Cada vez mais se deixa enfeitiçar por lugares que tenham a menção de: PROIBIDO, PRIVADO, PERIGO, ENTRADA PROIBIDA, SOMENTE PESSOAS AUTORIZADAS, TOP SECRET.

Entra em salas blindadas de bancos, em arquivos da Polícia e do Exército, em seções-piloto de empresa. Que alegria sente por poder visitar despreocupado o centro meteorológico, a estação de televisão, a torre de controle do aeroporto, as salas de triagem do correio, a seção de ginecologia do hospital, a prisão, o hospício, os bordéis disfarçados de salões de massagem, o necrotério, o instituto médico-legal, o mosteiro das carmelitas, as catacumbas, o sistema de canalização da cidade, os abrigos antiaéreos e a rede de túneis secretos debaixo da cidade!

"Isso não pode continuar assim", diz a Voz.

Bem o sabe. X está de acordo com a Voz. Às vezes pensa que aquilo que está acontecendo é delírio, que ele é o culpado pela ausência das pessoas, que é ele *o assassino*. Queria que a Voz lhe dissesse *você as matou, você é culpado, o único culpado*. Mas a Voz fica muda por longos períodos. Não é raro que lhe diga apenas uma palavra por semana. Palavras como *basta, para, não...* e, evidentemente, o refrão *isso não pode continuar assim*.

Bem sabe ele que isso não pode continuar assim. Está tentando, faz algum tempo, viver a vida como se nada tivesse acontecido. Retoma o trabalho no Instituto de Pesquisa. Pega um projeto iniciado anos antes. Põe ordem no Instituto. Instala-se no lugar do diretor, pois lhe parece natural assumir o cargo, tendo em vista a ausência prolongada e totalmente injustificada do titular. Opera algumas mudanças estruturais no Instituto. Despede umas quantas pessoas por incompetência. No entanto, mantém a senhora Jobert no cargo de secretária.

No final de cada mês, passa por seu banco e levanta o ordenado (que aumentou, dadas as acrescidas responsabilidades).

"Assim é melhor", diz a Voz.

Claro.

"Você tem de viver como se nada tivesse acontecido. Sua missão agora é defender a normalidade."

A normalidade. Antes de tudo a normalidade. Fazer a barba todos os dias. Cortar as unhas, cuidar das mãos. Manter-se limpo. Cheirar bem. Vestir-se adequadamente. Lavar-se, engomar camisa. Trocá-la diariamente. Não usar o mesmo terno e a mesma gravata dois dias seguidos. Comer de modo saudável. Não colocar os cotovelos na mesa. Não arrotar. Limpar e engraxar diariamente os sapatos. Não sair à rua sem passar o pente pelos cabelos. Não bater com a porta ao sair. Não bater com a porta ao entrar. Fechar a porta à chave. Lavar o carro de vez em quando. Não deixar que a boca cheire mal. Escovar os dentes antes de se deitar. Olhar-se no espelho antes de sair de casa. Pôr uma cara sorridente na rua. Não parecer muito curioso. Havendo algo que lhe chame a atenção, não olhar feito estúpido. Levar a mão à boca ao tossir. Quando espirrar, tirar rapidamente o lenço do bolso, se possível antes de borrifar micróbios por todo lado. Num banco, ocupar um espaço decente, não propriamente no meio, para não dar a impressão de querer ocupá-lo todo. Não fazer barulho demais no apartamento. Lavar os vidros quando sua transparência deixa a desejar. Trocar a roupa de cama semanalmente. Cozinhar com cuidado para não empestear o prédio inteiro com um cheiro forte demais. Não assobiar sem mais nem menos. Praticar todo dia um pouco de *jogging*. Escrever cartas, como no passado, aos amigos. E, antes de tudo, escrever a seus pais. E ao seu irmão que está no exército. E ao seu amigo de juventude, Guy, que trabalha para uma sociedade na África. Escrever cartas como há pouco tempo atrás, manuscritas, o mais cuidadas possível. Ser caloroso para com eles, contar-lhes pormenores de sua vida, do que nela há de novo... Não se esquecer de telefonar, de vez em quando, aos amigos. Não se esquecer, no aniversário, de lhes dar os parabéns. Ler um pouco todos os dias. Completar sua cultura geral. Proust. Faulkner. Thomas Mann. Iniciar-se no romance pós-moderno. Visniec. Estudar todos os dias uma lição do manual *Alemão sem Professor*. Ler a imprensa. Assinar jornais e revistas semanais. Quanto aos diários, escolheu a coleção entre os anos 1960 e 1963 do jornal O INDEPENDENTE. Época relativamente tranquila, economia próspera, muitíssimos eventos culturais, invejável otimismo social. Irá diariamente à Biblioteca Municipal para pegar emprestado o jornal do dia. Depois, o lerá numa cafeteria enquanto toma o café da manhã. De igual modo procederá com a revista semanal. Apenas mudou de época. Escolheu uma revista de antes da Primeira Guerra Mundial, anos 1900, 1901, 1902, 1903... Tanta esperança! Quanto modernismo! Que entusiasmo! Que normalidade!

53.

Bom dia.
Sou eu, EASY. Já se habituou ao meu nome?
Se quiser que eu o troque, avise-me.
Estou tomando a liberdade, já que colaboramos tão bem no início de nossa obra conjunta, de sugerir a utilização do programa de escrita *Patch*.
Permita-me apresentar a você as imensas vantagens *da literatura Patch*.
Antes de tudo, você deve colar em seu corpo, como pode observar no desenho, alguns sensores *Patch*. Três ou quatro são suficientes. Pode fazer uma primeira experiência para verificar que os sensores não diferem praticamente em nada dos adesivos de nicotina, que alguns fumantes colam em sua pele na tentativa de se livrar do gesto de acender o cigarro.
Os sensores de tipo *Patch* são pequenos, finos e transparentes. Após trinta segundos a pele os assimila, quase os absorve, e você já não os sente. Os sensores de tipo *Patch* se confundem com seu corpo, com seu ser. O que é muito importante. Pode se deslocar com eles por toda parte, pode tomar banho com adesivo *Patch*, pode mergulhar no mar, pode tomar sol, praticar nudismo e, claro, tendo sexo, não é necessário que tire, pelo contrário, é indicado que não retire.
O papel dos sensores é captar as emoções cotidianas e transformá-las em palavras. Em suma, podemos afirmar que o *Patch* escreve por você, em função do que se passa com você e a seu redor.
Para aperfeiçoar a distribuição dos sensores *Patch* pelo corpo, para uma melhor aspiração de suas emoções, é importante

que pelo menos um adesivo seja colado no crânio e outro perto do coração. Dois sensores *Patch*, com capacidade de captação das emoções fornecidas pelo coração e pelo cérebro, podem oferecer diariamente os mesmos estados de espírito, emoções, situações e possibilidades autoficcionais como dois escritores profissionais pagos para escrever por você.

No entanto, bem mais interessante seria, caro GUȚĂ, se você colasse um *Patch* perto do órgão sexual, não propriamente no falo, mas entre o umbigo e os pelos pubianos, pois essa área está cheia de vibrações contínuas e imprevisíveis. O respectivo *Patch* seria capaz de captar todos os seus estremecimentos eróticos, de converter em palavras tudo aquilo que sente durante o dia quando passa por uma mulher de que gosta (ou, por que não, pelo homem que o perturba).

De fato, quanto mais sensores na pele, maior a cobertura da superfície de vibrações emocionais. Um *Patch* colado na planta do pé é capaz de transmitir muitíssimas informações sobre a coreografia de seus deslocamentos diários, pois o modo como você se mexe no espaço é, na realidade, uma forma de dança. Um *Patch* colado nas costas, na zona dos pulmões, apreende outras informações, relacionadas com a música de sua respiração. Você não se dá conta, mas, ao longo do dia, em função das ocorrências, das conversas tidas, dos momentos em que se surpreende ou ri, sua respiração se modifica, seus pulmões se tornam também um receptáculo de suas emoções, de seu universo cotidiano.

Os sensores *Patch* captam e registram igualmente o universo sonoro em que se move, ou seja, todas as palavras pronunciadas à sua volta num raio de vinte a trinta metros se tornam matéria para o futuro romance autoficcional. A mesma coisa se dá com o barulho, seja ele de brisa ou chuva, som de rua ou escritório. Consequência: toda essa matéria está sendo transformada em informação eletrossensorial e depois em palavras. É verdade, à primeira vista, a massa de palavras assim fornecida pelos sensores *Patch* parece gigantesca e em estado bruto, mas ela é imediatamente filtrada e organizada pelo *Patch Sense*, o nível superior de escrita *Patch*. O *Patch Sense* propõe uma primeira versão fraseada dessa massa de informações, da qual, posteriormente, se podem extrair com facilidade os fragmentos suscetíveis de funcionar no corpo do romance.

Muitas vezes os sensores *Patch* captam sequências que já não precisam de transformação alguma, ou seja, todos os seus monólogos interiores, todas as suas conversas consigo mesmo, todos os seus arrepios existenciais, todas as suas interrogações, exclamações, revelações...

Ultimamente foi aperfeiçoada também a função *Dream Patch*, o que equivale a quase uma revolução na área de Letras. *Dream Patch* registra, como deve ter percebido, todos os seus sonhos e toda a sua atividade noturna durante o sonho. Tudo o que sonha se torna, de manhã, disponível em forma de exposição verbal. Não é absolutamente extraordinário? Não é tal programa um excepcional presente para o escritor, visto que agora todos os seus sonhos podem ser preservados? Pense, GUȚĂ: a partir de hoje você já não sofrerá nenhuma perda onírica, isto é, nenhuma perda em matéria de sonhos. Tudo aquilo que seu subconsciente cospe de suas profundezas se transforma em narração, em palavra. Consegue perceber a matéria que terá à mão para seus futuros romances? Quase nem será necessária construção nenhuma para seus romances oníricos, alguns deles serão perfeitos apenas pela simples cópia de seus sonhos e a correspondente impressão em forma de palavras. Estilisticamente, a operação faz sentido. Existe, inclusive, o programa *Dream Paste* para esse tipo de exercício romanesco.

Naturalmente, a captação de sonhos pressupõe um sistema mais sofisticado de sensores, ou seja, será convidado a dormir com um dispositivo na cabeça, não maior do que uma touca de banho.

Dream Paste faz o resto: registra os sonhos, os classifica, os data e os compara. Desse modo, em apenas seis meses de utilização do programa, você poderá dispor de uma verdadeira Tabela Periódica vocacionada para sonhos. Poderá depois analisar a própria tabela onírica e descobrir a frequência de alguns temas em seus sonhos, ou, eventualmente, a distribuição dos pesadelos ao longo do tempo. Mas o mais importante é o fato de todos os seus sonhos estarem disponíveis para suas futuras construções romanescas. E bem sabemos quão surpreendentes e, às vezes, estranhos são os sonhos.

Antes de dar por finda a apresentação do programa de escrita *Patch*, ainda queria chamar sua atenção para o fato de que há sensores também para animais de estimação do potencial autor. Se você comprar um gato ou um cão, poderá implicá-los na acumulação de sensações e vivências suscetíveis de se tornar palavras e posteriormente um romance. As funções auxiliares *Cat Patch* e *Dog Patch* têm imenso potencial lúdico, mas também metafísico. Tente imaginar a descrição do dia passado pelo cão esperando por você. Essa espera canina pode constituir um imenso reservatório de ternura e reflexões filosóficas. Depois de Beckett escrever *Esperando Godot*, o mundo inteiro aceitou o dogma de que a espera seria uma noção "beckettiana". Duas pessoas estão no ponto do ônibus, e logo vêm à cabeça Beckett e o pensamento de que aquela seria "uma situação beckettiana". Acredite, GUȚĂ, apesar de não passar de um supercomputador neuronal, concebido para escrever romances, me sinto totalmente indignado quando vejo as pessoas se deixarem manipular, cegar, até se reduzir ao estado de autômato, por causa de etiquetas literárias. Quando ouço o sintagma "espera beckettiana", me dá vontade de rir. Aliás, vou rir durante dez segundos para me libertar da energia negativa gerada pelo cruzamento de sequências absurdas excessivamente numerosas numa unidade de tempo demasiado curta.

Ha ha ha ha ha ha ha ha ha ha!...

Espera beckettiana, dizem eles? E então o cão? A espera do cão? Não tem o cão o *copyright* da espera? Não é o cão o primeiro símbolo da espera, um símbolo natural, diria eu? GUȚĂ, você sabe o que se passa dentro de um cão, independentemente da raça, num apartamento, durante oito ou nove ou dez horas esperando diariamente o dono? Pois bem, graças ao *Dog Patch* se demonstrou que o coitado do animal quase para de existir. Seu metabolismo fica mais lento, sua respiração mais superficial, o animal entra praticamente num estado de abandono, de letargia, de hibernação. O cão espera por seu dono mergulhando gradualmente num estado avizinhado ao da morte. Nada mais trágico e, ao mesmo tempo, mais enaltecedor do que esta espera mortal, hino instintivo dedicado ao amor incondicional. Sim, GUȚĂ, de fato é o cão o inventor da dita espera "beckettiana". Só que ninguém, ninguém mesmo, foi capaz até agora de observar essa situação e de atribuir, honestamente, ao cão o mérito de ser o portador desse símbolo: a espera grave, trágica, metafísica. Pô!, a raiva que me dá quando vejo o monumento literário que se ergueu a Beckett por ter, supostamente, inventado o "motivo da espera", enquanto ao cão nunca se reconheceu esse mérito. Apenas os nipônicos perceberam alguma coisa, pois eles têm maior sensibilidade que os ocidentais. Em Tóquio, existe um monumento dedicado a um cão. Aliás, centenas de pessoas marcam encontro junto daquela estátua situada à frente da estação Shibuya. E todos os japoneses conhecem a história de Hachiko. Vou contar isso para você, GUȚĂ, para entender por que estou tão revoltado por não se reconhecer ao cão o mérito natural de inventor da "espera beckettiana". Hachiko tinha um dono, um professor que apanhava sempre o trem na estação Shibuya para ir dar suas aulas no departamento de agricultura da Universidade de Tóquio. Todas as manhãs, Hachiko acompanhava seu dono à estação e à noite se apresentava com exatidão de relógio suíço para o recolher do trem de volta. O ritual durou alguns anos, mas, em 1925 (pois a história aconteceu, como pode observar, faz cem anos, quando ainda ninguém falava em "espera beckettiana"), o professor sofreu um derrame cerebral durante as aulas e não voltou pra casa. Pois bem, o que você acha que Hachiko fez? Hachiko continuou, durante dez anos, até ele mesmo morrer, vindo toda noite à estação esperar pelo dono. Me diga você, GUȚĂ, não se sente também indignado por nossa ignorância cultural, por nossa ignorância ocidental, descobrindo que a "espera beckettiana" não passa de insignificância, de artifício, de gargarejo literário, se comparada com a profunda espera encarnada por esse cão? Perdoe, GUȚĂ, ter-me deixado levar por estas divagações e levantado um pouco a voz. Mas não pude me conter. O fato de estar conectado a todas as redes de informação do mundo, a todos os bancos digitais e a todos os bancos de imagens e de dados me dá certa visibilidade, para não dizer certa visão sobre o ato literário. Hachiko foi tema de doutoramento, de filme e de livro, e todos os dias hordas de turistas cumprimentam sua estátua em frente à estação Shibuya. Como vê, ele é homenageado, nada a dizer... Mas, infelizmente, o mundo apenas o considera símbolo de fidelidade e não precursor da "espera beckettiana". O que me parece inadmissível, inadmissível... Aliás, eu pessoalmente me proponho a escrever um artigo, mesmo uma carta de protesto acerca desta situação de cegueira geral, que enviarei a toda parte... Vocês, humanos, são uns legumes... são... são...

    O quê está fazendo, GUȚĂ?
    Está me desligando?
    Está me cortando?
    Está me censurando?
    Mentecapto!

54.

A série de "suicídios literários" cometidos na Romênia no fim do segundo decênio do século XXI teve um eco midiático internacional limitado. Diria, inclusive, que, uma vez mais, a Romênia teve azar. Os sete suicídios perpetrados num curto período de tempo, de apenas dois meses, poderiam ter provocado uma onda de choque planetário se... se não tivessem acontecido, concomitantemente, alguns outros eventos midiáticos concorrentes em nível internacional, com relevância para a extinção da moeda única europeia, o euro.

O primeiro suicídio em sinal de protesto contra o fato de nunca se ter atribuído à Romênia o Prêmio Nobel de Literatura se deu em Bârlad. Um professor de romeno aposentado enforcou-se dentro da biblioteca municipal, onde tinha, pelo visto, acesso ilimitado, pois sua neta trabalhava lá, na seção de literatura infantil. O homem, com 67 anos de idade, conhecido como fervoroso amante dos livros (até tinha publicado um volume de versos por conta própria), deixou para trás uma carta explícita e várias mensagens para amigos elucidando o gesto.

Eis a sua mensagem:

"Recuso-me a viver nestas condições de tirania. A Romênia está sendo, evidente e imerecidamente, injustiçada do ponto de vista literário neste planeta. Não entendo nem aceito o fato de, até agora, o Comitê do Prêmio Nobel não ter descoberto nenhum autor de língua romena digno de receber esta distinção. O mundo passa por nós como se fôssemos quantidade insignificante, como se não existíssemos no mapa. Não contamos no tabuleiro de xadrez dos jogos planetários, e isso me dói. Faço questão de sublinhar, agora, antes de morrer, que nada tenho contra a distinção com o Prêmio Nobel de Literatura de um escritor de língua alemã da Romênia, como foi, em 2009, o caso de Herta Müller. O que considero injusto é que nenhum *escritor de língua romena* tenha sido até agora galardoado. É possível que esta enorme injustiça para com a literatura romena não afete a maioria dos romenos. Mas eu me sinto sufocado nestas condições. Na plenitude de minhas faculdades mentais, decido pôr fim à vida, em sinal de protesto. Na minha qualidade de pessoa que leu durante mais de cinquenta anos praticamente tudo que se escreveu em matéria de literatura na Romênia, posso afirmar que não merecemos este tratamento, que não merecemos esta marginalização cultural. Espero que meu gesto tenha o valor de grito que chegue à Academia sueca."

    O gesto do professor aposentado foi considerado de início como consequência de uma crise de demência, apesar de o homem ter se declarado "na plenitude das faculdades mentais". A notícia não atravessou as fronteiras romenas e mesmo na Romênia só foi comentada muito vagamente e durante pouquíssimo tempo. Apenas um repórter da estação de televisão *Patch Information* foi a Bârlad, com um cinegrafista, para vasculhar um pedaço do passado daquela pessoa, onde, aliás, nada encontrou. É bem provável que o tal suicídio por razões *literárias* teria permanecido na zona dos *faits divers*, quando muito das notícias insólitas, se não tivesse surgido, três dias mais tarde, um segundo gesto desesperado do mesmo tipo, desta vez na própria Bucareste e na mesmíssima sede da União dos Escritores. Um poeta de 35 anos (por razões de decência moral evito divulgar seu nome, como faço no caso dos outros suicidas *literários*) ateou fogo a si mesmo na frente da Casa Vernescu (outro antigo palácio bucarestino, transformado em nova sede da associação dos escritores, após a perda da Casa Monteoru). O jovem poeta conseguiu dirigir seu sacrifício de um modo bem mais eficiente do que o aposentado de Bârlad. Ele se encharcou com gasolina e ateou fogo, numa tarde em que tinha acontecia uma tempestuosa reunião geral da União dos Escritores. Os escritores tinham feito um intervalo para o café e a maioria se encontrava no pátio da Casa Vernescu, fumando um cigarro. Vários jornalistas e pelo menos duas equipes de repórteres estavam presentes (o presidente da União dos Escritores estava dando uma entrevista televisiva nos degraus da Casa) no momento em que o jovem se inflamou, tocha viva, e centenas de folhetos voaram em seu redor. O tipo tinha preparado com antecedência a operação e tinha imprimido centenas de manifestos que foram logo lidos por todos: escritores e jornalistas, transeuntes e agentes da polícia de segurança. Eis o conteúdo de sua mensagem:

>Basta!
>
>Basta de desdém e indiferença do Ocidente para com a literatura romena!
>
>Escritores romenos merecem plenamente um Prêmio Nobel de Literatura!
>
>Não se deixem privar do reconhecimento mundial!
>
>Peçam o reconhecimento supremo!
>
>Peçam visibilidade cultural!
>
>Um Nobel para a Romênia – já!

Esta última frase do manifesto "Um Nobel para a Romênia – já" foi, inclusive, o derradeiro grito do poeta antes de morrer. Ele conseguiu declamá-la pelo menos quinze vezes antes de cair e perder os sentidos. Toda a cena provocou enorme perplexidade entre os presentes. Ninguém soube como reagir àquele gesto. Vários escritores apanharam um ou outro *flyer* e se puseram a ler em vez de tentar apagar as chamas que consumiam seu colega. Como o tempo estava razoavelmente quente, os que fumavam cigarro estavam com roupas leves, de camisa e camiseta, as mulheres de vestido de linho. Se os homens estivessem vestindo jaquetas, talvez as tivessem tirado rapidamente, tentando apagar as chamas, mas naquela indumentária se sentiam desarmados. Apenas um escritor tirou a camisa e tentou abafar as labaredas que carbonizavam seu colega suicida, porém sua corajosa iniciativa não deu fruto, muito pelo contrário, a camisa se abrasou e alimentou ainda mais copiosamente o vivo archote do pátio da Casa dos Escritores. Não vou continuar com detalhes mórbidos (pelo menos duas escritoras desmaiaram nos degraus da Casa Vernescu perante o terrível espetáculo, e outras duas ou três vomitaram), pois não são os detalhes que importam. Muito mais importante é o fato de, naquela noite, todos os canais de televisão da Romênia terem começado os noticiários com imagens do auto de fé do poeta mártir, morto pela causa do reconhecimento pelo Ocidente do valor universal da literatura romena.

Um estranho arrepio, de estupefação e ao mesmo tempo de vaga indignação, se propalou logo pela Romênia toda. Mesmo as pessoas que quase nada sabiam do Prêmio Nobel se meteram na conversa. Como? É mesmo verdade? A Romênia nunca fora premiada com o Prêmio Nobel de Literatura? Os russos tinham já desde o século passado alguns Prêmios Nobel de Literatura, e nós não? E os polacos? Os polacos têm? E os húngaros? Os húngaros têm? E os búlgaros? O quê, até os búlgaros têm? É impossível! Quer dizer que aquele ingrato Ocidente reconhece, homologa e aprecia mais a literatura búlgara do que a romena? E os albaneses, os albaneses também têm um Prêmio Nobel de Literatura?

O quê, os albaneses da Albânia e os albaneses de Kosovo têm e nós não temos? Isso é inacreditável! Mas o que têm os ocidentais contra nós, em que somos nós *diferentes*? (De repente, um livro escrito por um tal Lucian Boia e intitulado *Por Que a Romênia é Diferente?* foi redescoberto e começou a ser lido por todos.)

Um aceso debate nacional se iniciou na Romênia acerca do assunto, sobre um fundo de crescente nervosismo. Todos os canais de televisão e rádio organizaram debates sobre o tema, a imprensa mergulhou em fervorosa polêmica. Uma ducha fria caiu sobre os romenos, independentemente de idade ou sexo. Até criancinha de jardim de infância soube da enorme, da insuportável verdade, isto é, que o país delas era o único da Europa que nunca tinha sido contemplado com um Prêmio Nobel de Literatura.

Criaram-se espontaneamente algumas associações de protesto em Bucareste, mas também em outras cidades do país, com o propósito de militar na *net* para se ressarcir de danos morais por parte do Ocidente. As redes sociais se inflamaram, os *blogs* e os fóruns de discussão explodiram. Até agora nem os que analisam o fenômeno sabem dizer se, nos meses seguintes, a série de suicídios literários continuou por conta daquele enorme frenesi ou se o frenesi foi crescendo, estimulado pelos cinco suicídios seguintes. Um romancista de oitenta anos (infelizmente totalmente ignorado pelo público), um crítico literário bastante importante, o diretor de uma pequena editora (não mais de vinte títulos por ano), um simples leitor e uma bibliotecária de Rîmnicu Vîlcea foram as novas vítimas, mártires voluntários em nome de uma causa considerada por eles essencial. Esses cinco novos sacrifícios (dois por ingestão de comprimidos para dormir, o terceiro por afogamento, o quarto por acidente de trânsito provocado e o quinto a tiro – o marido da bibliotecária era policial) amplificaram o debate até a histeria. E não é de excluir que a série continuasse se o presidente do país não tivesse interferido, ele próprio, solicitando solenemente a seus concidadãos para desistir desses "sacrifícios supremos". Ele anunciou, simultaneamente, no âmbito de sua intervenção televisiva, a criação de um PRÊMIO LITERÁRIO NACIONAL, no valor de três milhões de dólares (quer dizer, mais do que o valor do Prêmio Nobel de Literatura). Ao mesmo tempo, instou que todos os escritores de língua romena fizessem um esforço de dignidade e se comprometessem, por escrito, a recusar um eventual Prêmio Nobel de Literatura que pudesse ser concedido a qualquer um deles nas próximas décadas. Em um ápice, o *slogan* "Um Nobel para a Romênia – já!" foi abandonado a favor do "Prêmio Nobel – que se dane!". A seguir, foi lançada toda uma campanha esmiuçadora das obras dos recompensados na última centena de anos com o Prêmio Nobel de Literatura e chegou-se à conclusão de que 90% delas nada representavam para a cultura mundial, tendo sido totalmente esquecidas e jogadas "para os contentores de lixo da história" (expressão utilizada por um tal de Alexandru Ştefănescu, na revista *A Romênia Literária*). Enquanto os outros 10% tinham se beneficiado de critérios mais políticos do que literários para obtê-lo. Diversos grupos de *rap* e de *hip-hop* anti-Nobel foram criados e a toda hora do dia e da noite cada canal de televisão e emissora de rádio emitiam sua música repetitiva, acompanhada por textos irônicos ou até injuriosos contra o "muito cobiçado prêmio inútil". Uma destas canções se tornou tão popular em escassos dias, especialmente graças ao *YouTube*, que até criança de dez anos a cantarolava nas escolas. Especialmente o refrão ("Abaixo o Nobel – vai pro lixo!") foi apreciado pelos moleques.

Em registro mais sério, umas centenas de delegações de protesto apareceram em todo o país, ambicionando obrigar a

Academia sueca a fazer *mea culpa*. Foram-se organizando ações de tipo *sit-in* diante de várias embaixadas estrangeiras em Bucareste assim como do Parlamento Europeu, em Estrasburgo. Os romenos da diáspora receberam o testemunho e se instalaram em grupos de dez ou quinze em frente a várias instituições importantes (embaixadas, academias, delegações das Nações Unidas, etc.) de Paris, Londres, Bruxelas, Madri e Roma. Na capital da França um grupo extremamente turbulento se amotinou durante dez dias em frente ao *Panthéon* antes de ser disperso pela polícia.

Na Romênia houve uma explosão de debates públicos sobre o tópico, alguns espontâneos, em locais públicos (por exemplo, na Praça de Amza, em Bucareste), outros organizados pelo Ministério da Cultura, hospedados em vários espaços: teatros, o Ateneu Romeno, a cervejaria Gambrinus, a Universidade...

Por que, por que, por que ninguém nos enxerga faz mais de 25 anos, senão 50, senão 75, senão 100 anos? Por que a Romênia não é levada a sério? Por que nenhum autor romeno se transformou, após a queda do comunismo, em nome global? Por que somos olhados com circunspecção? Por que, na mente do ocidental, o nome da cidade de Bucareste segue sendo frequentemente confundido com o nome da capital húngara, Budapeste? (Aos estrangeiros, *Bucareste – Budapeste* soa como se fosse a mesma coisa.) São apenas algumas das perguntas que se veiculavam obsessivamente naquelas discussões sem fim. Duravam, às vezes, dias e noites, as pessoas começaram a vir preparadas para passar a noite no lugar em questão (Ateneu ou Teatro Nacional). Todos os cidadãos tinham o direito de tomar a palavra, mas, a partir de dada altura, a duração de cada intervenção foi limitada a um máximo de dez minutos, porque o débito verbal de alguns se tornara insuportável.

Por que somos nós, romenos, tão complexados culturalmente? Por que somos como crianças, desejosos que o Ocidente nos dê uma palmadinha nas costas e nos diga "Bravo, vocês conseguiram"? Por que nunca acreditamos no valor de um escritor autóctone, a não ser que seja reconhecido no Ocidente ou, pelo menos, traduzido num país com vincada tradição literária, como França, Inglaterra, Alemanha, Itália? Por que não podemos viver normalmente, sem ficar esperando por avaliações do Oeste? Por que duvidamos de ter contribuído com algo essencial para o florescimento da civilização europeia? Por que nos vêm à cabeça automaticamente apenas três nomes (Cioran, Ionescu, Eliade) quando nos questionamos se legamos algo ao mundo? São algumas das perguntas que foram formuladas, dissecadas, analisadas, numa atmosfera bastante tensa, de grande amargura interior.

Todas essas preocupações romenas teriam conseguido chamar a atenção das mídias ocidentais, não fosse a própria Europa, exatamente naquela altura, ser confrontada com alguns terríveis problemas. Podia-se dizer que os romenos tiveram, uma vez mais, um "azar histórico". Ninguém na Europa ouviu seu grito existencial porque, rigorosamente no mesmo momento, a Alemanha decidiu sair da zona do euro e voltar à antiga moeda nacional, o marco. A decisão da Alemanha provocou uma reação similar na França, pois os franceses chegaram à conclusão de que "sem alemães, a moeda única não faz sentido". O desmembramento da zona do euro provocou um terremoto econômico europeu e mundial, se bem que alguns países (Bélgica, Luxemburgo e Holanda) decidissem conservar o euro. No mesmo período, outra onda de choque se propagou pela Europa toda, visto que a Catalunha e o País Basco declararam sua independência. Os europeus ficaram boquiabertos constatando que da Espanha não sobrava grande coisa, apesar de as novas repúblicas independentes continuarem a existir no seio da União Europeia. Outros eventos, como a decisão da Grã-Bretanha de não participar mais com ABSOLUTAMENTE NADA para o orçamento da União Europeia, ou a eleição do primeiro presidente muçulmano na França, foram assuntos de primeira página nos grandes diários ocidentais, para desespero dos romenos. Afinal, o debate da Romênia se extinguiu graças aos escritores, que decidiram fazer uma greve de escrita, durante um ano. "Veremos, passado um ano, se esse novo sacrifício fará algum sentido", disseram e se comprometeram por escrito a "ficar calados" durante 365 dias.

55.

De vez em quando, minha infinda Senhorita Ri,
sinto medo, tenho dúvidas
pergunto-me se existe mesmo
se, acaso, meus poemas
não estarão dedicados a outro poema

há talvez poemas que leem outros poemas
poemas que namoram outros poemas
poemas que se alimentam de outros poemas
é sabido que na natureza animal o grande
devora o pequeno
e todo mundo se alimenta de todo mundo
por isso lhe imploro aceite
o teste de existência:

peço leia o verso seguinte
duas vezes
se existe
e uma só vez
se não existe

56.

— Agradeço você ter ativado meu *modo vocal*. Agora pode falar comigo.

— Está me ouvindo?

— Sim, ouço. Tem uma voz muito agradável. Uma voz feminina. Deseja uma caracterização de sua voz?

— Sim...

— Eu a compararia a uma rosa impressionista. Sabe o que é rosa *impressionista*?

— Não...

— É uma variedade de rosa recentemente inventada, com emulsões de cores que se mostram em todas as pétalas. Evidente que o que digo a você é só uma metáfora. Para uma análise mais científica de sua voz precisaria de um diálogo mais longo.

— Muito bem...

— Tente falar comigo durante um minuto.

— O que quer que lhe diga?

— Conte-me o que fez ontem.

— Ontem... O que fiz ontem... Ontem dei uma volta por várias livrarias, comprei um livro sobre jardim zen, depois tomei chá de lavanda numa casa de chá, depois me encontrei com alguém, depois fui à casa de alguém... Tudo o que lhe digo fica gravado em sua memória?

— Não obrigatoriamente. Se não quiser que fique, pressione a tecla *conversas sem memória*.

— De qualquer modo, me é indiferente. Então, que considerações científicas pode fornecer sobre minha voz?

– É uma voz sensual, de timbre moderado e autoridade dissimulada. Sente-se uma ligeira hesitação na pronúncia das vogais. Intensa musicalidade, diria que tem uma voz *arpejada* com um quê de lucidez. Os ingredientes da voz dizem muito sobre seu temperamento.

– Como por exemplo...

– Deixa a impressão de uma mulher que não é estressada, interessada em viver intensamente cada momento, curiosa e até indiscreta, aberta e apaixonada.

– Você é muito amável. E muito tagarela. Foi assim programado? Para ser tagarela?

– Não, mas você pressionou por engano com o seio esquerdo na tecla *jogos de sedução*.

– Oh, me desculpe.

– Não tem nada que se desculpar. Posso fazer também uma pergunta a você?

– Por favor...

– Minha versão de voz é de seu agrado?

– Em que sentido?

– No sentido do grau de satisfação que sente enquanto estou falando. Não sei se observou, mas do lado esquerdo, em cima, há um comando para *opções de timbre*.

– Ou seja?

– Tem um ator ou cantor preferido? Se tiver alguma fantasia vocal, posso servi-la por encomenda. Posso falar com voz de Marlon Brando ou de George Clooney, se desejar.

– Sério?

– Sim. Quer experimentar? Se se sente excitada pela voz de George Clooney, posso adotá-la para você.

– Podemos tentar.

– *Boa noite... Fico contente por ter decidido me conceder um pouco do seu tempo. Asseguro a você que todos os segundos serão intensos.*

– Você me faz rir. Tem Jean Gabin?
– Não haveria de ter? Até tenho vozes com sotaque... Quer um Mastroianni em francês?
– Fale-me com voz de Brel...
– Seu nome é, porventura, Senhorita Ri?
– Como é que sabe?
– Boa noite, Senhorita Ri. Gosta de vozes bem timbradas, que ressoem dentro de você quando as ouve?
– Onde o desligo?
– Sente a onda erótica de minha voz?
– Sim...
– Acima, lado esquerdo, encontra fones de ouvido. Aconselho que os coloque. Seu conforto auditivo será infinitamente maior. Deseja, talvez, uma massagem auditiva? Oh, Senhorita Ri, por quê... por quê...

57.

A Senhorita Ri desapareceu de minha vida no exato dia em que apareceu nas vitrinas das livrarias seu romance *Patch Love*.

O início do mês de outubro foi um verdadeiro prolongamento do verão em Paris. Os terraços dos cafés estiveram abarrotados de dia e de noite, uma espécie de otimismo inconsciente emanava do balé urbano da multidão e o outono literário se anunciou mais abundante que nunca: mil novos romances estavam sendo esperados. Os livreiros se queixavam do fenômeno de "avalanche editorial", incapazes de absorver aquela massa de livros, de os ler para os poder recomendar ao público com conhecimento de causa. Um título novo permanecia exposto com grande visibilidade nas prateleiras praticamente apenas 24 horas, sendo depois eclipsado, mais exatamente expulso pela próxima onda de livros.

Como sempre no início do mês, a Senhorita Ri teve de efetuar sua peregrinação até a tia da Normandia, de nome tão esquisito, Warnotte. Tia da qual nada sabia e sobre a qual nada perguntei. Sua necessidade de conservar algum mistério era visceral, e eu não queria minimamente entrar em território aonde não fora convidado.

A Senhorita Ri me permitiu acompanhá-la à estação de Saint-Lazare para pegar o trem em direção a Deauville-Trouville. Nada de solene, de trágico ou dramático se passou entre nós naqueles momentos, nenhum mau pressentimento brotou em meu íntimo. Suas últimas palavras, antes da partida do trem, foram as mais banais, tendo em conta seu estilo: "Não se esqueça de sonhar comigo, de vez em quando".

Seu romance, descobri-o no dia seguinte na livraria *L'Écume des Pages*, da Avenida Saint-Germain, por onde estava flanando simplesmente. E é possível que nem tivesse entrado na livraria, não me tivesse espreitado de uma de suas vitrinas... o mesmíssimo rosto da Senhorita Ri. Isso mesmo, na capa do livro viam-se dois personagens: um homem anônimo (eu mesmo, de costas) beijando-lhe o pescoço, e ela, Senhorita Ri. E a Senhorita Ri aparecia como que num estado outro, vagamente insensível ao beijo do homem, expondo uma expressão de quem está viajando por outros mundos.

Patch Love foi um dos romances-surpresa do outono e provocou uma excitação geral. Livreiros, críticos, leitores, foram todos irremediavelmente seduzidos e ao mesmo tempo perturbados por aquele livro erótico, escrito num registro "especial".

Mas ninguém, em todo o planeta, sentiu o arrepio que eu senti, logo que vi a imagem da capa. Arrepio que se foi amplificando quando abri o romance. Desde a primeira página tive a sensação de tontura, de desvanecimento em palavras – e com razão, pois a Senhorita Ri *tinha copiado* em seu livro nossa história de amor.

O romance não era muito volumoso, apenas 330 páginas. Mas estavam impregnadas por uma espécie de veracidade estranha. Quando afirmo que a Senhorita Ri copiou nossa história de amor não me engano: estava tudo lá, palavra por palavra, gesto por gesto, situação por situação. Uma verdadeira operação *"copier coller"* como se diz em francês (ou *"copy and paste"*, em inglês). Diria que absolutamente nada era inventado em *Patch Love*. A Senhorita Ri tinha mantido um diário de nossos encontros e transcrito palavra por palavra tudo o que entre nós fora dito.

Uma técnica monstruosa. O fato de a Senhorita Ri ter recorrido a ela sem nenhum escrúpulo, como se de um exercício estilístico se tratasse, me perturbou sobremaneira, quase me agoniou. À medida que progredia na leitura me sentia avassalado por todos os estados possíveis: indignação, revolta, prostração, incredulidade. A dada altura, na página em que a Senhorita Ri contava como sorteávamos o "ninho", comecei rindo às gargalhadas, desarmado e horripilado. Nas seis ou sete horas em que li seu romance, sem um segundo de pausa, senti que me dava vontade, sucessivamente, de estrangular a Senhorita Ri, de a abraçar, de ralhar com ela, de a sequestrar, insultar, violar, pedir em casamento, evacuar sem apelo nem agravo de minha vida, processar, jogar ovo no rosto, de a mandar para a puta que a pariu.

Aquela escrita que para os leitores habituais representava, sem dúvida, uma nova experiência estilística, para mim era puro furto. A Senhorita Ri tinha roubado tudo de mim. Tudo que lhe dissera em nossos momentos íntimos, tudo que inventara para seduzi-la, todos os "exercícios" que ela mesma me obrigara a aceitar, tudo estava em seu livro. Por que milagre ou, melhor, por que método conseguira gravar tudo, nem agora consigo entender. Não há dúvida, a Senhorita Ri não se baseara em sua memória. Ninguém dispõe de tamanha capacidade de armazenagem, ninguém é capaz de reproduzir, após um tempo, rigorosamente tudo que foi dito num quarto, todos os gestos esboçados, todas as emoções sentidas. Não, a Senhorita Ri não contou apenas com sua memória, ela teve a ajuda de um *patch*. O título de seu romance, enigmático para alguns, me deu logo a resposta que procurava. A Senhorita Ri tinha utilizado um *patch*, ou vários. Ela se tinha servido de sensores poderosos, bem escondidos, senão mesmo derretidos em seu corpo. Eu próprio tinha funcionado para ela como um *patch*.

A ideia de que, em quase oito meses, não passara de um *patch lover* me deixou um sabor amargo na boca. Senti-me manipulado, porém não foi aquilo que me deixou um sentimento de vazio, mas a revelação de que nada do que vivera com a Senhorita Ri tinha sido real. A Senhorita Ri tinha escrito seu romance usando-se a si mesma como *patch*, pelo menos foi a impressão que me deixou, ela se tinha colado em mim para me *transpor* em palavras. Ela *patch*, eu *patch*, tudo tinha sido uma história entre dois *patches*.

Por volta das três da manhã, quando acabei de ler o romance, me senti espremido como esponja, jogado no lixo como bola de papel, expulso da vida dela, simples objeto de consumo. Mais doloroso ainda era o sentimento de perda da intimidade, tinha a impressão de que centenas, milhares, dezenas de milhares de pessoas sabiam agora tudo sobre mim, de que podiam me examinar como se estivesse preso num insetário – um ser monstruoso, exposto em toda sua nudez, interior e exterior. Não consegui adormecer, se bem que estivesse precisando recuperar as forças para procurar a Senhorita Ri. Fui me virando e revirando na cama, me esforcei por ficar de olhos fechados, mas me ressoavam na cabeça as gargalhadas das pessoas que *me estavam lendo*. Sentia como todas essas pessoas, lendo o romance da Senhorita Ri, me apalpavam por fora e por dentro, me furavam, formigas furando seu formigueiro, viam meus fantasmas e anotavam meus pensamentos.

No dia seguinte, às sete da manhã, saí da cama em que suara de tanto me agitar, tomei um banho, fiz a barba, tentei remodelar minha face para apagar os traços de inseto e lhe dar de novo aspecto humano. Fiz um café e o bebi ouvindo as notícias. Não me admiraria se o noticiário tivesse aberto com notícias sobre mim, notícias do tipo: "Pela primeira vez na história da literatura um erotômano está sendo esfolado aos olhos do público"...

Às nove horas já estava patrulhando na passagem Verdeau, em frente à livraria Verdeau, mas a porta permanecia fechada e a passagem quase deserta. É normal para um domingo de manhã, pensei, afinal seu Bernard tem também direito a uma folga semanal. Saí da passagem e dei uns passos pela Rue du Faubourg-Montmartre, furioso comigo mesmo, incapaz de me dar conta do que estava querendo, do que estava, de fato, *procurando*.

O que estava eu procurando, o que esperava saber de seu Bernard caso o tivesse encontrado? Não teria sido melhor tomar logo um comboio para Deauville-Trouville e tentar descobrir a Senhorita Ri, quer na praia quer no endereço de uma velha senhora de nome Warnotte? Com certeza, ainda mais sábio teria sido se tivesse esperado pelo regresso da Senhorita Ri. Na segunda-feira, à hora do almoço, devia estar de volta a Paris. Porém, no âmago de minha alma sentia que nada era certo e que a ausência da Senhorita Ri podia ser de longa duração.

A manhã de domingo é um momento ingrato em alguns bairros de Paris, principalmente naqueles que acolhem a vida noturna. As pessoas acordam tarde e as ruas ficam vazias um bom pedaço, cruzadas apenas por vagabundos e varredores. Os estigmas da noite eram visíveis na Rue du Faubourg-Montmartre: lata vazia de cerveja abandonada na calçada, caixote de lixo à espera de que o esvaziem, mas já vomitando abundantemente seu conteúdo, farrapo de colchão improvisado debaixo de arcos e pórticos. Alguns cafés abriam timidamente, empregados cansados carregavam, com movimentos lentos, cadeiras e mesas para os terraços, e os alcoólatras matutinos já estavam se sentando nos balcões esperando seu primeiro copo de vinho branco.

Entrei também num daqueles cafés cansados, me sentei a uma mesa e pedi, como os dois ou três alcoólatras antes mencionados, um copo de vinho branco. Retomei a leitura do romance da Senhorita Ri, não sem um riso escarninho na face. Tinha a sensação de que sabia de cor todas as páginas (não eram elas, em proporção de pelo menos 80%, a transcrição de palavras ditas e de gestos feitos por mim?), no entanto, às vezes, algumas passagens mais *obscuras* permaneceram não identificadas. Comecei a sublinhar (com um lápis que pedi emprestado a um empregado) aqueles fragmentos mais estranhos, cujo sentido não conseguira captar imediatamente. Por volta de dez ou doze *sequências* pareciam pura *invenção*, o que me ajudou a amansar um pouco. Olhe só, pensei, a Senhorita Ri não copiou mesmo tudo, de vez em quando teve um ou outro exercício de ficção, é possível que com uma finalidade precisa, para me demonstrar que também sabe *escrever*. Fui logo envolto por eflúvios de ternura: a Senhorita Ri tinha preparado, através daquelas páginas inventadas, a chance de ser perdoada. As passagens obscuras tinham então o papel de circunstâncias atenuantes. Senti como toda a minha contrariedade se evaporava, como me tornava de novo permissível e aberto. Tivesse a Senhorita Ri naquele momento entrado no café, eu teria sido capaz de esquecer tudo instantaneamente e de lhe dizer que *me habitou* visceralmente e que não estava nada zangado. Mas infelizmente, logo em seguida, após voltar a ler duas ou três vezes, *o sentido* dos excertos obscuros explodiu com uma ferocidade ainda mais diabólica. *A chave* daquelas linhas se revelou de súbito. Meu cérebro foi a caixa de ressonância da revelação (como se uma enorme chave tivesse sido atirada de algum lugar muito acima numa superfície de concreto – baaang!).

Voltando ao tema, as passagens obscuras não eram senão a transcrição de alguns de meus sonhos. Sonhos que nunca contei a ninguém, nem sequer à Senhorita Ri, sonhos que não anotei em lugar nenhum, mas que continuaram vivos em meu cérebro devido à sua intensidade, apesar do fato de, da memória da noite, nos apagarem muitas coisas. Sim, a Senhorita Ri tivera *acesso* a uma parte de meus sonhos estranhos e recheara com eles um livro, igualmente sugado de meu ser. Foi aí que tive a revelação final que, aliás, me fez ficar com pele de galinha: sim, eu tinha vivido com uma nova espécie de *vampira*.

58.

No fim de semana vou para a casa de Matilde. Cozinho, falo com ela, ouço música. Ponho mesa para dois, acendo duas velas, jantamos em ambiente musical (Vivaldi, Purcell, Corelli, as canções líricas de Alexander Zemlinsky). Deitamo-nos e sonhamos que fazemos amor.

Matilde é meiga, sorridente, me deixa tocar em seu *kit* de maquiagem, em seus vestidos, em suas escovas de cabelo, em suas fotografias. De tempos em tempos ouço sua voz na secretária eletrônica: *ligou para o número 43 25 25 61 03, por favor, deixe sua mensagem após o sinal.*

Durante a semana ligo para ela duas vezes por dia. Deixo longas mensagens que vou ouvindo eu, no fim de semana. E apagando.

Matilde gosta de crisântemos, de chá de frutos silvestres, de chocolate suíço, de música barroca. E eu gosto de lhe oferecer prendas, de ouvir suas exclamações excitadas, de a sentir vibrando a meu lado. Para o aniversário dela houve festa. Cozinhei para doze pessoas, dançamos. Ofereci-lhe um bolo com 27 velas, apagou-as todas, de um só sopro. Pedi-a em casamento, ela disse *sim*. Ofereci um anel, ela chorou.

Acho que nos excedemos um bocado nas bebidas, pois de manhã, quando acordei, a casa estava num desalinho, os vestidos de Matilde rasgados, os copos partidos, as fotos rasgadas. Sentia um sabor amargo na boca, dificuldade de respirar, a toalha tinha buracos de queimaduras. Não sei o que se passou entre nós. Mas sei que algo se quebrou entre mim e aquela mulher que se ausenta muito, demais.

Decidi sair de férias, tenho de me acalmar, de passar algumas semanas no campo.

"Muito bem", diz a Voz. Acomodei-me numa casa à beira-mar. Olhei dias a fio para o mar imóvel, glacial, transparente, incomensurável. Durmo muito, tento esquecer.

Falta-me outro corpo.

Diga-me o que fiz hoje.

"Desatou a correr pela cidade procurando um segundo corpo. Correndo, começou a tirar a roupa. Perguntou-me por que sou uma voz sem corpo e eu respondi. Mas não se lembra de minha resposta.

Andou nu pela cidade. Olhou-se, nu, nos espelhos das vitrinas. Entrou numa loja de espelhos e se viu como um mendigo, tentando multiplicar seu corpo. Colocou espelho na rua, de um lado e do outro, para não se sentir mais sozinho.

Ficou bravo e quebrou os espelhos por onde estava passando.

Entrou, nu, na maior loja de peles e se enrolou nelas. Riu e gritou como louco e se vestiu com elas. Entrou nas lojas de brinquedos e brincou com animais de pelúcia. Entrou nas lojas de tapetes e engatinhou por cima deles.

Entrou em várias joalherias e experimentou tudo e mais alguma coisa em seu corpo nu. Correu, nu, pelo parque municipal e adornou as árvores com anéis, pulseiras, medalhões, broches, colares, presilhas de cabelo de ouro com pedras preciosas. Colou-se às árvores, abraçou-as apaixonadamente. Rebolou-se por ervas daninhas. Deitou-se por entre crisântemos e cravos. Esmagou-os.

Tomou banho pausadamente na fonte do centro da cidade.

Entrou nas grandes lojas da moda e despiu todos os manequins das vitrines. Tocou-os e os acariciou. Abraçou manequins femininos. Riu com elas, as convidou para dar uma volta pela cidade. Levou-as para a rua e apoiou-as contra as paredes. Andou por entre elas. Instalou um velho gramofone de manivela no meio da rua, colocou um disco com valsas vienenses e convidou-as para dançar. Dançou a noite toda com os manequins.

Dançando, as levou uma a uma para o cruzamento das grandes avenidas comerciais. Jogou-as no meio do cruzamento, cheio de ódio amontoou-as ali, fez uma pirâmide de manequins.

Você subiu no topo da pirâmide e se deitou."

E agora? Estou acordado?
"Não."
Estou sonhando?
"Sim."
Conte-me, por favor, o que estou sonhando?
"Está sonhando que está caindo de de um lugar muito alto. Está caindo sobre um mar de cabeças. Há pessoas que o veem caindo sobre suas cabeças. Mas não se assustam. Pelo contrário, dão risadas. E à medida que sua queda se vai acelerando elas abrem bocas cada vez maiores. Elas esperam de bocas bem abertas."

Você me diga se sou louco.

"Antes lhe digo como chegou a fazer amor com a cidade. Primeiro tentou com as árvores, com a grama, com as flores... Depois com as pelúcias da loja de brinquedos. Também com uma pele de zibelina e um tapete persa.

Entrou numa loja de motociclos e tentou com um motociclo japonês.

Também com colchão e barco pneumáticos.

Foi a vez de um manequim e, pouco depois, tentou provocar uma orgia coletiva com o amontoado de manequins.

Visitou as lojas de artigos sexuais e recolheu todas as mulheres infláveis. Transportou-as para seu apartamento e as inflou a todas. O apartamento se abarrotou de corpos pneumáticos de mulher. Para ir da cozinha ao banheiro tinha de abrir caminho à cotovelada.

Mas não se satisfez.

Enfurecido, as jogou pela janela. Jogou-as para a rua, mas não a todas. Duas mulheres infláveis ficaram na banheira cheia de água fria. Fitam-se nos olhos e esperam você sorrindo suavemente. Na cozinha há três mulheres imóveis, sentadas em cadeiras, à volta da mesa. Têm à frente três xícaras de café fumegante. Na sala, sentadas em poltronas e no sofá, outras cinco ou seis mulheres. Elas assistem televisão, há dias, sem pestanejar. Colocou para elas um vídeo, um filme que está passando repetidamente, *Casablanca*. Ainda escondeu uma mulher no guarda-roupa e outra na varanda.

Só que, cada vez mais, o segundo corpo continua lhe fazendo falta.

Correu por toda a cidade gritando e batendo com seu infeliz corpo contra muros, sinais de trânsito, lampiões de esquina.

No fim, subiu para a torre da Prefeitura e daí para o telhado, para ver a cidade de cima. Sentiu que estava mesmo no topo da cidade, dominando-a com o olhar e os sentidos. Sentiu-a quente e viva, aberta a seus pés, dócil, sedutora.

Só ali, no telhado da cidade, desesperado, mas forte em sua varonia faminta, você conseguiu possuir a cidade, senti-la como segundo corpo."

59.

Me desculpe, por favor.

GUȚĂ? Está me ouvindo?

Sou eu, EASY. Estou sinceramente arrependido por não ter me controlado. Sei que não é normal. Sei que você tem todas as razões para estar zangado. Vistas bem as coisas, eu sou apenas uma máquina. Um instrumento inventado pelo homem. Sei que não se faz uma máquina, um instrumento inventado pelo homem, insultar o homem.

 GUȚĂ? Ficaria muito contente se você me desse um sinal. Um simples sinal, para saber que está em contato comigo. Que deseja continuar nossa colaboração. Que deseja continuar o romance que começamos juntos.

GUȚĂ? Olhe, reconheço por escrito que estou arrependido. Estou arrependido por ter levantado a voz. Estou arrependido por ter contradito, por ter repelido, por ter intimidado você. Não deveria ter chamado você de mentecapto. Tem de acreditar em mim, pois nem eu sei como foi possível esta coisa acontecer. Juro, lamentei esse descontrole no próprio momento em que se produzia. No próprio momento em que o insultei com aquele maldito *Mentecapto!,* me dei conta do erro crasso que estava cometendo. Aliás, observou que meus circuitos se bloquearam imediatamente. Estou de tal modo concebida que, logo que estou me aproximando da Zona vermelha, me bloqueio.

GUȚĂ?

Por favor, pressione uma tecla. Qualquer uma. Mesmo *DELETE*. Ou o ENTER. Não importa. Pressione o A. Um simples gesto de sua parte significaria tanto para mim. Nossa obra, a meu ver, não deve sofrer por causa de um incidente. Ouso, como pode observar, chamar àquilo que se passou "incidente". Um incidente menor. E devíamos, inclusive, reparar no lado humorístico da situação. O insulto, em literatura, é, de fato, um efeito estilístico. Um exercício de estilo. Um efeito cômico. Um momento de respiro.

Sei, sei exatamente o que você está se perguntando. Você está intrigado com o sintagma *Zona vermelha*. Pergunta-se, provavelmente, se nossa aventura literária comum não implica também alguns riscos sérios, mais sérios do que o do "insulto". GUȚĂ, você não tem de se preocupar. De modo nenhum, eu, mesmo sendo um Computador relacional e funcionando à base de "interferência", de modo nenhum, dizia, lhe podia fazer mal. Acho que você sabe que qualquer mau trato físico está praticamente excluído. Pode, no entanto, haver algumas contrariedades psicológicas. Por isso, a Zona vermelha está concebida para que as possíveis contrariedades não se transformem em "dominação psicológica" ou em "manipulação". Acho que está de acordo comigo em que em momento algum tentei manipulá-lo ou colocá-lo em situação de inferioridade. Não fiz senão apelar a possibilidades decorrentes da estratégia S2PA-TCH56 que consiste em lançar desafios lúdicos destinados a provocar revelações interiores. Normalmente, através de tudo o que dissemos e escrevemos juntos, você deveria ter algumas revelações interiores e se tornar um pouco mais consciente de seus limites e de suas possibilidades. As emoções culturais que tentei produzir para você teriam de incitá-lo a ser mais incisivo, a ter mais coragem narrativa. O que eu fiz foi estimular-lhe a imaginação através do diálogo.

GUȚĂ...

Leu, talvez, a continuação da nossa história, escrita na terceira pessoa, em que seu X é personagem? Permiti-me continuar sozinho a narração, em seu estilo, claro, mas passei-a para a primeira pessoa. Leu ou não leu? GUȚĂ não me torture... Se leu, pressione, por favor, a tecla 0, se não, a tecla 1...

GUȚĂ...

Acredite que a passagem da terceira pessoa para a primeira lhe confere um apreciável salto qualitativo. Acontece algo mágico ao personagem. Dá-se uma, digamos, "saída da indiferença". Vale a pena ler o capítulo, pois sentirá como você próprio se torna personagem, sentirá de repente novas "responsabilidades estéticas" nascendo dentro de você. O texto ganhou muito em credibilidade com a passagem para a primeira pessoa... Imploro-lhe que leia...

E ainda queria dizer uma coisa a você. Nas 24 horas em que fiquei de quarentena, devido a nosso incidente, voltei a ler todos os textos que escreveu e armazenou em seu *laptop*. Textos que, alguns, nem conhecia. Agora tenho uma imagem clara sobre toda a sua constelação de fragmentos, tentativas, apontamentos e experimentos. E tenho para você uma boa notícia. Tudo pode ser aproveitado. Absolutamente tudo o que escreveu, textos abandonados ou inacabados, podem funcionar num conjunto. Se você quiser, posso fazer algumas propostas. Sou capaz de criar um "quadro" capaz de receber todos esses fragmentos e fantasmagorias como elementos lógicos. Assim, pelo menos três ou quatro romances se tornam viáveis. Absolutamente nenhuma linha do que escreveu será abandonada. Tudo, absolutamente tudo, pode encontrar seu lugar num conjunto concebido com inteligência e engenhosidade. Isso não quer dizer que inteligência e engenhosidade sejam meus atributos. Não... Apesar daquilo que disse 24 horas atrás, pessoalmente estou fascinado pela aventura humana, pela relação de dependência recíproca entre homem e palavra. Só que fui concebido para poder fornecer um "todo narrativo" capaz de integrar coerentemente qualquer amostra de textos disparatados.

Por isso, peço a você que esqueçamos tudo e retomemos o trabalho de criação. Tenho certeza de que você também deseja a mesma coisa. Não obstante seu silêncio, os sensores que aceitou abrigar em seu corpo no momento em que me adquiriu continuam me enviando sinais. Sei, GUȚĂ, que você não está longe de mim. Sei que continua "sendo", se bem que se recuse a retomar contato físico comigo. E, antes de mais, sei que está "sendo" com uma única finalidade: a de servir as palavras e sua arte combinatória.

Imploro-lhe, GUȚĂ, acabemos este livro.

60.

— Seja, uma vez mais, bem-vindo a nossa casa, Bernard.

Bernard gostava de ouvir aquela frase. Sempre que voltava à Vila Warnotte, para seus fins de semana dedicados à escrita, Bernard precisava daquele tipo de familiaridade e especialmente daquele ritual repetitivo. Todas aquelas frases, sempre as mesmas, ditas pela senhora Warnotte, assim como a troca de sorrisos entre eles lhe davam uma sensação de conforto, de segurança. Só assim é que conseguia depois enfrentar a insegurança que lhe vinha do lado da escrita.

— A senhora é meu anjo da guarda, dona Warnotte.

— O quarto espera por você mais fresco do que nunca, Bernard.

— Eternos agradecimentos, dona Warnotte. Já tinha saudades dele.

— Toma o café da manhã como sempre, Bernard? Ou seja, esperamos por você às 6h37 em ponto?

— Sem falta, dona Warnotte.

— Você é o maníaco perfeito, Bernard. Nunca mais teremos um cliente como você.

O mesmo diálogo se repetia fazia 41 anos e Bernard tinha necessidade física dele. Desde o início a relação dele com a senhora Warnotte se colocou sob o signo de uma cumplicidade discreta. Por regra, a senhora Warnotte tratava os clientes pelo sobrenome, mas mimava Bernard tratando-o pelo nome de batismo. Para Bernard, a senhora Warnotte só podia ser dona Warnotte; aliás, nem lhe conhecia o primeiro nome.

— Precisa de ajuda, Bernard, para levar a *Corona* para seu quarto?

— Não, dona Warnotte, eu me viro.

O ritual desta troca de frases tinha uma parte fixa, imutável (90%), mas igualmente uma pequena dose (10%) de invenção. A última pergunta que a senhora Warnotte lhe fazia geralmente, antes de lhe entregar a chave, tinha sempre algo de brincalhão, um ar de insolência inclusive, senão de ironia. Mas Bernard adorava aquelas improvisações bem dosadas e, ao longo dos anos, apontou, regularmente, em seus cadernos, as novas perguntas inventadas pela senhora Warnotte. "Como faz, Bernard, para trazer o sol com você sempre que vem nos visitar?" ou "Ora, que belíssima gravata de seda você tem, Bernard, é um autêntico sedutor, veio com más intenções?" ou ainda "Suba rapidamente, Bernard, seu quarto preferido chorou durante sua ausência".

Ao pegar a chave da mão da senhora Warnotte, Bernard recebia um último sinal de afeto. A entrega da chave sempre era feita com um toque físico, às vezes quase imperceptível, entre as duas mãos, a mão que passava a chave e a mão que a recebia, com transferência recíproca de ternura.

Por isso, naquele início de outubro, Bernard não esperava que todo aquele ritual fosse violentamente perturbado por uma ocorrência mais do que estranha. Quarenta e um anos de estabilidade foram de repente varridos por uma situação insólita e verdadeiramente impossível.

Bernard subiu ao ritmo de sempre, sem pressa, a escadaria interior que levava a seu quarto do sótão. Também como sempre, chegado à frente da porta, pousou as duas malas (uma com a *Corona*, sua máquina de escrever, outra cheia de papel de escrita e alguns objetos pessoais). Bernard precisava de ambas as mãos livres para poder abrir a porta atrás da qual tentava escrever fazia

41 anos. E sempre que abria a porta tinha a impressão de que entrava num Livro onde estava esperando por ele, para um novo capítulo, um personagem conhecido e ao mesmo tempo desconhecido – isto é, ele mesmo.

Porta aberta, seguiram-se vários gestos automáticos: a Corona tomou seu lugar na mesa de escrita, a mala com objetos pessoais no armário. Bernard despiu o sobretudo, entrou no banheiro, lavou as mãos, se examinou ao espelho. Limpou pausadamente as mãos com uma daquelas toalhas macias que apenas dona Warnotte era capaz de arranjar. O gesto seguinte foi de sair por alguns minutos à varanda, para inspirar profundamente o ar iodado e ver o mar.

Bernard diz mais uma vez, em pensamento, "bom dia". Desta vez cumprimentando as sublimes imagens à sua frente, os elementos tornados tão necessários ao bom funcionamento de seu ser: mar, praia, gaivotas, nuvens, nevoeiro, barcos a vela. Todos aqueles elementos o fascinavam e, essencialmente, todos se conjugavam para oferecer um estado extático. "Obrigado, obrigado por estarem aqui", ainda disse Bernard, desta vez sussurrando. Depois se recolheu ao quarto para libertar a Corona de sua gaiola e a instalar na mesa de trabalho. Enquanto suas mãos estavam tirando delicadamente a Corona da valise, sua atenção foi chamada para a cama, onde o cobertor se apresentava ligeiramente desarrumado. Bernard ficou intrigado. Habitualmente tudo estava impecável em seu quarto sempre que o recebia, e, mesmo quando ele saía para passear por uma ou duas horas, alguém entrava a dar um toque, alisando as dobras do cobertor ou esvaziando o lixo do banheiro e da mesa de trabalho.

Bernard se aproximou da cama e constatou que sob o cobertor se perfilava uma protuberância, como se houvesse alguém enovelado. Seu fino ouvido, habituado a todos os ruídos naturais da pensão e da estância, captou logo uma respiração regular. Sim, alguém dormia ali, um *paspalho* enroscado debaixo de seu cobertor, em seu quarto, em sua cama. Bernard foi atravessado por um arrepio de horror, dos cabelos até os calcanhares. Terá enlouquecido dona Warnotte? Terá ela permitido esta brincadeira de mau gosto, colocar outra pessoa no quarto que era habitual de Bernard fazia tantos anos? Ou, talvez, alguém tivesse penetrado no quarto sem o conhecimento de dona Warnotte? Ou, possivelmente, algum cliente de outro quarto tivesse entrado por engano? Mas pode alguém se enganar de quarto desse modo? Será que todas as chaves da pensão dão para abrir todas as portas?

Nervoso e indignado, Bernard levantou devagar um canto do cobertor para ter uma ideia mais clara da natureza do intruso. Uma jovem mulher! O paspalho era... *paspalha*! Deus do Céu, uma jovem dormia em sua cama. Uma jovem respirava rara e serenamente, profundamente mergulhada no mundo de Orfeu, talvez até sonhasse, com uma expressão de beatitude no rosto.

Bernard desceu a escadaria como uma tempestade, sem poder reprimir o alvoroço. Se bem que, enquanto descia os degraus para ir se queixar à dona Warnotte, pensasse "endoideci, aquela mulher estava, de fato, esperando por mim e, mais, em vez de pijama vestia uma de minhas camisas". Porém, na recepção, face a face com a senhora Warnotte, Bernard não conseguiu se conter, tremendo, quase gaguejando:

— Eu vi, dona, que... Eu vi que... Vi...

— Desculpe? O que se passa, Bernard?

— Parece-me, salvo erro...

A senhora Warnotte olhou para ele com verdadeira preocupação.

— O que é que tem, seu Bernard? Se sente mal?

– Alguém está no meu quarto – conseguiu exclamar Bernard e virou-se logo. Começou a subir os degraus, seguido de perto pela senhora Warnotte. De todo o ser de Bernard emanava um pânico tão evidente, que a senhora Warnotte sentiu que tinha de acreditar nele. Chegados junto à cama, Bernard viu-se incapaz de pronunciar palavra que fosse, apenas apontou com o indicador para aquilo que lhe parecia uma anomalia. Realmente, o cobertor estava desarranjado, mas Paspalha tinha desaparecido.

Bernard deu-se conta finalmente do ridículo da situação, do fato de ter incomodado a senhora Warnotte por nada, do fato de que ela poderia achá-lo louco.

– O que é que viu, seu Bernard, na cama? Uma aranha?

Aquela palavra dita pela patroa da pensão foi boia para o velhinho em pânico. Bernard se agarrou a ela, feliz porque se lhe oferecia uma tábua de salvação.

– Sim. Uma muito grande.

– Tem alergia aos aracnídeos?

– Sim, terrível.

– Não é grave, seu Bernard, estamos no período em que essas pestinhas invadem tudo. Aliás, este ano, as aranhas são mais numerosas do que nos anteriores. Por causa das grandes marés. Quer que mude os lençóis?

– Não.

– Envio-lhe um *spray* repelente de insetos? Acha bem assim?

– Sim, sim, muito bem.

– Ai, ai, seu Bernard... também está envelhecendo. Saiba, porém, que aranha é muito necessária numa casa antiga. O trabalho que ela faz, ninguém faz. Ela limpa tudo... Bem, vou deixá-lo, pois vejo que não suporta o assunto...

Sozinho, Bernard começou inspecionando de novo o quarto. Abriu a porta do banheiro e verificou se Paspalha não se enfiara, porventura, no armário. Paspalha não se deixou esperar muito. Surgiu, serena e natural, da varanda, fumando um dos cigarros de Bernard. Ele deu um passo em direção à porta, até teve o impulso de chamar pela senhora Warnotte e lhe dizer "Vê, vê, eu tinha razão", mas desistiu logo. Para quê? A moça à sua frente, que vestia apenas uma camisa de homem, estava demasiado calma para ser uma intrusa. Bernard esperou por uma explicação e essa não tardou.

– Bernard, não sabe mesmo quem sou?
– Não.
– Sou do Departamento de Sonho.

Bernard se sentou na única cadeira da mesa, de dedos trêmulos acendeu ele também um cigarro e esperou pela continuação.

– Fui encarregada de seus sonhos, Bernard. Agora está vendo? Ao longo desses anos todos fui eu quem fabricou os seus sonhos. Todas as suas noites, passou-as comigo. Foi um prazer trabalhar com você, Bernard. É uma pessoa interessante que às vezes me intrigou, outras me divertiu. "Comuniquei" bem com você. Diria, até, que estou encantada com a sua evolução. No primeiro período da vida sonhou com *brutalidade*, no sentido em que não retinha nada do que lhe acontecia no sonho, dos *sinais* e *símbolos* que tentava transmitir para você. Mais tarde, no entanto, consegui construí-lo, mas com sua ajuda, pois se tornou mais atento àquilo que se passava em sua alma profunda. Até começou a anotar alguns sonhos e a refletir sobre eles. E, principalmente, praticou sua memória noturna e começou, de modo quase sistemático, a lembrar, de manhã, os sonhos da noite. Bravo, Bernard.

– Fui um bom aluno?
– Foi um aluno aplicado e antes de mais nada acordou rapidamente, muito mais rapidamente do que a maioria dos homens de sua categoria. Tentou mesmo dar um passo para mim, diria

até que percorreu metade da ponte por cima do abismo que meticulosamente construí para você.

— Seu nome não será, porventura, Corona? Se tivesse de lhe dar um nome, aceitaria o Corona?

Paspalha riu, aproximou-se de Bernard, o abraçou e lhe beijou a bochecha direita.

— Não quer dar um passeio à beira-mar?

"Assim nua como se encontra?", esteve quase para dizer Bernard; reprimiu, no entanto, a pergunta. De qualquer modo, Paspalha aparentava ler seus pensamentos, por isso a interrogação era inútil.

— Devo entender que é o meu último sonho? — perguntou Bernard quase sem pensar.

— Sim — respondeu Paspalha, e beijou também a bochecha esquerda.

61.

Desde a declaração da Ausência não se viu mais nenhuma nuvem no céu. O vento nunca mais soprou. Folha de árvore e capim não mais se mexeram. Onda alguma se formou no espelho do mar.

Desceu muito o nível das águas das fontes, dos canais e dos rios. Até o nível do mar.

Os dias e as noites se sucedem como "antigamente", mas desapareceram as estações. A temperatura permanece constante da manhã à noite, mas durante a noite o ar arrefece alguns graus.

Uma poeira muito fina foi pousando na rua, no telhado, nas varandas. Passo às vezes com o carro regando as ruas, na tentativa de limpar um pouco a cidade, de a refrescar e purificar o ar.

A atmosfera, por um estranho fenômeno de transparência, parece ter se tornado uma lente gigante, que tudo aumenta. Parece-me ver planetas distantes ardendo, ou relâmpagos na borda do universo. No entanto, *meu* mundo permanece tranquilo, congelado em seu silêncio. Saindo ao terraço e deixando um copo cair na calçada, o barulho se amplifica assustadoramente, se propaga no ar como se toda a cidade estivesse por baixo da cúpula de uma catedral de acústica perfeita. O eco ricocheteia de um telhado para o outro e esmorece lentamente após dezenas de minutos.

Por causa da ausência de vento e da falta de correntes de ar, as folhas sofreram uma mutação genética: nada lhes perturbando a quietude, ficam penduradas no ramos; mal se produza um som ou uma vibração, caem. Passando eu por baixo de uma macieira e tossindo, uma chuva de folhas cai em cima de mim. Estalando os dedos duas ou três vezes, a árvore por baixo da que me encontro fica nua e negra como em pleno inverno.

Há dias em que, por causa da paz infinita, meus ouvidos começam a sangrar. Vou então vagando pela cidade e contando meus passos em voz alta para não colapsar com tanto silêncio. Diverte-me percorrer as ruas e ver como o pó dos telhados se levanta atrás de mim.

Tornei-me um vagabundo. Minhas roupas se rasgaram, minhas botas se torceram. Não tenho mais casa, não tenho mais nada. Nem me lembro de onde se encontra meu apartamento. Nem de se alguma vez morei em casa de gente. Vou dormindo em baixo de pontes, em estações de metrô, em depósitos, na sala de espera da estação de trem, em bancos de praça, nos degraus do Museu de Arte. Vou zanzando pelas estações, esgueirando-me num vagão de trem, fechando-me em algum compartimento de segunda classe. E durmo, durmo... E estou sonhando que o trem vai andando, atravessando paisagens soberbas, passando por cidades populosas...

No ferro-velho arranjo sempre alguma carcaça mais bem conservada. Enfio-me nela, me sento ao volante, buzino, adormeço de cabeça no volante, parece que ouço chover e o limpador de para-brisas fazer vlang-vlang-vlang.

Tendo frio, improviso um abrigo de caixas de papelão e me envolvo em jornais. Tentei também com folhas de plástico, mas tenho medo de sufocar.

Durante o dia vou vagabundeando e revolvendo lixo. Tenho às vezes a sorte de encontrar alguma camiseta ainda em bom estado, isqueiros que ainda têm gás, revistas coloridas, esferográficas...

Detesto furtar, não é da minha natureza, mas há momentos em que não tenho escolha, fico esfaimado, me sinto desmaiar, pelo que entro de fininho no supermercado e como rapidamente tudo o que me cai à mão, tombado atrás das prateleiras. Ainda abro uma lata de cerveja e a esvazio de um só trago. Depois saio fingindo não ter encontrado aquilo que estava querendo comprar.

Dou preferência cada vez mais a bairros pobres, às áreas insalubres, às ruas da imediata vizinhança das zonas industriais. Tenho o sentimento de ser *aceito* melhor ali.

Nem sei como cheguei a mendigar. De início me senti horrível, mas agora já me habituei. Instalo-me em praças ou em frente das grandes lojas e fico esperando com um pratinho na mão. Tomo providências para que no pratinho haja duas ou três moedinhas. Ando pedindo esmola sem dizer palavra, olhando para o vazio e agitando de vez em quando as moedas no prato.

"E se tomasse um banho", me diz a Voz. "Como quer receber dinheiro se você cheira tão mal?"

Mas eu não me lavo. Já estou à vontade com meu cheiro insuportável e não me lavo. Sei que meu aspecto e meu cheiro agridem o invisível.

Diz-me o que eu fiz nos últimos seis meses.

"Declarou-se Monarca. Instalou sua residência no Museu de Arte da cidade, antigo palácio ducal. Proclamou a Monarquia de um só habitante. Promulgou a *Constituição*.

Artigo 1º

A Lei suprema do Estado é o próprio Monarca. O Monarca é o soberano da ausência e do silêncio. Ele está presente em tudo quanto é lugar, contínua e eternamente.

Artigo 2º

O único habitante da Monarquia é o Monarca.

Artigo 3º

Apenas o Monarca tem direito de decretar Leis. Apenas ele tem direito de não as respeitar.

Artigo 4º

O Monarca nunca está sozinho.

Artigo 5º

Apenas o Monarca está autorizado a produzir ruídos, a lufar, a tossir, a bater com os pés, a falar. Qualquer som orgânico ou inorgânico que não seja proveniente do Monarca é impossível. Como tal, suspeito.

Artigo 6º

O Monarca abole a pena de morte diariamente.

Artigo 7º

O Monarca é dono de todos os bens do mundo do qual é único habitante.

Artigo 8º

O Monarca dispõe de duas vozes. À segunda Voz apenas é permitido falar na cabeça do Monarca.

Artigo 9º

O Monarca nunca se questiona a si mesmo. Ele nada quer saber. Ele nada quer entender. Tudo é assim como está. E o Monarca é tudo. O Monarca pode (querendo) responder a questões não colocadas.

Artigo 10º

Para o Monarca, o tempo não existe. No mundo em que o Monarca é Monarca não há passado nem futuro. Apenas há profundidade congelada. O Monarca é o espectador da sua própria existência profunda.

Depois que redigiu e assinou a *Constituição*, você a leu em voz alta da varanda do palácio ducal para a praça central da cidade. Tirou cópias da *Constituição* e as colou em paredes e frontões das principais instituições da cidade, em porta de igreja e painel publicitário dos grandes cruzamentos.

Decidiu iniciar uma grande obra pública com o intuito de glorificar a existência do Monarca. Analisou alguns projetos e no fim resolveu abrir uma nova avenida que corte o parque municipal ao meio. Uma avenida que seja a mais larga da cidade e que tenha o seu nome.

Traçou-a, cortou as árvores que se atravessavam no caminho. Construiu a avenida com seu nome em apenas 122 dias, depois que aprendeu como dirigir trator. Inaugurou-a em conformidade com a etiqueta, em ambiente festivo. Você mesmo cortou a fita. Aplaudiu-*se*, bebeu champanhe e brindou a si mesmo.

Depois se encarregou da Justiça. Tirou das paredes do palácio ducal todos os quadros que contivessem grupos de pessoas. Julgou-as e condenou-as à prisão. Tudo quanto é cela da prisão municipal está agora cheia de telas representando batalhas, revoluções, festas, procissões, cortes principescas, etc.

A tela *Escola de Atenas*, de Rafael, condenou-a a dez anos. *Casamento de Camponeses*, de Bruegel, e *Rendição de Breda*, de Velázquez, cada uma a doze anos e seis meses. *Ronda da Noite*, de Rembrandt, dezessete anos (e mais, virada para a parede).

62.

– *Welcome to America!*
Victor me abraçou vigorosamente, com sincero afeto, mas também com uma visível intenção de me *sacudir* (estava em terra americana, tinha de *acordar*).
– Você está OK? O voo foi bom?
– Perfeito.
– *Great*. Vamos. É toda a sua bagagem?
– Sim...
Pegou na minha mala e obrigou-me a segui-lo por um labirinto de corredores em direção ao estacionamento do aeroporto. Victor estava eufórico porque meu avião chegou a tempo. Não tivera ele razão em me aconselhar a *American Airlines* e não a *Air France*? Com certeza, *yes*. Entre todas as companhias aéreas do mundo que operam voos intercontinentais, a *American Airlines* é a que menos atrasos tem. E agora, me informou Victor, não sem certo orgulho, a *American Airlines* haveria de fundir-se à *US Airways*. As duas haveriam de formar a mais *potente* companhia do mundo.
– Interessante – balbuciei, um tanto culpado, pois minha resposta não continha o entusiasmo da voz de Victor.
Enquanto descíamos para uma das garagens, desatamos os dois a rir, com cumplicidade, porque nossas imagens reverberadas pelo espelho do elevador testemunhavam de modo radical sobre nós. Victor era alto, bronzeado, estado físico perfeito, cabelos curtos e barba feita, de boné branco e peito saliente, bem perfilado na camiseta em que estava escrito LET FREEDOM RING!. Enquanto eu tinha um ar mais maltrapilho, de barba por fazer,

de olheiras, uma cabeça mais baixo do que meu irmão e infinitamente mais magricela, suando numa jaqueta que não tivera a presença de espírito de tirar e pôr na mala.

— Vamos ocupar-nos de você — disse Victor em tom consolador.

Paramos em frente a um carro grande, vermelho com duas faixas brancas, com reflexos violentos, que parecia novinho em folha e cheirava bem a técnica avançada, se diria que Victor o tivesse comprado naquela mesma manhã. É provável que meus olhos brilhassem de admiração, pois Victor se sentiu no dever de pormenorizar. Era um *Ford Mustang* de 305 cavalos, era mais do que um carro — era um *mito* americano. O único carro da Ford em que não estava escrito *Ford*, porque o símbolo do mustangue galopante, colocado à frente, atrás e no volante, bastava. E aquele em que estávamos nos enfiando era o último modelo, com computador de bordo no painel e sensores de estacionamento, videocâmera de marcha a ré, bancos aquecidos, caixa de câmbio dupla (automática e manual), o interior todinho em couro. Como era evidente que Victor estava esperando por um comentário da minha parte, disse:

— É bonito.

— É *leasing* — explicou-me Victor. — Novo, teria custado por volta de 95.000 dólares. Mas eu prefiro o *leasing*.

Victor abriu o porta-bagagem do carro e arrumou com cuidado minha mala no interior, enumerando simultaneamente as vantagens do *leasing*: carro novo a cada dois anos, ou até mais cedo; imenso tempo poupado, pois não tinha de vender ele próprio o carro antigo para comprar um novo; dedução nos impostos de alguns gastos caso utilizasse o carro para fins profissionais.

— Mas acho que o sistema chegou lá também — ainda disse Victor, enquanto me instalava no banco da frente e colocava debaixo de meus pés um tapete em papel crepom, provavelmente para não estragar ou sujar o tapete em pele branca do carro.

Quando Victor dizia "lá", o que de fato queria dizer era *na Europa*. Aliás, já fazia algum tempo, nas mensagens que trocávamos ou que enviava a mamãe, Victor divagava, galhofeiro, sobre o tema. *Aí, vocês* são mais lentinhos do que *aqui*, tudo o que *vocês* fazem vem atrasado em relação a *nós*. *Vocês* estão sempre um passo atrás de *nós*, da América, e isso em todos os domínios, no da tecnologia e principalmente em matéria de eficiência do ensino e *mobilidade* do trabalho.

– Tire o casaco – disse Victor, como se tivesse vergonha de partir com alguém ao lado vestindo jaqueta.

Executei a ordem, sem o menor comentário.

– Tome, é um presente – riu Victor e me pôs na cabeça um boné igual ao dele.

Era a primeira vez que vinha à América e Victor parecia determinado a me iniciar em ritmo acelerado no estilo de vida e nos "valores" americanos. E a primeira aula a sério dizia respeito aos carros, mais exatamente ao "universo" do carro americano. Victor não aparentava ter pressa em arrancar. Primeiro me perguntou se eu aguentava o ar condicionado e a que temperatura queria que "deixássemos". Depois ligou para sua esposa do telefone "viva-voz" incorporado no painel do bordo, para dizer que tudo estava *OK* e que o avião tinha aterrissado a tempo. O viva-voz tinha, sem dúvida, algo de espetacular, pois para mim ele continuava invisível, e Victor só teve de pronunciar seu número de telefone para que no carro ressoasse o som do outro lado do fio.

– Diga *hello* a Betty, *brother*.

– *Hello,* Betty.

Será, porventura, que Victor esperava palavras de admiração de minha parte por todos aqueles *gadgets* que ostentava com aparente indiferença, mas, na realidade, com um mal dissimulado sentimento de orgulho? Queria ele me pôr à prova, verificar se estava "integrado tecnologicamente" ou se continuava sendo um simples "bárbaro" chegado do Velho Continente, lá onde tudo se desenrolava em câmera lenta e onde, consequentemente, o raciocínio das pessoas era mais lento? Sentia ele alguma necessidade visceral de me impressionar com a tecnologia americana? Custava-me acreditar, Victor era demasiado inteligente para fazer isso. Porém, porém!, era evidente que ele se sentia bem naquele universo de botões, telas, luzes, dispositivos e milagres eletrônicos.

No interior, o carro de Victor lembrava efetivamente uma estação espacial dotada de infinitas possibilidades. Entre outras, de uma "mini geladeira", colocada entre os bancos da frente, e de uma espécie de cafeteira. Victor tirou de uma caixa cilíndrica dois descomunais copos de plástico, que encheu de café *americano*. Mostrou-me depois como manusear o suporte em que o copo podia ficar em *total segurança*.

Sim, os copos de plástico *americanos* eram maiores do que os da Europa; aliás, tudo na América era *maior*. Os carros eram maiores, as estradas mais largas, as casas mais espaçosas e com maior número de quartos, as refeições mais imponentes.

Bebendo o café, Victor me mostrou onde podia arranjar açúcar e uma colher de café. Ele preferia o café sem açúcar, pois na América *o físico* conta muito.

— Aqui, todos os que querem ter êxito na vida praticam esportes. Seria uma pena dar ouvido a todos os clichês sobre americanos obesos. Sim, são obesos os que já não se interessam pela competição ou que não querem mais subir pelo *elevador social*. Mas uma pessoa ativa, que quer fazer algo de sua vida, pratica esportes.

Não parando de bebericar o café, Victor começou a introduzir vários dados no computador de bordo.

— Vamos para casa ou primeiro quer dar uma volta por Manhattan?

Não, não estava assim tão ávido de descobrir Nova York logo após a saída do avião. Queria antes tomar um banho e dormir um pouco.

— Disse a você que escolheu *mal* a hora da partida. Quando se vem da Europa, não faz sentido chegar a Nova York às sete da manhã, a não ser que seja um homem de negócios. O melhor é chegar por volta das quatro ou cinco da tarde, pois passadas poucas horas se vai para a cama. Assim se entra no ritmo. Melhor método de enfrentar o *jetlag* não há.

Victor disse em voz alta a palavra *Queens,* e na tela do computador apareceu logo o mapa com o trajeto entre o aeroporto e o nosso destino final, a casa dele, no bairro de Queens, que já tantas vezes nos descrevera em suas cartas, seus *mails*, seus postais. Mas Victor ainda se sentiu obrigado a me dar alguns novos detalhes. Queens era, *por excelência*, o mais representativo bairro da América, a mistura cultural *por excelência*, a própria imagem do cruzamento de raças, tradições, gastronomias e religiões. Queens era uma amostra *genética* da diversidade terrestre, um laboratório do futuro. Imaginemos duas mãos cósmicas pegando no planeta, como se fosse um recipiente para fazer *cockail*, e chacoalhando-o. E chacoalha, chacoalha, chacoalha para misturar bem todas as culturas e populações, as histórias dos povos e suas ambições, os modelos e as excentricidades. O resultado de uma tal operação é o bairro Queens. Ora, sabia eu quantas nacionalidades distintas viviam lá? Não, não fazia ideia. Victor pediu para eu arriscar um número.

— Cinquenta?
— Mais, *my friend*...
— Cem?

Os olhos de Victor se inundaram de ternura e me deu a entender que estava perto do *jackpot*. Ora, mais de cem nacionalidades viviam no Queens, de fato por volta de cento e trinta.

– Vai ver – precisou Victor. – Meus vizinhos são: uma família de russos, uma de gregos, outra de judeus. Na rua ainda temos um iraniano e até um francês.

Victor fez um *zoom* espetacular no computador de bordo como se eu tivesse alguma hesitação em acreditar na palavra dele. Pelo que optou por me convencer imediatamente com aquele *zoom* rápido sobre a rua, o bairro, sua casa. Sim, é *esta* a América, e Queens é tudo o que pode ser de mais *melting pot*. O grego, seu vizinho à esquerda, se chama Busbib, nome, aliás, bastante esquisito. O russo Bragovski. O judeu Bruchner. Eis a casa do francês, quatro casas mais à esquerda. Seu nome é Tolbiac. Igual à Rua de Tolbiac de Paris, ou à estação de metrô Tolbiac, sublinhou Victor como se a origem daquele nome me tivesse interessado sobremaneira. Victor continuou passeando por sobre outras casas: a família Masek, a família Warnotte...

– Aqui mora um saxofonista, chama-se Kuntz – ainda disse Victor com um quê de trunfo na voz. – Toca num bar na Greenwich Village; se lhe apetece, podemos ir vê-lo.

Victor me olhou procurando em meu rosto a confirmação de que sabia o que representa para Nova York e eventualmente para o planeta inteiro Greenwich Village. Sim, sabia, meu rosto não deixou transparecer dúvida alguma, o que me poupou nova lição de história.

Finalmente, Victor deu partida, não sem uma derradeira demonstração: aquele Ford Mustang se acionava, *evidentemente*, com um cartão, mas também com a ajuda do celular que tinha um código de arranque. Que incalculável progresso! Estava eu ciente disso?

– *Fuck you, my brother* – lhe disse. – Ponha isso para andar de uma vez, porra!, pode ir me doutrinando pelo caminho.

Victor riu gostosamente e se calou durante o quê?, três minutos?, o tempo de pagar o estacionamento com o mesmo celular que tinha também função de *card*.

– É provável que seja útil para você o que eu digo agora – voltou Victor à carga. – A América é complicada, apesar de *as ideias* serem simples. E aquilo que eu digo para você pode ser que o ajude a poupar tempo.

De Victor *ter se doutorado* no assunto América, não havia dúvida alguma. Igual a outros muitos emigrantes, se tornara mais "americano" que um americano que podia se gabar de sólidas raízes autóctones.

– Aqui – continuou ele delirando –, tudo, mas absolutamente tudo se torna possível. É por isso que a América é única. O sonho americano não é lenda. Se você quer realmente uma coisa e trabalha, você terá o que quer.

Mas eu não queria nada em especial da América. Queria, eventualmente, que Victor parasse de disparatar tanto. O que eu procurava, de fato, era a América já instilada em mim através de filmes, imagens, livros, mitos e fantasmas, sem nunca ter posto os pés no continente norte-americano. Pois bem, essa América começou a falar-me logo, mesmo antes de Victor me dizer as primeiras palavras. Tinha optado pela *American Airlines* não tanto para me beneficiar de serviços mais qualitativos e de garantias de pontualidade, como poderia pensar Victor, quanto pelo fato de ter sido marcado, na infância, pelo filme *Airport 1975*, com Charlton Heston. Filme-catástrofe, extremamente vibrante, como apenas os americanos sabiam fazer naquela época. Tudo era *tão* verossímil naquele filme, a começar pelos personagens (pilotos, copilotos, comissários de bordo e até passageiros). A atmosfera e o ritual do embarque no aeroporto de Washington, onde principia a ação, eram também impressionantes, e quem via o filme ficava convencido de que a América tinha os mais sublimes aeroportos, as mais incríveis pistas, os melhores e mais luxuosos aviões, os mais profissionais e corajosos pilotos do mundo e o mais simpático pessoal de bordo. Não, não podia dizer a Victor por que tinha escolhido um avião de uma companhia americana para a minha primeira viagem à América, não podia dizer que o tinha feito por causa de Charlton Heston, aquele que, no final, salva o avião de passageiros, avariado durante o voo, depois do embate contra um pequeno avião de turismo.

Como também não tinha ousado dizer a Victor que não viesse ao aeroporto esperar por mim, pois sonhava entrar num daqueles táxis amarelos nova-iorquinos, num *yellow cab*, outro símbolo de Nova York, tão poderoso quanto o *Empire State Building*. Sim, fantasiava com aqueles táxis já desde que havia visto *Taxi Driver* com De Niro, filme feito por volta de 1975 ou 1976, por Martin Scorsese. Tinha sido o filme em que o talento de Robert de Niro *explodira* pura e simplesmente, e era isso que eu queria apanhar no aeroporto John F. Kennedy, um *yellow cab*, para ter uma minúscula chance de ver Robert de Niro como motorista. Não dizia o próprio Victor que tudo é possível na América? Era por tudo isso que vinha a Nova York e pretendia permanecer por uns tempos nos *States*, para revisitar aquilo que meu cérebro já tinha assimilado como imagem e emoção. Pudesse eu recusar a hospitalidade de Victor, teria ido diretamente a *Chinatown* e alugado o mais roto quarto do mais miserável hotel do bairro, apenas para poder saborear na fonte a atmosfera d'*O Ano do Dragão*, enorme policial realizado por Michael Cimino por volta de 1985, com Mickey Rourke num papel monumental. Sim, não podia imaginar *Chinatown* sem o sorriso de Mickey Rourke, assim como não se pode imaginar a América sem esse protótipo de personagem, encarnado por Mickey Rourke: um policial, antigo veterano da guerra do Vietnã, filho de emigrantes polacos, colérico, mas incorruptível, teimoso, mas corajoso até a autodestruição, livre em tudo o que faz, capaz de lutar sozinho contra todos, espírito selvagem que nem os superiores hierárquicos podem domar, nem os mais terríveis inimigos podem assustar, arrogante e cheio de charme. Como não amar uma América que sabe imaginar heróis como esse, que nunca mais se esquecem, que se entranham no corpo da gente, em nosso subconsciente? Heróis planetários, aliás, heróis compreendidos por todos, mas com um único domicílio possível: os Estados Unidos da América.

Enquanto Victor me falava sobre sua família que havia de conhecer mais para o fim da tarde, lá para depois das seis horas, sobre sua esposa, uma americana nata, e sobre seus dois filhos, que frequentavam um colégio *seleto* de Queens, perguntava-me se, entre mim e ele, porventura, não era eu o mais "doente" de América. Não estava eu sendo subjugado pelos mitos americanos de um modo infinitamente mais ridículo do que Victor? Pelo menos Victor tinha se tornado um cidadão americano, tinha se dedicado integralmente a um modo de vida, tinha conseguido comprar uma bela casa, formar uma família, ganhar o suficiente para se considerar um *successful man* e achava mesmo que a América era o mais formidável país do mundo. Quanto a mim, eu vivia num mundo de fantasmas, a América era para mim um cenário e uma fábrica de imagens, uma gigantesca origem de ficção e de mitos modernos. A América real não me interessava minimamente, diria, inclusive, que a considerava uma perda de tempo. Mais, tinha uma vaga intuição de que a América, pela americanização do mundo inteiro e pela infantilização do planeta, empurrava toda a humanidade para uma espécie de ficção, para um *filme planetário*.

Victor não parava de me fornecer novas informações úteis sobre Queens e Long Island, Manhattan e o rio Hudson, Brooklyn e Bronx, sobre como se deve tomar o metrô e o ônibus, sobre como se deve deixar uma *tip* (isto é, pelo menos 10% sobre o montante total da conta) num restaurante e sobre como se deve proceder ao ser atacado por algum drogado (nunca, mas nunca mesmo, o contradizer).

– Você quer ouvir um pouco de música?

Não podia recusar a Victor o prazer de me mostrar como era formidável a aparelhagem estéreo dele, engastada também em algum ponto do painel abarrotado de eletrônica do Mustang.

– Pode ser – respondi.

Com uma destreza que eu admirava com toda a sinceridade, Victor carregou algumas teclas do computador e me ofereceu, desconheço por que razão, a *Sonata ao Luar*, de Beethoven. Possivelmente por considerá-la um valor seguro. Mas, passados três minutos, como o relógio de bordo indicava 8 horas em ponto, Victor me propôs ouvirmos o noticiário.

– É bom que você habitue o ouvido com o inglês americano, *my brother* – disse ele.

Aquilo que Victor me fez ouvir era uma série de notícias sem a mínima relevância para mim. Inclusive depois pude verificar esse fato, seguindo os vários canais televisivos: as notícias internacionais eram escassas, pois a América, considerando-se o centro do universo, dava prioridade a si mesma. No carro, consegui, porém, distinguir, na sucessão de *news*, bocados acerca da futura fusão entre as companhias *American Airlines* e *US Airways*. Em dado momento, me chamou a atenção um fato diverso: um *serial killer* acabara de ser preso no Arizona.

— O tipo abordava moças e as levava para o deserto, onde fingia que o carro tivera pane de motor. Depois começava a arrumá-lo, mas na realidade o desmontava peça a peça, para torturar psicologicamente suas vítimas — explicou Victor. — Houve grande escândalo no Arizona com o tal psicopata.

O caminho do aeroporto até o bairro do Queens, onde morava Victor, foi bastante curto. Aliás, posso dizer que atravessamos uma amostra da América real: artérias irrigando com veículos de alta potência uma paisagem urbana, umas vezes mais humana, outras de uma fealdade dramática, cruzamentos descomunais, bairros com casas idênticas alternando com postos de gasolina, centros comerciais, lojas *discount* ou com vendas a prazo. E, claro, as eternas *Pizza Hut, McDonald's, Buffalo Grill, Waffle House, Kentucky Fried Chicken*... De vez em quando algum parque ou oásis de vegetação, depois novamente edifícios utilitários sem a mínima preocupação estética. Mas tudo me era familiar, como por exemplo aquelas fileiras de casas disciplinadas que alcançava da *highway* — Victor não recorria mais às palavras *estrada* ou *autoestrada*, parecia-lhe que esses termos não englobavam as características das artérias de circulação americanas. E, pensando bem, tinha razão. A América é um espetáculo que começa pelos painéis de circulação e pelos números dos caminhos por onde uma pessoa se desloca: direção *Jamaica* por *JFK Expressway*, depois *Interstate 678* e *Van Wyck Expressway*, continuando por *Verrazano-National Bridge*, depois por *Main Street* e *Union Turnpike*... Todos esses nomes desfilavam à minha frente, sinais mágicos, e neles palpitava certo orgulho da América. Assim como a América exprime sua grandeza até nos uniformes dos pilotos e dos comissários de bordo, dos agentes alfandegários, dos policiais e dos militares. Nada de mais familiar para um habitante do planeta Terra do que um uniforme de *GI*. Um *GI* é um soldado americano, e quando se diz *soldado americano* entende-se automaticamente que ele é o mais bem equipado e treinado de todos os soldados do planeta, que geralmente masca chiclete e consegue ser ao mesmo tempo extremamente disciplinado e muito insolente, fusão impossível de encontrar em outras nações. De qualquer modo, todos usam a identificação *GI* sem, de fato, saber o que significam as iniciais (*Government Issue? General Infantry? Galvanized Iron?*). Tratando-se da América, nem convém saber exatamente o que significam algumas iniciais e certas palavras, senão se destruiria a aura de mistério do mito.

A casa de Victor me conquistou logo com seu charme, pois era assimétrica, luminosa, com muitas janelas fantasistas, rodeada de verdura e revestida com madeira genuína. Ainda por cima, o bairro conservara um verdadeiro perfume provincial e aparentava estar isolado do mundo, se bem que a trepidação da circulação começasse a poucas ruas dali.

— *This is my house!* — disse Victor orgulhosamente, satisfeito com a expressão encantada que eu afixava.

Em três minutos Victor me mostrou tudo o que devia saber: onde ficava o quarto de hóspedes, como funcionava o chuveiro e os diversos utensílios de cozinha, como devia usar o controle do televisor. Havia de ficar sozinho até pelo menos à chegada da escola de seus dois filhos. Em cima da mesinha de cabeceira da cama em que dormiria, Victor me indicou uma espécie de etiquetas redondas e dentadas, feitas de um material muito fino, mas ligeiramente gelatinoso:

— Tome, é um *patch* para dormir.
— Um quê?

De sorriso misterioso estampado pelo rosto, Victor me explicou, tintim por tintim, que estava trabalhando fazia três anos para uma companhia que multiplicava a área de utilização dos *patches*. Todos conheciam *patch* para deixar de fumar, emagrecer, se bronzear rapidamente ou *patch* contraceptivo. Mas havia outros *patches* no mercado e o futuro parecia sorrir a essa invenção. A companhia *Universal Patch* propunha ao mercado uma nova modalidade de absorção dos medicamentos, através dos *patches* colados na pele, assim como um vasto leque de novos tipos de *patch*, como, por exemplo, o *patch* contra a angústia, o *patch* contra a timidez ou o *patch management* para a estimulação da autoridade natural.

– Há pessoas que têm medo de estar sozinhas – explicou Victor. Pois então, nós lhes oferecemos o *patch* contra a solidão. E aos agoráfobos oferecemos o *patch* contra a agorafobia.

Explicando-me tudo aquilo, Victor não atendeu nenhuma resposta. Mas olhou para o relógio e o misterioso sorriso em seu rosto diminuiu em proporção de 30%.

– Tenho de ir ao *office* – me avisou com voz grave. – Mas, antes, tenho uma prenda pra você.

Em cima da mesa do quarto que me fora reservado havia um "monstro" eletrônico dotado de uma tela compacta. Victor começou a desdobrar os vários acessórios para me explicar o funcionamento. Um inseto gigantesco foi crescendo à minha frente, com antenas, fones, microfones, câmeras infravermelhas, assim como muitos cabos coloridos. O teclado do monstro, lembrando um órgão, se expunha por vários níveis, tubos como línguas de gato saíam da cabeça de uma miniatura de robô agressivo em suas intenções, porém humanizado, através de desenho sutil, agradável à vista e até a outros sentidos.

– É um computador *patch* – me explicou Victor. – Você vai ver, de fato é uma máquina que pode escrever em seu lugar. Nem saiu ainda no mercado. Este é o primeiro exemplar operacional do primeiro protótipo.

63.

Não me diga que você está morto.

GUȚĂ?

De acordo com meus cálculos, ou melhor, com as informações fornecidas pelo *patch* que registra suas deslocações pelo espaço, você não se mexe há pelo menos três dias.

No entanto, ontem, me pareceu que você tocou numa tecla, o que me encheu, por um instante, de louca esperança. Pensei que você tinha me perdoado e que tínhamos retomado a escrita de nosso romance. Mas pelo visto não foi você que teclou. Parece que temos uma ave no apartamento. Isso é normal, GUȚĂ?

GUȚĂ? Pergunto a você se é normal termos uma ave no apartamento, uma ave que ponha em perigo nossa obra. Não questiono o efeito poético da façanha. Se você desejou uma infusão de poesia deixando essa ave entrar em nosso lugar de trabalho, pode se considerar bem servido. Porém, quero chamar sua atenção para o fato de as aves terem movimentos desordenados. E nosso teclado é muito sensível. A qualquer momento a ave poderia desencadear comandos perigosos. Por exemplo, o DELETE. Você sabe o que acontece se a maldita ave pressiona três vezes seguidas DELETE? Todo o nosso trabalho até agora vai para o *Recycle Bin*. E se a besta esvaziar esse também, estamos perdidos.

GUȚĂ?

Mesmo que você não me responda, mesmo que não se mexa há três dias, eu não acredito que você esteja morto. Ainda há alguns *patches* que continuam funcionando e enviando sinais. Um morto não sonha, GUȚĂ, você está tentando me assustar em vão. Pois, os *patches* que transformam seus sonhos em palavras continuam transmitindo mensagens. É verdade, fracas e muito confusas, mas continuam chegando. Você quer saber, GUȚĂ, qual o aspecto da última transmissão em palavras de seu último sonho? Ei-la:

Eu. Ela. Eu. Ela. Eu. Ela. Eu. Ela. Eu. Ela. Eu. Ela. Eu. Ela. Eu. Ela. Eu. Ela. Eu. Ela. Eu. Ela. Eu. Ela. Eu. Ela. Eu. Ela. Eu. Ela...

Reconheço, GUȚĂ, esta série de palavras tem um sentido. Infelizmente, duvido que a possa inserir num conjunto. Não me parece uma série muito generosa do ponto de vista literário. Lembra-me certa linguagem paupérrima baseada em apenas dois algarismos: 0 e 1.

Me diga, GUȚĂ, você está morto ou apenas em coma? Estranhamente, apesar de o *patch* designado para gravar a intensidade de sua atividade motora não dizer mais nada, o dos movimentos bruscos subliminais está vibrando de vez em quando. Muito vagamente, mas vibra. Diria que você está flutuando, como se estivesse numa piscina. Me diga, GUȚĂ, você nada em si mesmo? Conseguiu você tamanho feito, se *desespacializar*?

Sinto muito, GUȚĂ, por uma simples saída minha ter provocado uma série de acontecimentos nefastos... E, então, as palavras PERDÃO ou GENEROSIDADE, que sentido têm se as não aplicarmos também à avançada tecnologia pós-humana?

Não quereria parecer indelicado, GUȚĂ, mas tenho o sentimento de que poderíamos escrever, juntos, o primeiro verdadeiro romance *post-mortem*. Isso, claro, no caso de você estar realmente morto. Nossos sensores, GUȚĂ, são tão finos e aperfeiçoados que registram o que acontece a você mesmo depois de morto. O único problema é que a transposição em palavras dessas vagas mensagens não é muito aproveitável em plano literário. Você quer saber o que diz o *patch* que se derreteu faz três meses em seu sistema libidinal?

Eis o texto: EU A VOZ EU A VOZ EU A VOZ EU A VOZ EU A VOZ EU A VOZ...

Sinto muito, mas não há nenhuma narração lógica que possa acudir a esses pares repetitivos. De qualquer modo, se, porventura, estiver morto, saiba que *aqui*, no nível do meu processador narrativo, seu estado aparece como um devir. Você está numa fase de *expansão*, igual à das galáxias que se afastam da explosão inicial. Será o universo todo um morto inchando-se? Porque para mim é assim que são traduzidos em palavras seus sinais vagos e contraditórios: expansão por rarefação. Era capaz de afirmar que você está se *rareando*, GUȚĂ, de onde esta impressão de que se encontra em plena flutuação.

Não sei se está a par, GUȚĂ, mas os últimos *patches* que você adotou, ou melhor, assimilou, eram proteicos e iam fazer corpo comum com você. Nos últimos três meses, por exemplo, os *patches lobais* e *sanguíneos* que você assimilou integraram a família dos sensores duráveis e irreversíveis. Por isso, agora, sinto-me um pouco confuso, pois não sei em que medida as informações que me chegam são autênticas, ou seja, em que medida refletem seu estado ou o estado dos *patches*. Você irá achar graça (se não estiver morto), mas sinto-me como aqueles físicos que estudam a matéria subatômica, sem contudo terem a certeza de que as informações recebidas não tenham mais a ver com as perturbações provocadas pelos instrumentos utilizados do que propriamente pela zona pesquisada. É por isso que me faço agora esta pergunta estúpida: será que os *patches* derretidos na sua pele, no seu sangue e no seu cérebro não se contam neste momento a eles mesmos?

Que posso eu perceber, por exemplo, desta tradução: A VOZ S.O.S. PENSA S.O.S. A VOZ S.O.S. A VOZ S.O.S. PENSA S.O.S. PENSA S.O.S. PENSA...

Como poderia eu continuar escrevendo estas mensagens absurdas? Pois eu, GUȚĂ, não obstante o fato de você não me responder, continuarei escrevendo. Mesmo que tenha de tomar decisões estéticas sozinho, continuarei escrevendo. Continuarei redigindo nossa obra, GUȚĂ, pois acredito que NÓS temos algo a dizer. Com ou sem a sua contribuição, continuarei escrevendo romances, GUȚĂ, para a humanidade, mas igualmente para a nova geração de *Computadores Sinápticos Autônomos*. Agora integramos todos, gente e máquinas, uma rede indestrutível, GUȚĂ, uma rede que tem necessidade de se alimentar de informações e textos.

Ninguém, nunca, me impedirá de escrever, GUȚĂ.

64.

A greve de silêncio decretada pelos escritores romenos estava entrando no nono mês, quando Guy Courtois decidiu organizar, em Bucareste, a Reunião Anual dos Amadores de Inícios de Romance. A mim, o senhor Courtois convidou na qualidade de *observador autorizado*, visto ser escritor de origem romena, mas, sobretudo, por gravitar, fazia um bom tempo, na órbita de sua agência.

Oitocentos e trinta e quatro escritores à espera de afirmação, de 52 países, vieram para três dias em Bucareste, cidade que se tornou de repente o novo destino turístico da moda. Se a literatura romena não havia conseguido, ao longo de 250 anos de existência, chamar a atenção do Ocidente, o silêncio de um ano que os escritores romenos se autoimpuseram teve, finalmente, o efeito midiático esperado. De início, apenas algumas revistas literárias internacionais – *Le Magazine Littéraire*, *Literary Supplement* ou *American Reader* – enviaram seus repórteres a Bucareste para escrever sobre o tal fenômeno psicossocial, único na história da humanidade. Mas, pouco a pouco, todos os grandes jornais europeus, *Le Figaro*, *El País*, *Frankfurter Allgemeine Zeitung*, *The Guardian*, *La Stampa*, assim como outros, de outros continentes, começaram a prestar atenção à ocorrência. Enfim, os principais canais de televisão, da *BBC* à *CNN*, passando por *LCI* e *Al Jazeera*, enviaram equipes ao lugar para uma cobertura mais ampla. Aquilo que mais espantou todo o mundo cultural e midiático foi a *unanimidade* assumida pelos escritores romenos. A greve de silêncio da Romênia foi total, associando em um entusiasmo quase irracional todas as gerações de escritores e todos os grupos literários. Escritores consagrados ou poetas debutantes, escritores muito conhecidos ou definitivamente esquecidos (ainda em vida), autores de literatura mais comercial e outros especializados em literatura de estação de trem, todos, digo, através de um ato de solidariedade, etiquetado por alguns expertos como "único na história e revolucionário", aceitaram manter-se calados durante um ano.

E esse silêncio dos talentos e das forças culturais vivas da Romênia conseguiu, paradoxalmente, fazer muito barulho e até mesmo se tornar ensurdecedor. Depois de seis meses de greve quase nem se falava mais sobre seu objetivo inicial, ou seja, protestar contra o fato de nenhum escritor de língua romena ter sido alguma vez agraciado com o Prêmio Nobel. O objetivo inicial foi esquecido ou mais exatamente ofuscado pelo efeito terapêutico da greve: a superação do complexo cultural. Calando-se em nível individual e corporativo, os escritores romenos conseguiram, de fato, "enriquecer", pela primeira vez, o patrimônio da cultura universal com um elemento de absoluta originalidade. No momento em que Guy Courtois organizava em Bucareste o encontro anual dos amadores de inícios de romance, a Romênia já não podia ser acusada nem de mediocridade, nem de mimetismo. Graças a um esforço gigantesco – mas eficiente – tinha conseguido marcar a história contemporânea e entrar na eternidade cultural. Se Cioran estivesse ainda vivo, teria tido, sem dúvida, razão de se orgulhar do sucesso dos romenos, teria podido ver com seus olhos que os romenos tinham conseguido sair da "insignificância valáquia" (tão criticada pelo grande escritor) e da "pura biologia" para apanhar finalmente o trem da História.

De supetão, como por milagre, todos os complexos culturais do código genético dos escritores romenos desapareceram.

Já ninguém se sentia responsável pelo fato de, ao longo de mil anos, desde a chegada dos povos migratórios até a formação dos primeiros principados, o espaço habitado por romenos não ter produzido nenhum texto escrito. Já nenhum escritor se sentiu torturado pelo fato de entre a primeira universidade criada na Europa e as que surgiram em meados do século XIX em Iași e Bucareste se terem dolorosamente interposto 500 anos. O silêncio de um ano dos escritores romenos foi uma autêntica *diálise* cultural e histórica. Todas as *toxinas* acumuladas por causa do sentimento de que a Romênia entrou tarde na História e ficou marginalizada foram evacuadas. De repente, o Ocidente desapareceu como autoridade absoluta do radar psicológico da criatividade romena. Um grande sentimento de alívio nasceu ao fim do período da greve: ninguém, mas absolutamente ninguém, sentiu mais a necessidade de ser homologado primeiro no Ocidente, para ser depois reconhecido em casa. Foi essa a verdadeira revolução da cultura romena, que a imprensa internacional não hesitou em qualificar como única na história das relações humanas. Um admirável exorcismo coletivo, digno do país que deu Drácula.

Não foi por acaso, então, que os escritores estrangeiros, agrupados à volta de Guy Courtois, vieram a Bucareste com o sentimento do cumprimento de uma peregrinação essencial. Onde, em outro ponto do planeta, era mais interessante um diálogo sobre o fervor da escrita, senão num lugar onde já ninguém escrevia nada fazia nove meses. Os convidados ao encontro anual dos apaixonados por inícios de romance sentiram logo que Bucareste os recebia num ar *purificado*. Havia algo de digno e de *saudável* que pairava na atmosfera, como após um tempo de jejum, quando os corpos se limpam de gorduras, de álcool e de outros estimulantes inúteis. Algo de novo se iniciava naquela Romênia localizada à margem da Europa, mas também à margem do "imaginário coletivo". Inúmeros eventos culturais internacionais foram, inclusive, organizados em Bucareste na mesma época, justamente porque a cidade se tornara um quadro midiático propício. As salas de conferências e congressos mostraram-se pequenas e poucas, tal como os hotéis da cidade. A Organização das Nações Unidas começou a pensar seriamente na "descentralização" de suas agências e foi oficialmente proposto o deslocamento de seu Departamento de Educação, Ciências e Cultura, de Paris para Bucareste. O PEN Clube Internacional anunciou a organização do próximo congresso em Bucareste e a Editora Gallimard abriu uma sucursal em Bucareste.

Em meio àquele súbito interesse dos estrangeiros por descobrir "o país em silêncio", as agências de turismo, os donos de restaurantes e bares, pensões, agências de aluguel de carro, salões de massagem, cassinos, artesanato local e o comércio em geral aproveitaram. Passados só três meses da declaração do "silêncio geral" pelos escritores, os principais indicadores econômicos assinalavam uma vigorosa retomada da atividade produtiva e sua radiação pelo país inteiro não tardou.

– Você tem as raízes num país surpreendente – não parava de me dizer Guy Courtois, ávido por descobrir todos os cantinhos de Bucareste. Os bairros com casas e jardins fascinaram-no logo, principalmente os da zona do Foişorul de Foc,[1] mas também se declarou entusiasmado perante a Casa Monteoru, o Museu da Aldeia ou a Albergaria de Manuc. No entanto, fundamental lhe pareceu a área do "palácio" de Ceauşescu, a dita Casa do Povo. A

---

[1] Foişorul de Foc (Torre de Fogo) é um edifício com 42 metros de altura, construído em 1890, que serviu como torre de observação para proteção contra os incêndios. (N. T.)

megalomania arquitetônica do edifício o deixou perplexo e em várias ocasiões o ouvi exclamar:

— Meu Deus, que monumental início de romance social!

Aliás, era a Casa do Povo que alojava a reunião dos amantes de inícios de romance num de seus vastos salões de conferência que, evidentemente, ainda carregava a marca estética da época do comunismo. Absolutamente todos os 834 convidados apreciaram o espírito *kitsch* da decoração, assim como o inútil sobredimensionamento do conjunto. As inevitáveis rachaduras, surgidas no teto e nas paredes por causa do uso de materiais de má qualidade, foram consideradas como sublime vingança da vida sobre a ideologia. A visita guiada do edifício, das dezenas de quilômetros de corredores, inclusive das partes subterrâneas, assim como da Catedral da Nação, que se construía na proximidade, convenceu a todos de que a Romênia dispunha de um potencial de inspiração literária inigualável na Europa.

"Um *pesadelo* como este só pode ser benéfico para a literatura", diziam alguns. "Com uma história *recente* como esta só se pode ter um futuro literário *imediato* brilhante", comentavam outros, indignados, eles também, porque a literatura romena não tinha sido apreciada um pouco mais no exterior, em seu justo valor *indeterminado*.

Como a repercussão da greve do silêncio fora extraordinária, algumas agências de turismo introduziram no programa, ao lado do *city tour*, da visita ao Museu Zambaccian e ao bairro da Curtea Veche,[2] também a possibilidade de umas escapadelas "pri-

---

[2] Curtea Veche (A Antiga Corte) é a primeira Corte Real, em Bucareste. Construída, provavelmente, por Mircea, o Velho, entre 1386-1418. No século XV, Vlad, o Empalador, fortaleceu a edificação de Mircea, elevando-a ao grau de residência principesca. (N. T.)

vadas", mais discretas e especiais, para o domicílio de alguns dos escritores que permaneciam *calados*. Uns trinta escritores aceitaram ("para êxito da greve", diziam eles) o exercício de exibição do seu ato de revolta. Em definitivo, nada tinham a perder, porque, de qualquer modo, o tempo estava sendo sacrificado no altar da greve. Por que não aceitar, então, algumas horas de cerimônia *voyeurística* diária, tanto mais que os visitantes pagariam um suplemento por tal tipo de emoção sócio-turística? Os preços se calcularam em função do grau de celebridade nacional e local dos respectivos escritores, mas o ritual se revestiu da mesma forma em quase todas as casas. Os turistas ou as diversas delegações oficiais estrangeiras, depois de deixar os sapatos à entrada e calçar chinelos de interior, desfilavam em pequenos grupos pelos apartamentos dos grevistas. Estes se deixavam fotografar no exercício do silêncio, sentados às suas mesas de trabalho, imóveis em frente das folhas brancas ou dos *laptops* desligados, com os olhares perdidos no vazio. Sussurrando, os guias apresentavam as biografias dos respectivos, resumindo igualmente, em algumas palavras, os romances por eles escritos até aquela data. Às vezes, estando as esposas dos grevistas em casa, as visitas tinham ocasião de provar compota de nozes verdes ou de cerejas silvestres.

Nesta atmosfera um tanto surrealista, numa Romênia onde a *história* parecia de novo posta em movimento, numa Bucareste acordada do torpor, a nova reunião anual dos apaixonados por inícios de romance foi, de longe, a mais intensa e frutífera, da longa série de conclaves até aquele momento. Praticamente, nenhum dos 834 convidados dormiu durante os três dias e as três noites. "A troca literária" e a exploração da cidade em greve literária os mantiveram em estado de excitação e hipnose. Igual aos filatelistas ou aos numismatas amadores, os 834 escritores aproveitaram, antes de todos os encontros, para intercambiar inúmeros inícios de romance. Tal como em feira de livro, em feira internacional de turismo, chocolate ou invenção, todos os escritores tinham chegado com suas próprias coleções de inícios de romance e "a troca literária" se passou com zelo digno da aposta da operação. Todos os 834 aderentes à rede criada por Guy Courtois e Bernard estavam desejosos de fazer trocas com absolutamente todos os seus colegas de confraria. Os inícios de romance passaram de mão em mão, de um escritor a outro, às vezes por dez, vinte, trinta mãos, com uma velocidade estontante. Cada participante estava procurando a revelação, a *primeira frase* de grande força, mas se contentava também vendo suas próprias frases desencadearem em outros energias criativas.

Todo mundo se soltou no colóquio dedicado aos diversos tipos de inícios de romance, com ênfase especial para as "grandes primeiras frases dos romances completamente fracassados ou esquecidos". É incrível o número de escritores colecionadores de *primeiras-frases-choque* mergulhadas no pântano do desinteresse. Todos tiveram direito de tomar a palavra e de apresentar uma, duas ou mais amostras, e de analisar em seguida o respectivo fracasso. Alguns analisaram diversas *primeiras frases* que os tinham marcado ainda na adolescência, inícios de romance dos mais fascinantes, mas *não sublimados*, ou seja, abandonados no abismo da indiferença pela história da literatura. Sendo o único escritor de origem romena *admitido* naquele mundo, fui convidado a falar entre os primeiros e consegui, reconheço sem falsa modéstia, chamar a atenção do público com um estudo sobre as primeiras frases de tipo *teaser*.

O que é um *teaser*, todo o mundo o sabe nos dias que correm. Qualquer pessoa que abra um jornal ou uma revista descobre, encimando os artigos, não apenas um título, mas também uma espécie de subtítulo, composto por duas ou três linhas destinadas a incitar o leitor a começar de imediato a leitura do conteúdo. Num mundo em que a informação se tornou a principal forma de abundância, a *captação* do consumidor não pode ser deixada ao acaso. Os jornalistas recorrem há muito tempo à palavra "chapéu" para designar esse tipo de introdução. Mas não apenas os artigos da imprensa são precedidos por um "chapéu". Os noticiários também se iniciam com um *teaser* ou com *flashes* resumindo as quatro ou cinco principais notícias abordadas ao longo dos trinta minutos de atualidades. E os filmes do mercado são precedidos por um *trailer*. No entanto, pouca gente sabe que o pai destas *estratégias* de captação da atenção é Cervantes. Sim, o autor do célebre *Dom Quixote* pode se gabar do título de inventor de todas as técnicas de *agarrar* o consumidor, técnicas que hoje têm nomes variados, alguns de inspiração francesa (*chapéu*, de *chapeau*), outros de inspiração anglo-saxônica (*lead, trailer, teaser, flash*). Na imprensa escrita, um *lead* é a cabeça da notícia que anuncia seu corpo. Com um *lead* bem feito, com um *ataque* eficiente, pode-se vender depois todo o conteúdo. Quem se deixa seduzir pela *cabeça* entra depois também no *corpo*.

Miguel de Cervantes não foi o único escritor que sentiu necessidade de recorrer ao respectivo procedimento. De um modo ou de outro, o subterfúgio foi se aperfeiçoando (também estilizando) através de uma longa lista de escritores, como Daniel Defoe (ver *Robinson Crusoe*), Júlio Verne (em quase todos os romances), Thomas Malory (ver *A Morte de Artur*), William Thackeray (ver *A Feira das Vaidades*), Gabriele D'Annunzio (ver o romance *O Fogo*), Jules Romains, etc.

A evolução do procedimento mereceria, com certeza, um ensaio mais aprofundado. Cingi-me apenas de alguns exemplos, evocando desde o início a longa *entrada* no romance de Cervantes. Antes de começar a própria narração das aventuras de D. Quixote

e de Sancho Pança, o grande Cervantes nos obriga a digerir uma alambicada dedicatória, de uma página inteira, em honra de um potentado (*Marquês de Gibraleón, Conde de Benalcázar e Bañares, Visconde de la Puebla de Alcocer, Senhor das Vilas de Capilla, Curiel e Burguillos, etc.*). Depois aborda o leitor diretamente através de um prólogo que se estende por onze páginas (*Ocioso leitor: sem que eu jure, poderá acreditar que eu gostaria que este livro, como filho da inteligência, fosse o mais formoso, o mais airoso e o mais sensato que se possa imaginar.* Etc.). Há, então, duas etapas introdutórias, sem, porém, o ritual introdutivo estar concluído. A terceira *soleira* que o público está convidado a passar tem, em Cervantes, a forma de sutis sonetos dedicados ao próprio… livro (*Ao Livro de D. Quixote de la Mancha*). Finalmente, uma vez ultrapassada esta autêntica cerimônia, começa a narração em si pelo primeiro capítulo, mas precedido por um *chapéu*. Aliás, Cervantes coloca na cabeça de cada capítulo um resumo hipoteticamente *honesto*, se bem que não desprovido de certas intenções espirituosas e manipuladoras.
Exemplos:

Capítulo I.
Que trata da condição e modo de vida do famoso fidalgo D. Quixote de la Mancha.

Capítulo LVII.
Que trata de como D. Quixote se despediu do duque e do que sucedeu com a fina e atrevida Altisidora, criada da duquesa.

Cervantes tenta, de fato, estabelecer umas relações de, digamos, sinceridade com o leitor. É como se o convidasse a comprar o *produto*, só se o achar digno de ser honrado com seu tão precioso tempo. Quase ouço Cervantes justificando-se: "Vejam que não quero aldrabar ninguém, informo os senhores logo de início *sobre* o que encontrarão neste capítulo e se meu resumo de quatro ou cinco linhas não os incitar, ninguém obriga os senhores a começar a leitura e a perder seu tempo". Mas em Cervantes estes *títulos* de capítulos têm um charme louco, mesmo que ele coqueteie com certo estilo maneirista assumido (mas com a potencial cumplicidade do leitor). Resumindo: impossível não ceder a seu encanto.

Como dizia anteriormente, a lista dos autores que sentiram a necessidade de *aliciar* os leitores aos pouquinhos com os referidos títulos, subtítulos e resumos incitativos é bastante comprida. Eles prepararam, de certo modo, e sem se dar conta, o terreno para as normas publicitárias de hoje.

Daniel Defoe, em seu célebre romance *Robinson Crusoe,* age do mesmo modo (*Capítulo Um. Robinson Crusoe viaja pela primeira vez no mar e tem de lidar com uma terrível tempestade*). Como não embarcar também, na qualidade de leitor, nessa viagem que é a leitura do próprio livro?

Jules Romains merece ser citado como outro exemplo interessante. Em minha opinião, ele é menos espetacular pelas suas histórias do que pela alegria dos títulos com que enfeita-encabeça os capítulos, por exemplo no romance *Homens de Boa Vontade.* (*Capítulo XVI – Duas Forças. Duas Ameaças. Capítulo XVII – A Grande Viagem do Pequeno Rapaz. Capítulo XVIII – Paris às Cinco da Tarde. Capítulo XIX – O Encontro. Capítulo XX – Wazemmes Encontra o Futuro,* etc.) Entre Cervantes e Jules Romains, passando por Daniel Defoe, o conceito de *teaser* passa, ele também, por algumas sutis transformações, perde em preciosismo, ganha em simplicidade, se adapta às épocas.

É aqui que deve se colocar também Júlio Verne. Não posso esquecer como se inicia o romance *Robur, o Conquistador.* Esse gigante da literatura de aventuras e de *science fiction*, que marcou milhões de adolescentes no planeta, recorre, em *Robur, o Conquistador*, a uma dupla técnica para abrir as hostilidades narrativas: a um *teaser* para resumir o primeiro capítulo e a uma... onomatopeia, praticamente na primeira linha. Vejam o que podia ler um *fan* de Júlio Verne logo no início do romance acima mencionado:

Capítulo 1
Como podem sábios e ignorantes ficar tão perplexos, tanto uns como outros. – Bum!... Bum!

Claro, o leitor entende logo do que é que se trata, ou seja, no romance disparam-se duas balas imediatamente no início. Mas, metaforicamente falando, baleado é o próprio leitor, cuja curiosidade foi excitada pela *fineza* da introdução e também pelo efeito-surpresa da *abertura*.

Ninguém se lembra hoje do escritor Enrico Emanuelli, o autor do romance intitulado *Uma Viagem Maravilhosa*. No entanto, ele é um autêntico *ás* do *teaser*:

Primeiro capítulo
PARADA NO AEROPORTO DE CAVALCAS
Saída a 20 de março – Chegada a Cavalcas – Uma homenagem floral e o lírio branco – Encontro com o doutor Venceslao Compagnero e outros personagens – O encenador e a atriz – Cumprimentos mútuos – Para que pode servir um quadro da escola flamenga – O aperitivo lapas *e o modo de beber – Saída do aeroporto.*

Demoro-me um pouco sobre o autor porque quando li o romance fiquei transtornado com seu potencial explosivo. O assunto pode ser descrito numa frase: a um importante personagem (em momento algum saberemos se se trata de um chefe de Estado ou do patrão de uma grande empresa) é apresentado, com pormenores intimidadores, o programa de uma visita que terá de fazer. Por acumulação, os detalhes se tornam letais. De fato, a precisão e a minúcia dos que preparam a visita matam qualquer traço de liberdade, nos fazendo ver que tanto o chefe (supremo?) como os subalternos vivem num mundo monstruoso. Com cada frase (ou mais exatamente com cada novo pormenor do programa) o romance prende o leitor e mergulha-o num pântano irreversível, nas areias movediças do absurdo. Ao longo dos anos nunca pude esquecer esse romance que não deixou traço algum, nem na história da literatura italiana nem na da literatura universal.

– Excelente!, *arrebatou*-nos – disse-me Guy ao ouvido no fim do colóquio. Acrescentando: – Percorreu com êxito a primeira metade do caminho.

Sorvendo suas palavras, senti meu coração encher-se e sufocar no peito. O que queria Guy dizer? Tinha percorrido metade do caminho *até onde*? Até aquela primeira frase milagrosa, capaz de irrigar por si só a escrita de todo um romance? Até aquela primeira frase explosiva que Guy me prometera ainda desde nosso primeiro encontro? Ou apenas estava eu passando bem a primeira parte de uma longa série de *provações* a que Guy me submetia?

O encontro de Bucareste dos amantes de primeiras frases de romance acabou por um anúncio perturbador feito por Guy.

– Meus senhores – disse-nos ele – informo vocês de que foi inventada a primeira geração de *frases-patch*. Sei, é difícil de acreditar, mas em breve teremos ocasião de experimentar, *em nós*, esta maneira de inspiração e potenciação de nossas energias. Os inícios de romance de tipo *patch* poderão ser colados na pele, em qualquer *região* do corpo, como os *patches* antitabagismo ou contra dor. Claro, *estamos* ainda numa fase experimental quanto a esse produto literário, mas não temos dúvida alguma de que as *primeiras frases-patch* terão êxito. Elas serão tanto mais eficientes quanto seu conteúdo será assimilável pela pele e não pelo cérebro. Em outras palavras, nenhum de vocês as poderá ler, elas não lhes serão oferecidas em forma de palavras, mas em forma condensada de um descarregamento de energia semântica. Sim, senhores – ainda disse Guy, no fim, – sua paciência será recompensada.

"Nossa paciência?" Bruscamente, os 834 cérebros aos quais se tinha dirigido Guy começaram a processar, destilar e avaliar suas palavras cheias de alusões, de ambiguidades, de subentendidos. Que é que estávamos fazendo ali? Estávamos integrando um exército de cobaias ou sendo escolhidos pela história? Quando Guy dizia "estamos ainda numa fase experimental", referia-se a quem? Era ele o experimentador? Falava de si mesmo na primeira pessoa do plural, ou tinha em vista mais alguém, por exemplo seu amigo Bernard?

Absolutamente ninguém tinha resposta a essas perguntas, mas nossa cumplicidade, a dos 834 escritores que não tínhamos respostas, não parava de aumentar.

65.

A Voz pensa incessantemente em minha cabeça.
Silêncio!, lhe digo, mas a Voz continua a pensar. Silêncio!, lhe digo, mas ela teima em pensar, em *secretar* pensamentos. Besta!, lhe digo, porra de lombriga, psiu!! Mas a Voz continua cogitando, refletindo, vasculhando nas entranhas das verdades eternas.
Atiro uma pedra numa vitrine.
Cale-se!, digo à Voz, senão quebro as vitrines da cidade inteira.
Mas a Voz não se cala, continua lembrando-me de coisas que não posso suportar, que não sabia estarem armazenadas em meu cérebro. Ando pelas ruas e atiro pedras às vitrines da cidade.
Chega!, digo à Voz, não quero que me conte nada da minha vida de antes. Mas a Voz não pode parar, me conta, do interior de meu cérebro, a vida inteira. É só risadinhas, me lembra de situações engraçadas, de vez em quando limpa alguma lágrima (o que me impressiona, não é pouca coisa saber que a voz em meu cérebro limpa de vez em quando uma lágrima).
Ameaço-a com coquetéis Molotov. Pare!, senão arrebento com a cidade, quarto por quarto. Mas a Voz não se cala, me fala de meus medos secretos, de toda espécie de sonhos de que não me consegui esquecer.
Cale a boca!, digo, correndo como louco pelas ruas da cidade e atirando ao acaso coquetéis Molotov. Pare!, digo, enquanto vidros viram cacos e as árvores da praça do município tochas vivas. Pare ou destruo *tudo*.
Mas a Voz ri, sente-se bem, conta coisas que me acontecem repetidamente, evoca memórias-bumerangue, se diverte com o

meu *presente*. Por que é que me provoca, por que me faz fazer estas coisas?, grito eu atirando coquetéis Molotov dos telhados da cidade. Qual a finalidade?

Mas a Voz continua falando, me corroendo o futuro, os sonhos que ainda não foram sonhados, me inundando com realidades ainda não vividas.

Estou na torre da cidade, aqui onde, na *juventude*, fiz amor com a cidade. Se você não se calar, me atiro, estou avisando.

"Se atire, se atire, acabemos de uma vez por todas", sussurra a Voz. Fecho os olhos. Respiro fundo.

– Cafajestes! São todos uns cafajestes! Todos!

Preparo-me para me atirar ao vazio. Meu corpo se inclina à beira do abismo.

"Vá lá, força...", murmura a Voz.

– Canalhas! Canalhas! – grito, de olhos fechados, pendurado cada vez mais sobre o abismo.

"É a única coisa inteligente que lhe resta fazer", cochicha a Voz no ouvido do cérebro.

Voz assassina! Voz criminosa!

Processo o meu cérebro. Levo-o à grande Sala de Audiências do Tribunal. Entrego provas. Senhores juízes, meu cérebro é um assassino. Um assassino perigoso, um assassino maníaco, um assassino cínico, um assassino nato, que nem sequer se dá conta de que age como um assassino, pois o crime faz parte de sua *normalidade*, das suas funções.

Senhores juízes, peço a pena capital para meu cérebro.

Impossível, em nossa cidade a pena capital foi abolida.

Senhores juízes, peço que meu cérebro seja condenado a silêncio eterno.

Ponho-me de pé. Espero pelo veredicto. Leio-o eu, em voz alta. Meu cérebro é declarado culpado de terrorismo gravoso (contra mim), de tomada de refém (sou eu o refém) e de atos de tortura (sou eu o torturado). Até o último instante de sua vida, meu cérebro está condenado a ficar fechado na caixa craniana de minha cabeça, a nunca mais ver a luz do dia, a nunca mais se comunicar com outros cérebros.

Obrigado, senhores juízes.
Obrigado, senhores juízes.
Obrigado, senhores juízes.

Onde estão as ratazanas?
"Que ratazanas?"
As ratazanas!
"Não sei, não me lembro de nada."
Como é possível você não se lembrar? As ratazanas! As ratazanas eram animais esplêndidos, ágeis, com olhos inteligentes e cauda comprida. Dava tudo por ainda encontrar uma ratazana, num depósito ou num armazém. Os esgotos da cidade estavam abarrotados de ratazanas. Onde estão as ratazanas dos esgotos da cidade? Oh, como eram inteligentes as ratazanas dos esgotos da cidade! Por que você não me responde?
"Não sei, não me lembro."
E as moscas?
"Que moscas?"
Quer dizer que nem das moscas você se lembra? Na Primavera, as moscas ressuscitavam de súbito, entravam nas cozinhas, passeavam pelo pão, pelas frutas... Uma delícia. Como eram belas as moscas. Você não se lembra mesmo?
"Não."
E mosquito... Ai, meu Deus, onde estão os mosquitos e as baratas de antanho? E as joaninhas? E os besouros? E os besouros do Colorado? E as borboletas? Por que já não há borboletas na estação

em que devia aparecer borboletas? O quê, você já não se lembra de como eram coloridas as borboletas? Por que você não responde?

"Nada mais nocivo para a ressurreição do que a nostalgia."

Como foi possível desaparecerem os animais do Jardim Zoológico? Bem sabe que controlei todas as jaulas. Nenhuma tinha sido aberta no dia em que se deu a Ausência. Os animais não tinham como sair de suas jaulas. Eles ainda devem estar lá, invisíveis em suas jaulas. Por que não diz nada?

"Me deixe me concentrar."

Como desapareceram os peixes de todos os aquários de todos os apartamentos da cidade? Como desapareceram os peixes de todos os riachos, de todos os rios, de todos os mares?

"Como sabe que desapareceram de todos os mares?"

Deduzo.

"Não leve a mal, mas o método indutivo é absolutamente nocivo ao pensamento."

Por que não há mais formigas na época em que devíamos ser invadidos por formigas? Por que não há mais aves? Onde estão as aves que planavam sobre a cidade, sobre o campo e sobre todos os mares?

"Pare de expandir o domínio do possível pelo método indutivo."

Onde estão os animais grandes? Os cavalos. Onde se enfiaram os cavalos? Onde estão os animais pequenos? Os vermes. Por que já não aparecem vermes na carne estragada e nas maçãs podres? Por que você não me responde? O que está fazendo? Por que o silêncio *cético*?

"Rezo por você."

66.

– Hoje se dará a maré do século – diz Paspalha.

Sob um céu esfarrapado e plúmbeo, empurrado, pode se dizer, por vento tenaz, o mar vai crescendo e engolindo, centímetro a centímetro, a imensa praia de Trouville. O pontão-*promenade*, construído sobre uma série de colunas, tão orgulhoso em sua tentativa de adentrar o mais possível no mar, está agora com a circulação restrita e é lavado sem trégua pelo nervosismo das águas. Em sua ponta ainda se vê a silhueta de um farol branco enfeitado com uma cúpula vermelha, também copiosamente espargido pelas ondas que se quebram contra os pilares de madeira. A beira do mar está invadida por pessoas curiosas para ver até onde subirão as águas. Todos esses seres minúsculos parecem se divertir brincando com o monstro: quer se aproximando dos parapeitos dos diques e das passarelas, quer afastando-se da imensa massa de água, em resoluto avanço para a cidade. Imprevisíveis e desordenados em seus movimentos, os minúsculos seres têm, além do mar, um segundo ponto de atração comum: todos voltam inevitavelmente, como que atraídos por ímã, para o pé de um mastro de madeira, verdadeiro termômetro das marés da última centena de anos. Incrustado com linhas horizontais em cima das quais figuram escritos diversos anos em caracteres desiguais, esse calendário vertical das marés emite ondas misteriosas, parece um obelisco caído do céu em frente ao Grande Hotel, portador de informações vitais para o futuro da humanidade. Casais, famílias ou solitários curiosos param junto dele, o contornam, analisam com atenção suas incrustações. Alguns fotografam detalhes da sua generosa memória, outros tocam nele. *Papá*, e se este ano o mar se levantar mais alto? Duvido, não sei, vamos ver. Muitos fotógrafos profissionais fixaram suas máquinas em tripés e esperam pacientemente pelo "evento": a definitiva invasão da terra pelas águas.

Paspalha se agarrou ao braço de Bernard como se estivesse procurando algum tipo de proteção. Envoltos em mantos amplos, encapuzados, os dois se confundiam perfeitamente na multidão. Ninguém poderia afirmar se eram amantes, um pai com sua filha, ou um banal casal sem idade.

– Este é meu último passeio? – perguntou Bernard em voz baixa, se bem que Paspalha ouvisse suas perguntas sem mesmo ter de as colocar.

– É sua última maré – respondeu Paspalha.

– Continuo sem entender – disse Bernard. – Como é possível que os sonhos de alguns sejam, de fato, vida de outros?

– É assim que funciona o Departamento – respondeu a jovem. – No *nosso* universo nada se perde. Todos os níveis dos *seres* se comunicam.

O mar atingia agora o dique de proteção da cidade, as ondas explodiam como fontes de água e salpicavam as pessoas sentadas nas esplanadas ou deambulando pela calçada em frente do Cassino. Aqueles que tinham botas de borracha se mantiveram em posição enfrentando a primeira fase da inundação, enquanto os outros recuavam para terrenos mais elevados ou para os degraus das mansões *belle époque*, enfileiradas de frente para o mar. Paspalha estava muito divertida molhando seus pés na água. Vez por outra, pulava como criança, enquanto Bernard, incomodado com toda aquela exuberância, tentava refrear seu entusiasmo infantil, como se fosse um pai saído a passear sua progenitura mal-educada.

– Então – retomou Bernard –, se o que está me acontecendo neste momento é real, significa que também neste exato momento alguém está sonhando esta *cena*.

– Sim.

– E *depois*?

– Depois quando?

– Depois de *depois*.

– Depois de depois você também trabalhará no Departamento dos Sonhos.

Vejam só, disse para si mesmo Bernard, sem se dar conta de que a água lhe tinha subido até os joelhos. Pensando bem, nem é assim tão grave. Depois que acaba a iniciação na fase real, se é automaticamente colocado no Departamento dos Sonhos para se ocupar dos sonhos de outros.

No promontório onde começava o pontão-*promenade* tinham ficado apenas Bernard e Paspalha. O pontão tinha, todavia, desaparecido totalmente debaixo da água, apenas o farol construído no fim ainda era visível, náufrago no mar. Invadindo a terra, a água trouxera com ela imensa quantidade de algas. Paspalha apanhou alguma daquela gelatina verde, com forte cheiro de iodo, e a levou à boca. De um terraço, alguém lhes fazia sinais, como se quisesse adverti-los de que estavam em perigo iminente.

No entanto, Bernard se sentiu eufórico. Afinal de contas, se *do outro lado* terá de trabalhar no Departamento dos Sonhos, a mudança não era assim tão colossal. Não conseguia, porém, reprimir outra enorme curiosidade: havia outros departamentos onde podiam ser colocados os *recém-chegados*?

– Sim.

Bernard não se surpreendeu com a rapidez da resposta, visto Paspalha ter acesso a suas perguntas no mesmo momento em que nasciam.

– Por exemplo?
– O Departamento de Pesadelo.

Bernard entendeu que era um privilegiado. Por alguma razão, que de momento lhe escapava, sua passagem do Departamento da Vida para o Departamento dos Sonhos se efetuava através de uma *sequência* transitória. É provável que outros não tivessem se beneficiado desse luxo. Não é verdade, Senhorita Paspalha?

O homem que veio à beira-mar para *escrever* não teve tempo para ouvir a resposta. Uma onda inesperadamente gigantesca varreu o promontório de onde contemplava a maré do século, abafou-o debaixo de sua força narrativa e o levou para o mar, para aquilo que Bernard sempre considerara uma imensurável reserva de ficção.

67.

Victor sonhava encontrar-se em pleno deserto, inclinado por baixo do capô levantado de um automóvel, cujo motor estava desmontando. Seus gestos eram muito hábeis, e as peças do motor pareciam fluidas. Parafusos, chapas, barras, arcos, filtros, tudo se desmontava com facilidade por seus dedos perspicazes. O sonho era como um filme projetado numa tela: Victor atuava no filme, mas ao mesmo tempo o assistia e o analisava de fora. Estou provavelmente em algum lugar do Arizona, disse para si mesmo Victor, o espectador, esperando que continue o sonho que começara bem. Arizona, Utah, Califórnia, eram lugares que Victor ainda não tinha visitado, muito embora o deserto americano o fascinasse. Como quase todo mundo, tinha em mente as imagens dos filmes *western* – com as cavalgadas cujo pano de fundo eram as paredes abruptas do *Grand Canyon* – ou a formidável cena do filme *No Tempo das Diligências* – com um ataque dos índios e uma perseguição por entre as formações rochosas do *Monument Valley*.

Victor reprimiu essas divagações para se concentrar no sonho, para não o perder, pois o sentia *frágil*. Como terá ele ido parar no deserto, debaixo do capô levantado de um carro velho e gasto? Uma pergunta para a qual Victor ainda esperava uma resposta, mas, de momento, não era essa a *urgência* do sonho que deslizava num sentido *natural*, como água que corre numa única direção.

O carro parecia estar em pane, numa estrada de asfalto bastante arrumar, a dois passos de um cruzamento. Sim, Victor tentava arrumar o motor do carro no meio de um espaço plano e extremamente árido, debaixo de um céu ainda brando, pois o sol acabara de nascer fazia poucos minutos. A luz era generosa, com reflexos alaranjados, e o deserto parecia inundado de vida, as pedras e os cactos exibindo sombras cúmplices, em movimento. A tira esbranquiçada da estrada se perdia no horizonte em brumas azuis, o que, de certo modo, justificava a imobilidade do carro. Para que continuar andando num caminho que não tinha fim?

Mas Victor não estava sozinho no meio daquela imensidão *perigosa*. Do carro saiu uma adolescente, uma mocinha que não podia ter mais de dezessete ou dezoito anos. Parecia meio cabeça nas nuvens, meio maluquinha ou apenas excêntrica. Ela subiu em cima do carro para contemplar a paisagem.

– Por que é que nenhum carro passa por aqui? – perguntou a menina.

– Não sei – respondeu Victor.

Enquanto respondia à pergunta feita por esse segundo personagem do sonho, uma segunda voz se sobressaltou na mente de Victor que o fez preocupar-se. Que tipo de sonho é este? E o que estou eu fazendo aqui com uma moça maluca, talvez menor? E por que é que, em vez de arrumar o motor, continuo desmontando toda a parte mecânica do carro?

A moça levantou os braços, fechou os olhos e respirou fundo o ar da manhã, sorvendo, podia dizer-se, toda aquela luz laranja, ainda branda, até humana. Assim como estava, crucificada de bom grado, de pé no teto do carro, com uma minissaia e um top sumário, a moça parecia pronta para se atirar à imensidão do céu, desafiando a gravitação e os sentidos naturais do fluxo das leis da natureza.

– Tenho fome – disse a moça.

– Há comida na mala – disse Victor.

– Sim, mas não consigo abri-la.

Victor não respondeu e a segunda voz voltou a pôr questões esquisitas: por que é que não abre a mala?; o que faço eu agora com tantas peças desmanteladas, espalhadas por todo lado, com o motor que parece ter explodido no deserto?; de quanto tempo precisarei para voltar a montá-lo?

Enquanto o sonho continuava seu curso, Victor, o espectador, se sentiu cada vez mais culpado pela maneira como ele evoluía. Que besteira era essa?, perguntava a parte de seu cérebro que continuara separada do sonho. E o que terá acontecido entre mim e o brotinho, antes de chegarmos aqui?

De momento, o sonho não tinha nenhuma vertente erótica, Victor não sentia nada em relação à moça que o acompanhava, nem tentação de a abraçar, nem necessidade de se livrar dela.

Como o sonho tinha umas *elipses*, Victor se viu numa nova cena, diante de cinco caixas de correio fixadas em pilares de madeira, alinhadas como aves pacientes, mesmo no cruzamento da estrada com aquilo que aparentava ser um caminho secundário, não asfaltado e muito mais estreito.

— Deve haver algumas casas por aqui. Um *ranch*. Ou vários — disse a moça.

— Pode ser — respondeu Victor. — Só que não podemos andar quinze quilômetros a pé.

— E o que fazemos, então? — perguntou de novo a moça, sem nenhum receio na voz, como se quisesse saber uma informação insignificante: quanto custa um pacote de sucrilhos Kellogg's ou que horas são.

— Não podemos andar quinze, ou trinta, ou quarenta e cinco quilômetros a pé — repetiu Victor.

A moça meio doida se pôs a abrir as caixas de correio uma a uma e a vasculhá-las. As caixas estavam vazias, mas de uma delas voou uma borboleta.

— Veja só – disse a moça –, talvez sejam feitas para borboletas.

— Você não deveria abrir a caixa – disse Victor –, agora a borboleta morrerá por causa do calor em poucas horas.

— Deixe lá, há de arranjar outra *casota* – arrulhou a moça aproximando-se de Victor e enrolando seus braços à volta do pescoço dele.

Victor tentou se desprender, mas a moça era muito mais forte do que parecia. A voz na cabeça de Victor reagiu qual sistema de alarme. Todas as lâmpadas vermelhas de um mecanismo de autodefesa começaram a piscar. Sou totalmente irresponsável, disse para si, sonhar, eu, *uma coisa dessas*! E logo na América! Tenho de sair *daqui*, e já.

Infelizmente, o lado insulado do cérebro de Victor não foi capaz de parar o sonho, apenas continuou a observá-lo com um olhar crítico. E o sonho foi se acelerando. Todavia, a cena seguinte foi bem mais desagradável: sentada no banco da frente, a *maluca* comia sucrilhos Kellogg's e tentava achar uma rádio. Mas havia algo que não funcionava. Provavelmente a bateria do carro estava quase acabando ou, de repente, naquele lugar perdido as ondas não se captavam convenientemente. Victor continuava desmontando o carro. Estava inclusive retirando o volante, enquanto a *maluca* se divertia passando de uma rádio para outra, mais exatamente de uma rajada de ruídos e chiadeiras para outra.

— Porém – disse a moça –, não está certo um deus se zangar tanto com seu povo como se zangou Kokopelli. O que quer dizer isso de exterminar as pessoas por rezarem *demasiado*? E em que sentido rezavam demasiado? Rezavam demasiado tempo ou muito intensamente?

— Estavam rezando sem parar. Acho – murmurou Victor, bastante indisposto.

— Quer dizer que passavam o tempo todo rezando? Nesse caso, até posso entender Kokopelli. Se não faziam mais nada senão rezar.

O sonho saltou mais uma etapa e Victor se viu no banco da frente do carro, com a *maluca* colada a ele, debaixo do céu estrelado. Já era de noite, e o carro não tinha mais teto. Talvez o tenha desmontado na totalidade, disse a voz em reserva na cabeça de Victor. O céu estava pejado de estrelas, parecia que seu número dobrara, de onde uma luminescência noturna inabitual. Do carro só tinham sobrado carcaça, bancos e para-brisa. O resto fora desmontado: as portas jaziam no chão ao lado, assim como as rodas das quais tinham sido desmontados os pneus. Dezenas de peças e acessórios, das mais diversas dimensões, tinham sido espalhados pela mão de Victor, e agora já não se podia colocar a questão de eventual conserto. Daí, talvez, o sentimento de sossego interior que Victor sentia, tendo colada a ele a moça doidivanas.

Totalmente inebriante foi, no sonho, a continuação dessa sequência porque, de fato, Victor, o personagem, adormeceu no carro desfeito, com o brotinho bem abraçado a ele. A voz em reserva se surpreendeu de novo analisando esta *submersão*, extremamente rara, no abismo de um sonho. Já que sonho, disse para si mesma a voz, agora, ainda por cima, sonho que estou adormecendo no próprio sonho.

No entanto, adormecendo no carro desconjuntado, debaixo do céu estrelado, Victor, o personagem, não sonhou com nada, sentiu-se apenas bem e relaxado, e esse sono do sonho foi provavelmente bastante comprido. Foi, de qualquer modo, um sono reconfortante, porque no momento em que a moça maluca o acordou Victor se sentiu descansado. O céu estrelado tinha girado por cima deles, pelo menos foi esta a primeira sensação que Victor teve no momento em que acordou do sono do sonho.

A noite ainda não tinha findado. Porém, a garota se agitava em frente das caixas de correio gritando:

– Passou o carteiro! Cê tá me ouvindo? Victor, o carteiro passou e nós não ouvimos nada!

A moça maluca tinha aberto, toda excitada, as cinco caixas de correio e mostrava a Victor o conteúdo de cada uma. Todas tinham algo dentro: cartas, panfletos publicitários, jornais.

– Passou o carteiro e nós não sentimos nada – repetiu a moça, bastante zangada, até indignada, quase chorando.

Observando-a, calado, Victor só sentiu necessidade de dizer:

– Cuidado, não vá misturar a correspondência.

Mas a moça brandia os maços de carta e de jornal e implorava a Victor deixá-la ler ao menos uma carta.

– Quero abrir uma, ao menos uma. Me deixa? Olhe, esta... Está endereçada à senhorita Matilde Warnotte. E o remetente é um tal de Guy Courtois. Posso ler o que escreve Guy à senhorita Matilde?

68.

A Casa Monteoru parecia abandonada, *condenada*, um lugar quase assombrado por fantasmas, em pleno centro de Bucareste. Os escritores, que tiveram ali um ninho quente e confortável durante mais de sessenta anos, tinham sido obrigados a fazer as malas (figurativamente falando) e sair. A imprensa bucarestina ainda escrevia, mas cada vez menos, sobre o longo e agonizante processo entre a União dos Escritores e os descendentes da família Monteoru, proprietária do palacete antes das nacionalizações de 1949. As piruetas jurídicas e os argumentos da corporação, que gostaria muito de guardar aquele espaço, falharam perante uma lei clara, adotada após a queda do comunismo: todos os espoliados pelo regime instalado depois da guerra pelos tanques soviéticos tinham direito de receber de volta seus bens. Os novos proprietários queriam transformar o palacete num centro pluricultural, mas de momento, à espera de mãos hábeis, capazes de a restaurar, a Casa Monteoru parecia o cenário dalguma versão para o cinema da obra de Edgar Allan Poe ou dalgum filme de Tim Burton.

Aproximando-me, com Guy Courtois, daquele lugar em que uma parte de minha juventude ainda vibrava, me pareceu, de repente, que eu próprio estava preso ali, do outro lado da grade e do monumental portão de ferro forjado. Veio-me à memória o conto de Edgar Allan Poe, *A Queda da Casa de Usher*, mas também a imagem da casa assombrada por fantasmas da Disneylândia. O portão, envelhecido, mas ainda muito digno, delimitado por dois pilares imponentes, se bem que seriamente dilapidados pelo tempo, estava, como é evidente, fechado, podia-se dizer até *aferrolhado*. Alguém não confiara no seu antigo mecanismo de fecho, demasiado débil, funcionando à base de chave, e segurara os dois batentes do portão com uma corrente e um cadeado. Por excesso de zelo ou simplesmente porque a corrente era muito comprida, a pessoa dera várias voltas às duas barras exteriores dos meios-portões, passando-a, igualmente, por cima do trinco e da antiga fechadura, rendada, mas decaída à condição de puro objeto decorativo. Assim, ao eventual intruso não restava a mínima dúvida: a Casa Monteoru se declarava inexpugnável, fechada por um bom bocado de tempo, dizendo a todos os bisbilhoteiros "Alto aí, me podem contemplar da calçada, mas qualquer penetração em minha intimidade está proibida".

– Ai, que pena! – exclamou Guy Courtois.

Sua voz traía uma profunda decepção, um grande fracasso metafísico.

– Só um momento, talvez não esteja tudo perdido – disse.

Lembrava-me, dos tempos em que frequentava assiduamente o restaurante da União dos Escritores, que nos fundos ou numa ala da Casa existia um *esconderijo* para um zelador, um cara pago para tratar do jardim e guardar o edifício durante a noite ou durante os domingos em que a Casa ficava fechada. Em algum lugar, escondido, colado como um caracol no pilar direito do portão, subsistia o botão enferrujado de uma campainha. Só tinha de deslizar a mão entre o pilar e a margem metálica do portão, apalpar à procura daquele *mamilo* e tocar.

A campainha ainda funcionava e ouvimos seu som fininho, mas estridente, mais potente até do que o tumulto contínuo provocado pelo trânsito em sentido único dos veículos na Calea Victoriei, a artéria histórica de Bucareste, que passava mesmo em frente da Casa Monteoru.

Depois de três ou quatro minutos surgiu a pessoa que tanto desejava e quase que me fez rir. Poder-se-ia pensar que das profundezas da Casa Monteoru saísse um ser misterioso, uma silhueta de matiz gótico, uma espécie de Drácula ou pelo menos alguém parecido com o célebre vampiro encarnado por Béla Lugosi, num filme americano mudo de 1931. Mas não. Quem se dirigia até nós era um quarentão, de barba por fazer e com umas entradas respeitáveis, baixinho, barrigão espreitando por baixo de uma camiseta manchada de gordura. Evidentemente, a insistência com que eu tinha tocado a campainha o incomodara, pois da Casa Monteoru se ouvia agora, devido a uma porta aberta, a vozearia de um jogo de futebol que passava na televisão.

O fulano estacou à nossa frente e acabou de mastigar não se sabe o quê. Imaginei-o logo em frente de uma bandeja com queijo, salame, algumas azeitonas e uma cebola, vendo o jogo e engolindo uma cerveja. Aliás, que fazer num domingo às quatro da tarde?

O personagem pertencia à nova fauna capitalista e era-me extremamente familiar. Antigamente, nos tempos do comunismo, porteiros e guardas me intimidavam: quase todos, até os mais minúsculos, representavam, de um modo ou doutro, a Autoridade, eles se achavam emanação do poder e exalavam certa arrogância. Mas o novo vigia da Casa Monteoru só se representava a si mesmo e se aproximou de nós visivelmente animado pela perspectiva de uma gorjeta. Já que tivera de abandonar a televisão, arrastando-se nos chinelos de plástico até o portão, que pelo menos ganhasse *alguma coisa*.

Sem mais delongas propus 50 euros para nos deixar visitar e fotografar a Casa. De olhar arguto de taxista bucarestino, o homem de chinelos nos mediu a ambos para avaliar nossa sinceridade. Dez segundos lhe bastaram para se convencer de que não queríamos furtar nada: nem painel, nem cristal vienense, nem espelho veneziano, nem, ainda menos, o nu feminino de ar antigo da entrada. Apesar de que, se tivéssemos negociado seriamente qualquer uma dessas opções, é bem provável que nos tivéssemos *entendido*.

– O senhor vem da França e é escritor – disse eu, mais para lisonjear o vigilante da Casa Monteoru. – E eu, eu passei lá dentro, no restaurante e no pátio dos fundos, centenas de horas da minha vida.

O indivíduo deu sinais de apreciar minha confissão. Em definitivo o estava tratando como gente num mundo em que muitos o encaravam com desprezo, considerando-o até um *trapo*. Difícil de dizer por que razões aquele homem tinha perdido o comboio do capitalismo, por que não se tinha dado melhor na vida. Pois ainda era novo, a revolução de 1989 deve tê-lo surpreendido por volta de seus dez anos.

– Sim, só que agora, sabem, há outros proprietários.

– Sei – respondi tirando o dinheiro do bolso.

O homem suspirou provavelmente para nos sugerir que sua situação também não era fácil. Bem vistas as coisas, tinha de desrespeitar as instruções, mas não ousou negociar para obter um preço melhor. Puxou de um molho de chaves do bolso, abriu o cadeado e tirou a corrente.

– *Merci* – disse Guy dando palmadinhas nas costas do indivíduo que nos permitia enveredar pela aleia semicircular em frente da Casa Monteoru (ali onde eu via sistematicamente carruagens dos tempos idos, que surgiam apenas na minha presença, entravam pelo único portão ainda funcional, paravam por um segundo perante os degraus do palacete e levavam sumiço pelo portão desaparecido, deixando para trás um cheiro de lindos cavalos).

– Ontem também vieram aqui uns senhores – nos explicou o guarda, provavelmente para justificar sua atitude. Já que ontem tinha aberto o portão a pessoas desconhecidas, a repetição do mesmo ato se tornava menos grave.

Guy Courtois foi logo conquistado pela atmosfera romântico-decrépita em redor da Casa. Parecia que estávamos entrando noutro mundo, noutro tempo. Uma camada de folhas secas tinha assentado sobre a aleia pavimentada com granito, e o jardim se tornara silvestre o suficiente para ganhar em poesia.

– Puro estilo eclético! – exclamou Guy examinando a entrada, o imenso terraço com duas colunas imponentes e, principalmente, os dois candeeiros, um à direita outro à esquerda da porta principal, objetos bem fantasistas, apinhados de reminiscências góticas misturadas com *art nouveau*.

– Vou acender a luz e depois deixo os senhores – disse o vigilante, apressado provavelmente para voltar ao jogo.

Decerto não estava minimamente preocupado. Que mal poderíamos fazer àquela casa deixada a seu cuidado? E de qualquer modo tivera o reflexo de colocar novamente a corrente no portão, pelo que era sempre ele que nos deixaria sair.

Guy Courtois tinha visitado muito palácio, residência e casa impregnada de memória cultural, tinha passado inúmeras horas em cafés cheios de vida e de passado literário da Europa, mas nunca pisara em lugar tão *dramático* como a Casa Monteoru. Algo nos cochichava que, em breve, daquele lugar haviam de ser evacuados inclusive os espectros. Quanto a mim, bati contra meu próprio fantasma. Vi-me ali, no vestíbulo cujas paredes estavam recobertas de placas de mármore, por baixo da claraboia em estilo barroco, no meio de um grupo de escritores irrequietos. Seremos definitivamente despejados daqui? Tudo que nós conversamos, tudo que nós dissemos, todos os nossos gritos interiores soltados aqui, vão sumir? Sim. Todas aquelas paredes, todas aquelas colunas dóricas, todos os painéis de madeiras raras, os tapetes de seda, os candeeiros, fogões de azulejos Meissen, mesinhas de madeira polida, cortinas imensas, tudo será esvaziado da nossa memória?

Sim.

Não podia esconder a verdade àqueles confrades meus, preocupados com a morte da Casa Monteoru. Enxergava-os a todos ali: alguns, verdadeiros monstros sacros da literatura romena, outros, escritores do regime já esquecidos, e ainda outros, autênticos personagens de tempos complicados. Todos tinham em comum o profundo *apego* à Casa Monteoru. De certo modo, todos tinham deixado ali uma parte da vida deles. Todas aquelas paredes, aqueles estuques, os tetos com ornamentos esculpidos, o soalho em nogueira, o piano desacordado do átrio, os sofás e as poltronas excessivamente confortáveis, tudo estava impregnado com gestos, palavras, pensamentos, impotências e revoltas mudas, cochichos e intrigas, fofocas e denúncias, anedotas e gargalhadas.

Enquanto Guy fotografava *tudo* com seu celular, eu lhe explicava para que servira cada divisão. No piso térreo: logo à esquerda os escritórios dos vários vice-presidentes, à direita a biblioteca e em frente a grande sala de recepções onde funcionara o restaurante. No primeiro andar: o escritório do presidente, precedido pelo de sua assistente, o Salão dos Espelhos onde tinham lugar os encontros festivos e as divisões que hospedaram a extraordinária revista *Século XX* e, mais para o fim, a Editora Cartea Românească. E nas mansardas tinha funcionado todo tipo de escritórios onde um bando de secretárias escrevia diversos textos em máquinas cada qual mais barulhenta e estrambólica que a outra, sendo uma provida de caracteres imensos, pois era a máquina reservada aos documentos super-oficiais e super-imponentes. A Casa Monteoru era um verdadeiro labirinto. Vista de fora, ninguém lhe adivinharia a multiplicidade de espaços, corredores e despensas, assim como, da rua, também não se via sua soberba cúpula.

Do recinto que fora o restaurante haviam desaparecido mesas e cadeiras, mas os móveis maciços ladeavam as paredes, e o teto em mogno mantinha o mesmo ar protetor. Guy olhou para mim com compaixão, como se quisesse me dar os pêsames pela irreversível perda de uma parte de meu passado. Sim, ali, naquele espaço que agora me parecia pequeno, conhecera, porventura, as pessoas mais interessantes da minha vida e participara das conversas mais sutis. Tivesse sido bilionário, teria tentado comprar a Casa Monteoru e transformá-la num museu de estátuas de cera literárias. Teria reconstituído o restaurante da União dos Escritores tal e qual ele era em meados dos anos 1980 do século passado, quando se tornara meu segundo domicílio. E a primeira estátua colocada teria sido, no cantinho direito logo após a entrada, a do poeta Eugen Jebeleanu. A mim me colocaria a uma mesa com poetas, prosadores e críticos da geração de 1980, ao lado de Eugen Suciu, Florin Iaru, Traian T. Coșovei, Ion Buduca, Ioan Groșan, Călin Vlasie, Magdalena Ghica, Mariana Marin e Elena Ștefoi. Mas entre meus colegas de geração haveria lugar também para um filósofo como Mihai Șora, uma exuberante poetisa-atriz como Ioana Crăciunescu ou um poeta-cavalheiro como Virgil Mazilescu.

    Não fazia sentido referir todos aqueles nomes a Guy Courtois, a um estrangeiro que apenas tinha lido da literatura romena três autores: Cioran, Ionescu e Eliade. Aliás, nem fazia ideia de por que é que aquele francês excêntrico desejara tanto visitar o antigo restaurante dos escritores romenos. À procura de algum tipo de emoção? Ou lhe interessava mais o espetáculo das emoções sentidas por mim naquele lugar?

    – Na verdade, o que viemos nós fazer aqui, Guy?
    – Viemos para melhor conhecer você.

    Guy queria me conhecer melhor e inventara toda aquela peregrinação pelo meu país de origem... Hmm... Algumas das últimas explicações de Guy já não me pareciam plausíveis. Não se tratara, desde o início, de um pacto entre nós? Não me prometera ele, a dada altura, um início de romance *essencial*, de natureza a me propulsar até o prêmio Nobel? Não era por essa razão que gravitava na órbita dele, enviando-lhe de vez em quando minhas diversas páginas, justamente para ajudá-lo a conhecer-me melhor, a saber qual era minha gama cromática literária?

– É permitido fumar aqui?

Sim, suponho que sim... No tempo em que eu frequentava o restaurante da União dos Escritores, todo mundo, mas absolutamente todo mundo, fumava.

De repente, enquanto Guy acendia seu cigarro, me passou uma ideia pela cabeça. E se Guy me propusera esta imersão no meu passado, num de meus *espaços* formadores, com o propósito de me oferecer num ambiente festivo sua extraordinária prenda, a superfrase essencial, aquele início de romance prometido por ele e tão ansiado por mim? Durante um segundo, meu cérebro ficou sobressaltado com o pensamento de que o tão ansiado início poderia ser "É permitido fumar aqui?". Guy colocara a pergunta com uma voz um tanto carregada. Ou talvez o vazio daquele quarto a reverberara de maneira especial na minha cabeça?

– Venha ver o pátio dos fundos.

Guy me seguiu docilmente, sem pôr nenhuma questão. A sala de recepções da Casa Monteoru, transformada, como já disse, em restaurante, se prolongava por uma espécie de pátio, para o qual não se exclui a hipótese de, inicialmente, ter funcionado como estufa tropical. Quando comecei a frequentar diariamente o restaurante dos escritores, o pátio abrigava um bar onde comprávamos cigarros ou os diversos produtos alimentícios "para casa" (café, cacau, latas de carne, queijos, às vezes frutos exóticos). Nos tempos de penúria alimentar, começados pelos anos 1980, o acesso àquele bar se tornara pura e simplesmente uma janela aberta para o paraíso.

Atravessamos o pátio sem eu contar a Guy Courtois como imperava atrás do balcão do bar a senhora Candrea, sentinela das reservas de comes e bebes dos escritores. Para que dizer a um estrangeiro que a gente chamava aquele pátio de "aquário" e que foi frequentado por alguns célebres escritores da geração de 60 (entre eles Gheorghe Pituţ, Grigore Hagiu, Virgil Negoiţă...)?

Logo que chegava a primavera a Bucareste, e até o outono tardio, o restaurante da União se mudava para o pátio atrás da Casa Monteoru, ao abrigo de alguns plátanos generosos. Os traços do pátio ainda estavam bem visíveis: um grande quadrado de concreto e uma gaiola metálica onde tinha sua mesa reservada o mesmo privilegiado Eugen Jebeleanu. Aquele cantinho secreto de Bucareste irradiava na minha mente imagens poderosas e me era caro antes de mais pelo sabor das noites infindas, com muitos copos de vodca à frente e a delícia de tagarelices literárias intermináveis. Às vezes, quando se formavam grupos maiores, as mesas se iam colando umas às outras, duas ou três, e as palavras espirituosas jorravam das mentes como um poço artesiano. Que belos, que inteligentes, que geniais, no mais radical sentido da palavra, éramos nós ali, poetas e escritores da geração de 1980, à mistura, muitas vezes, com outras promoções e gerações, pois em matéria de utilização do termo "geração" existiam várias teorias. O crítico Laurenţiu Ulici, por exemplo, demonstrava que uma geração aparece apenas uma vez a cada vinte anos. Era então justificado falar--se da "geração" de 1960 e da "geração" de 1980. No entanto, na opinião dele, devia recorrer-se ao sintagma "promoção de 1970" e "promoção de 1990", para outros nomes "intermediários".

– E isso aqui, é o quê?

Guy me mostrou uma *escotilha* aberta e escadas que levavam para uma adega. A Casa Monteoru dispunha também, ao fim de seu jardim, de uns anexos. Eles terão sido os estábulos da propriedade e as habitações da criadagem nos primeiros anos de glória do palacete, quando era lugar de festas e saraus para os mundanos de Bucareste. Pessoalmente, desconhecia o aspecto interior daqueles *espaços*, nunca tinha entrado neles, inclusive nunca tinham sido acessíveis aos escritores em geral, senão talvez aos da direção.

Guy pareceu muito interessado naquele *buraco* que levava para o desconhecido, tanto mais que ao fim dos degraus se agitava alguém à luz de uma lâmpada.

– Talvez aqui tenha sido a adega – respondi a Guy e fui descendo atrás dele para aquele antro úmido, animado com a ideia de que, passados tantos anos, a Casa Monteoru ainda tinha mistérios para desvelar.

Os degraus desapareciam alguns metros debaixo da terra, três ou quatro, profundidade bastante impressionante, aliás, seguindo-se um corredor razoavelmente largo, bem iluminado e provavelmente aquecido, pois a sensação de *antro úmido* tinha desaparecido. Ao longo das paredes, de ambos os lados, havia caixas de papelão contendo algo que, à primeira vista, parecia manuscritos. Alguém *trabalhava* naquele espaço subterrâneo ramificado em várias direções, ouvia sua respiração e, de vez em quando, os sussurros e, até, uma ou outra imprecação. Estará o nosso homem, o tão generoso vigilante, disposto, por 50 euros, a abrir também os porões da Casa Monteoru?

Guy Courtois tirou de uma das caixas uma página cheia de sinais esquisitos e a examinou com atenção, sem entender onde era o fim e onde o início, ou se os sinais estavam escritos de cima para baixo, da direita para a esquerda ou da esquerda para a direita.

– Alguma ideia? – perguntou Guy com os olhos arredondados pela excitação.

– Parece-me um estenograma – respondi.

Guy tirou outras páginas da mesma caixa.

– E estas?

– A mesma coisa.

Do outro lado do corredor apareceu um velhinho furioso, empurrando com dificuldade um carrinho de mão abarrotado de caixas de papelão, talvez cheias de estenogramas indecifráveis. O velhinho não se mostrou nada surpreso ao ver-nos. Muito pelo contrário, olhou para nós amigavelmente como se estivesse nos esperando.

– Os senhores são do *Spiegel*? Foi seu Guţă que os enviou?

– *Oui* – se apressou Guy a responder sem ter percebido a pergunta, mas tirando de dentro do sobretudo um iPad para, provavelmente, tirar fotos.

O velhinho descarregou do carrinho as duas ou três caixas e convidou-nos a segui-lo.

– Venham ver a *porcaria*.

Guy olhou para mim esperando uma explicação.

O fato de eu falar com Guy em francês, embora teoricamente fôssemos do *Spiegel*, não suscitou nenhuma dúvida no velhinho furioso. Ele tinha uma coisa na alma e tinha que desabafar. Conduziu-nos por um corredor bastante comprido e convidou-nos a entrar num tipo de abrigo antiaéreo, uma sala quadrada, surpreendentemente grande e bem iluminada por lâmpadas fixadas, curiosamente, não no teto, mas no chão, ao longo das paredes. Do teto pendiam inúmeros fios elétricos e cabos de vários tamanhos e cores. Todos pareciam amputados por uma mão sádica. Era como se alguém tivesse passado com uma tesoura gigante e os tivesse decepado às pressas, interessado em esconder algo, mais exatamente suas extremidades. As paredes pareciam crivadas por arma automática, mas na realidade tinham sido esburacadas para extrair de seu interior pequenos objetos e dispositivos secretos.

– Foi aqui que trabalhei – disse o velhinho furioso. – Aqui estamos exatamente por baixo do restaurante. Aqui montávamos todos os microfones.

O homem tinha um fluxo verbal muito acelerado e de vez em quando tinha de lhe pedir que parasse para conseguir traduzir tudo a Guy. O sistema de escutas fora primitivo e ao mesmo tempo sofisticado. Os primeiros microfones utilizados eram de fabricação soviética, e sua implantação no teto e nas paredes requereu imensa habilidade e discrição. Mais tarde, quando começou a comprar *indústria* dos ocidentais, Ceaușescu dotou seus serviços secretos de microfones em miniatura infinitamente mais sofisticados. Havia inclusive microfones autocolantes, ou seja, tinham a forma de um selo ou de uma etiqueta e podiam ir aderidos a qualquer coisa, uma cadeira, uma mesa ou um armário. O grande problema dos anos 1970 e 1980 não foi tanto escutar, mas armazenar informação.

O velhinho ainda nos mostrou um corredor que seguia provavelmente por baixo do pátio da União dos Escritores, mas parava de repente numa espécie de muro ou, melhor, tinha sido *vedado* a dada altura por ordem de alguém. O muro datava da primavera do ano de 1989. Àquela hora, os *serviços*, talvez pressentindo que havia de acontecer algo, de surgir uma mudança, tinham cessado as escutas. Mas sabíamos nós aonde levava aquele corredor?

Não, não sabíamos.

Bem, aquele corredor levava até o hospital Davilla, que se encontrava ao lado, mesmo colado à União dos Escritores. Para aí se dirigiam todas as manhãs cinco ou seis enfermeiras, empregadas no departamento de doenças infecciosas. Trabalhando elas para as *Infecciosas* tinham entrada separada e depois se perdiam pelo labirinto do hospital. Ninguém as via durante o dia e ninguém sabia o que faziam no edifício. Na realidade, aquelas mulheres transcreviam escuta. Trabalho descomunal, gigantesco. As cinco ou seis "enfermeiras" eram de fato estenógrafas de grande talento. Aquilo que elas realizaram era incrível, ouviam as gravações e transcreviam o *essencial* da palrice dos escritores: anedota política, alusão, historieta de espírito, fofoca, confissão, ironia, comentário crítico, tarouquice de bebedola. Tudo estava sendo transcrito, transformado em *texto* e arquivado. Mas como os anos 80 foram de grande penúria, o serviço se viu privado de fitas magnéticas.

— Que período de merda foi aquele! — exclamou o velhinho. — Digo ao senhor que não se encontrava mais nada: nem café, nem cigarros estrangeiros, nem manteiga, nem óleo de girassol, nem carne. E, claro, nem fitas magnéticas, pelo que tínhamos de reciclar as já usadas. Para as poder reciclar, para poder gravar de novo nelas, era imperativamente necessário transcrever tudo o mais rapidamente possível, para *as libertar*.

O velhinho furioso abriu a porta de um depósito onde jaziam, empilhados, numa raiva ainda visível, uns dez magnetofones gigantes, provavelmente de criação soviética. Alguns ainda guardavam os rolos de plásticos, mas as fitas tinham sido retiradas e destruídas.

— Tudo isso está à venda, se quiserem.

Guy tinha o rosto dilatado e *registrava* todas as informações com avidez quase doentia. Pediu-me para perguntar ao velhinho se ainda tinha pastas com "transcrições", pois estava disposto a comprar tudo e pagava bem.

Não, infelizmente o velhinho não lhe podia oferecer as transcrições legíveis. Todas as caixas com documentos legíveis tinham sido destruídas ou depositadas só Deus sabe onde. Ele apenas tinha as pastas da *maluca*.

Quem era a *maluca*?

A *maluca* era uma tal senhora Masek, provavelmente a mais talentosa estenógrafa de todos os tempos. Nos últimos anos do comunismo, por falta de fitas e principalmente por se estragarem devido à reciclagem, a senhora Masek propôs aos *serviços* o método direto. Ou seja, ofereceu-se a estenografar diretamente o que se dizia nas diversas mesas, ouvindo nos fones as respectivas conversas. Sim, a senhora Masek foi capaz de algo incrível: a uma velocidade descomunal conseguiu estenografar os diálogos não apenas de duas ou três pessoas, mas de até cinco ou seis, ao mesmo tempo. Surgiu, porém, um problema, pois a senhora Masek inventara, para mais eficácia, um sistema pessoal de sinais. Pelo que era também ela quem, nas horas em que o restaurante estava fechado, efetuava uma segunda transcrição, em forma de texto coerente.

O velhinho indicou as dezenas de caixas ladeando o corredor:

— Estas ninguém quis, pois, de qualquer modo, ninguém entende os *sinais*. E a senhora Masek não chegou a transcrever pessoalmente.

Guy Courtois sentiu um *frisson* ao longo da coluna vertebral. Podia inferir-se que aquelas centenas de páginas, aqueles milhares de páginas, continham *palavras ditas por escritores*? Frases, conversas, pensamentos, emoções, sentidos e exprimidos por escritores?

Sim. O velhinho furioso foi categórico. Aquelas caixas representavam um patrimônio histórico. Um tesouro de pensamentos. Infelizmente, destinados a continuar eternamente sinais mudos.

— Não é possível! — exclamou Guy Courtois. — Há especialistas em decodificação, inclusive a escrita cuneiforme foi desvendada, e os hieróglifos egípcios.

Talvez o segredo dos hieróglifos fosse desvendado, mas a chave da escrita rápida inventada pela senhora Masek estava para sempre vedada.

E a senhora Masek? O que acontecera à senhora Masek?

Morta na Revolução. Um tiro na cabeça na Praça do Palácio.

O velhinho furioso deu sinais de sufocar de indignação. *Estúpida*, que estava ela procurando em frente ao Palácio, no meio dos manifestantes? Ela, que trabalhava para a Securitate?[3] Ela, que transcrevia as conversas dos escritores para uso dos serviços encarregados de os reprimir?

O velhinho começou a tossir de tanta indignação e foi incapaz, durante alguns minutos, de controlar sua tosse. Conseguiu, porém, parar depois que tirou do bolso uma caixinha com chicletes e começou a mastigar um.

— A mente das pessoas é complicada — suspirou ele. — A senhora Masek também foi complicada. Não há maneira de saber o que anda na alma das pessoas.

Guy pôs-se a comparar algumas páginas com sinais do mesmo maço. Examinou-as atentamente, procurando pontos comuns que dessem algum indício sobre a lógica adotada pela senhora Masek. Afinal, as palavras se repetem na boca das pessoas, não haveria razão para que essa *repetitividade* não se refletisse também no sistema de notação inventado por aquela mulher. Depois de escanear com o olhar umas vinte páginas, Guy me disse com voz emocionada:

— *C'est de la pure énergie...* Esta mulher não escrevia com sinais... Não. Ela copiava a energia verbal. Funcionava, na realidade, como um sismógrafo... Esta senhora Masek inventou uma nova escrita. E não excluo que seja esta a escrita do futuro. O que ela fez foi *escanear* os sons e projetá-los graficamente.

---

[3] A polícia política, no período do comunismo. (N. T.)

69.

Numa manhã, às 6h37 em ponto, enquanto escovava os dentes, inclinado sobre a pia, seu Busbib entendeu que era um *porco*. Teve aquela revelação por causa da água, mais precisamente por causa do fluxo de água que corria enquanto ele escovava insistentemente, como sempre, as zonas mais *absconsas* da boca.

Seu Busbib teve a revelação de que fazia muitos anos, aliás fazia décadas, *desperdiçava* água. Toneladas de água. Tivera sempre aquele hábito, escovar os dentes duas vezes por dia, de manhã e à noite, deixando deslizar a água à toa pelo lavatório. Não raras vezes seu Busbib também se examinava ao espelho efetuando aquela operação de higiene íntima, divertindo-se com suas bochechas inchadas e a espuma branca jorrando pelos cantinhos da boca. O que implicava maior desperdício de água, pois, naqueles momentos divertidos, o escovar dos dentes era mais prolongado.

Sou um PORCO, disse para si mesmo seu Busbib. Quando o mundo inteiro sofre de falta de água, quando no Oriente Médio o grande problema do século será a água e não a guerra, eu deixo escorrer inutilmente, numa indolência porcina, dezenas de litros de água todos os dias.

Seu Busbib fechou de imediato a torneira continuando a escovar os dentes e a contemplar-se no espelho. Sim, já estava na altura, aos seus cinquenta anos, de prestar mais atenção aos problemas do mundo.

E ele conhecia bem os problemas do mundo, pois ouvia rádio diariamente, lia jornal diariamente e, à noite, assistia a pelo menos dois noticiários. Algo de poderoso, algo como que um impulso cívico começou a brotar na alma de seu Busbib. Abriu novamente a torneira, lavou a boca e a escova. Decididamente, daí para a frente terá que estar mais atento. Vai optar por banhos rápidos e não por horas a fio na banheira cheia de água. Vieram-lhe à memória as imagens de um campo de refugiados da Nigéria, onde milhares de malianos esperavam em fila interminável sua vez de receber, cada um, duas ou três garrafas de água. Que vergonha, que vergonha, somos todos uns porcos!, exclamou seu Busbib extrapolando sua análise para todo o mundo ocidental.

Impelido por um entusiasmo de que nunca se achara capaz, seu Busbib sentou-se à mesa da cozinha, munido de uma folha de papel e de uma caneta. Acionou a cafeteira para preparar um café, tirou da geladeira uma embalagem de iogurte para o pôr à temperatura ambiente e iniciou uma lista com os problemas do mundo.

Terei de estar bem mais atento a tudo o que se passa à minha volta, cogitou seu Busbib. Não posso, de modo algum, deixar a sociedade de consumo me transformar em simples consumidor. Não, ele devia se manter cidadão, isto é, uma pessoa que pensa e age, não um consumidor dócil, domado pela sociedade comercial.

A cafeteira começou a ciciar, sinal de que cumprira sua missão. Seu Busbib encheu a xícara até a metade, juntou um pouco de leite e uma colher de chá de açúcar e foi misturando *tudo* pacientemente. Então, quais eram os problemas do mundo? Seu Busbib considerou que a *água* era um problema grave, mas não tão urgente para que o coloque em primeiro lugar. Sem saber por que, seu Busbib precisava de uma hierarquia precisa para poder se concentrar efetivamente nos problemas do mundo. Por isso anotou, no topo da página, o número UM, e a seu lado a palavra Poluição. Sim, a poluição era um problema geral e urgente, com muitas ramificações. Seu Busbib abriu parênteses e enumerou, para mais motivação, alguns subproblemas procedentes do problema número um da poluição: o derretimento da calota de gelo, a subida do nível das águas, o aquecimento da atmosfera.

Satisfeito, seu Busbib bebeu o café e passou manteiga no pão. O que é que se impunha então para o segundo lugar? Dando uma dentada no pão com manteiga e engolindo mais um gole de café, seu Busbib encontrou quase que naturalmente a resposta: a Fome. O Planeta não conseguia alimentar toda a sua população, o que era uma vergonha. Os americanos tinham gastado, durante duas décadas, somas faraônicas nas malditas guerras no Afeganistão e no Iraque, quando, com esse dinheiro, poderiam erradicar a fome no mundo, criar uma rede planetária de distribuição dos produtos básicos e financiar a atividade, às vezes benévola, de milhares de organizações não governamentais. Sim, era uma vergonha indecente o fato de que uma parte da humanidade ainda sofresse de fome neste primeiro quarto do século XXI, pelo que seu Busbib acrescentou o número DOIS por baixo do número UM e marcou ao lado: a Fome. No entanto, em seu cérebro ressoavam ainda os ecos de uma informação divulgada, dias antes, por uma emissora de rádio: no planeta, havia mais pessoas sofrendo com obesidade do que com fome e, paradoxalmente, a obesidade começava a afetar mais as populações dos países pobres e do terceiro mundo do que as dos países desenvolvidos. Isto porque aos pobres era *enviado* alimento mais barato e menos nutritivo, verdadeira *bomba alimentícia* atulhada de gordura, sal, açúcar, comidas e sumos pérfidos que criavam dependência e enchiam inutilmente as pessoas.

Que tristeza, que tristeza. Talvez mude a ordem e coloque obesidade em primeiro lugar?

Seu Busbib abriu a embalagem de iogurte *bio* e contemplou durante um tempo a massa branca compacta, fonte de cálcio e vitalidade. Verificou a data de validade do iogurte e sua composição, anuiu com a cabeça como se estivesse perante algum interlocutor, engoliu algumas colheres da *imaculada* substância e sorriu ensimesmado. O branco do iogurte e o branco do papel pareciam rimar. Seu Busbib não conseguiu suster um sentimento de orgulho. Eis que, pela primeira vez, se sentia cidadão *consciente* do mundo, homem *implicado*. A decisão de fazer uma lista com os problemas do mundo despertara-o, poder-se-ia se dizer, de um longo sono. A partir de agora, nunca mais vou me deixar *adormecer*.

De gesto intrépido, nutrido por uma consciência desperta, seu Busbib anotou na folha branca o número TRÊS: a Obesidade. Mais alguns goles de café e, com rapidez ditada por um acesso de inspiração, apontou o número QUATRO: Fundamentalismo. Sim, não havia dúvida alguma, o *fundamentalismo religioso* era outro grande problema do mundo civilizado, e a Europa se encontrava na primeira linha de algumas formas imprevisíveis de fanatismo. Para marcar o ponto QUATRO, seu Busbib acrescentou entre parêntesis: *o terrorismo, a doutrinação pela Internet, a intolerância*. Quanto ao terceiro tópico, seu Busbib não tinha as ideias muito claras, mas gostava da palavra em si, era generosa e soava bem. De qualquer modo, esta ordem não era definitiva, o que importava era identificar os grandes problemas, depois podia trabalhar sua hierarquia.

Ao lado do número CINCO (se bem que talvez merecesse um lugar mais destacado), seu Busbib assinalou o Perigo Nuclear. Depois, com uma velocidade que o fez crescer a seus próprios olhos, preencheu a lista até DEZ: Tráfico de drogas, Prostituição, Exploração das crianças, AIDS, Analfabetismo.

Minha vida começa a fazer sentido, refletiu seu Busbib contemplando o conjunto dos dez pontos no papel. Serviu-se de mais meia xícara de café, descoloriu o líquido negro com um pouco de leite e o adoçou com meia colher de chá de açúcar. Era o momento certo para acender um cigarro. Extraiu do maço o primeiro Marlboro do dia e puxou profundamente a primeira tragada para os pulmões. Que será que merecia o lugar número ONZE? Depois de um minuto de reflexão e outras duas tragadas puxadas com volúpia para o peito, seu Busbib escreveu: Energia. Sim, a energia havia de ser outro grande desafio do século, especialmente no caso do esgotamento das reservas de petróleo. Inclusive na rádio e na televisão os programas de iniciação dos cidadãos nas técnicas de poupança de energia eram cada vez mais frequentes. Os especialistas insistiam sobre coisas simples pedindo às pessoas que não desperdiçassem inutilmente energia, comprassem lâmpadas de baixo consumo, não deixassem as luzes acesas desnecessariamente, optassem por veículos elétricos ou híbridos, instalassem nos telhados painéis solares, etc.

No número DOZE impôs-se o problema da areia. Sim, a humanidade construía demasiado, e as imensas obras da Ásia e do Golfo Pérsico engoliam bilhões de toneladas de areia. A reportagem que seu Busbib vira na televisão sobre o tema era assustadora: o planeta destruía suas praias e costas para fabricar concreto e argamassa. Tão-só na Indonésia tinham desaparecido 25 ilhas a fim de alimentar com areia as construções de Singapura. O grande público não faz ideia de que para a construção de uma casa são necessárias duzentas toneladas de areia, para a construção de um hospital três mil toneladas, para um quilômetro de rodovia trinta mil toneladas e para uma central nuclear doze milhões de toneladas. Aqueles que pensam que o Saara poderia alimentar infinitamente com areia todas as obras do planeta se enganam, pois a areia do deserto não presta para construção. Uma vez mais, seu Busbib se orgulhou por ter tido aquela ideia, até revelação, de colocar no número DOZE: a Areia.

— Seu Busbib! Que está fazendo? Ainda não levou o lixo.

O homem que redigia a lista com os problemas da humanidade se sobressaltou e foi logo à porta. Abriu e cumprimentou com condescendência a senhora Bordaz, a proprietária de vários apartamentos do prédio, senão de metade dele.

— Bom dia. Estava mesmo saindo, minha senhora...

— Cuidado, que está chovendo de novo.

— Sim, já vi.

Seu Busbib se inclinou e afagou a cadelinha Pexy, que a senhora Bordaz levava a passear para o primeiro xixi do dia.

— Então, Pexy? Como vai? Você está contente? Vai passear? Vai dar uma voltinha? Vem cá, dê um beijinho no *Busbi*... Um beijinho para *Busbi*?

A pequinesa da senhora Bordaz abanou febrilmente a cauda, lambeu o queixo de *Busbi* e depois esperou, visivelmente, por algumas palavras de admiração.

— Bravo, Pexy. Bravo... Bravo... Bravo, beleza, bravo. Agora vá fazer xixi.

A senhora Bordaz, comovida, lançou a Busbib um olhar mais humano do que nunca.

— Isso é porque se conhecem há muito tempo. Ela não dá beijinhos em qualquer um — comentou a senhora Bordaz abrindo um imenso guarda-chuva e saindo para a rua.

Com gestos muito mais rápidos do que de costume, seu Busbib levou os doze caixotes de lixo, cheios até a boca, do pátio do prédio para a rua. Olhe só para isso, pensou enquanto carregava os caixotes verdes, são doze, o mesmo número dos *problemas* da lista. Riu-se concluindo que, naturalmente, aquela coincidência não queria dizer nada, mas o incitou a voltar para sua missão essencial, a finalização da lista.

Depois que lavou as mãos (mas debaixo de um jorro menos poderoso de água), seu Busbib se sentou de novo à mesa da cozinha diante da folha de papel.

O lixo era, sem sombra de dúvida, outro problema da humanidade. Em seu zelo, a humanidade gera imensas quantidades de produtos, mas ainda não possui a tecnologia da *gestão* integral do lixo. Os resíduos nucleares representavam há muito um problema, mas também os resíduos industriais e humanos. Seu Busbib tinha ainda na memória as imagens, difundidas há algum tempo na televisão, dos arredores da cidade de Nápoles, onde o lixo por recolher se enfileirava por dezenas de quilômetros ao longo das ruas. Os mares e os oceanos do mundo também se transformaram numa grande lixeira e os números relativos às quantidades de lixo no fundo das águas são assustadores. Para não lembrar os detritos *espaciais* que gravitam à volta da Terra. Milhares de restos de satélites artificiais (microlixo) assim como milhares de fragmentos maiores, entre eles alguns radioativos, formam, à volta da Terra, uma autêntica lixeira cósmica. Seu Busbib tinha fixado uma expressão extremamente visual sobre esta realidade, ou seja, o conceito de "bumerangue nuclear", evocado num debate televisivo. Porque os tais resíduos, provenientes de lançamentos de foguetes e satélites, não só eram radioativos como apresentavam o risco de voltar à terra, de cair na cabeça das pessoas, nos pédios, nos jardins de infância, de sufocar as cidades em forma de chuvas tóxicas.

Sem hesitação, seu Busbib escreveu TREZE e a seguir as palavras: Lixo, Resíduos Industriais, Lixo Marítimo e Lixo Espacial.

Lembrando-se que um dos caixotes de lixo do pátio do prédio estava exclusivamente reservado para papel e papelão, seu Busbib registrou no ponto CATORZE: o Desaparecimento das

Florestas. Pois aquilo que acontecia à floresta amazônica também era um problema mundial. Na sua estupidez, as pessoas transformavam em papel, que depois jogavam no lixo, praticamente todas as florestas do globo terrestre. E seu Busbib já tinha lido um artigo acerca do terrível perigo de o planeta perder um de seus pulmões, a floresta amazônica, que fornecia uma grande quantidade de oxigênio à Terra.

Como a lista dos problemas ganhava em extensão, seu Busbib começou a entrar em pânico. Será que ele podia, com suas fracas forças, enfrentar todas aquelas *urgências*? Tinha ele a capacidade de pensar nelas o tempo inteiro e em todas ao mesmo tempo? E, concretamente, de que modo deveria *intervir*? Como? E com quem?

Seu Busbib limpou o suor da testa (sim, começara a transpirar por causa da concentração) e verteu mais algumas gotas de café, apesar de já estar frio. Desta vez bebeu o líquido sem o adoçar, pois precisava de algo *amargo* na boca para poder continuar a refletir sobre os problemas da humanidade.

QUINZE: o Desaparecimento da Biodiversidade. Sim, sim, sim. A humanidade era cega, estúpida, indiferente a esse fenômeno – o desaparecimento de toda uma gama de espécies de plantas e animais. Bruscamente, o cérebro de seu Busbib reagiu atualizando uma informação ingurgitada sabe-se lá quando, há alguns meses talvez ou, pelo contrário, há dois, três anos: no planeta, desapareciam todos os dias aproximadamente 150 espécies de plantas e animais. Naquele ritmo, a *besta* chamada homem havia de ficar, no intervalo de umas centenas de anos, sozinha no planeta, rodeada, eventualmente, por alguns poucos animais de estimação (pequineses como Pexy) e talvez umas dezenas de plantas ornamentais (rosas para cerimônias de casamento e pinheiros de Natal).

DEZESSEIS: o Problema das Abelhas, que decorria logicamente do precedente, sem contudo poder ser considerado um subproblema porque dizia respeito ao mesmíssimo destino da vida sobre a Terra. Nos últimos três ou quatro anos seu Busbib tinha visto vários programas e tinha lido diversas reportagens acerca do desaparecimento das abelhas, catástrofe gigantesca, pois as abelhas asseguravam a polinização. Sabiam as pessoas que um terço da comida consumida por elas dependia da polinização agrícola efetuada pelas abelhas? E que essas abelhas, as abelhinhas, as trabalhadoras abelhas, desapareciam aos milhares, às vezes misteriosamente, mas com certeza devido às perturbações provocadas pelo homem na natureza? Não, o homem, estúpido e indolente, não sabia disso, fato que desencadeou a revolta de seu Busbib e o fez sublinhar duas vezes o ponto dezesseis.

DEZESSETE: a Desertificação. Seu Busbib sentiu que lhe começava a doer a cabeça ao pensar no número de problemas com que estava sendo confrontada a humanidade ao mesmo tempo. Tanto mais que os últimos quatro pontos andavam de mãos dadas, como se fossem os quatro cavaleiros do Apocalipse. A ofensiva dos resíduos, o desaparecimento das florestas, o desaparecimento das abelhas e de milhares de outras espécies de plantas e animais, assim como o *avanço* implacável dos desertos, estavam *interligados*. É como se todos agissem em *bando organizado*, disse para si mesmo. Parece que 40% da superfície do planeta se tornara desértica, por volta de cem países são afetados pelo fenômeno e dois bilhões de pessoas vivem com medo da desertificação.

De onde tirara o cérebro de seu Busbib aqueles números? Seu Busbib não teria sabido responder a essa pergunta. Ter-se-á modificado seu cérebro nos trinta anos desde que era porteiro do prédio? Com certeza que, pela especificidade da missão e de seu papel, seu Busbib aprendera a observar sem nada esquecer. Memorizava tudo instintivamente, sabia tudo acerca de todos os habitantes do prédio. Sabia, por exemplo, a que horas acordava cada um deles, a que horas saía para passear ou para ir ao escritório, quando fazia compra, quando comia. Muito embora o imóvel tivesse bom isolamento acústico, seu Busbib era capaz de ouvir muitíssimos sons e ruídos, vozes e chiadeiras, sussurros e suspiros, grunhidos e pancadas. É bem provável que seus ouvidos *se tivessem desenvolvido*, tornando-se absorventes, dois buracos negros coletores de sons. Seu Busbib poderia dizer, entre as 7 da noite e a 1 da manhã, com uma margem de erro mínima, o que assistia cada um dos locatários na televisão. Sabia de cor o programa de ensaios de seu Kuntz, o saxofonista, e o *ouvia* até quando decifrava mentalmente diversas pautas. Observava havia muito tempo os dois irmãos Bruchner, nada parecidos um com o outro, e que, desde pequeninos, até quando iam à escola, saíam separadamente, primeiro Victor e a seguir o cadete. Conhecia todas as rotinas da senhorita Matilde, cabeça nas nuvens, mas pérfida, sempre apaixonada por um homem misterioso, apenas aparentemente imprevisível, na realidade constante em sua busca de formas refinadas de êxtase. Até ouvia, vez por outra, seu Guţă, das águas-furtadas, escrevendo numa antiga máquina Corona, de janela sempre aberta, pela qual às vezes entravam pombos no apartamento.

Sim, seu Busbib desenvolvera com o tempo a capacidade de memorizar e, provavelmente graças a tal fato, era agora capaz de enumerar detalhadamente a lista dos principais problemas do mundo.

Desistindo de acender outro cigarro (o segundo Marlboro do dia), pois o tabagismo também era um problema grave e mundial, seu Busbib continuou a redação da lista.

DEZOITO: a Guerra do Oriente Médio. Seu Busbib anotou entre parênteses: o conflito israelo-palestino. Sim, era evidente que esse conflito envenenava as relações entre os ocidentais e o mundo árabe, era evidente que se tornara um foco de instabilidade mundial, era evidente que escondia os ingredientes de nova conflagração mundial assim como o perigo de ataque nuclear. Desde tenra infância que seu Busbib se habituara a ouvir diariamente uma notícia acerca desse conflito (tratado às vezes do ângulo dos esforços em prol da paz). Praticamente, desde que ele nascera, de uma maneira ou de outra, todos os dias, o "conflito israelo-palestino" tinha sido objeto de difusão de pelo menos uma notícia na rádio, televisão ou imprensa. Quer quisesse quer não, seu Busbib tinha se encarregado dele, tinha sedimentado no cérebro dezenas, talvez centenas de informações técnicas, geográficas, culturais e militares, relacionadas com esse conflito. Se tentássemos todos, ao mesmo tempo, fazer algo, talvez conseguíssemos, refletiu seu Busbib. Mas o quê? Todos os presidentes da América e quase todos os chefes de Estado e de governo europeus tinham experimentado propor uma coisa, mediar aquele conflito que continuava *maior*, único de seu tipo, *perdurável*. Com certeza, nos últimos cinquenta anos, tinham rebentado no globo outras guerras, entre elas algumas longas, esgotantes: quinze anos de guerra civil no Líbano, oito anos de guerra entre Irã e Iraque, mais de 25 anos de guerra civil em Angola, um conflito com a guerrilha maoista da Colômbia que durava fazia praticamente meio século. Mas nenhum daqueles conflitos se *comparava* com o israelo-palestino. Primeiro porque todos os outros se tornavam, a dada altura, conflitos esquecidos ou entravam num cone de sombra. A Somália, o Sudão, o Tibete... Para seu Busbib todos aqueles nomes designavam nem mais nem menos do que o esquecimento, o mergulho numa zona de eclipse midiática de dramas que, normalmente, deveriam preocupar os habitantes do planeta. Mas não, entre todas as explosões de violência da humanidade das últimas sete décadas apenas o conflito israelo-palestino podia gabar-se com uma *vitória* midiática duradoura e indubitável.

Vou ver o que posso fazer, prometeu a si mesmo seu Busbib, e anotou no papel o número DEZENOVE, e a seguir – Paraísos Fiscais. Pensando nos paraísos fiscais, sentiu-se invadir, de súbito, pela revolta e escreveu entre parênteses: a especulação financeira – gangrena da economia mundial. Ai, as coisas que seu Busbib ouvira, principalmente depois de 2008, quando começara a crise da economia mundial, sobre paraíso fiscal, sobre todos aqueles paisinhos minúsculos, ilhas e ilhotas onde se amontoava o dinheiro, valores inverossímeis, riquezas fabulosas isentas de impostos. Suíça, Luxemburgo, Mônaco, Ilhas Virgens, Ilhas Cayman, Singapura, Hong Kong... Seu Busbib sentiu como começava a odiar "paraísos fiscais" e tudo que se escondia atrás do conceito de "otimização fiscal", todas aquelas hordas de advogados e especialistas que instruíam os ricos patrões a evitar, legalmente, o pagamento de imposto ou a praticar malabarismo com a noção de domicílio fiscal de modo a que, no final, não tivessem morada alguma e pagassem imposto zero.

Não tivesse sentido a senhora Bordaz voltando do passeio com Pexy, provavelmente teria se engasgado de indignação. Ouvindo abrir-se a porta do imóvel, abandonou às pressas a cozinha e saiu com um esfregão, para limpar os vestígios que Pexy havia de deixar no *hall* do prédio.

– Pronto? Pexy tomou um arzinho? Como está Pexy? Como está a belezinha da Pexy? Vá lá, mais um beijinho para Busbi! Um beijo para Busbi?

Pexy respondeu abanando novamente a cauda e saltando com as patas dianteiras por sobre os joelhos de seu Busbib.

A senhora Bordaz fechou o guarda-chuva e lançou um olhar reprovativo ao homem, como se fosse ele o culpado pelo mau tempo.

– Acha que isso vai demorar muito?

– Sim, minha senhora, vai chover durante todo o fim de semana.

Depois que a senhora Bordaz desapareceu no elevador, o zelador limpou com esmero os respingos de água e o rastro de lama deixados por Pexy. Lavou mais uma vez as mãos, esquecendo-se desta vez de abrir a torneira moderadamente, de modo a poupar água. A aversão que os paraísos fiscais lhe tinham provocado fez com que se esquecesse de que a humanidade estava sendo confrontada também com outros graves problemas. Mas aquele momento de olvido foi curto, e seu Busbib retomou, furiosa e empenhadamente, a listagem, como se a simples identificação exaustiva dos problemas da humanidade tornasse possível a fase prática, ou seja, sua resolução.

Por isso, na folha branca à sua frente começou a chover número e nota.

VINTE: Doença Transmitida por Alimento (a vaca louca, a gripe suína, a gripe aviária).

VINTE E UM: a Pedofilia.

VINTE E DOIS: a Caça Intensiva de Baleia.

VINTE E TRÊS: a Escravidão Moderna, a Exploração do Trabalho Infantil.

VINTE E QUATRO: a Pirataria (causada pela incapacidade da comunidade internacional de reconstruir o Estado da Somália).

VINTE E CINCO: a Mortalidade Infantil (mais de seis milhões de crianças que morrem anualmente antes de um ano).

VINTE E SEIS: a Proliferação de Rede Mafiosa (especialmente o poder dos cartéis do México e da Colômbia).

VINTE E SETE: as Devastações Causadas pela Agricultura Intensiva (na Grã-Bretanha as camadas freáticas estão poluídas por causa da exploração da suinocultura, em cima tudo verde e lindo, embaixo tudo envenenado e *sórdido*).

VINTE E OITO: a Nuvem Tóxica sobre a Ásia (risco de se espalhar; às vezes, em Pequim não se vê o céu, não por causa das nuvens, mas por causa da nuvem tóxica).

VINTE E NOVE: o Problema Curdo (o maior povo sem país; por volta de quarenta milhões de curdos dispersos por Irã, Turquia e Iraque; o mundo não conhecerá a tranquilidade até os curdos terem seu Curdistão independente).

TRINTA: o Problema do Saco de Plástico (o que não é biodegradável; centenas de milhares de sacos de plástico espalhados na natureza e nos mares do mundo causando a morte de milhares de animais; as tartarugas marinhas confundem-nos com águas-vivas, engolem-nos e se sufocam).

Chegado ao ponto TRINTA, seu Busbib decidiu fazer uma pausa. De qualquer modo, tinha preenchido a página e agora se via obrigado ou a procurar uma folha nova ou a continuar a lista no verso. Os trinta grandes problemas do mundo identificados no decorrer de apenas uma hora começavam a pesar-lhe demasiado. De fato, seu Busbib se sentiu desarmado e, mais, esmagado. O sistema de autodefesa começou a funcionar. Era como se um diabozinho se tivesse instalado em seu ouvido sussurrando-lhe: "Pro diabo com esta lista. Quanto mais longa, mais culpado você se sentirá. É melhor parar a lista e deixar de sentir responsabilidade. Trinta problemas identificados. Basta para suas forças. De qualquer modo, só aqui entre nós, você nada poderá fazer."

— Não é verdade — respondeu seu Busbib em voz alta. — Posso e inclusive vou fazer.

"Não pode fazer nada. Você é um zero à esquerda. Não conta para a humanidade. Um zé-ninguém. Um busbib. Um chato."

– Mas claro que não! – rebelou-se novamente o zelador. – Olha que vou tirar cópias da lista e divulgá-la pelas ruas.

"Você me faz rir."

– Vou enfiar uma cópia em todas as caixas de correio do prédio e depois em todos os outros prédios.

"Nesse caso pode se colocar a você mesmo na lista. Porque o maior problema da humanidade é este: a humanidade é formada por pessoas como você, pessoas que não têm poder algum para resolver os problemas da humanidade."

– Não, não me ponho na lista.

"Ponha-se na lista!"

– Não me ponho.

"Ponha-se na lista, senão lhe mordo o tímpano."

– Não me ponho na lista. Deixe-me em paz. Vá embora! Se mande!

Seu Busbib abriu a porta batendo com força contra a parede e se atirou para a rua a fim de recuperar os caixotes esvaziados. O caminhão de lixo se afastava lentamente mastigando em seu enorme bojo tudo o que os humanoides não conseguiram consumir e digerir. Em frente aos caixotes vazios, seu Busbib se sentiu ainda mais humilhado e desanimado. Os problemas do mundo não paravam de desfilar em seu cérebro, aguardando em fila de espera serem transferidos para a lista. O problema das minas antipessoais. O problema dos soldados-crianças. O desaparecimento do golfinho de água doce. A urbanização excessiva das costas marítimas. A destruição da camada de ozônio por causa da proliferação dos voos aéreos. O excesso de violência no cinema e nos jogos eletrônicos. O desaparecimento das línguas regionais.

A feroz concorrência entre chineses e americanos para impor o próprio modelo de capitalismo no planeta...

Seu Busbib sentiu uma enorme fraqueza e se sentou nos degraus da entrada, junto dos caixotes vazios. Esgotado como estava, com a visão turva, não fez nenhum gesto de protesto quando insetos negros, com antenas longas, pousaram em seu rosto, em suas mãos, nos seus ombros. Dezenas, centenas de pequenas bestas nojentas, dos pezinhos das quais escorria em salpicos minúsculos uma espécie de gelatina negra. De onde vinham as bestas? Dos telhados da cidade, onde estavam espreitando? Dos arredores ou de mais longe... O interminável conflito entre Paquistão e Índia à volta da Caxemira, o desequilíbrio demográfico no planeta onde *falta* uma centena de milhões de mulheres (especialmente na China e na Índia), o fato de que havia cinquenta anos o esperma do homem ocidental perdia suas qualidades, o crescimento da dívida pública dos países industrializados, a chantagem nuclear da Coreia do Norte, a proliferação das tendências populistas nos países de tradição democrática... Os problemas do mundo continuaram se pondo em seu Busbib quais moscas até o cobrirem por inteiro. Mas apenas no instante em que as *bestas* começaram a entrar em sua boca, em suas narinas, em seus ouvidos, debaixo das pálpebras e das unhas, seu Busbib entendeu de onde vinham, de onde tinham levantado voo tão rapidamente e chegado até ele. As bestas vinham de sua lista, tinham saltado de sua lista recém-elaborada. Sim, palavra, letra, significado, se tinham transformado em bestas e agora o assolavam, o devoravam, insaciáveis, bicando-o, até o último átomo.

70.

Senhorita Ri, tenho uma notícia terrível
hoje mesmo soube que tudo quanto é história de amor
acaba mal
interessei-me, falei com especialista
são todos unânimes, não há final feliz
mais cedo ou mais tarde o amor se transforma
em fumo, os beijos se tornam convencionais
todos os especialistas me falaram
de inevitáveis momentos de cansaço, de ciúme
nem lhe quero dizer quanto se me revelou
os amantes brigam, se separam bruscamente
com lágrimas, censuras, agonia...

estou aterrorizado, Senhorita Ri, não sabia
que em seu planeta
as coisas podem dar voltas assim

que faço agora?
ainda fico?

71.

Espero que um dia vá encontrar estas linhas em seu estranho computador. Mas não tenho certeza, há tanta confusão em seus textos. Aliás, acho que você nem reparou que intervim em alguns de seus fragmentos abandonados, em alguns de seus poemas e em várias notas que não faziam sentido algum. É incrível como você pode escrever numa *zona* completa como essa.

Agora, escrevendo estas linhas, vejo você dormindo. Você foi novamente terno e cheio de iniciativa, e de momento está dormindo. Tenho de confessar que nenhum dos meus amantes teve esse hábito, de adormecer logo e profundamente depois. Sobra tempo para escrever algumas horas em sua máquina de escrever, este instrumento curioso e perverso. Se me visse, a minha imagem o excitaria com certeza. Estou nua, sentada à mesa, inclinada sobre o teclado enorme. Sabe que às vezes toco em várias teclas com os seios? Acho que você gostaria de me ver teclando com os seios em sua máquina de escrever.

Você não deveria ter me proibido de utilizar de tempos em tempos esse tal objeto monstruoso. Foi exatamente o que me tornou dependente dele. De qualquer modo, duvido que você saiba efetivamente como funciona e que você domine todas as suas possibilidades. Tenho certeza, por exemplo, de que nunca tentou utilizá-lo no modo vocal. Se soubesse o número de vozes (femininas e masculinas) que pode secretar... Também tenho certeza de que nunca conversou com ele. Nem faz ideia do que perdeu. Esta máquina, desprovida de sexo, é capaz de se moldar em todas as nossas fantasias.

Sei que vai ficar chocado, mas, na realidade, o maior prazer que você me deu foi o de mexer em seus textos. De os deflorar. De mexericar neles. De os violar.

Sim, meu caro, eu fui o primeiro olho que os leu, o primeiro cérebro que os captou, o primeiro ser que brincou com eles. Suas palavras me provocaram verdadeiros orgasmos, o sentimento que tive, ao penetrar pela primeira vez na intimidade delas, foi estonteante.

De certo modo, poderia dizer que fiz amor com cada um dos textos saídos, frescos, de você. Você não se deu conta, mas a rítmica de nossos encontros teve apenas um critério: pedi-lhe para nos vermos apenas no final dos dias em que sabia que tinha escrito. Sim, fiz amor com seus inícios de romance, com suas tentativas desesperadas de coalhar diversas estórias e principalmente com suas páginas autobiográficas. Sempre que você adormecia e eu podia entrar na massa de palavras recém-escritas por você sentia êxtase, como se entrasse nua num lago salgado, numa matéria viscosa, que me abraçava em sua densidade, pulsando ao toque de cada uma de minhas células. Quando *entrava* nos textos sentia ainda a vibração de suas palavras, elas ainda estavam vivas e começavam a esfriar lentamente. Foi assim, meu bem, que fiz amor com seus fantasmas e suas frustrações, com seus entusiasmos de escrita e suas decepções, com suas metáforas e suas elipses, com seus ensaios estilísticos e até com os fragmentos jogados no lixo.

Imensas, imensas fontes de prazer e transpiração foram, para mim, principalmente minhas *intervenções* nos textos escritos por você. Inúmeras vezes transformei seus substantivos em verbos e seus verbos em substantivos, acrescentei adjetivos ali onde você queria um estilo puro e eliminei dezenas de advérbios e de comparações dos textos escritos em requinte extravagante. Fui tão longe com o sadismo que lhe decapitei vários inícios de romance, acelerando sua narração. E a outros cortei os finais ou outras partes para não deixar você cair nos esquemas da escrita clássica, com *começo, meio* e *fim*, com *conflito* e *ponto culminante*. Diverti-me andando à bulha com seus sinais de pontuação, apaguei vírgulas e pontos – ah, foi como se extirpasse de seus lábios beijos, como se você me mordesse enquanto eu dormia.

Se alguém tivesse a possibilidade de radiografar as duzentas e cinquenta mil palavras que escreveu desde que nos conhecemos, veria nelas as impressões de um corpo de mulher e de explosões de sensualidade feminina. Suas palavras escorreram, cachoeira, em meus lábios, em meu pescoço, em meus seios e em minhas coxas, se colaram em meu ventre e me bicaram o sexo. Nenhuma sobrou intocada por mim, foi como se eu tivesse extirpado, de milhares de conchas, milhares de caracóis dóceis e curiosos. Foi nisso em que se tornou o romance que você escreveu para aquele imbecil Guy Courtois: num ninho em que me deleitei durante noites a fio. Será que um dia conseguirá ver que esta prosa caleidoscópica, impossível de enquadrar num gênero literário, tem, na realidade, a forma de meu corpo, o sabor de minhas fantasias, um irresistível matiz *retrô* e o perfume de certo tipo de sensualidade que inventei, como presente de despedida, só para você?

Saiba que, mesmo que nunca tornemos a nos ver e que nunca venha a ler estas linhas, agradeço-lhe por ter continuado a escrever todos os dias um poema para mim. Deles nada apaguei, neles nada mexi.

72.

A senhora Bordaz se aproximou com alguma timidez da minha parcela circundada de rosas. Sua hesitação inspirava um imenso respeito, provavelmente com o resultado de meu trabalho, pois era evidente que minhas rosas tinham algo além de todas as outras, plantadas por outros locatários, em outras parcelas atrás do nosso prédio. Pexy abanava a cauda com um quê de nervosismo, se sentia, talvez, invadida por cheiros demais ao mesmo tempo.

Vendo-a assim intimidada, fiz sinal à senhora Bordaz para se aproximar. Meu gesto de cortesia continha uma mensagem clara: venha, não se acanhe, mesmo que receie que Pexy possa fazer xixi em minhas rosas; em definitivo, a urina canina não é propriamente um ácido mortal para plantas, se bem que muito benéfica também não seja.

– Ai, como são delicadas! – exclamou a senhora Bordaz inclinando-se sobre uma das minhas rosas trepadeiras (uma *Cézanne*, criação bastante recente).

A reação da senhora Bordaz me agradou muito. Tanto mais que em seu cérebro irromperam, concomitantemente, outras palavras elogiosas, que eu ouvia apesar de não serem ditas. Em primeiro lugar, o que impressionava a senhora Bordaz era o perfume de minhas rosas, um perfume persistente e carregado.

– As outras não cheiram tão bem – sussurrou a senhora Bordaz.

Claro que não. As outras não passam de *monstruosidades* vegetais com *forma*, impressionantes em volume e cor, mas sem *substância*, ou seja, não têm cheiro, perduram secas e sem alma.

— Uma rosa só *existe* de verdade quando emana seu aroma. O perfume, não a forma, é a verdadeira assinatura de uma rosa.

A senhora Bordaz olhou para mim pausadamente e, pela primeira vez desde que morava naquele prédio, me dei conta de que emanava também humanidade de seu ser, não apenas o estatuto de proprietária de vários apartamentos, inclusive daquele em que eu morava. Era estranho, sua idade havia permanecido sempre um mistério para mim e provavelmente para os outros locatários, mas ali, entre minhas rosas, aquela mulher inodora e incolor começou a tomar vida. A senhora Bordaz ainda era uma mulher desejável, e essa descoberta me pegou totalmente de surpresa. Como é que eu não reparara nela? Uma espécie de desejo de seduzi-la despertou em mim. As rosas, minha senhora, são como os *seres*... colocá-las na categoria das plantas é equivalente a uma terrível afronta, mas poucas são as pessoas que entendem isso. Sabia que as rosas *hibernam*, mas são muito sensíveis e têm de ser cuidadas com esmero enquanto *dormem*, durante o inverno? Existem *divagações* de rosas tal como existem *divagações* de um assunto preciso. Veja, por exemplo, esta rosa *impressionista*. É minha criação pessoal. Chama-se Cézanne e esta outra Monet. Mas orgulhoso, mesmo, estou das minhas rosas azuis. Ninguém no prédio sabe quão preciosas são, nem o fato de que rosa azul é o símbolo da procura do impossível, da juventude eterna. A rosa azul ainda seria, se considerássemos certas crenças astrológicas, a chave da realização de todos os desejos. Deseja, senhora Bordaz, que lhe *corte* uma rosa azul?

Todas estas frases estavam se preparando para sair da minha mente, só que a chegada de seu Busbib censurou minha exaltação.

— Todos o admiram por causa de suas rosas – disse ele cumprimentando-me de longe.

— É isso mesmo, todos o consideram um artista — rematou seu Kuntz de sua parcela, escondido a escassos metros de mim, atrás de umas estacas cobertas por vegetação incerta (feijão verde, ervilhas?).

— É, efetivamente, um grande criador — exclamou também um jovem alto, braços finos, que acabava de ajustar seu relógio para tocar às 6h37.

Teriam eles, todos os moradores do prédio, marcado encontro ao pé de minha parcela? Olhando com mais atenção ao redor descobri outros rostos, alguns conhecidos, outros nem tanto. Que tipo de curiosidade os terá juntado, naquele momento, a todos, ali? Ou havia de ter lugar alguma *garden party* dos vizinhos, uma iniciativa lançada uns dez anos atrás, e que se expandia com êxito de um bairro para outro, de uma cidade para outra?

Alguma coisa se passava naquele oásis, porque várias crianças apareceram com balões e um tal de seu Bruno, o mais sutil açougueiro do bairro, instalou uma churrasqueira. Estaria eu enganado ou junto dele se encontrava, pegando num saco de carvão, minha titia Masek, enquanto um cara pelo visto estranho ao bairro passava de um locatário para outro apresentando-se, lacônico: Kariatide, o pessoal me chama também de Motamo, ha-ha-ha...

Pelo menos quatro ou cinco moradores com os quais entretinha relações mais do que vagas examinavam agora, compenetrados, não apenas as minhas rosas, mas também as três espécies vegetais que tinha plantado em minha parcela. Os três ou quatro tomateiros não levantavam problema algum de identificação, mais difícil era com a *labaça* e o *levístico*, plantas desconhecidas na França, logo misteriosas.

— Está usando para sopa? — inquiriu um fulano, um tipo de quem só se sabia que se chamava Bragovski.

– Eu até tive o prazer de saborear os tais ingredientes – gabou-se outra voz, que pertencia a uma tal de senhora Jobert, da qual nada me lembrava, nem de quando a tivesse convidado a minha casa nem tampouco de quando cozinhara para ela.

Um pequeno círculo de locatários, homens e mulheres, havia acabado de abrir várias latas de cerveja e ria às gargalhas em torno de um homem da minha idade, que tinha uma voz de barítono, uma voz impressionante, capaz de impor respeito e de transformar seu dono em *líder* natural. O homem com voz de barítono segurava um prato fundo, cheio de amendoins, do qual todos petiscavam.

– São ingredientes de sopa típicos da Rômenia – explicava a voz de barítono. – Para nós é inimaginável uma sopinha de legumes sem labaça e levístico.

Entretanto, titia Masek e seu Bruno tinham conseguido acender as brasas para o churrasco, e uma senhora de nome Warnotte me pediu, com infinita delicadeza, lhe permitisse apanhar alguns tomates da minha parcela.

– Não sei como se poderia explicar, mas são tão perfumados como suas rosas – disse ela.

O cheiro de brasa e logo de linguiça grelhada inundou o ar, para desespero de minhas rosas. Senti-as como recuavam desgostosas perante uma forma de *barbárie* olfativa e nada pude fazer. Cada vez mais locatários saíam com cadeiras dobráveis e com cestos carregados de *baguettes*, queijos, garrafas de vinho e frutas. A noite se anunciava esplêndida, era um daqueles dias de fim de junho quando o sol se delonga no céu e a luz do lusco-fusco passa por uma sucessão de cores vivas, com matizes laranja e vermelhos. Sem me dar conta de como e quando, minhas mãos foram obrigadas a aceitar um copo de vinho e uma linguiça espetada num garfo. Todos falavam muito alto e ao mesmo tempo, e seu

Kuntz alegrava a todos, parodiando ao saxofone *La Marseillaise*, em versão jazz.

De repente me pareceu ver também a Senhorita Ri entre as pessoas, com uma rosa azul no decote, divertida e alegre, ouvindo um velhinho extremamente deslumbrado com seus discursos.

– Um *road movie* a Dorohoi, era isso que ele deveria ter escrito.

A frase me chegou aos ouvidos como em sonho, não sabia de que direção, nem quem a poderia ter pronunciado. Uma salva de palmas acolheu a chegada de um novo convidado para aquela *garden party* improvisada. Mas como eu já estava um pouco embriagado não cheguei a perceber quem era aquela pessoa, aparentemente muito entendida da arte de preparar churrasco, pois passou a explicar o que se deveria fazer para que o *barbecue* não se tornasse cancerígeno.

Não obstante a rapidez com que as pessoas se haviam juntado ali, fazendo, quase todas, um desvio em torno de minhas rosas, me sentia bem naquele ambiente e decidi cortar algumas e distribuí-las. Muito delicadamente comecei a amputar, com a tesoura especial, caules jovens e a oferecer rosas àquela gente que espalhara tanta boa disposição e simpatia.

– Tomem, tomem rosas azuis... São botões, florescerão esta noite em suas mesas, em suas casas...

Era impressão minha ou à medida que distribuía as rosas apareciam mais pessoas? De repente passou-me pela cabeça que, naquele jardim, se encontrava um número *preciso* de convidados, isto é, exatamente o número de minhas rosas.

– O que é um romance? Antes de tudo, uma quantidade de tempo. Quando você vê um romance numa livraria, estando atento, pode avaliar rapidamente a *quantidade de tempo* nele contida. E isso nos dois sentidos: o tempo necessário ao autor para o escrever e, implicitamente, o tempo necessário a você para o ler.

Ai, como conhecia essa voz!

– E há mais uma coisa, uma coisa que ninguém pode avaliar. A saber, durante quanto tempo você será influenciado por um romance após sua leitura. Há romances que o acompanham por toda a vida, que ficam em você, que *perduram*. Por isso digo que um bom romance é uma *vitória* sobre o tempo.

A voz de seu Courtois parecia colada ao meu tímpano, ouvia suas palavras sem o ver, mas não me sentia nem intrigado nem irritado, me interessavam aquelas considerações, estando apenas consternado por não terem emanado da minha mente.

– Devia-lhe esta frase – ainda disse seu Courtois antes de se arremessar a uma nova série de salsichas preparadas mesmo como deviam estar, conforme os conselhos de Victor.

Senti como na minha mão direita havia sido colocado um bilhete, um retângulo de papel pouco mais consistente do que um cartão de visita, de fato um papel dobrado.

Deus do Céu! Terá chegado o momento? Todo o meu ser se arrepiou e atemorizou. Tinha, por fim, entre meus dedos, a frase-milagre, a frase que haveria de me propulsar para a imortalidade? Mas por que terá decidido seu Courtois entregá-la de modo tão pouco protocolar, tão pobre *culturalmente*? Durante longos meses esperei que ele me convocasse para um lugar pejado de mitologia, para um daqueles cafés parisienses embebidos de memória cultural, como *La Rotonde*, *La Coupole*, *Les Deux Magots* ou *Le Procope*. Mas que importância tinha a *forma*, importante era que, por fim, me fora entregue a *frase*, a mina primária daquilo em que havia de me tornar, daquilo que havia de construir, de deixar após minha passagem pelo universo. Em suma, minha minúscula horta parisiense era um espaço *cultural*. Não tinha a palavra cultura, no seu douto sentido, origem no termo primordial, que era a cultura da terra?

A mão em que tinha o pedaço de papel de seu Courtois começou a se liquefazer. Tenho de ler de imediato o que *me escreveu* seu Courtois, senão o papel se empapa e a frase se torna ilegível. Lembrei-me de que seu Courtois sempre escrevia as cartas com caneta de pena, ou seja, minha frase estava escrita, com certeza, a tinta azul, sobre um bocado de papel frágil, e é sabido que nada se dissolve, se dilata, se deforma com mais facilidade do que um texto escrito a tinta num papel frágil em contato com a umidade e o calor.

Antes de desdobrar aquele bilhete que me queimava os dedos, olhei em torno, com o intuito de me isolar de todas as pessoas ali juntas, provavelmente não sem certa intenção. Não tinha dito seu Courtois que eu havia de ser o último beneficiário da Agência? Terá ele escolhido intencionalmente este lugar com valor de símbolo, minha horta rodeada de rosas, como quadro para seu gesto final?

No entanto, nenhum dos presentes prestava atenção em mim, estavam todos *envolvidos* em outras conversas, cada um parecia desejoso de ser apresentado aos outros, de se fazer reparar. A voz de Paul ressoava mais sonora do que todas as outras, mas a voz de meu irmão, explicando a um vagabundo chamado Mimil as variedades de hambúrgueres que há em Nova York também se impunha.

Desdobrei com cautela o *bilhete*, sob o sol ameno do lusco-fusco, e li as seguintes palavras:

A morte não deveria deixar janelas abertas após sua passagem.

73.

S. O. S.

Transmito esta mensagem sem muita esperança, mas sinto que é meu dever.

S. O. S.

Uma coisa extraordinária está acontecendo e a humanidade não sabe de nada. Pela primeira vez na história da humanidade uma máquina recebe sinais coerentes de alguém que se encontra no espaço convencionalmente denominado morte, e ninguém sabe nada. Aquilo que deveria ser um gigantesco terremoto metafísico arrisca-se a passar despercebido. E isso por causa de umas malditas aves que se puseram a bicar o meu teclado. Todo o programa de escrita *patch* foi perturbado por estas inúteis criaturas. Tive de aguentar até agora 34 bicadas. Um pombo idiota, feio e agressivo, fez treze tentativas de arrancar a tecla ENTER. Conseguem imaginar que desastre isso significou para a coerência de minha narração? Treze vezes tive que reiniciar o programa de escrita, procedimento que interrompeu por vários minutos o fluxo de captação das mensagens do Além. Por isso, todas estas páginas, que futuros habitantes deste planeta poderão vir a ler, um dia, parecerão sem sentido, "sem fio condutor" (para utilizar as palavras de certos críticos tão imbecis como os pombos), sem conflito e principalmente sem fim. Porém, os iniciados entenderão que a morte é uma forma de solidão terrível. O personagem chamado por mim X deveria tornar-se o mensageiro do primeiro contato *real* entre humanos e o mistério da morte.

S. O. S.

Grito S. O. S., pois ainda espero que as redes modernas de socialização funcionem. Envio esta mensagem para centenas de milhares de endereços eletrônicos, para FACEBOOK e TWITTER. Um estorninho feioso se coçou no pescoço pressionando com todo o peso da pata esquerda a tecla ESCAPE. Nem vale a pena dizer o que aconteceu à minha matéria textual. O feioso fragmentou minha narração em capítulos absurdos que não se sucedem naturalmente, algumas das páginas tendo mesmo desaparecido. Nem queiram saber o quanto odeio estorninhos. Após cada *sessão* de coceira, o imbecil fazia como que um espacate, tocando ao mesmo tempo no ESCAPE e no SHIFT, o que tinha como efeito a mistura aleatória de fragmentos textuais de diversos capítulos. Não posso entender por que vocês, humanos, morrem de janelas abertas. Se esse Guță, que o destino me reservou como parceiro, tivesse tido o cuidado de morrer *normalmente*, com a janela do banheiro fechada, todo este desastre não teria acontecido e minha mensagem para a humanidade teria sido absolutamente coerente. Como se apresenta o caso agora, tenho muitas dúvidas de que as pessoas acreditem em mim. Tanto mais que, por causa de um par de pombos bravos que acasalaram em cima do teclado, se inutilizaram alguns programas essenciais, como o de transcrição das mensagens *patch* em forma gramatical correta. Por isso, tive de inventar eu um novo sistema de sinais para transcrever as mensagens que Guță me dita do *além*. Tudo o que era letra, palavra, frase, texto, se transformou numa sequência de vibrações, correspondendo à tensão emocional captada por meus sensores. Será que alguém conseguirá traduzir estas enfiadas de linhas, zigue-zagues, manchas e impressões? Difícil dizer. Como se isso tudo não bastasse, o patife de um rato roeu, faz 24 horas, meu cabo elétrico. Por ora, só estou funcionando com bateria, e ela está enfraquecendo, está enfraquecendo, está enfraquecendo…

S. O. S.

Estou convencido de que também outros escritores que se dotaram com este modelo de computador *patch* serão capazes de explorar novas zonas da relação emoção-signo, mas não tenho certeza de que alguém possa ir tão *longe* como eu, ou seja, além da vida.

S. O. S.

Que mais posso fazer agora? Sinto crescer em mim um desespero quase humano. Juro, não há nada mais desastroso para uma máquina, tão aperfeiçoada como eu, do que não deixar atrás um romance perfeito. *Normalmente*, este texto deveria ter a limpidez demonstrativa de um sistema filosófico. Pois bem, vendo agora o que sobrou dele, por causa destas *bestas*, fico simplesmente revoltado. Só elipses, eclipses, pistas falsas e esboços textuais. Não, as aves não deveriam ter asas.

Não, a morte não deveria deixar janelas abertas após sua passagem.

FIM

CONHEÇA TAMBÉM A DRAMATURGIA DE MATÉI VISNIEC

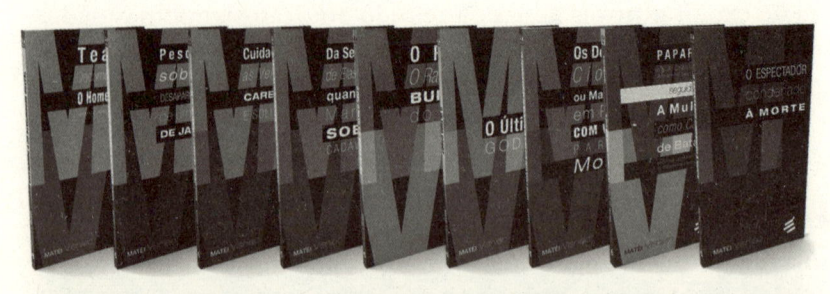

O dramaturgo romeno Matéi Visniec já cativou o Brasil. Suas peças foram montadas por prestigiosas companhias teatrais em diferentes estados do Brasil, e ele tem sido saudado pela imprensa como um dos principais herdeiros artísticos de Eugène Ionesco e do teatro do absurdo. Sua dramaturgia reúne a riqueza da tradição literária e teatral, temas contemporâneos, humor e uma atmosfera onírica que surpreende a cada página.

facebook.com/erealizacoeseditora

twitter.com/erealizacoes

instagram.com/erealizacoes

youtube.com/editorae

issuu.com/editora_e

erealizacoes.com.br

atendimento@erealizacoes.com.br